POSSÉDÉE

DARK ROMANCE ET MAFIA

MARLEE WRAY

Traduction: Laure Valentin

CHAPITRE 1

TRICK

Vers vingt-trois heures, je me rends à une partie de poker clandestine dans le sud de Boston et me retrouve dans un sous-sol plein d'ennemis.

Kazimir Petrov, le fils au cou épais du défunt Grigory Petrov, me passe rapidement en revue en plissant les yeux. Tout le monde sur la côte Est pense que j'ai tué Grigory Petrov, mon ex-patron. Je ne peux pas leur en vouloir : j'ai tué beaucoup de gens. Et lui et moi partagions le même destin que les personnages d'*Highlander* : seul un de nous survivrait.

Personne ne peut prouver que je l'ai tué. Cependant, Kaz ne cherche pas des preuves, mais du sang. Il me fixe en arrêtant d'empiler ses jetons.

Je prends le temps de réfléchir si je veux battre en retraite. *Non.* Je me force à avancer jusqu'à la table.

Je ne peux pas faire marche arrière. Je n'ai pas choisi cette vie, mais je suis dedans maintenant. Alors, quand les ennuis frappent à ma porte, je ne me contente pas d'ouvrir : je vais à leur rencontre.

Je m'installe nonchalamment sur mon siège.

Les Petrov veulent récupérer Coynston, ma ville natale. Mais Coyns appartient à C Crue maintenant : ma bande. Kaz ne serait jamais venu seul, donc ses gars sont quelque part dans le noir, et je ne les ai pas remarqués. Paul Lebedev, le capitaine le plus âgé de l'organisation Petrov, aimerait vraiment me mettre une balle dans la tête. Était-il derrière moi quand je suis passé ?

Il y a du laisser-aller, Trick.

Je pourrais neutraliser les autres joueurs de la table avec un bras attaché dans le dos. Il y a Gibson, un agent de change de New York. Il est ici pour se faire un max d'argent et jouer les durs. Il y a un gars de la mafia irlandaise de Boston du nom de Murphy, qui déteste ma tronche. C'est complètement réciproque, puisque c'est son frère qui a scellé mon destin. Little Mo a organisé la partie. Mo a l'air nerveux, ce qui est normal. Et puis il y a une chaise vide qui, espérons-le, est destinée à un autre riche qui cherche à s'encanailler avec les méchants.

Je laisse tomber mon fric sur la table en me demandant si c'est une coïncidence que Murphy soit là. À sa façon de me regarder, on dirait qu'il sait que c'est à cause de moi que son frère Hugh est enterré dans un cimetière de Boston.

Un bruit de pas dans les marches attire mon attention. Il n'a rien de masculin.

Mon regard glisse vers la porte ouverte pour assister à l'arrivée d'une fille qui n'a rien à faire ici. Laurelyn Reilly vit dans mon quartier, à Coynston, et c'était une bonne fille à l'école. Ça ne l'empêche pas d'avoir l'air d'avoir été conjurée par le diable pour mettre les hommes à genoux. Elle porte une robe bandage beige qui la fait paraitre nue à première vue. Ma queue s'y intéresse immédiatement, se durcissant comme si le poker n'était pas le bon jeu à jouer avec elle. Elle a le genre de courbes à vous faire tourner la tête.

Tous les yeux se tournent vers les bonnets D qui tendent le

tissu moulant et rebondissent au-dessus. Ce n'est pas son style vestimentaire, sauf si elle a beaucoup changé.

Au lycée de Coynston, c'était une adolescente sportive qui jouait au volleyball et pratiquait l'athlétisme. Elle portait des lunettes à monture noire empruntées à Clark Kent et cachait généralement son corps sous d'amples tuniques par-dessus des jeans. La seule fois où je l'ai vue dans une robe qui lui allait bien, c'était lors du bal de fin d'année, où elle portait une robe bustier bleue, mais qui ne poussait pas ses seins vers son menton.

C'est à cette fête qu'elle a découvert que son rencard était un pervers notoire. Elle s'est sauvée en laissant le gars en question – moi – se faire défoncer par la capitaine des pom-pom girls. Laurel et moi ne sommes plus en bons termes. Pourquoi serait-ce le cas ? J'ai tracé mon chemin, et elle le sien en menant une vie conventionnelle. Alors pourquoi est-elle ici ?

Mon regard descend vers ses pieds et note le double C du logo Chanel sur ses chaussures. Je remonte le long de ses jambes, qui sont toujours aussi magnifiques. Est-ce qu'elle a emprunté des vêtements pour donner l'illusion qu'elle est de notre monde ?

Elle s'arrête devant Gibson.

— Je peux ? demande-t-elle en lui indiquant la chaise vide qu'elle aimerait qu'il prenne afin de prendre sa place.

— Bien sûr, dit-il en se poussant.

Maintenant, elle est assise à côté de moi. Je ne m'en plains pas, mais je me méfie.

À cette distance, j'inspire une bouffée de parfum fleuri et sexy. Sa peau est d'une couleur vanille crémeuse qui correspond au goût sucré de son sexe, celui que je tenais à corrompre. Je ne pense pas qu'elle serait si impatiente de s'asseoir à côté de moi si elle savait combien de fois j'ai fantasmé de la déshabiller et de la pencher sur une table pour marquer son joli cul avec un fouet, avant de la baiser devant mes amis.

Laurel se penche en avant, ses seins prêts à jaillir de sa robe.

J'en reste bouche bée, puis j'essaie d'oublier son corps en me posant deux questions importantes. Premièrement, avec qui est-ce qu'elle sort ? Parce que je doute qu'elle puisse s'offrir ne serait-ce que les frais d'admission à cinquante mille dollars de cette partie. Et deuxièmement, pourquoi veut-elle s'asseoir à côté de moi alors que, pour autant que je sache, elle m'en veut encore depuis le lycée ?

J'étudie rapidement son profil, avec sa haute queue de cheval maintenue par une large barrette marron foncé qui se fond dans sa chevelure. Mon inspection s'arrête au fin tour de cou en or. Accepterait-elle de porter un ras-du-cou ? Parce qu'elle ferait un très joli animal de compagnie. Mes doigts meurent d'envie de jouer avec le fermoir et de caresser les os en partie cachés par ses cheveux.

Elle donne une liasse de billets à Little Mo et se présente à tout le monde, sauf à moi. Les hommes se lèvent aussitôt pour lui serrer la main. Je ne me lève pas et ne dis pas un mot. Elle ne devrait pas être ici. Si elle voulait me voir et que ses intentions étaient bonnes, elle serait venue à Coynston.

Après avoir empilé ses jetons devant elle, elle tourne la tête et fixe ses yeux verts sur moi. Je me souviens de ses yeux et de la façon dont la lumière les éclaire en les faisant ressembler à des vitraux. J'ai toujours eu du mal à détourner le regard.

Elle incline la tête en guise de salutation.

— Bonjour, Scott.

Personne ne m'appelle Scott, et elle le sait.

Je ne réponds pas, car je veux participer au jeu auquel elle joue. Est-ce une mauvaise idée quand toute la table est contre moi ? Merde, oui.

Les fédéraux me surveillent 24/24, sept jours sur sept, et ils n'essaient même plus de le cacher, ce qui est très mauvais signe. Les flics de Coins veulent s'en prendre à mon organisation, et ce jeu de cartes n'est rien de moins qu'une marche funèbre. La dernière chose dont j'ai besoin est de me laisser distraire par de jolis seins, de longues jambes et des yeux ressemblant à des vitraux. Mais celui qui a envoyé Laurelyn Reilly semble parfaitement connaitre mon point faible.

Sauf que… comment pourrait-il le savoir ?

— Tu connais cette jeune femme et tu ne lui dis même pas bonjour ? T'as aucune manière, merde, crache Kaz.

Il est à peu près aussi subtil qu'un taureau.

— Venez vous asseoir près de moi, ma belle. Vous ne devriez pas être ignorée.

Laurel lui offre un petit sourire, ce qui me déplait tout de suite.

— Merci, mais l'éclairage est meilleur ici.

C'est de la foutaise. La lumière est la même des deux côtés de la table.

— Mo, qui est au bar ? demandé-je pour me distraire et balancer un peu de liquide de refroidissement sur mon cerveau.

Les sourcils de Little Mo se rapprochent de surprise. Personne ne commence à boire aussi tôt. Mais si tout le monde joue à un jeu ce soir, pourquoi pas ?

— Jack et Coca, Trick ?

— Ouais.

— Quelqu'un d'autre ?

Tout le monde secoue la tête, sauf Laurelyn.

— J'aimerais bien une vodka martini.

Assez adulte et élégante pour jouer le rôle de la femme trophée ou de la maîtresse gâtée apparemment. Qui lui a acheté ces chaussures ? Et qu'est-ce qu'elle le laisse faire en échange ? Ma queue est à demi dressée et je suis prêt à lui offrir un placard rempli de chaussures de marques pour réaliser des fantasmes restés insatisfaits depuis trop longtemps.

Kaz, pour ne pas être coiffé au poteau par moi ou une femme, prend un whisky. Pour lui, c'est une erreur. Même avec trois ou quatre verres, je peux faire ce que je veux de cette table. Tous les autres doivent rester sobres s'ils veulent rester dans le jeu. Mais moi aussi, je dois rester attentif. Murphy regarde ma gorge comme s'il voulait me la trancher, et il est loin d'être mon plus gros problème ici. Kaz a posté des hommes à l'extérieur qui ne boivent pas, et ils seront là à m'attendre quand je partirai.

— C'est parti pour un Martini.

Les lèvres de Mo se retroussent et affichent ses dents avancées et tachées par la cigarette, ce qui pour lui, passe pour un sourire. Mo a la quarantaine, mais il a l'air plus vieux.

Je me rends compte qu'à vingt-sept ans, je suis le plus jeune ici. Kaz me bat d'une décennie avec ses trente-sept ans. Jack Murphy a environ quarante-cinq ans. Et mademoiselle Reilly, vingt-huit ans. Les filles plus âgées étaient les seules avec lesquelles je sortais au lycée, car elles étaient plus susceptibles de vouloir expérimenter le genre de sexe sauvage que j'aimais. De plus, il y avait moins de risques qu'elles me posent des problèmes en parlant de ce que je leur faisais. Quand la fille est plus âgée que le mec et que le rapport est consenti, le monde voit ça différemment. Non pas que ça soit normal. En tant que jeune imberbe de dix-huit ans, j'avais peut-être l'air d'un ange, mais j'étais déjà tombé dans le crime.

Pendant un instant, je me souviens de mon père qui me voyait comme un gamin cherchant les ennuis. « Regarde-toi. Né sur la route de l'enfer et le pouce levé pour foncer encore plus vite. Pourquoi es-tu si pressé, mon garçon ? »

De cinq à neuf ans, je haussais les épaules, ne sachant que répondre ni même ce qu'il me demandait vraiment. Maintenant, quand je me souviens de ces mots, j'ai une meilleure réponse. Je suis pressé, papa, parce que tu me manques.

— Le Jack et Coca est plus facile à faire que le punch irlandais, mais est-ce aussi bon ? demande Laurel.

Jetant un coup d'œil dans sa direction, je ne fais que lever un sourcil avant de regarder mes jetons. C'est une stratégie de ma part. Je veux son attention, donc je l'ignore parce que je sais qu'elle déteste ça. Ou du moins, c'était le cas à l'époque.

— Comment on dit whisky en irlandais ?

Elle est déterminée à me rappeler une nuit dont je n'ai nul besoin d'aide pour me souvenir.

— Je te l'ai déjà dit, murmuré-je sans la regarder.

Du coin de l'œil, je la regarde sourire. Elle a une jolie bouche, et je suis celui qui lui a appris à enrouler ses lèvres autour du sexe d'un homme. Cette leçon a eu lieu le soir même où je lui ai fait boire du punch irlandais de la flasque de mon vieux.

— *Uisce beatha,* dit Murphy. L'eau de la vie.

Elle tourne son regard vers lui en se fendant d'un large sourire.

— C'est exact.

Murphy n'aurait pas la moindre chance avec elle, même si c'était son jour de chance. Il a deux fois son âge et une calvitie qui fait ressembler sa tête à une boule blanche avec une ficelle collée dessus. Mais si Laurel cherchait à nous monter les uns contre les autres en faisant attention à lui ? Ouais, non, je ne vais pas le laisser, lui ou qui que ce soit, détourner son attention de moi.

Mon téléphone vibre dans ma poche et je le sors. Il y a un SMS de C, le chef de notre bande. Nous sommes trois à la tête de l'organigramme tacite de notre syndicat. Connor « C » McCann, Sasha « Anvil » Stroviak, et moi. C veut savoir si je suis rentré de Boston. Entre autres choses, j'étais ici pour superviser la vente de quelques armes. Ça s'est parfaitement bien déroulé, contrairement à ce jeu.

Mon pouce glisse sur l'écran de mon téléphone pour envoyer une réponse. « *Je suis à Az* ».

C'est codé. Az est l'abréviation de Tombstone, en Arizona. Ça veut dire que je m'attends à ce qu'une fusillade éclate.

Mon téléphone s'allume en un instant. « *Envoie photos* ».

C'est sa façon de me dire d'activer le suivi afin qu'ils puissent me trouver et foncer comme la cavalerie. Je pense au fait que le FBI me surveille. Ce téléphone est un jetable, tout comme celui avec lequel C envoie des SMS, mais il n'y a aucune garantie que les fédéraux ne connaissent pas ces numéros. Même lorsque vous payez en espèces, les autorités découvrent parfois l'achat. C'est pour cette raison que nous envoyons des SMS codés et que j'éteins régulièrement le téléphone. Si les choses tournent mal dans ce sous-sol, mais que j'arrive à m'enfuir, je veux pouvoir nier avoir été ici pendant la période en question.

Mon équipe est à Coynston, à environ une heure. Je ne m'attends pas à ce qu'il se passe quelque chose immédiatement, alors je réponds : « *Dès que j'aurai une minute. Le café d'abord* ».

« Café » est l'abréviation de grains de café, qui fait référence à Beantown.

Aucune réponse ne vient et je n'en attends pas. C et Anvil seront en route pour Boston dans cinq minutes.

Les téléphones jetables changent, tout comme les codes. Mais l'équipe ne change pas. Un pour tous et tous pour un. Le mieux à faire, c'est de prolonger la nuit jusqu'à ce que j'aie des renforts.

— On joue aux cartes ou quoi ? demande Kaz, clairement énervé par toutes les discussions sur l'Irlande que Laurel lance et que Murphy dévore.

Je lève le verre que Mo vient de mettre dans un porte-gobelet.

La fille ressemble à un ange coquin à siroter le martini que Mo lui a préparé. Elle se lèche les lèvres et les yeux de Kaz se fixent sur sa bouche. Tout comme ceux de Murphy.

Elle ne connaît peut-être pas la réputation de Murphy, mais elle sait que Kaz est le rejeton d'un requin et elle connaît ma réputation, qui est allée de mal en pis depuis qu'elle a quitté Coynston. Alors qu'est-ce qu'une gentille catholique irlandaise, spécialiste en informatique, fait dans un sous-sol plein d'hommes comme nous ?

Se pourrait-il qu'elle travaille pour le FBI ? Qu'est-ce que je ne donnerais pas pour lui faire une fouille au corps et vérifier s'il y a un micro ? Regardant l'étoffe couleur chair tendue autour de son corps, je décide que je suis prêt à jouer avec ma vie et ma liberté pour la voir nue.

* * *

LAUREL

C'EST du n'importe quoi, et j'ai de sérieux ennuis.

Le croupier apporte les cartes, et je continue à sourire et avancer mes jetons dans la pile alors que j'ai juste envie de monter les escaliers pour quitter cet endroit. La peur et la terreur inondent mes entrailles. Milt m'a menti. Si j'avais su que Scott Patrick serait là, je ne serais jamais venue.

Au lycée, la rumeur disait que Scott était un garçon drôlement dangereux, mais je n'ai jamais vu ce côté-là de lui. Quand il était avec moi, il était si charmeur et beau qu'il était difficile de voir autre chose que son visage. Ses yeux bleus et étourdissants changeaient à la lumière, et en été, ses cheveux châtains sableux viraient au blond. Il aurait pu faire mannequin ou être une star de YouTube, tout ce qui tire parti d'une beauté à couper le souffle. Mais il n'aime pas être photographié. Et pourtant, je doute qu'il y ait une seule fille de l'époque qui n'ait pas au moins une photo de lui sur un vieux téléphone. C'est un visage qui est fait pour être regardé. J'ai encore sept vieilles photos de lui. À une époque, c'était quarante-quatre, mais j'ai fait des progrès.

C'est un homme maintenant, et il ne fait aucun doute que les rumeurs sont vraies. Il est en contact avec Connor McCann et Sasha Stroviak, avec qui il a quitté l'organisation criminelle de Grigory Petrov pour fonder la leur. L'année dernière, quelqu'un a abattu Petrov en pleine guerre de gang. On dit que c'est la propre fille de Grigory ou son ex-maîtresse qui aurait fait ça, mais quelles sont les probabilités quand Scott Patrick est un tireur d'élite et que ses deux amis baraqués sont également des tueurs ?

Au lycée, je ne comprenais pas pourquoi un garçon aussi brillant et beau que lui choisissait de traîner avec des voyous. J'ai appris plus tard qu'il avait été élevé pour être l'un des leurs.

J'ai le souffle si court en laissant tomber la drogue dans son verre que je me sens étourdie. Peu importe ce qu'il a fait, je déteste être impliquée dans quelque chose qui pourrait le blesser.

Je prends une autre gorgée de mon martini en essayant de trouver le courage de faire ce qui doit être fait. Mes mains menacent de trembler, mais je dois le faire. S'il n'a rien à cacher, il n'aura pas de problèmes. Et ma sœur a besoin que j'essaie.

Pourtant, la seule pensée de le tromper est effrayante. Quand Milt m'a expliqué ce que je devais faire, ça paraissait si simple et raisonnable. Mais je ne suis ni une actrice, ni une criminelle. Comment y arriver ?

Nous enchainons les parties, mais rien de ce que je suis censée dire ne sort de ma bouche, car je suis convaincue que si j'essaie de lancer la conversation sur leurs affaires illégales, ils me démasqueront immédiatement.

Au bout d'une heure, je réalise que la nervosité fait rebondir ma jambe si vite que mes seins en tremblent. L'homme qui s'appelle Jack Murphy a les yeux rivés sur ma poitrine. Merde. Je me force à rester immobile. C'est une catastrophe.

Je fixe les cartes retournées sur la table, mais je ne vois rien. Je pose une main sur une pile de jetons, prête à les avancer imprudemment. Je joue vraiment mal parce que j'ai peur et que je suis distraite par le premier homme que j'aie jamais aimé.

— Tu es sûre ? murmure Trick du coin de la bouche.

Nos regards se croisent, le sien d'un bleu denim profond, et ma main se fige sur la pile de jetons. *Non, je ne suis pas sûre,* me dis-je. Ce dont je suis sûre, c'est que Scott sait que je n'ai pas ce qu'il faut pour le battre, mais que pour je ne sais quelle raison, il me prévient. C'est peut-être un autre jeu auquel il joue ? C'est un expert dans ce domaine depuis longtemps.

Je pose mes cartes et me précipite vers les toilettes sans attendre la suite. Une fois enfermée, je tends la main vers le boyau à saucisses qu'est ma robe empruntée et en sors le petit microphone pour l'écraser sous le talon de ma chaussure. J'ai été habillée avec des vêtements de marque saisis par le FBI. C'est aussi de là que vient l'argent sur la table de poker. Mais je ne peux plus continuer. J'ouvre la fenêtre du sous-sol et me prends une bourrasque froide en jetant le micro à l'extérieur. Puis je referme la fenêtre. C'est le printemps, mais la nuit, on se croirait presque de retour en hiver.

J'essaie de respirer lentement pour ralentir mon rythme cardiaque. Est-ce que le FBI fera irruption en perdant le signal ? Et si oui, est-ce que les trois gangsters à la table s'en prendront à moi et à ma famille ? Je manque de vomir à cette idée.

Comment ai-je pu me laisser convaincre de venir ici ?

Tu sais pourquoi. Monet est en difficulté. Et C Crue fait des choses ignobles qui doivent cesser.

Je dois continuer, mais entendre Scott Patrick me donner des conseils à la table de poker m'a découragée. Quoi qu'il ait fait au lycée, il n'a jamais manqué d'être protecteur vis-à-vis de moi.

Je fais couler l'eau froide et mets mes mains en coupe pour boire quelques gorgées. Terminée la vodka. Et terminé Scott Patrick. Je vais prendre sa boisson droguée comme si je voulais une gorgée et je la laisserai tomber pour qu'il ne puisse plus en boire. Ensuite, je m'éclipserai rapidement.

De retour à la table de jeu, l'ambiance s'est détériorée et je vois que la montagne de jetons devant Trick s'est élevée. De plus, sa boisson a disparu.

Oh, mon Dieu. Est-ce qu'il l'a bue ? Maintenant, je vais devoir attendre pour m'assurer qu'il va bien.

De l'autre côté de la table, Kaz Petrov ricane, le visage rouge de colère. Tout le monde perd contre Trick, mais personne ne subit ses moqueries continuelles comme lui.

— On dirait que la chance n'est pas de ton côté ce soir, hein, Kaz ? demande Trick. C'est peut-être parce que tu n'es pas irlandais. Tu devrais essayer de toucher les couilles de Murphy pour avoir de la chance.

Kaz se lève d'un bond en renversant sa chaise. Il ne devait pas y avoir d'armes, mais il sort un petit pistolet de quelque part et le pointe d'un air menaçant sur Trick.

Je me fige tandis que tout le monde s'éloigne de la table. Tout le monde sauf Trick. Il prend mon verre et en boit une gorgée, comme s'il était au bord de la piscine du Bellagio plutôt que dans un sous-sol humide. Même moi, j'aimerais tirer en plein sur son beau visage.

Kaz ne va pas supporter le calme à toute épreuve de Trick. Il fait le tour de la table et place le pistolet contre sa tempe.

Trick lève un sourcil et sourit.

Oh, mon Dieu, mais pourquoi ?

Kaz arme le pistolet contre le cuir chevelu de Trick, ce qui me fait grimacer. Trick reste immobile. De toute évidence, il s'est préparé à cette attaque, mais pourquoi la provoquer ? C'est fou.

Le regard froid de Trick ne quitte pas le visage de Kaz, et soudain il bouge si vite qu'avant que je comprenne, Kaz est au sol, la main sur son entrejambe et son arme au loin.

Par en-dessous de la table, Trick a donné un coup de poing dans les testicules de Kaz. *Mon Dieu.*

Trick se lève pour prendre le pistolet pendant que tout le monde se remet de ce qui vient de se passer.

Mo lève les mains en signe de reddition, ainsi que Gibson. Le croupier remonte ses lunettes sur l'arête de son nez en observant la scène. Jack Murphy et moi restons immobiles.

Au sol, Kaz siffle et se roule en boule en crachant des jurons.

Puis il y a un grand bruit à l'étage, un fracas suivi d'autres craquements.

— Qu'est-ce qui se passe, merde ? demande Kaz en s'asseyant.

Tout le monde se fige alors que des pas résonnent dans l'escalier. Mon souffle se coupe. Connor McCann, alias C, et Sasha Stroviak, alias Anvil, apparaissent, des armes à la main.

Les yeux de C vont du visage de Trick où le sang coule de son cuir chevelu, à Kaz sur le sol.

Kaz regarde les escaliers derrière eux, s'attendant peut-être à ce que ses propres hommes débarquent, mais personne ne vient.

— Mo, encaisse-moi, lance Trick en effaçant ses empreintes de l'arme avant de la poser sur la table de poker.

— Tout de suite, dit Mo qui renverse des billets dans un sac et le remet à Trick.

Kaz se lève, écumant presque de haine.

— Tu débarques comme ça, McCann ? Comme si cet endroit t'appartenait ?

— On dirait, répond C, le regard froid. C'est toi qui viens de blesser mon homme ?

— On dirait, ricane Kaz, impétueux et sans vergogne.

Le sang continue de couler de la tête de Trick devant son oreille. Il n'y touche pas et n'y fait pas attention alors que ça imprègne sa chemise blanche.

Murphy affiche un large sourire.

— T'aurais dû tirer plus bas, Petrov. Ça fait longtemps qu'il a besoin de se faire réarranger sa belle gueule. Il aurait peut-être même plus de succès.

— Je peux t'aider avec ça, dit Anvil en agitant ses doigts pour que Murphy s'approche.

Personne de sain d'esprit ne se battrait contre le gigantesque Stroviak aux poings d'enclume, mais je ne suis pas sûre que ces gars soient sains d'esprit.

Trick s'approche de la table et saisit mon bras dans un étau. Je lève la tête, surprise.

— Debout, ordonne-t-il.

Je cligne des yeux, essayant de me décider.

— Lève-toi, aboie C.

Je me lève en titubant.

Trick prend le sac d'argent de Mo et me guide vers les escaliers. McCann monte en premier, puis nous, Anvil sur nos talons, pistolet braqué sur la pièce.

Ils se déplacent avec économie et précision vers deux SUV. J'aperçois un homme étendu et inconscient sur le sol, le visage en sang. Mon estomac se tord. Milt avait raison. Ce sont avant tout des criminels violents.

Trick ouvre la portière passager d'un Range Rover.

— Monte.

Je n'hésite pas. Ce n'est surement pas le moment de discuter ou de faire quoi que ce soit qui les inciterait à me laisser étendue morte sur l'herbe. Où est le FBI ?

Je boucle ma ceinture de sécurité en regardant droit devant moi.

Trick monte et démarre la voiture. Le rap retentit des haut-parleurs jusqu'à ce qu'il le baisse. Il se met en marche, et derrière nous, le deuxième Range Rover avec McCann et Stroviak suit.

— Je ne comprends pas. Je n'étais pas...

— La ferme, dit-il doucement.

Je ferme la bouche en grinçant des dents. Je ne veux pas le laisser me parler de cette façon, mais ai-je le choix ?

Sauve-toi, crie mon esprit. Je glisse une main sur la boucle de ma ceinture de sécurité et l'autre sur la poignée de la portière.

— Fais ça, et je te punirai pendant des jours.

Mon regard se pose sur son profil. Il est d'une beauté à couper le souffle, ce qui est tragique car il est tellement pourri de l'intérieur.

J'éloigne mes mains de la portière et de la ceinture de sécurité, et m'enfonce dans le siège. Je ne sais pas ce que Trick veut faire de moi, mais je sais qu'il ne faut pas aggraver la situation en le défiant ouvertement. Le FBI devrait nous suivre. Ça va aller.

— Mauvaise direction pour moi. Je n'habite pas à Coynston.

— Tu vivras là où je dirai de vivre jusqu'à ce que j'en ai fini avec toi.

Mon cœur se serre et mon estomac se noue. Il n'avait jamais dirigé sa colère contre moi auparavant, mais j'en ai vu des fragments.

Au lycée et dans le quartier, Trick semblait le moins menaçant des trois. Mais ils se sont tous mis à travailler pour le syndicat du crime de Grigory Petrov à l'adolescence. Un regard dur de Connor McCann terrifiait même les professeurs. Et Anvil Stroviak, avec ses gros muscles et ses deux mètres de haut, ressemblait à un Terminator en fuite. Trick, cependant, jouait presque toujours la carte du charme en plaisantant et souriant aisément. C'était difficile de croire qu'il était impliqué dans le côté sombre de l'organisation Petrov. Je croyais qu'il était peut-être juste comptable ou quelque chose comme ça, parce qu'il était doué en maths. Il ne prenait jamais la peine de faire ses devoirs, donc il n'était pas premier de la classe, mais il aurait pu l'être. Ça, tout le monde l'avait compris. Il s'endormait tout le temps en maths parce que c'était le premier cours, mais quand notre professeur le réveillait et lui tendait la craie, Trick marmonnait des excuses et allait au tableau. Il regardait l'exercice pendant une seconde, puis sa main bougeait très vite, résolvant n'importe quel problème.

« C'était difficile », disait-il. Au début, je croyais qu'il le pensait, mais plus tard, j'ai compris que c'était sa façon de détourner l'attention de son génie. Il aimait notre prof de maths et le traitait toujours avec respect.

Il était souvent comme ça avec les enseignants et les

employés, à moins que quelqu'un en autorité le pousse dans ses derniers retranchements. Je me souviens du jour où M. Benedict a essayé de le rabaisser. Il était de mauvaise humeur et s'en était pris à la classe durant tout le cours. Trick s'était adossé à sa chaise et avait fait quelques blagues pour alléger l'ambiance. M. Benedict n'était pas d'humeur. Il a hurlé à Trick de se redresser, le qualifiant de paresseux et d'inutile. Il lui a dit qu'il était si stupide qu'il ne pouvait même pas se souvenir d'apporter un cahier.

Trick ne s'est pas redressé, au contraire. Il s'est penché plus en arrière et a mis ses mains derrière sa tête.

— On pourrait qualifier d'inutile un professeur d'histoire qui se trompe sur la date de la proclamation d'indépendance quand on étudie la guerre civile.

— Quoi ? Qu'est-ce que tu as dit ? avait crié Benedict en s'avançant. Tu ne sais rien de...

Mais Trick avait détaillé des faits et des dates sur lesquels le professeur s'était trompé, donnant même la date du cours où il avait fait les erreurs.

— Tu dis n'importe quoi…

— Non. Pas du tout, avait déclaré Trick avant de continuer.

Les doigts des élèves s'étaient levés pour ajouter des choses et défendre calmement Trick. Ça n'avait duré que quelques minutes, mais ça m'avait semblé des heures.

Finalement, M. Benedict avait crié à Trick de sortir de sa classe.

— Vous êtes sûr ? Peut-être que vous devriez partir et me laisser enseigner, avait répondu Trick avec désinvolture.

La salle s'était tue. Benedict avait l'air d'être sur le point de faire une attaque. Puis Trick s'était levé.

— Je n'ai pas oublié d'apporter mon cahier. J'en ai juste rien à faire.

M. Benedict l'avait attrapé par le col de son T-shirt, mais

Trick s'était dégagé facilement en murmurant : « Soyez sérieux. ». Puis il était sorti.

Trick a été suspendu et n'a pas eu la moyenne en histoire, mais il a quand même eu un C de moyenne général, car dans les cours sans devoirs, il avait des A.

Je regarde maintenant par la vitre alors que les arbres défilent sur le côté de l'autoroute.

— Scott ?

— Non.

— Trick, dis-je aussitôt. Tu ne devrais pas faire ça. Tu devrais quitter l'autoroute et me laisser partir.

Devant son silence, j'essaie de me taire aussi longtemps que possible, c'est-à-dire cinq minutes.

— Je ne comprends pas ce que...

— C'est toi qui es venue vers moi. Tu voulais mon attention. Maintenant, tu l'as.

— Pas du tout, mentis-je.

— Sois sérieuse.

Il parle sur le même ton dédaigneux et ennuyé qu'il avait employé avec notre tyran d'enseignant, il y a toutes ces années.

Je déglutis, de plus en plus mal à l'aise. Pourquoi me suis-je laissée convaincre par Milt ? Pour qui est-ce que je me prends de titiller un gars capable de tuer une demi-douzaine d'hommes ?

— Je veux juste descendre de la voiture, dis-je avec un tout petit filet de voix. C'est une erreur. Tu peux me déposer n'importe où. J'appellerai un taxi.

Après quelques secondes.

— Qu'est-ce que c'était ?

— Quoi ?

— Dans la boisson.

Oh, mon Dieu. M'a-t-il vu prendre son verre ? J'ai fait ça discrètement. Il n'a pas pu le voir.

— Et qui t'envoie ? Avec Kaz, il n'y a rien de plus que ce qu'on voit. Ce type apporte une arme et des gros bras et pense maitriser la situation parce qu'il a réussi à forcer la porte. C'est tout Kaz. Mais me droguer en demandant à une fille de glisser quelque chose dans mon verre ? Là, ça ne lui ressemble pas. En fait, je doute que même Murphy fasse une chose pareille. À quelle fin ? Entre Gibson, Mo et le dealer qui était là-bas, il n'allait pas me transporter devant témoins pour me tuer ailleurs. Et risquer que les fédéraux et ma bande le sachent ? Non. Murphy est plus intelligent que ça. Il m'attendrait quelque part, me tuerait, et le mettrait sur le dos de quelqu'un d'autre. C'est plus le genre de sa famille.

Je redresse la tête dans sa direction. De quoi parle-t-il ? Et pourquoi est-ce qu'il dit ça, à moins d'avoir décidé que je ne pourrai jamais le répéter ?

— Dis-moi qui t'a envoyée.

Mon estomac fait un vol plané, et je lâche dans un souffle :

— Personne.

C'est une catastrophe. J'ignore ce qu'il a l'intention de faire. Va-t-il me tuer ?

— Mauvaise réponse, se contente-t-il de répondre.

CHAPITRE 2

TRICK

Bordel, elle aurait pu me faire tuer en me droguant dans une pièce remplie d'ennemis. Mais c'est peut-être bien ce qu'elle avait en tête. Est-ce que le produit était censé faire le travail directement ? Parce que sinon, quoi ? Si je m'étais évanoui, elle n'aurait jamais pu me transporter sans aide. L'idée que Laurel me kidnappe me fait presque sourire. J'aurais bien voulu voir ça.

Ça me fait chier qu'elle ait mis quelque chose dans mon verre sans que je le voie. Tout ça parce que j'ai voulu l'ignorer.

J'arrive au parking de mon immeuble et envoie un SMS à C lui disant que je l'appellerai plus tard.

Premièrement, la fille. Deuxièmement et troisièmement, la fille.

— Trick ?

— Oui ?

Je gare mon pick-up sur ma place de parking et jette un coup d'œil dans le rétroviseur. Il ne me semble pas qu'on ait été suivis. J'éteins le moteur et appuie sur un bouton qui abaisse une paroi métallique, et à l'intérieur de laquelle je rentre la voiture.

Je descends et tape un code pour ouvrir un autre séparateur métallique qui révèle l'ascenseur menant au penthouse. Quand j'ouvre sa portière, je la trouve toujours attachée et hésitante à sortir. Intelligent de sa part.

— Suis-moi.

Laurel détache sa ceinture de sécurité et descend avant de remettre en place sa robe moulante. Ça ne sera bientôt plus un problème, quand je la ferai disparaitre pour chercher le micro pendant sa punition.

Je soupèse cette pensée pendant quelques secondes. Elle n'est pas à moi. Si elle fait partie de l'équipe de Petrov ou du gang de Murphy, ce sont les risques du métier. S'ils ne voulaient pas qu'elle en subisse les conséquences, ils auraient dû se montrer plus efficaces et m'empêcher de l'emmener. Mais si elle travaille pour un autre organisme, disons les fédéraux, lui donner un certain genre de leçon serait mal avisé.

— Qu'est-ce qu'on fait ? demande-t-elle.

Je la fais entrer dans l'ascenseur et active le clavier à empreinte digitale avant d'appuyer sur le bouton d'appel.

Je ne pense pas qu'elle travaille seule : il n'y a aucune raison à ça. Ce qui s'est passé au lycée, c'était il y a un million d'années. Sa petite sœur Monet est une accro aux drogues euphoriques, mais mes gars savent qu'il ne faut pas vendre de produits à Monet Reilly.

Laurel se mord le coin de la lèvre. C'est sexy, mais je doute que ce soit le but. Elle semble pensive.

Arrivés à mon étage, nous parcourons le couloir en béton jusqu'à la porte en métal. Mon empreinte déverrouille le clavier électronique de la porte, mais je dois aussi utiliser une clé. C insiste sur toutes ces sécurités parce que je vis en dehors de l'enceinte de C Crue. Il n'a pas tort ; beaucoup de gens veulent notre mort.

Je prends le bras de Laurel et la conduis à l'intérieur, puis je verrouille la porte et tape le code de sécurité. Elle me regarde remettre mes clés dans ma poche.

— Tu es sûre que c'est assez sécurisé ? Où est la tête nucléaire ?

Un coin de ma bouche se relève, mais je ne souris pas. C'est la première fois ce soir que je revois la fille dont je me souviens, la seule fille capable de me faire louer un costume. Mais un petit sarcasme bien placé ne va pas me distraire de la raison pour laquelle nous sommes ici.

Elle s'humecte les lèvres et regarde autour d'elle. L'endroit est parfaitement rangé, comme d'habitude, puisque je suis rarement rond comme une queue de pelle. *Rond comme une queue de pelle,* me dis-je avec un autre sourire narquois. C'est une expression que ma mère a empruntée à sa mère, qui la tenait probablement de la sienne avant ça.

Laurel étudie l'œuvre d'art métallique avec éclairage LED en inclinant la tête. Je suis tenté de lui dire que l'artiste est une femme et qu'elle m'a donné l'œuvre après que je l'aie attachée et fait jouir trois fois d'affilée en une heure. Est-ce que ça l'énerverait et la rendrait jalouse ? Ça fait longtemps qu'elle et moi ne sommes plus ensemble, mais il y a toujours quelque chose de torride et d'incontrôlable entre nous.

Laurel se dirige vers les fenêtres et jette un coup d'œil dehors comme si elle était un rencard que j'aurais ramenée à la maison et qui serait libre d'explorer mon appart. La grande question est de savoir pourquoi je la laisse faire. Non seulement je ne ramène presque jamais de femmes à la maison, mais ce n'est surement pas un rencard.

Posant une main contre la vitre pare-balles, elle regarde le parc qui a été financé en majorité par C Crue. Nous sommes des méchants, mais nous faisons de bonnes choses, surtout quand ça améliore la valeur des propriétés qui nous appartiennent.

— Jolie vue. C'est la première fois que je vois le nouveau parc terminé. C'est impressionnant vu d'ici.

— Impressionnant vu d'en bas aussi.

— Qu'est-ce que vous allez faire des quartiers au sud d'Aberdeen ? Vous allez les rénover aussi ?

— T'es qui ? L'urbaniste ?

Elle se retourne et braque ses magnifiques yeux verts sur moi.

— Juste curieuse.

— Je connais ce sentiment.

Je me rends dans la salle de bain et lave le sang de mon visage. Je laverai l'entaille plus tard et j'y poserai une agrafe, mais pour l'instant, ça ira.

De retour au salon, je la retrouve au même endroit. Pas bête. Elle n'est pas une invitée et se montre sympa en ne hurlant pas d'avoir été enlevée. Un bon comportement, même s'il est trop tard.

— Dernière chance d'être honnête.

— Il n'y a rien à dire.

Sa voix est stable. Elle l'a été toute la soirée, et ça me plait chez elle. Si elle s'était effondrée en pleurs hystériques, ou pire, qu'elle était devenue bavarde et provocante, ça m'aurait encore plus énervé.

— Vraiment ? dis-je en déboutonnant ma chemise tachée de sang. On verra. Enlève ta robe.

Elle joint ses mains devant elle dans un geste défensif, mais reste silencieuse. Tant mieux pour elle si elle ne panique pas.

— Si le FBI veut voir ma chambre, il va falloir qu'ils utilisent des drogues plus efficaces.

Elle s'humecte les lèvres et détourne le regard. C'est donc ça ? Elle travaille pour les fédéraux ? Si oui, où diable sont-ils ?

Quand C et Vil ont débarqué, elle était dans le sous-sol de Little Mo en compagnie de cinq tueurs et trois armes à feu. Ils auraient dû se ruer à l'intérieur comme s'il s'agissait d'un incendie gravissime.

Je m'approche et murmure à son oreille :

— Tu peux enlever la robe toi-même, sinon je le ferai.

Elle frissonne. Bien.

Mon regard se dirige vers le clavier numérique à côté de la porte. Pas un bip. Si elle fait partie des fédéraux ou que c'est une informatrice, qu'est-ce que son équipe attend ?

Une fois dans la cuisine, je pose un instant mes mains sur le plan de travail en marbre et attends. Puis je prends les cisailles du bloc de couteaux et reviens vers elle.

— Dernière chance d'appeler ton équipe pendant que tu es encore habillée.

Elle frissonne, donc elle a peur. Mais elle n'appelle pas à l'aide, ce qui m'indique qu'elle ne peut probablement pas le faire.

Le bout de mes doigts plonge dans la fente entre ses magnifiques seins. J'écarte le tissu de son corps et le coupe avant de le déchirer.

Ses sous-vêtements en dentelle sont de couleur champagne pâle, et parfaits. Repoussant la robe de ses épaules, je regarde attentivement s'il y a des appareils. Quand je touche le fermoir du soutien-gorge, elle prend mon bras et secoue la tête.

— Tu en as assez vu.

À peine, me dis-je. *Pour ça il faudrait d'abord que j'ai mis tes cuisses sur mon visage.*

— De nos jours, les appareils peuvent tenir sur une tête d'épingle.

— Alors donne-moi quelque chose d'autre à mettre, et je te passerai mon soutien-gorge.

Elle est incroyablement calme sous pression. Est-ce qu'elle a suivi une formation ? Si c'est le cas, elle et l'agence ont fait un très bon travail en gardant sa mission secrète. Je n'ai jamais entendu dire qu'elle allait à l'Académie du FBI. Et s'ils l'ont choisie pour m'atteindre, ils ont amélioré leurs méthodes. On est sortis ensemble pendant six semaines, il y a neuf ans. Depuis, j'ai rarement posé des questions sur elle. Pourtant, la voici chez moi, aussi calme qu'un putain d'agent d'infiltration vétéran.

— Ouais, je vais te passer quelque chose, dis-je en m'éloignant. Et tu peux garder ta culotte. Si tu les as laissés te mettre un micro là, tu mérites de le garder.

Une fois dans ma chambre, je dédaigne le peignoir. Elle ne portera pas un truc volumineux pour ce qui va suivre. Au lieu de cela, je trouve un T-shirt Guinness usé, encore plus vieux que nous. Il se trouve aussi que c'est le T-shirt que je portais la première fois que je lui ai parlé.

Quand je lui passe, elle le regarde et fronce les sourcils.

— Juste ça ?

— Ou rien.

Elle se tourne face au mur, décroche le fermoir et se penche en avant pour faire glisser le soutien-gorge. Puis elle le tient derrière elle et attend.

Je le prends, mais mes yeux ne quittent pas son dos nu, qui est magnifique. Ses épaules font la largeur de ses hanches. Sa taille est étroite et descend jusqu'aux deux minuscules fossettes à quelques centimètres au-dessus de ses fesses parfaites couleur pêche. Elle a le même tonus musculaire qu'à l'époque où elle était athlète.

Le T-shirt Dublin Guinness est enfilé et recouvre les fossettes.

— Chaussures, dis-je.

Les sangles ou les boucles pourraient facilement dissimuler un appareil.

Elle les enlève et je ramasse les vêtements et les chaussures. Après avoir ouvert la porte, je les jette dans le hall, puis referme la porte. À présent, sa seule protection est un vieux T-shirt et une culotte en dentelle. Les chances qu'elle révèle ses secrets ont basculé en ma faveur.

— C'est bon ? demande-elle. Maintenant, tu me crois ?

— Non. Mais je pense que tu as des nerfs d'acier, ce qui m'impressionne.

Je jette ma propre chemise ensanglantée à la poubelle et ouvre la porte de la chambre d'amis insonorisée. À première vue, il n'y a rien d'inhabituel dans cette chambre gris sauge et tourterelle. Je déverrouille un panneau caché au pied du lit, l'ouvre et en sors les liens en cuir qui sont accrochés aux boulons à l'intérieur. Je fais de même avec la tête de lit. Ensuite, je déverrouille le coffre et sors un traversin en mousse rembourrée. Je le jette sur le lit, avec une palette en bois.

Je ne ramène pas beaucoup de partenaires de jeu à la maison. Je les rencontre généralement dans des donjons payants ou des chambres d'hôtel. Mais j'ai aménagé la chambre d'amis en pensant que ça me serait utile si jamais je me trouvais une petite amie.

Je regarde la palette rectangulaire et lisse. Elle n'a jamais été utilisée. Quand je joue avec une fille, je lui donne simplement une fessée ou j'utilise un fouet si elle a de l'expérience et qu'elle aime ce genre de choses. J'ai acheté la palette au cas où j'aurais une fille dans ma vie qui aurait besoin d'être punie. Le besoin ne s'est jamais fait ressentir parce qu'aucune relation n'est jamais devenue suffisamment sérieuse. Ma capacité d'attention est généralement de deux ou trois semaines au mieux.

Laurelyn approche de la porte, puis se fige comme un cerf pris dans les phares d'une voiture. Son immobilité se brise finalement alors qu'elle respire rapidement. Son regard se fixe sur les liens en cuir.

— Non, murmure-t-elle.

— Entre. Tu peux garder tes sous-vêtements.

Son regard se tourne vers moi, et quand elle parle, sa voix est ferme.

— Scott, non.

Je lui adresse un sourire sans humour.

— C'était pas une question mais un ordre.

Ses yeux verts se plissent. Je me souviens de ce regard. À dix-huit ans, c'était sacrément efficace, ce qui n'est pas peu dire car je peux compter sur les doigts d'une main le nombre de fois où j'ai réfléchi à deux fois à mes actes quand il s'agissait des lycéennes de Coynston.

Je lui fais un doigt d'honneur.

— Si tu essaies de te sauver ou te débattre, je reprendrai ce T-shirt. Tu veux être nue pendant que je te punis ? Et le rester après ?

Sa respiration est inégale. Va-t-elle combattre ou fuir ? Parce que je sens qu'elle ne se soumettra pas facilement. Je me demande encore pour qui elle travaille. Quelqu'un à qui je n'ai pas pensé et qui veut se venger ? A-t-elle plus peur de lui que de moi ? Je dois changer ça.

Mon sexe se dresse. Je suis tenté d'en faire plus qu'une punition. Comme j'aimerais mettre des pinces sur ses tétons et des menottes à ses poignets pour la taquiner avant de la baiser. Quand on était ensemble, je n'ai pas essayé de l'introduire à ce genre de choses tout de suite parce que je ne voulais pas aller trop vite. Contrairement à toutes les autres, je voulais la garder. Puis on s'est séparés et j'ai laissé tomber.

— Tu ne peux pas faire ça.

— Il y a des attaches intégrées dans le cadrant du lit. Il est clair que j'en suis capable, donc « peux pas » n'est-ce pas le bon mot. La différence entre le mot juste et le mot presque juste…

J'attends qu'elle termine la citation de Mark Twain en souvenir de ses jours en tant que capitaine de l'équipe de débat.

— Arrête de plaisanter.

— Trop tard, dis-je avec un petit sourire.

Je ne devrais pas flirter, mais je ne peux pas m'en empêcher. Puis je réalise qu'un appareil pourrait être caché dans sa pince à cheveux. *Il y a du laisser-aller, Trick. Reste concentré*. Je m'approche pour décrocher la pince et laisse ses cheveux soyeux se répandre sur ses épaules. Ils sont plus longs qu'avant et descendent jusqu'aux coudes. Cheveux sexy qui correspondent à son corps.

Je sors pour me débarrasser de la pince sur la pile de vêtements jetés. Elle en profite pour se retirer dans la cuisine.

Je la prends par le bras et la tire vers la chambre d'amis. Comme elle résiste, je la soulève. Quand je la jette sur le lit, elle rampe immédiatement vers le bord le plus éloigné, ses yeux enfin écarquillés de peur.

— Tu ferais ça à quelqu'un qui ne veut pas ?

Je pose un regard froid sur elle.

— Il ne s'agit pas d'un rencard. Tu as essayé de me droguer dans une pièce remplie d'hommes qui voulaient ma mort.

Elle secoue la tête.

— On sait tous les deux que tu l'as fait et je vais te punir pour ça. Quand j'aurai brisé ta résistance, tu me diras qui t'a envoyée pour me piéger.

— Je ne savais pas que tu serais là.

— Foutaises.

— C'est vrai !

C'est intéressant parce qu'elle a l'air sincère. Je ne laisse rien paraitre dans mon expression, et lui fais signe de continuer.

— Je ne peux rien dire d'autre.

— Tu peux, et tu le feras.

— S'il te plaît, ne fais pas ça.

— Dis-moi la vérité, toute la vérité, et on trouvera une autre punition.

La colère brille dans son regard.

— Tu te prends pour qui pour forcer une femme à se déshabiller et lui infliger des châtiments corporels ? Tu te crois au Moyen âge ?

— Pour certains d'entre nous, il ne s'agit pas d'un retour en arrière. Le Moyen âge est la seule chose que nous connaissons.

Ma bouche s'étire en un sourire ironique en me disant que je paraphrase probablement Anvil, ou son emo de chérie, Rachel.

— Si tu as eu une vie horrible, j'en suis désolée. Mais tu n'es pas obligé de continuer sur cette voie.

Ma bouche s'étire davantage.

— Tu veux être celle qui me sauvera de moi-même, Sainte Laurelyn ?

— Je ne peux pas accepter ça.

— Si tu avais dit ça à celui qui t'a envoyée me droguer, nous n'en serions pas là.

Elle déglutit.

— Mais je ne t'ai rien fait en fin de compte. Tu vas bien. Et je jure que si tu me laisses partir sans rien me faire, je ne me retrouverai plus jamais en position de te faire du mal.

— Je ne serai donc en sécurité que si je te laisse partir sans rien te faire ? Sinon, quoi ? Tu te pavaneras dans des robes moulantes à toutes mes parties de poker ? Si c'est ça, j'ai un conseil. Tu devrais mettre ta drogue dans ton rouge à lèvres et m'embrasser. Ça marchera surement mieux.

— Bien sûr, répond-elle avec scepticisme. Quand je suis arrivée, tu ne voulais même pas me parler. Tu ne me regardais pas.

— Je ne te regardais pas *parce que* je voulais te parler. Et je te laisse gagner du temps en ce moment parce que je veux te parler.

— Très bien, alors parlons, dit-elle en ramenant ses cheveux noirs derrière son oreille.

— Dis-moi qui t'a envoyée me droguer et pourquoi.

Elle se frotte les tempes.

— J'ai fait une bêtise ce soir. Mais je ne mens pas quand je dis que ce n'était pas censé être toi. Si j'avais su, je n'y serais pas allée.

— C'était censé être qui ?

Elle secoue la tête.

— Je ne peux pas, dit-elle en fermant les yeux comme si elle luttait contre quelque chose. Je ne peux pas te le dire. Alors laisse-moi partir ou fais ce que tu as à faire.

— Laurel, écoute-moi, dis-je d'une voix dure dans l'espoir qu'elle cède rapidement.

Ses paupières se soulèvent, et ce regard pâle d'émeraude se rive au mien.

— Tu n'as pas le choix. Tu comprends ? Tu ne pourras pas garder le secret. Tu peux soit me le dire maintenant, soit être punie jusqu'à ce que tu cèdes. Fais le bon choix.

— Tu bluffes. Je l'espère en tout cas, dit-elle d'une voix douce et implorante. Je pense que je comptais pour toi autrefois, comme tu comptais pour moi. Je ne pense pas que tu me ferais du mal.

Ma résolution vacille presque.

— Tu es vraiment douée. Si les fédéraux t'ont formée, ils ont fait un sacré bon boulot.

Sa mâchoire se resserre, mais elle secoue la tête.

— Tu bluffes. Je ne suis pas une prostituée que tu aurais payée pour abuser d'elle.

Ah, alors elle a entendu des choses sur moi en dehors de ce qui s'est passé au lycée.

— Je ne punis pas les prostituées. Je n'en ai pas besoin. Contrairement à toi, elles se comportent bien.

Une rougeur assombrit ses joues, et ma queue durcit. J'adore voir les filles rougir, et elle ne fera pas exception. Elle va confirmer la règle.

* * *

LAUREL

Comme annoncé, il est tordu. Je regrette de ne pas m'être sauvée quand j'en ai eu l'occasion. J'aurais pu essayer de m'échapper de la maison de poker. Ou quand il s'est arrêté à un feu rouge. M'aurait-il pourchassée sur la voie publique quand les entreprises mettent parfois des caméras de surveillance face au trottoir ? Probablement pas. Au lieu de ça, je suis restée poliment assise sur le siège passager pendant qu'il me kidnappait.

C'est la faute de son physique. Même maintenant, quand il me dit qu'il me fera céder par la force, j'ai du mal à le croire. Il est beau et détendu, et affiche même un sourire de temps en temps.

Puis je pense à son calme avec le pistolet de Kaz Petrov contre sa tempe. Il a fait comme si de rien n'était. Il n'a ni cligné des yeux ni grimacé. Peut-être qu'il y a eu une grimace quand la balle a touché sa tête, mais ensuite il est revenu au point mort. Comment quelqu'un peut rester silencieux pendant un truc pareil ? La plupart ne le pourraient pas. Il n'est pas normal.

Je cherche une arme ou un moyen de signaler que j'ai des ennuis. La chambre n'a pas de fenêtre.

— Qu'est-ce qu'il t'est arrivé ?

— Quand ? demande-t-il en avançant.

Il est tout en muscles. Habillé, il parait grand et mince, mais torse nu, il est clair qu'il s'entraîne régulièrement. Il a les épaules, les biceps et les tablettes de chocolat de quelqu'un qui connaît bien la salle de sport. Si jamais la pègre faisait un jour un calendrier, il devrait être sur la couverture.

— Depuis toujours. Il s'est passé quoi pour que tu sois ainsi ?

— Comment ? demande-t-il en prenant mon bras fermement.

— Sadique et criminel.

Il affiche un sourire magnifique. C'est ridicule, mais quelque chose se réchauffe en moi.

— C'est une question personnelle que nous n'aborderons pas ce soir.

Une sensation désagréable me tord la poitrine. C'est juste du business pour lui ?

— Mais pour info, je ne suis pas sadique, ajoute-t-il.

— Tu as une pièce aménagée pour torturer les femmes. Comment tu appelles ça ?

— Dominant.

— Je pourrais crier.

— J'imagine que tu le feras, dit-il.

Il m'attrape et je résiste, mais ce n'est pas comme ça que j'aurais combattu quelqu'un d'autre. Je ne veux pas vraiment lui faire de mal. Je veux juste qu'il arrête.

Malheureusement, il est déterminé. En quelques secondes, je suis face contre le lit, le bras replié dans le dos. Il exerce alors une pression douloureuse sur mon poignet et mon coude. Je crie et cesse de me débattre. La pression diminue et il me tient simplement le bras sans me faire mal.

— Tu ne peux pas gagner, dit-il. Sois gentille et ne bouge pas.

Les larmes me piquent les yeux.

— Ne me fais pas ça.

— C'est ta faute. C'est *toi* qui m'as trahi. Dis-moi ce que je veux savoir.

Je frissonne car son ton dur est difficile à encaisser, j'arrive quand même à garder une voix stable.

— Je n'ai rien à t'expliquer. Tu connais déjà toutes les raisons pour lesquelles tu es ciblé. Et elles sont toutes sans rapport avec moi.

— Tu joues les dures mais je te parie cinq cents dollars qu'il me faudra moins d'une heure pour te faire céder.

Sa suffisance m'exaspère, mais je ne réponds pas. Plus je suis furieuse, plus je m'enferme dans le silence.

Il menotte ma cheville gauche dans une sangle rembourrée.

Je lutte pour l'empêcher de saisir ma jambe droite en donnant des coups de pied, mais il finit par l'attraper et l'enchaîner.

— Je suis curieux quand même, dit-il d'un ton désinvolte, comme si nous étions en train de prendre un verre et non en train de nous battre pour le contrôle de mon corps.

Glissant mes bras sous ma poitrine, je résiste aussi longtemps que possible. Mais il finit par gagner et attache mes bras dans les sangles en cuir aux extrémités opposées de la tête de lit. Mon cœur bat de façon incontrôlable. Est-ce que certaines femmes aiment ça ? Parce que j'ai peur, ce qui ne me fait pas du bien. De plus, ma peur me met en colère contre lui et contre moi-même.

— Tu connais C Crue, n'est-ce pas ?

— Mes parents vivent toujours à Coynston, dis-je d'un ton amer.

— Et tu pensais que me droguer resterait sans réponse ?

— Je n'étais pas censée connaître la personne ! C'était censé être quelqu'un de plus bas dans votre organisation. Et il n'était même pas censé se rendre compte qu'il avait été drogué. Il aurait dû se sentir saoul. Pas malade, juste brumeux pendant un moment.

— Pour le faire parler ?

— Oui.

— Mais ça n'aurait pas été une preuve sans enregistrement, s'il n'y avait que ta parole contre la sienne. Tu as essayé d'enregistrer le jeu sur ton téléphone ? On vérifiera ça dans un moment.

Je pince les lèvres. Il est si intelligent, comme toujours. Et bien sûr, il connaît la loi. Ça lui est nécessaire pour échapper aux poursuites. Une part de moi se souvient à quel point j'aimais sa vivacité d'esprit et son génie. Je déteste ça maintenant. *Presque.*

— Tu aurais pu arrêter en voyant que c'était moi.

J'ai arrêté, me dis-je. Mais c'était probablement une erreur.

Peut-être que si j'avais gardé le micro, je ne serais pas dans son appartement maintenant.

Mais s'ils avaient voulu me suivre, n'auraient-ils pas pu le faire via mon téléphone qui est dans mon sac à main dans son Range Rover en bas ?

— Parce que, pour ton information, je ne suis pas la bonne personne à droguer. J'ai pris beaucoup de drogues pour m'amuser et j'ai goûté à beaucoup de substances dans ma vie. Je sais ce que je goûte et avec quoi ça a été coupé. Aspirine. Levure chimique. Peu importe.

— Le whisky est fort.

— C'est vrai. Peut-être que quelqu'un d'autre ne l'aurait pas remarqué. Mais je ne suis pas la bonne cible pour ça. Ma langue est trop douée.

Parle-t-il au sens figuré ? Mon corps l'enregistre et mes mamelons se tendent.

Il glisse un édredon sous mes hanches, ce qui soulève mes fesses au-dessus du reste de mon corps. Merde. Et pourquoi mon ventre se serre-t-il avec autre chose que de la peur en étant positionnée de cette façon ?

— Scott, allez. Tu ne vas pas vraiment faire ça, n'est-ce pas ?

— M'appeler par mon prénom est une erreur. Si tu veux me donner un autre nom, « monsieur » conviendra.

Est-il sérieux ? Je tourne la tête et croise son regard. Oui, il est très sérieux.

— Seules les filles de ma famille m'appellent par mon prénom. Chaque fois que tu l'utilises, ça me rappelle que tu es une femme qui dépasse les limites. Mauvaise stratégie.

Je le regarde. Est-ce vraiment ce qu'il ressent quand je l'appelle par son prénom ? Ou est-ce que ça lui rappelle que nous nous connaissons depuis longtemps ? Je pense que c'est plutôt ça. J'y compte, en fait.

Il remonte le T-shirt dans mon dos pour exposer ma culotte crème transparente. Allongée avec la cale en mousse sous le ventre, je suis positionnée pour une fessée… ou du sexe. Est-ce que ça l'excite ? Je parierais les cinq cents dollars de tout à l'heure que oui.

Je prends une respiration hésitante. Je devrais être terrifiée, mais il y a aussi quelque chose de sombrement sexuel dans tout ça, et c'est presque séduisant.

— Pourquoi tu es comme ça ? dis-je en frissonnant et cherchant désespérément à me sentir en contrôle de quelque chose, même si ce n'est que la conversation.

— Qui t'a envoyée ?

Je déglutis. Je ne pense pas que la vérité le rendra plus indulgent avec sa foutue palette, au contraire. Alors je secoue la tête. De toute façon, s'il veut me faire du mal, pourquoi devrais-je lui dire quoi que ce soit ?

Trick me gifle les fesses plusieurs fois. Je sursaute à chaque fois, non pas à cause de la douleur, mais parce que chaque gifle me surprend. La chaleur et la piqûre ne font pas vraiment mal ; en fait, ça augmente ma conscience de lui.

— Ton cul est fantastique, dit-il. Dommage que les circonstances m'appellent à te punir. Ça aurait pu être un autre type de fessée.

Je fixe un point sur le couvre-lit en essayant de rester calme et de me détacher de ce qui se passe.

— Quel autre genre y a-t-il ?

Il presse mes fesses.

— Des préliminaires.

Quelque chose de profond et de sensuel se contracte en moi, et je me souviens à quel point j'avais le béguin pour lui. À l'époque, il avait fait allusion à de sombres fantasmes sexuels, et j'avais laissé entendre que j'étais prête à le laisser les expérimenter sur moi. J'étais tellement sous son charme, et il était un mystère que je voulais désespérément élucider. Pour être honnête, c'est toujours le cas. C'est probablement pour ça que j'ai décidé de droguer sa boisson. Le sédatif était ma seule chance de gratter la surface énigmatique de Scott Patrick.

— Depuis combien de temps tu fais ce genre de choses ?

— Longtemps. Qui m'a piégé ? répond-il.

Je pince les lèvres en essayant de contenir ma colère d'être dans une position si vulnérable. Il n'aurait pas déshabillé un homme pour l'allonger sur un oreiller, la croupe à l'air pour le fesser comme un vilain garnement. J'ai de la chance qu'on se soient séparés à l'époque.

Choquée, je reçois un coup dur de palette. Je me raidis. La douleur résonne en moi. Ce n'était ni mignon, ni doux, ni sexy. Puis un autre, encore plus dur. Je gémis de douleur et essaie de me dégager de l'oreiller, mais sa main sur mon dos et les liens tendus me maintiennent en position.

— C'est assez, dis-je d'une voix aiguë.

Mais la palette descend rapidement, une, deux, trois, quatre fois. Je suis à bout de souffle à cause des ondes de douleur dans mes muscles. Les coups pleuvent, secouant mes os et expulsant l'air de mes poumons.

Essayer de me libérer ne m'aide pas à m'échapper ; ça ne fait que remonter le T-shirt plus haut, de sorte que mes seins sont partiellement exposés.

Je me débats en frappant mes jambes contre le matelas alors que la palette s'abaisse encore et encore. Les coups aplatissent momentanément ma chair avant de la faire rebondir en résonnant de douleur et de chaleur. La brûlure s'épanouit dans mes fesses puis s'infiltre plus bas, me faisant me tortiller alors qu'une douleur monte au plus profond de mon sexe.

— Arrête !

Trick ne cède pas, ni même ne s'arrête. Au contraire, les coups deviennent plus durs. Je me contracte et gémis à la punition impitoyable, jusqu'à ce que mes fesses soient en feu.

Les larmes me remplissent les yeux.

— S'il te plaît. Je ne peux pas... s'il te plaît !

Il s'arrête, et je m'effondre contre le matelas en laissant couler mes larmes. Une paume fraîche se pose sur mes fesses meurtries et les serre fermement. Je sursaute, le maudissant puis pleurant plus fort.

— Je veux le nom.

— Arrête ! m'exclamé-je en essayant de garder la voix stable pendant que je pleure.

C'est un sale monstre.

— Dis-moi ce que je veux savoir.

— Kaz, dis-je en mentant. Il voulait que tu sois à sa merci.

— Non. Et mentir est une plus grosse erreur que d'essayer de me droguer.

Une rafale de coups me fait perdre le contrôle. Je crie en tirant sur la couverture. Je le maudis, l'insulte et hurle comme une hystérique.

Trick continue jusqu'à ce que la douleur brûle si profondément que je ne puisse plus la supporter. Je fonds en sanglots, le suppliant d'arrêter, promettant de tout lui dire.

Il fait une pause.

— Je t'écoute.

Les sanglots coupent mes mots, mais je réussis à articuler :

— Milt Schager… m'a dit… C Crue… fait du trafic de filles. Moins de seize ans ! J'ai vu… comment peux-tu ?

— Qui est Milt Schager ? demande-t-il calmement.

— Va te faire foutre.

— Calme-toi. C Crue n'est pas impliqué dans le trafic d'êtres humains. On n'a jamais fait ça.

— Tu mens.

— Je n'ai pas besoin de mentir.

— Vous faites quoi alors ?

— Beaucoup de choses, mais pas de trafic humain. Les femmes innocentes et les enfants sont intouchables. C'est pour ça qu'on a quitté Grigory Petrov à l'époque.

— Tu as tué Grigory Petrov ?

Les yeux de Trick se plissent.

— Grigory Petrov a été tué pendant qu'il tirait sur sa propre fille et la mère de celle-ci.

— Je sais, mais qui lui a tiré dessus ?

Je ne sais pas pourquoi je demande, je n'ai plus de micro. Est-ce qu'un aveu de sa part changerait les choses et me motiverait à tout rapporter au FBI ? Non, cette simple pensée me met mal à l'aise.

Son regard d'un bleu profond se fixe sur mon visage.

— Grigory Petrov était dans une voiture en marche qui mitraillait dans un large cercle. Le buter n'a pas été un travail d'amateur.

Si ce n'est pas un aveu, je ne vois pas ce que c'est. Bizarrement, je n'ai pas de réaction émotionnelle. Peut-être parce que je suis convaincue que Grigory Petrov était un pire monstre que Trick et ses amis. Je me souviens des récits sur Petrov qui forçait de jeunes enfants à travailler pour lui comme messagers ou mules, et les coups qu'ils recevaient s'ils échouaient. La rumeur dit que Connor McCann a exigé en vain que ça s'arrête, et que Trick s'est battu avec un ancien de l'organisation Petrov à ce sujet. Suite à ça, C Crue s'est mis à son compte.

Ça n'a pas de sens que C Crue se livre à la traite d'humains avec des mineurs. Ils ne s'attaquent jamais aux enfants. Donc, soit C Crue a sa propre vision du trafic humain, soit le FBI a fait une erreur.

Je ferme les yeux et essaie d'empêcher mes larmes de couler alors que je prends une inspiration tremblante. Je ne veux plus sangloter.

— Tu as tué combien de personnes ? chuchoté-je.

— Qui est Milt Schager ?

— Un homme qui est déterminé à vous coffrer. Il y en a probablement beaucoup des comme lui, et à juste titre, semble-t-il, dis-je d'une voix plus dure que je le voudrais.

Il s'esclaffe.

— Tu penses que ton derrière peut supporter la punition que ta grande bouche me réclame ?

Je prends une inspiration, mais quand je parle, ma voix est ferme.

— Pas davantage.

— Alors donne les détails.

— Il n'y a plus rien à dire.

— Mauvaise réponse.

La palette claque contre mon derrière. Je pousse un cri et lâche une série de jurons. Il continue, plus vite et plus fort, jusqu'à ce que je sanglote et me brise à nouveau. Des tremblements secouent mon corps, et je suis à bout, complètement sans défense.

En ce moment, la vérité est à portée de ses mains. Tout comme mon corps. Je ne supporte plus la tension. Une part de moi trouve même l'obscurité de Trick fascinante. Cette version de lui est celle que j'ai toujours voulu connaître.

— C'est qui, Laurel ?

Mes mots sont saccadés et brouillés alors que je pleure.

— Il est du FBI. Ils veulent accéder à votre réseau.

Puis je reviens à ce qui compte pour moi. J'ai besoin de connaître la vérité :

— Les filles qu'il m'a montrées sur la photo étaient si jeunes. Elles paraissaient avoir douze ans. Comment vous pouvez faire ça à des enfants ? Tu as des sœurs, Scott.

— Il t'a manipulée. Il n'y a pas de trafic d'enfants. Quelle que soit la photo qu'il t'a montrée, elle ne provenait pas d'une opération C Crue. Et que tu aies tout gobé montre que tu ne me connais pas du tout.

Il retire la cale de sous mon ventre et détache mes poignets et mes chevilles.

Je me roule en boule, pleurant en partie de douleur et de soulagement qu'il ait terminé, et en partie parce que ça fait mal d'entendre le dégoût dans son ton quand il dit que je ne le connais pas.

Les sanglots rauques me font mal à la gorge.

Il se lève et sort en silence. Je couvre mon visage, essayant d'étouffer les pleurs que je n'arrive pas à contrôler.

Quelques instants après, il revient et le lit s'affaisse sous son poids.

— Tiens, dit-il alors qu'un gant de toilette chaud atterrit sur mes mains. Si tout ça… si les choses avaient été autrement, j'aurais pris soin de toi.

— Quoi ? dis-je, confuse, en mettant mon visage dans le gant humide pour y laisser couler mes larmes.

Il garde le silence pendant un moment avant de lâcher :

— Merde.

Il s'allonge sur le lit et repousse mes genoux vers le bas pour pouvoir presser son torse contre ma poitrine.

Je me débats un peu, mais c'est une résistance symbolique. Je ne peux pas l'expliquer, mais je le laisse m'attirer à lui et verrouiller ses bras autour de moi. Ceux-là même qui me punissaient quelques minutes plus tôt.

— Tu ne peux pas faire ce genre de choses. Tu ne peux pas, murmuré-je.

Il me tient en me caressant le dos tout en appuyant ses pouces dans les points de pression jusqu'à ce que mes muscles endoloris se relâchent et se détendent. Je les ai serrés si fort que j'en avais des spasmes ; je me sens tellement mieux quand il me force à lâcher prise.

Je perds la notion du temps. Tout est sensation. Les terribles battements dans mon derrière, les muscles de mes jambes qui tremblent, mon cœur battant, mes yeux qui pleurent. Et au-delà, ses bras puissants et son odeur masculine enivrante. Sa voix basse m'apaise, tout comme son souffle chaud contre mon visage.

Je me fonds dans le matelas avec l'impression de flotter. Je ne pleure plus, mais pas parce que j'ai repris le contrôle. Je suis détachée et en apesanteur. De temps en temps je frissonne, jusqu'à ce qu'il se lève et pose la couverture sur moi.

— Tu pars ? dis-je comme il ne se rallonge pas.

Je ne veux pas être seule, et l'attraction gravitationnelle de Scott Patrick est plus puissante que jamais.

— À la cuisine. Pour t'apporter de l'eau.

Il sort et revient quelques minutes plus tard. Je prends le verre et bois avidement. J'ai tellement soif. Une fois le verre vide, je lui tends maladroitement.

— Encore ?

— Non.

Il commence à s'éloigner.

— Trick ?

Il se retourne, et ses yeux d'un bleu-vert me rappellent la mer.

— Oui ?

— Alors, est-ce que je te dois cinq cents dollars ?

J'essaie d'injecter de l'amertume dans ma voix, mais je n'y parviens pas. Mon ton est plus curieux que furieux.

Il hausse les épaules.

— Par rapport aux autres filles, est-ce que j'ai craqué plus vite ?

Je ne sais pas pourquoi c'est important pour moi. Peut-être parce que j'ai été une athlète de compétition. Peut-être parce que quand nous étions ensemble, je voulais qu'il expérimente des choses avec moi et que je me suis toujours demandé si j'aurais pu supporter des rapports sexuels sauvages et pervers.

— Je ne le saurais pas, dit-il.

— Comment ça ?

— Je n'avais encore jamais puni une fille.

Ma tête se redresse pour l'étudier attentivement.

— Menteur. Tu as fessé beaucoup de femmes.

— Oui. Beaucoup, dit-il avant de prendre une grande inspiration. Mais pas comme ça.

— Vraiment ? demandé-je, étonnée.

Il hoche la tête et fait mine de partir. Et encore une fois, je ne peux pas le laisser s'en aller.

— Que va-t-il se passer maintenant ? Ensuite, je veux dire.

— On va juste dormir et on parlera plus tard.

Je pose le gant de toilette sur la table de chevet et m'allonge sur le côté. Il s'arrête sur le pas de la porte et m'observe en silence. Je prends un oreiller et le pose sur ma tête avant de fermer les yeux pour ne pas avoir à le regarder partir.

CHAPITRE 3

TRICK

Je me mets à enquêter. Je suis doué pour ça.

Milt Schager est un agent spécial de trente-cinq ans du bureau du FBI de Boston. Coupe courte, mâchoire carrée, cheveux et yeux brun banals, il n'a rien de spécial. Je ne le connais pas, mais je me demande pourquoi il a quitté sa réserve avec cette opération. J'ai énervé tellement de flics et de fédéraux qu'ils seraient probablement ravis de mentir ou de produire des fausses preuves pour pouvoir me mettre en prison. Mais me droguer va au-delà de tout. Est-ce que Schager a été transféré de la CIA des années 1950 ? Est-ce qu'il a lu trop de Robert Ludlum ?

J'envoie un message codé à C. Un avertissement que les fédéraux deviennent agressifs.

Mon regard se tourne vers la porte de la chambre d'amis. Est-ce que Laurelyn aurait pu inventer l'histoire du FBI ? Peut-être qu'elle essayait de me droguer de sa propre initiative, pour se venger de quelque chose ? Rien dans notre histoire ne le justifie, mais C Crue trafique et sa petite sœur a un problème de drogue. Pourrait-elle m'en vouloir ?

Je m'interroge car ça ne ressemble pas au FBI d'utiliser un civil dans une opération aussi dangereuse. Surtout quelqu'un sans micro et sans protection. C'est dément. Il est toujours possible qu'elle soit un agent d'infiltration, mais j'ai suivi son parcours de près. Est-ce que ça aurait pu m'échapper ?

Si c'est un agent, elle devra mentir sur ce qui s'est passé ce soir. Je ne vois pas un agent spécial du FBI avouer avoir reçue une fessée de soumission par un membre de C Crue. Et elle a donné le nom d'un agent superviseur et dit qu'il y avait une opération en cours. Ce n'est pas logique non plus. Laurelyn n'a en aucun cas agi comme une fédérale quand je l'ai punie. Ne se serait-elle pas identifiée avant que je la soumette ? Là encore, peut-être qu'elle est très douée pour le travail d'infiltration.

Je pense aux taches rouge foncé sur ses fesses brûlantes et enflées. Je ne sais pas si elle aura des ecchymoses, mais elle aura certainement mal. S'il s'avère qu'elle est du FBI, et que j'ai fessé un agent à l'en faire pleurer, ça restera dans les annales.

— Pourquoi tu souris ?

Je tourne la tête et la trouve à l'entrée du salon, enveloppée dans une couverture.

— Pourquoi tu es debout ? Retourne te coucher.

— Je ne suis pas fatiguée. Je veux savoir ce qui va se passer.

Mon regard la passe en revue. J'aimerais avoir une excuse pour lui retirer cette couverture. Même s'il y a des éléments dangereux et inconnus en ce qui la concerne, mon corps s'en fiche ; la seule chose qui l'intéresse, c'est son attirance constante pour elle. Je suis dur depuis que je l'ai attachée.

— Que veux-tu qu'il se passe ?

Elle cligne des yeux sans rien dire. Je serais prêt à payer dix mille dollars – non, plus – pour savoir ce qui se passe dans sa tête.

— Tu pourrais me laisser partir.

— Essaie encore, ma petite.

Ses sourcils se lèvent.

— Ma petite ?

Je hausse les épaules.

— Tu ressembles à une petite fille enveloppée dans cette couverture. Relève la pour qu'elle ne traîne pas au sol.

— Il me faut des vêtements, dit-elle.

— Je suis ouvert aux négociations.

Elle me fixe, mais ne mord pas à l'hameçon. Dommage.

— Sérieusement. Et maintenant ? Tu as eu ce que tu voulais. Tu vas me laisser partir ?

Ouais, Trick, qu'est-ce que tu vas faire avec cette jolie fille qui a failli t'avoir et qui le pourrait encore si tu es pris avec elle ?

Je prends une grande inspiration, expire et hausse les épaules. Je sais ce que je dois faire : la virer immédiatement de chez moi.

— Il me faudra du temps pour confirmer que ce tu m'as dit est la vérité. Quand je pose des questions au FBI, ils ne répondent jamais.

— Tu leur parles ?

— Parfois. C pense que c'est une mauvaise idée de les provoquer, mais tu comprends, quand on me pique, j'aime rendre la pareille.

Je la regarde fixement. Elle m'a piqué et j'aimerais en faire de même, juste entre ses magnifiques cuisses.

— Je t'ai dit ce que tu voulais savoir. Ton enquête sur le FBI n'a plus besoin de moi. La prochaine fois que Milt Schager m'appellera, je ne décrocherai pas. Je peux avoir mon téléphone ?

— Il aimerait probablement savoir que je t'ai amenée ici et que j'ai fessé ton joli derrière. Ça pourrait lui donner un mobile.

— Je pense que ton côté impétueux lui a déjà donné tous les mobiles dont il avait besoin. Il s'en fiche de ta vie amoureuse perverse.

« *Vie amoureuse* ». J'aime bien cette idée. Elle n'utilise pas le mot agression. Je parie qu'elle ne réalise pas à quel point c'est révélateur.

— Retourne te coucher Laurel, avant que je te donne quelque chose de plus utile à faire.

— Du genre ?

— Me sucer la queue.

Je ne peux pas m'empêcher de la provoquer pour voir où ça nous mène. Comme d'habitude, je suis partant, peu importe la dangerosité du jeu.

Elle cligne des yeux et rougit aussitôt.

— Comme si j'accepterais.

Je souris et balaie sa négation d'un geste de la main. Elle se raidit.

— Quand j'étais jeune, j'étais naïve et très idiote de ne pas croire que tu avais gagné ta mauvaise réputation.

Je pose une main sur mon cœur.

— Blessé à vie.

Elle me fait un doigt d'honneur et je souris.

— Sérieusement, Trick, je veux mon téléphone. Je demanderai à quelqu'un de m'apporter des vêtements, et je disparaitrai de ta vie.

— Non.

Elle me fixe.

— Alors tu veux quoi ? Que je me balade ici à moitié nue pendant quelques heures ? Comme si tu me payais ?

— Tu aimerais que je te paie ? demandé-je, connaissant déjà sa réaction.

Elle me fait un autre doigt d'honneur et je suis tenté de la prendre sur mes genoux.

— Sept mille dollars de dettes pour avoir aidé ta petite sœur. Ce n'est pas rien.

Elle se fige avant de resserrer la couverture autour d'elle.

— Comment tu sais ça ?

Je la regarde de haut en bas, sachant exactement quoi dire pour lui faire comprendre que je peux tout savoir sur elle quand je veux. Si elle ne m'avait pas fait de doigt d'honneur, je n'aurais pas été jusque-là. Mais c'est une fille qui m'adorait et je n'aime pas qu'on me défie. L'impertinence est une chose quand une fille flirte, mais si elle était à moi, je ne lui aurais jamais permis de me faire un doigt.

— J'estime qu'il te reste environ une semaine avant d'avoir tes règles si je me base sur la dernière fois où tu as acheté des tampons.

Sa bouche s'ouvre, et durant un instant, elle reste sans voix. Après quelques secondes, le sillon de stupéfaction entre ses sourcils cède la place à une expression de colère. Elle fait volte-face et retourne dans la chambre d'amis en me lançant par-dessus son épaule :

— Arrête de fouiner dans ma vie.

Aucune chance, ma belle.

Le téléphone jetable sonne. C'est C. Je décroche, le regard sur la porte ouverte de la chambre d'amis.

— Salut.

— Comment va ta tête ?

— Impec. J'aurais probablement besoin d'une agrafe. Merci de me le rappeler.

— Et ton invitée ?

— Quoi, mon invitée ?

— Elle est toujours là ?

— Ouais.

Le silence qui suit m'indique sa désapprobation. Il n'a pas tort. Moi-même je désapprouve de la garder chez moi.

— Jusqu'à quand ?

— Je ne sais pas.

— Elle a besoin d'être raccompagnée quelque part ?

Le coin de ma bouche se relève.

— Non. J'organise une spéciale C Crue.

— Comment ça ? demande-t-il d'une voix plus basse.

— Du genre où une fille a des choses à raconter, et l'un de nous l'invite pour quelques jours.

— Tu plaisantes, n'est-ce pas ?

Je ne réponds pas.

— J'ai reçu ton message, Trick. Mais cette fille a l'air d'avoir d'autres fréquentations que nous.

Encore une fois, je ne réponds pas. Nous savons tous les deux qu'il a raison. J'aurais déjà dû mettre son joli cul rose à la porte. C'était différent de prendre des filles pour faire chier Grigory Petrov ; on était déjà en guerre avec lui, et il n'était pas le putain de FBI avec des centaines d'agents, un temps illimité pour enquêter et un accès à des données que même le gouvernement n'est pas censé avoir.

Bien qu'en vérité, j'ai également un accès presque illimité aux mêmes informations, grâce aux meilleurs pirates qu'on puisse acheter sur le dark web. Je connais le risque de taper dans un nid de guêpes, mais ils ont envoyé une très jolie reine des abeilles pour me piquer, et ça me fait chier parce qu'elle n'était pas censée prendre parti contre moi. Et je prévois de le lui rappeler. Alors non, je ne suis pas prêt à la rendre.

— Trick ?

— Oui ?

— Ne joue pas trop longtemps.

— Bien.

Je m'attends à ce qu'il raccroche, mais il ne le fait pas.

— Quoi encore, C ?

— Tu devrais rentrer à la maison. Anvil et moi voulons en savoir plus sur cette fête au sous-sol. Je ne m'attendais pas à te trouver en train de boire des Bloody Mary.

— Je suis un gars populaire ces jours-ci. Tout le monde veut danser avec moi.

— On dirait. Les gens semblent quand même à la ramasse.

N'inviter que toi ? Comme si tu étais le seul de nous à aimer danser ?

Je souris. En ce qui concerne le business C Crue, nous sommes Cerbère : le chien à trois têtes aux portes d'Hadès. On travaille comme un seul corps et donc jamais seuls.

Peut-être que Kaz suppose que c'est moi qui ai appuyé sur la gâchette de Grigory, mais il sait aussi que n'importe lequel de nous aurait pu le faire. Même Anvil lui a tiré dessus pour faire bonne mesure quand Grigory a essayé de tirer un dernier coup en mourant.

Donc, si Kaz prévoit de me tuer, il ferait mieux d'avoir un bon plan pour tuer C et Anvil tout de suite après, de sorte que nos trois corps touchent le sol en même temps. Sinon, mes amis lui tomberont dessus avec une telle force que ses chances de survie seront inférieures à cinq pour cent.

— Je passerai bientôt pour qu'on puisse discuter poker.

— D'accord, dit-il avant de raccrocher.

Je passe mes doigts sur la coupure dans mon cuir chevelu. Kaz est un imbécile téméraire d'avoir pointé une arme sur moi devant témoins. Quant à me frapper à la tête juste pour m'embêter ? Quand on fait ce genre de conneries, mieux vaut savoir viser comme un sniper.

Comme moi.

* * *

LAUREL

Je reste éveillé dans le sinistre lit d'invité après avoir remis les attaches dans leurs fentes dans la tête et les pieds de lit. Je dois rester sur le ventre car je ne supporte aucune pression sur mes fesses meurtries. Ma chair palpite tellement que je ne peux pas m'endormir.

— Viens dormir dans mon lit, lance Trick depuis la porte.

— Tu es incroyable, dis-je sans le regarder.

— Plus tôt tu me laisseras goûter, plus tôt tu sortiras de chez moi.

— Tu es sérieux ?

— Très.

Je roule sur le côté pour pouvoir le regarder.

— Ce n'est pas comme ça que ça fonctionne. Tu ne fais pas ce que tu viens de faire pour t'attendre ensuite à flirter et...

— C'est toi qui as commencé, dit-il en me coupant la parole. Non ?

Je pince les lèvres.

— J'ai été trompée. Du moins, d'après ce que tu dis. Parce que je ne peux pas m'empêcher de remarquer que je suis allongée presque nue dans une pièce où tu m'as attachée et battue.

— Je ne t'ai pas battue.

— Oh que si.

Il penche la tête sur le côté.

— Pas selon les normes de la rue. Et pas selon les normes C Crue.

— D'après les miennes, si. J'ai toujours mal.

— Oui, ce n'est pas une bonne idée de commencer des choses avec moi que tu ne pourras pas finir. Tu as eu de la chance de t'en tirer avec une fessée.

— Bien reçu. À partir de maintenant, je resterai loin de toi, donc dès que je sortirai de ton appartement.

Il sourit avant de disparaitre, et c'est dingue mais ça m'agace aussi. Je dois partir d'ici au plus vite. Quand il dormira, je pourrais me faufiler dans l'appartement à la recherche d'un téléphone. Ou je pourrais écrire SOS sur ses fenêtres géantes. Quelqu'un finira sûrement par s'en apercevoir.

— Tiens, dit-il.

Je tourne brusquement la tête pour le trouver debout à côté

du lit avec un verre d'eau et une main tendue pleine de comprimés.

— C'est quoi ?

— Motrin, Tylenol, Roxies.

— Roxies ? Qu'est-ce que c'est ?

Il enlève quelques pilules.

— Tiens. Motrin et Tylenol.

Je lâche un petit rire moqueur.

— C'est quoi les Roxies ? Une drogue illégale ?

— Ça peut être prescrit. Là, ce n'était pas le cas là.

Je prends le Tylenol et l'examine pour être sûre que c'est bien ça. Puisque c'est correctement estampillé, je les mets dans ma bouche et les avale avec de l'eau.

— Ne t'attends pas à ce que je te dise merci.

— Je comprends. La vie t'a transformée en morveuse.

Mes sourcils se lèvent.

— Trick, je ne joue pas là. Ce n'est pas un jeu.

— Tout est un jeu.

— Et que faut-il faire pour gagner ?

— Quand on jouera jusqu'au bout, on le saura tous les deux.

Je soupire.

— Je pensais que vous asservissiez des préadolescentes, sinon, je n'aurais pas accepté d'aider le FBI.

Ce n'est pas toute l'histoire, mais j'ai réussi à lui cacher un secret personnel, et je tiens à ce que ça reste ainsi.

— Ils se sont joués de toi. Ça ne t'énerve pas ?

— Totalement, dis-je honnêtement.

— À ton avis, pourquoi tu es tombée dans le panneau ?

— Parce que tu es un criminel reconnu, et l'un des hauts responsables d'une organisation criminelle. Et tu as une réputation de pervers, ce que je peux confirmer à présent. Pourquoi est-ce que je ne les aurais pas crus ? C'est le FBI.

— Mais pourquoi avoir accepté de les aider ? C'est ce que tu veux faire ? Travailler pour le FBI ?

J'étouffe un rire.

— Bien sûr que non. Tu es sérieux là ?

Je secoue énergiquement la tête, mais je suis nerveuse. Il a l'étrange perspicacité de deviner que je ne lui dis pas tout.

— Si ça avait été C ou Anvil dans ce sous-sol, aurais-tu tenté de les droguer ?

Je secoue la tête sans le regarder.

— Alors je suis l'heureux chanceux. Pourquoi ?

Je hausse les épaules.

— C'est bien ce que je pensais. Tu es toujours furieuse depuis le lycée, et tu voulais me revoir. C'est en partie pour ça que tu as accepté. Tu savais que je serai là.

— Je l'ignorais. Tu sais quoi, Trick ? En plus d'être un sociopathe meurtrier, tu es aussi un con arrogant.

Il rit et, même si je suis en colère et frustrée, mes orteils se recroquevillent de plaisir à l'entendre. Ce rire léger me rappelle des jours meilleurs, quand il n'était pas si blasé et brutal. Je repousse l'image du jeune homme qu'il était à l'époque où on était ensemble. Tomber amoureuse de lui maintenant ferait de moi une idiote, comme ces femmes qui faisaient des gâteaux et écrivaient des lettres à Ted Bundy en prison.

— Tu as de la chance d'avoir développé cette bouche intelligente après avoir quitté le lycée, dit-il.

— Pourquoi ?

— Parce que, Laurelyn, je pensais que tu étais une gentille fille innocente que je ne devais pas corrompre. Alors je t'ai laissée partir.

— C'est comme ça que tu le vois ?

En me souvenant de l'atroce chagrin qui a suivi notre séparation après la courte période où nous sommes sortis ensemble, je n'en reviens pas qu'il pense m'avoir fait une faveur. Sans parler de l'humiliation de découvrir qu'il était sorti avec des dizaines de mes amies !

— C'est clairement comme ça que je le vois.

— Et donc, pour ne pas être ghostée, il aurait suffi que je t'insulte ?

— C'est toi qui as rompu.

— Parce que tu sautais toutes les filles !

— C'est faux. Je me suis tapé beaucoup de filles, et plus elles étaient insupportables, plus elles étaient délurées au lit. Il y a pas mal de filles qui ne peuvent pas me regarder dans les yeux à ce jour, quand je les croise dans la rue.

— Et tu n'as pas l'air le moins du monde désolé.

— Je ne le suis pas. Ce n'était pas plus sérieux pour moi que pour elles. Le fait qu'elles trompent leurs mecs avec moi était leur décision. Et le fait qu'elles m'aient laissé leur faire des choses sales était aussi leur choix. Je n'ai jamais forcé personne.

J'expire furieusement.

— Tu es un tel connard.

— Quelqu'un devait me donner une leçon. Oh, c'est vrai, quelqu'un l'a fait. Elle s'appelait Laurelyn.

C'est tellement choquant qu'il dise ça que ça fait presque dérailler mes idées.

— Quoi ? Non. Je ne t'ai rien appris. Je t'ai quitté, oui. Mais tu es passé à autre chose le soir même ! Tu n'as même pas attendu.

— C'était insignifiant.

— Pour toi.

Ses yeux bleus sont sombres et froids.

— Tu n'as pas répondu à mes SMS. Ça ne devait pas signifier grand-chose pour toi non plus.

Je repousse mes cheveux de mes yeux et lui lance un regard noir.

— Tu m'as envoyé trois SMS, dont un seulement une heure après avoir baisé une autre fille du bal, ce qui prouvait à quel point nous étions toutes interchangeables pour toi.

— Ça ne prouvait rien, sauf que je suis doué pour faire

semblant. Quand je vais bien, j'ai l'air bien. Quand je ne vais pas bien, j'ai toujours l'air d'aller bien.

— Tu veux me faire croire que tu étais bouleversé ?

Il hausse les épaules, de ce geste énigmatique qui est sa signature. Je déteste ça, parce que quand Scott Patrick fait attention à vous, c'est comme si le soleil brillait dans un ciel bleu. Et puis on apprend qu'on est une parmi d'autres, et même pas celle avec qui il a été le plus intime. Et si vous faites une scène, il s'en fiche. Pas d'explication. Aucune excuse. Un jour, j'étais l'étoile la plus brillante et la plus belle du ciel nocturne. Le lendemain, j'étais morte pour lui. C'est bouleversant.

— Tu m'as accusé de te tromper, Laurel. C'était faux. J'étais avec elles avant de sortir avec toi, pas pendant.

— Mais tu leur envoyais toujours des SMS. Toujours amicaux. Toujours en train de flirter.

— Je leur envoyais des SMS parce qu'une rupture brutale ébouriffe les plumes. Si je veux que ce genre de fille reste calme et silencieuse, je dois les gérer d'une certaine manière.

— Tu leur as aussi brisé le cœur, tu sais ?

Il s'esclaffe. Peut-être qu'il ne comprend pas à quel point son charme est dangereux. Je n'ai jamais rencontré personne avant ou après lui qui m'ait écoutée et fait croire en moi comme il l'a fait. Il était d'une beauté à couper le souffle, ce qui était déjà assez terrible, mais le pire c'était qu'il pouvait vous donner l'impression que vous étiez spéciale, comme si vous l'aviez ensorcelé. C'était la sensation la plus incroyable : mieux qu'une douzaine de shots d'alcool. Une euphorie sans fin… jusqu'à ce qu'il s'en aille.

— Est-ce que je comptais pour toi ?

— Oui.

— Alors quand je t'ai envoyé un SMS quelques semaines plus tard, pourquoi tu m'as ignorée ?

— Tu as mis trop de temps.

Il détourne le regard pendant une seconde et s'humecte les lèvres.

— Je me suis forcé à passer à autre chose.

Cet aveu me frappe comme un coup de poing. Deux semaines et il était passé à autre chose ? Une décennie plus tard, je ne suis toujours pas sûre d'avoir tourné la page.

Il hausse les épaules avant de poursuivre :

— En plus, j'avais décidé que c'était mieux pour toi de passer à autre chose. Ça n'aurait pas marché entre nous, donc ça ne servait à rien de faire traîner les choses.

— Tu as décidé que j'étais mieux sans toi ? Pourquoi était-ce à toi de décider ?

— Parce que je savais ce que je voulais de toi, alors que toi non.

Je secoue la tête en fronçant les sourcils.

— Tes jeux sont plus dangereux que tes armes.

Il arque lentement les sourcils, l'air confus. Je poursuis donc :

— Au moins, quand tu tires sur quelqu'un, il meurt instantanément. Ton autre façon de blesser les gens dure beaucoup plus longtemps. Tu es en colère que j'aie mis quelque chose dans ton verre ? Tu devrais être heureux que ça n'ait pas été du cyanure.

— Fais attention, Laurelyn.

— Ou quoi ? Tu vas me fesser ?

Il croise ses magnifiques bras sur son beau torse.

— Ça, et bien plus encore.

Maintenant que j'ai commencé, je n'arrive pas à arrêter la vague de colère et de frustration qui se déverse à travers le barrage brisé.

— Je pense que le monde serait un meilleur endroit sans toi.

Son expression passe du mécontent au vide, et il quitte la pièce sans rien dire. Puis je me souviens trop tard de ce que c'est que d'avoir et de perdre l'attention irrésistible de Scott Patrick. Je viens de réapprendre à mes dépens qu'il vaut mieux se disputer avec lui que d'être ignorée par lui.

CHAPITRE 4

TRICK

Il faut que je la vire de chez moi.

Mais c'est un défi auquel je ne peux pas résister. La pensée de ses seins ronds, son postérieur rouge et son majeur levé me donnent envie de la clouer au lit et de la baiser comme elle en a manifestement besoin.

Je prends une douche chaude et me branle au souvenir de ses fesses relevées et de mon désir de passer mes doigts dans sa culotte transparente pour vérifier si elle mouillait pour moi.

Après avoir éjaculé et rincé la douche, j'essaie de me remettre les idées en place. *Laisse tomber,* me dis-je. *Sois aussi intelligent que ton toi de dix-huit ans, bon sang.*

Après avoir lavé ma blessure au cuir chevelu, je l'inspecte. Pas beaucoup de sang et pas assez profonde pour avoir besoin d'une agrafe. Je maintiens la gaze dessus jusqu'à ce que le saignement s'arrête à nouveau.

Lorsque je sors de la salle de bain de ma chambre, une serviette à la main, je trouve mon invitée devant la table de nuit en train d'utiliser mon téléphone jetable. Elle sursaute et essaie de battre en retraite, mais je la rattrape à la porte et saisis son bras par derrière pour la clouer contre le mur.

— Tu as appelé qui ?

— Personne.

Je lui gifle les fesses, la faisant haleter et se dresser sur la pointe des pieds. Ma queue commence à se raidir à cette réaction de sa part.

— Tu ferais mieux de me dire la vérité, dis-je d'un ton dur.

Je resserre ma prise sur ses bras pour souligner la gravité de ce que j'ai dit.

— Personne, je le jure. Je n'ai pas eu le temps. Tu me fais mal.

Je desserre parce que je ne plaisantais pas en disant que je n'étais pas sadique. Un peu de douleur pour pimenter le plaisir est une chose, mais la traiter avec la même brutalité que j'userais sur un ennemi n'est pas excitant.

— Qu'est-ce que tu fous ici ?

— Je voulais un téléphone, mais j'ai été bêtement distraite pendant une seconde.

— Assieds-toi sur le lit et tais-toi.

— Tu peux enfiler un pantalon, s'il te plaît ?

Je lui claque les fesses. Ce n'est pas une gentille petite tape, et son couinement m'indique que je me suis fait comprendre. Je la relâche et attends qu'elle obéisse à l'ordre que je lui ai donné.

Elle s'assied sur le bord du lit, bien que ça ne paraisse pas très confortable à en croire la façon dont elle se tortille.

Je vérifie le journal du téléphone. Le seul numéro est celui de C de tout à l'heure. Je vérifie les SMS pour voir ce qu'elle a pu lire. Rien d'incriminant. J'efface l'historique, ce que j'aurais dû faire avant d'aller sous la douche. Je me ramollis. La laisser me distraire est dangereux.

— Je suis désolée, mais je ne peux pas m'asseoir ! dit-elle en se levant et se massant le derrière.

— Alors mets-toi à genoux.

Ses yeux s'écarquillent, et le vert est aussi brillant et translucide qu'un vitrail. Elle secoue alors la tête en déglutissant.

— Je ne refuserais pas à ta place. Tu n'es pas prête pour le genre de punition qui s'en suivrait.

Je durcis davantage à l'idée de mettre un plug dans son trou rose. Je n'ai pas pratiqué de sexe anal depuis des années ; je pourrais la baiser par là en un instant. Est-ce qu'elle gémirait mon nom si je la pénétrais durement et profondément ? Est-ce qu'elle pleurerait dans mes draps ? Juste comme ça, je redeviens dur comme la pierre.

Laurel se mordille la lèvre avant de se mettre à genoux sur le tapis en marmonnant une question provocante :

— Comment tu saurais pour quoi je suis prête ?

Je ris presque car ce langage imprudent m'est familier. Combien de fois ai-je bafoué l'autorité parce que j'aime avoir le dernier mot ? *Tout le temps.*

Laurel est un problème pour moi ; sa voix est un chant de sirène. Est-ce que je conduirais un navire parmi les rochers pour pouvoir l'entendre ? Bien sûr que oui. C'est ce que je fais en ce moment.

Je me place devant elle. Quand elle lève les yeux, mes muscles se contractent. Ces putains d'yeux.

— Tu regardes dans la mauvaise direction, jeune fille, dis-je en tenant mon sexe et tapotant ses lèvres avec. Voyons si tu te souviens de ce que j'aime.

Elle s'assied un instant sur ses talons mais se redresse brusquement. Je ne suis pas désolée qu'elle ait mal. Je suis tellement énervé contre nous deux - qu'elle ait pris mon téléphone - que je suis même content.

— Quel est le problème ? On va être interrompus ?

Elle secoue la tête et fixe mes tablettes de chocolat en ignorant la partie de moi que j'aimerais qu'elle regarde. Je glisse une main dans ses cheveux et serre jusqu'à ce qu'elle ne puisse plus se dégager sans tirer dessus.

— Alors sois une gentille fille.

Le rose vif sur son visage me donne encore plus envie d'elle. J'ai envie de la voir penchée sur le lit, les bras attachés dans le dos pendant que je baise sa chatte en taquinant son clitoris, jusqu'à ce que ses jambes tremblent et qu'elle jouisse deux ou trois fois avant moi.

Sa langue lèche mon gland, attirant toute mon attention vers sa bouche. C'est exactement comme ça que je lui ai appris à commencer. Comme un chaton devant de la crème.

Par réflexe, mon poing se referme sur ses cheveux. Ce n'est pas qui elle est, mais c'est qui elle est pour moi. Ce qui rend cela encore plus excitant.

Mes muscles se contractent alors que j'essaie de garder mon sang-froid pour pouvoir profiter de chaque seconde. Mais rapidement, je ne peux plus supporter les taquineries.

— Plus, dis-je d'une voix rauque.

Elle me prend dans sa bouche et me suce comme si elle ne pensait qu'à me vider les couilles depuis des semaines. Ma tête bascule en arrière et j'inspire par la bouche. Putain de merde.

Quand je pousse davantage dans sa gorge, elle s'étouffe et enfonce ses ongles dans mes cuisses. Mon chaton a des griffes, mais les utiliser pendant une simple pipe n'est pas autorisé. J'aurais dû lui attacher les bras avant de commencer, mais l'idée s'envole dès qu'elle m'avale profondément en me suçant avec force.

— Merde. Oui, comme ça, grogné-je.

Sa langue caresse mon sexe pendant qu'elle suce, et la tension monte dans mes bourses. J'adore la voir à genoux, le corps douloureux et soumise à me servir avec sa douce bouche. Je baisse le regard et admire la vue, son beau visage aux joues creuses alors qu'elle s'efforce de me faire jouir.

Ma queue explose.

Elle a du mal à tout prendre, mais je suis tellement absorbé que je ne m'en rends pas compte, jusqu'à ce que je recule enfin et que je la trouve en train d'essuyer mon sperme de son menton. Son visage rouge et ses yeux brillants me rappellent qui j'ai mis à genoux. C'est très satisfaisant, mais c'est aussi quelque chose que je ne suis pas près d'oublier.

Est-ce que je porterai à nouveau le vieux T-shirt maintenant que je l'ai vue dedans ? Pour risquer d'épuiser le seul souvenir que j'aurai de cette nuit ? Peu probable.

Il y a des gouttes nacrées près du col du T-shirt.

— Tu t'es salie. Enlève-le.

Elle lève les yeux et son expression est indéchiffrable. Vulnérable, je suppose. Je pose un genou au sol et commence à remonter le vêtement. Ses mains attrapent mes avant-bras.

— Je peux le garder ?

Mes mains se figent.

— Pourquoi ?

— Juste… pour avoir quelque chose sur moi.

Sa voix est douce, et s'il y a bien une femme qui me fait un effet pareil avec une simple voix, c'est Laurel.

— Je ne sais pas pourquoi tu penses en avoir besoin, dis-je en lâchant le vêtement. Allonge-toi sur le lit, sur le ventre.

Elle frissonne, et le sort dans lequel nous sommes piégés s'estompe un peu.

— Ne sois pas brutal, d'accord ?

— Pas si tu te comportes bien, lui promets-je.

Ses yeux se posent sur les miens et s'y verrouillent. Je sens ce regard jusque dans ma poitrine, étrangement proche de la pompe qui me maintient en vie. Mais ce n'est pas un endroit où j'aimerais voir ses griffes. Je saisis son menton et tourne son visage vers le pied du lit.

— Allez.

Elle prend une inspiration et se lève. Une fois devant le lit, elle s'effondre plus sur le matelas qu'elle ne rampe. C'est un mouvement qui me frappe : elle a renoncé à me combattre, du moins pour le moment.

Je fouille dans la table de chevet et trouve la lotion anesthésiante à l'aloès. Assis à côté de son corps tendu, je baisse sa culotte jusqu'à ses genoux. Elle réagit à peine et se contente de frissonner légèrement. Lorsque j'applique la lotion sur sa peau, elle regarde par-dessus son épaule.

Je commence par lui masser le dos, puis descends lentement jusqu'à ses fesses. Elle gémit, mais je ne sais pas si c'est de douleur ou de soulagement. Peut-être les deux. Sous mes doigts, sa chair est chaude et enflée. Des ecchymoses rouge violacé apparaissent sur les plus hauts sommets de ses fesses. Elle ne pourra pas s'assoir pendant des jours, et quand elle essaiera, ou même marchera, je serai dans son esprit. Je suis sûr que personne ne l'a jamais disciplinée auparavant. Que va-t-elle penser de nous demain ou après-demain ? Aura-t-elle l'impression que je l'ai faite mienne ? Parce que je me sens possessif quand je regarde ces marques. C'est comme si je ne lui avais pas juste fait quelque chose à elle, mais à nous deux.

Ma main glisse entre ses cuisses. Son léger mouvement me fait grogner doucement.

— Ne bouge pas.

Sa fente est glissante et ma bouche est sèche tant j'ai envie de goûter. Fermant les yeux, je repense à la dernière fois où je l'ai touchée de cette façon. Ses jambes chevauchaient mes hanches, son mamelon était dans ma bouche pendant que je la doigtais jusqu'à ce qu'elle gémisse mon nom et jouisse en laissant mes doigts humides et collants. J'étais à deux doigts de mettre ma queue dans sa chatte vierge. Quand j'ai découvert que j'avais oublié de remplacer le préservatif dans mon portefeuille, j'ai joui dans sa bouche à la place, mais je regrette toujours ce fichu portefeuille vide. Mon sexe aurait pu être le premier. Ça ne devrait pas avoir d'importance, puisque c'était ma décision de ne pas la reconquérir quand j'aurais pu. Et pourtant, quand plus tard, son petit ami basketteur s'est vanté auprès de ses copains de l'avoir déflorée, j'ai choisi de me battre avec lui lors d'une fête. Je l'ai nargué et une fois la bagarre commencée, je me suis jeté sur lui comme s'il avait tué Laurel au lieu de juste la baiser. Il a fallu les mains colossales d'Anvil pour m'éloigner. J'aurais pu tuer ce connard à mains nues.

J'ai menti ensuite sur la raison de la bagarre, mais je suis presque sûr que Laurel a compris. Elle a rompu avec lui peu de temps après, et je me suis torturé l'esprit à l'idée qu'elle ait fait ça pour le protéger. À partir de ce moment, je suis resté loin d'elle et de ses petits amis, sachant que je ne pourrais pas m'empêcher d'être jaloux.

* * *

JE ME RÉVEILLE avec la sonnerie du téléphone. Les yeux lourds de sommeil, il me faut une seconde pour confirmer qu'il s'agit à nouveau de C.

— Ouais ?

— Elle est partie ?

— Pas encore. Mais aujourd'hui, dans une heure ou deux.

Je ne le pense pas vraiment. Ses cheveux noirs et brillants se répandent sur mon bras et mon épaule, et ses doux seins reposent contre mon flanc, me donnant des idées sur la façon dont je devrais passer ma journée.

— C'est trop long.

Le ton de C est grave, mais il me faut quelques secondes pour enregistrer ce qu'il me dit.

— Pourquoi ça, C ?

— Ses amis de Boston sont en ville.

Des coups à la porte d'entrée attirent mon attention.

Putain.

— Je te laisse.

Je mets fin à l'appel, efface le journal des appels et jette le téléphone dans un tiroir. Puis je secoue Laurel. Ses yeux verts sont lourds et somnolents. On s'est endormis il y a une heure.

— Habille-toi, bébé. Trouve un survêtement dans ma commode, dis-je en soulevant ses épaules pour la pousser à l'action. Debout.

Ça continue de taper à la porte, et les fédéraux annoncent leur mandat.

Laurel se réveille complètement en un instant, se dégage de mes mains et s'assoit. Couvrant sa poitrine nue, elle regarde sauvagement autour d'elle, comme si elle essayait de se rappeler où elle était et comment elle était arrivée ici.

Ce regard qu'elle a n'est pas bon. On n'a jamais discuté de la façon dont elle s'était retrouvée à travailler pour le FBI. Un mot erroné de sa part pourrait causer un monde de problèmes.

Me souvenir de la veille et de toutes les façons dont elle a soupiré mon nom, me fait sourire. Putain. Pas de regrets.

Je suis à peine debout qu'ils défoncent la porte d'entrée avec un bélier. Je ne lève pas les yeux au ciel mais presque, et bloque la porte de la chambre pour lui donner du temps.

Ils font irruption avec des fusils et m'ordonnent de me mettre à terre. Regardant par-dessus mon épaule pour être sûr qu'elle n'est pas nue, je regarde son visage sexy à peine réveillé, son T-shirt Guinness avec mon sperme en croûte sur le col, et le survêtement noir à cordon qu'elle essaie de nouer.

— Allonge-toi ! crient-ils en m'aboyant dessus.

Je leur lance un regard à la Jack Nicholson avant de me laisser tomber sur mes mains comme si j'allais faire des pompes, puis je m'allonge.

Ils entrent dans la chambre en regardant autour d'eux.

— Attendez, dit Laurelyn alors qu'ils l'attrapent, la soulèvent et la traînent hors de la pièce.

Mes muscles se contractent. Je n'aime pas qu'ils la prennent ou qu'ils la touchent.

L'agent spécial Milt Schager se penche sur moi.

— Bonjour, monsieur Patrick. Ou devrais-je dire « Trick » ?

— Monsieur Patrick me va très bien.

— Trick est réservé aux filles que tu amoches ? demande-t-il en me fixant avant de se tourner vers les autres. Relevez-le et menottez-le.

— Il est nu.

— Et alors ? demande Schager en jetant une serviette sur mon dos.

— Je ne le menotterai pas et ne le promènerai pas habillé d'une serviette. Lève-toi et enfile un truc, Patrick, me dit l'autre agent.

Je me lève et me dirige vers ma commode, surpris qu'ils n'aient pas pris la peine de confisquer l'arme dans son étui qui y repose, bien en vue. Après avoir enfilé un jean et un pull, je ne peux pas m'empêcher de les provoquer en prenant l'étui et faisant mine de l'attacher.

— Qu'est-ce que tu fous ?

— Je m'habille. J'ai un permis de port d'armes.

Ils lèvent leurs flingues vers moi.

— Pose cette arme à feu, crie un agent.

Je me retourne en souriant.

— Si j'avais voulu l'utiliser, je l'aurais déjà fait, dis-je en leur tendant le pistolet. Vous êtes sûrs d'être du FBI ? Vous semblez trop négligents pour des fédéraux, et bien trop lents.

L'un d'eux attrape l'arme tandis qu'un autre me passe les menottes. Sachant qu'ils n'attendent qu'une excuse pour me buter, je ne leur en donne pas et leur emboite le pas alors qu'ils me tirent à travers l'appartement et dans le hall à l'étage.

Dans l'ascenseur, je vois qu'ils sont agités. Je déduis des quelques mots échangés, qu'ils pensaient trouver Laurel attachée ou enchaînée, en pleurs et désespérée.

Dans le hall, le concierge de l'immeuble a l'air terrifié. Il est toujours en peignoir.

— Je suis vraiment désolé, monsieur Trick ! Ils ne m'ont pas laissé le choix. Ils m'ont traîné dehors. Je n'ai rien pu faire.

— Tout va bien, Alvin. Tout va bien.

— La ferme, lance l'agent sans qu'on sache à qui il parle.

Alvin secoue la tête et couvre sa bouche une seconde.

— Je suis désolé, monsieur Trick. Je vais appeler monsieur C tout de suite.

— Tu n'appelleras personne ! s'exclame Schager.

— J'appellerai qui je veux ! crie Alvin. Je ne suis pas en état d'arrestation.

Les agents lui lancent un regard noir en sortant leurs armes.

— Ne tirez pas sur mon concierge ou je vais mal le prendre.

Ils se retournent et me fixent, ce qui me va. Je veux que leur attention soit sur moi.

Du coin de l'œil, je regarde les doigts d'Alvin voler furieusement sur son téléphone.

Dehors, tout le quartier est sorti pour regarder la scène. Une dizaine de téléphones avec appareil photo filment la scène jusqu'à ce qu'un regard fixe de ma part incite les gens à arrêter.

Laurelyn est à l'arrière d'une voiture de ville, ses mamelons nus visibles à travers le T-shirt fin. Ces tétons ne devraient pas être exposés au public.

Je force mon visage à devenir inexpressif et essaie de ne pas montrer ma colère. Ma voix est faussement légère quand je parle pour les provoquer à nouveau.

— Le FBI n'a pas de bureaux à Coynston. Vous m'emmenez à Boston ? Ou vous utilisez le commissariat local pour cette arrestation ?

Ils m'ignorent.

— Je demande parce que j'aimerais une tasse de café, et le café du commissariat est infect. Si c'est bien là qu'on va, faisons un arrêt chez Java Jay. C'est à deux pâtés de maisons à l'est.

— Putain, crache l'un des agents avec un accent du sud de Boston. Ferme-là bordel.

Je les laisse me conduire devant la voiture où se trouve Laurel. Je la regarde à travers la vitre pendant une seconde, puis je lui fais un clin d'œil. Elle a l'air surprise. Tous les agents le voient.

Une fois installé à l'arrière d'une autre voiture de ville, je m'adosse au dossier du siège en étirant mes jambes, faisant semblant de me mettre à l'aise, même si ce n'est pas le cas.

J'entends sa voix dans ma tête. *Ce n'est pas un jeu.*

Tout est un jeu.

* * *

LAUREL

Le FBI est *horrible* avec moi. Même Trick était plus gentil quand il me frappait avec la palette.

Ça commence assez doucement au début quand ils essaient de m'emmener aux urgences pour un examen médical en cas de viol. Je refuse, ainsi que *tout autre* examen, et le ton change immédiatement.

Sur le trajet, Milt me répète une douzaine de fois que je ferai un test en arrivant. Je finis par arrêter de refuser en me taisant complètement.

En fait, il m'emmène dans une deuxième salle d'urgence et me force à parler à une infirmière médico-légale. J'ai un instant peur qu'il demande à des agents de me tenir le temps de recueillir des preuves. Ce n'est que lorsqu'un grand médecin urgentiste à la peau brune les fait sortir en disant que j'ai le droit de refuser cet examen que je commence à pleurer.

Milt essaie même d'utiliser cela comme moyen de pression, disant que j'ai été traumatisée et que les preuves doivent être immédiatement prélevées sinon je le regretterai plus tard. Il répète sans cesse que j'ai été kidnappée et violée, comme si le dire souvent pourrait directement condamner Trick à la perpétuité.

Plus ils essaient de me mettre la pression et de me manipuler, plus je m'en veux. Ma frustration due à mon impuissance se mêle à la fureur.

L'indignation de Milt envers Trick me met particulièrement en colère. Où était ce sentiment d'outrage quand il m'a laissée toute la nuit dans l'appartement de Trick ?

Après l'hôpital, je suis emmenée dans les bureaux du FBI et placée dans une salle d'interrogatoire. Je ne peux pas rester assise, ce que Milt et un autre agent remarquent et ils me questionnent à plusieurs reprises à ce propos. L'autre sujet de questionnement est ma robe découpée. Qu'a-t-il utilisé pour déchirer mes vêtements ? Un couteau ? Des ciseaux ? Une lame de rasoir ? A-t-il menacé de me blesser avec ? Qu'a-t-il fait exactement ? Ai-je été violée ? Sodomisée ? Étranglée ? Frappée ?

Je demande en vain des chaussettes ou quelque chose pour couvrir mes pieds froids. On me dit que ça vient, mais des heures après, j'attends toujours. Je les soupçonne de vouloir me rendre vulnérable. Mon malaise et leurs questions incessantes qui fusent avec de plus en plus de frustration me donnent presque envie de céder, juste pour en finir. Mais je suis trop en colère. Ils m'ont demandé mon aide et j'ai accepté, allant jusqu'à braver de terribles conséquences. Et je ne l'ai pas fait pour mon profit personnel, mais pour protéger ma petite sœur et d'autres jeunes femmes. Pourquoi me traitent-ils comme une criminelle, surtout s'ils pensent que Trick m'a maltraitée ?

Et qu'en est-il de Trick ? Je sais qu'en matière de mauvais comportement, il n'y a pas pire, mais c'est lui qui m'a réveillée pour que je puisse m'habiller avant qu'une armée de policiers fassent irruption dans l'appartement. Et il a bloqué la porte de la chambre pour les empêcher d'entrer jusqu'à ce que j'aie fini de m'habiller. Honnêtement, aujourd'hui, il a mieux pris soin de moi qu'eux.

Ce qu'ils veulent entendre, c'est que Scott Patrick m'a kidnappée et agressée. Ils me disent qu'ils ont emporté les entraves, les jouets sexuels et la palette, et qu'ils vont y chercher mon ADN. Je ne peux pas contrôler la rougeur furieuse qui s'étale de mon visage à mon cou, mais je peux contrôler mon silence.

Le FBI fait semblant de vouloir m'aider en me disant que si je fais une déposition, ils s'occuperont du reste. Mais ils ne me font pas une faveur. Je ne dis rien sur Trick, pas même son nom.

Je reste dans la salle d'interrogatoire durant trois heures. Ils essaient de m'épuiser alors que j'ai froid et que je ne suis pas bien. Ma vessie est prête à éclater et j'ai envie de pleurer. Au final, je finis par me taire, sauf pour dire deux choses : je veux un avocat et aller aux toilettes.

Ils ne m'autorisent à appeler personne. Milt n'arrête pas de répéter qu'il est de mon côté et qu'il est révolté par ce qui s'est passé. Il dit qu'il est venu dès qu'il a su où j'étais, et qu'il a juste besoin que je lui dise la vérité sur ce que Trick m'a fait. J'arrête de lui demander ce qui lui a pris autant de temps parce qu'il ne fait que m'interrompre et faire les questions et réponses.

Quand j'ai enfin le droit d'aller aux toilettes, mon soulagement est rapidement remplacé par une froide fureur en constatant les regards ouvertement hostiles des agents qui me dévisagent. Très bien alors. Qu'ils aillent se faire foutre.

Alors que je retourne dans la salle d'interrogatoire, un homme vêtu d'un costume gris coûteux se tient près de la porte et me fait un signe de la tête. *Un avocat. Dieu merci.*

Je ne l'ai pas appelé, donc je sais qui a dû l'envoyer. Logiquement, je n'ai aucun intérêt à utiliser un avocat de C Crue, mais je suis tellement fatiguée et à bout que je ne veux pas attendre d'avoir mon propre avocat. Et je n'en ai pas les moyens de toute façon.

L'homme s'appelle Rudy Talbot. Il a une barbichette pointue et une énorme bague en onyx et diamants à son annulaire droit. Il semble agréable pendant environ cinq minutes, puis l'interrogatoire commence et un requin émerge. Toute hésitation de la part des agents est comme du sang dans de l'eau pour lui : il contourne les questions en cercles serrés et les déchiquète lentement l'une après l'autre.

J'ai très peu de choses à dire, ce qui convient très bien à M. Talbot. Je lui dis que j'ai quitté la partie de poker de mon plein gré en compagnie de M. Patrick, que nous sommes de vieux amis, et que nous avons renoués contact. Les mains serrées sur mes genoux, mon regard se fixe sur Talbot et ne faiblit jamais.

— C'est tout ce que j'ai à dire.

— Bien, dit-il avec un hochement de tête.

En tant qu'avocat de C Crue, il n'a probablement encore jamais défendu quelqu'un d'aussi innocent que moi. Il lui faut environ quinze minutes pour me faire libérer.

Il est évident que la perquisition de l'appartement n'a rien donné – à part prouver que Trick aime le sexe pervers – car les agents ont l'air frustrés et furieux quand je les croise. On dirait même que c'est moi qui les ai trahis et non l'inverse.

Je n'ai aucune idée de ce que je vais faire. Je suis toujours pieds nus et je n'ai ni veste ni téléphone. Le FBI me propose enfin des couvre-chaussures, mais je refuse. Ce que Milt devrait faire, c'est proposer d'appeler ma famille. Mais il n'en fait rien. Il est concentré sur Talbot depuis l'arrivée de l'avocat.

C'est Rudy Talbot qui me rassure en me disant que tout ira bien. Il m'escorte en personne vers la sortie, et me livre littéralement à la portière d'un Range Rover contre lequel est appuyé l'énorme Sasha Stroviak.

Stroviak ouvre la portière et je vois Rachel Petrov assise à l'intérieur, que je reconnais grâce à son ancien compte Instagram. Elle est minuscule, à peine un mètre cinquante, avec une petite ossature, un visage délicieusement joli et des cheveux noirs avec une couleur lavande aux extrémités.

— Bonjour, Laurelyn. Je suis Rachel.

— Et voici Flynn, dit Stroviak en regardant par-dessus mon épaule.

Je me retourne et aperçois un autre homme en costume. Je

sais reconnaitre un avocat quand j'en vois un et je sais qu'il devait être avec Trick. J'attends parce que je veux entendre ce qu'il a à dire. Connor McCann descend d'un autre pick-up garé de l'autre côté de la rue. Il s'avance à grands pas, sans hâte, semblable à un combattant en arts martiaux prêt à en découdre.

— Comment ça se passe ? demande McCann aux avocats.

— C'est Laurelyn ? demande Flynn d'un ton plein d'espoir.

J'acquiesce.

McCann retire son manteau et me le passe.

— Enfile ça. Où sont ses chaussures ?

— Ils lui ont proposé des couvre-chaussures, dit Talbot. Elle a refusé.

McCann sourit.

— Tu aurais dû accepter, ma belle. Ça aurait couvert tes orteils.

La douce taquinerie chaleureuse me pousse presque à l'apprécier, sauf que je ne peux pas lui faire confiance. Je sais qui il est.

— Où est Trick ? demandé-je doucement alors que McCann pose le manteau chaud sur mes épaules.

— Trick, dit Flynn en secouant la tête. Ce gamin est un sacré numéro. S'il ne s'arrête pas bientôt, ils vont soit ordonner une évaluation psychiatrique, soit le buter.

Les sourcils de McCann se lèvent.

— Qu'est-ce qu'il fait ?

— Il les rend chèvre. En vingt ans, je n'ai jamais rien vu de tel. Il a cité la Bible, Tupac et Cormac McCarthy. Il leur a raconté les intrigues de quelques thrillers. Le FBI a commencé à prendre des notes avant de réaliser qu'il parlait de fiction. Il a aussi chanté, surtout les Rolling Stones. Et il a cité de la mauvaise poésie qu'il a peut-être inventée à la volée. C'est difficile à suivre.

— C'est quoi son problème ? demande McCann en fronçant les sourcils tandis que son regard passe de moi à l'avocat.

— Il se moque d'eux. Il les accroche quand ils posent une question en disant : « C'est intéressant. Vous savez, la vérité c'est que… » et là, il commence à délirer. Au début, ils essayaient de le ramener à la conversation pour qu'il réponde à la question. Ils pensaient qu'il était défoncé et que je n'allais pas pouvoir le faire taire. Ils étaient excités en fait. Mais maintenant, ils sont épuisés. À un moment, ils sont même allés lui chercher du café à sa demande, et j'en ai profité pour lui demander : « Qu'est-ce que tu as pris hier soir ? LSD ? Champignons hallucinogènes ? ». Il m'a regardé, le regard limpide, puis a baissé la tête et a murmuré : « Ne sois pas débile, Flynn. Je les balade. Je ne quitte pas cet endroit tant que je ne serai pas sûr que Laurelyn Reilly va bien et qu'elle peut partir aussi ».

Je fixe l'avocat aux cheveux roux avec un pincement au cœur. Je ne sais pas si je dois détester Trick ou le prendre dans mes bras.

— Il a dit ça ?

L'avocat hoche la tête. Son visage est une carte de taches de rousseur et de sinistre sincérité.

— Je suis sortie. Allez le chercher, dis-je.

Comme personne ne bouge, je me tourne vers McCann.

— Dites-lui.

McCann regarde les avocats.

— Si tu peux le faire sortir, vas-y.

Flynn retourne à l'intérieur.

— Allez, monte dans le pick-up. Le sol est gelé, dit McCann.

— Il me faut un téléphone, dis-je.

— Tu veux qu'elle monte, C ? demande Stroviak en jetant un coup d'œil à mes pieds rougis par le froid. Je vais la mettre à l'intérieur.

Je saisis la portière en secouant la tête. Je ne suis pas d'humeur à être à nouveau malmenée, surtout par ce monstre. Ma tête palpite, de même que mon postérieur. Il est quinze heures, je n'ai pas mangé et j'ai à peine dormi. Je veux m'allonger.

— C ?

— Non, on ne veut pas que ça donne l'impression qu'on la force à monter dans une voiture. Ils nous arrêteraient pour tentative d'enlèvement.

— Passe-lui ça, dit Rachel.

C jette un coup d'œil et secoue la tête mais prend ce qu'elle tend et me le met dans les mains.

— Enfile ça.

Je réalise que je tiens une paire de petites chaussettes. Ses pieds doivent être minuscules, mais je parviens à les enfiler. Je jette un coup d'œil à l'intérieur et vois que Rachel n'a plus de chaussettes.

— Merci.

— De rien. Il fait chaud ici. Pourquoi ne pas monter ? Ça peut prendre un peu de temps pour le faire libérer.

Elle me parle doucement, comme si j'étais une enfant déraisonnable.

— Je vais bien. J'ai juste besoin d'un téléphone pour appeler quelqu'un et qu'on vienne me chercher. Je ne sais pas qui est dans le coin. Je n'habite pas par ici.

— On te raccompagnera, dit Stoviak avec impatience. Monte.

J'hésite.

— C, il fait à peine cinq degrés. S'il avait laissé Raven m'attendre dans la rue, dans le froid, je serais énervée. Elle doit monter.

— Oui, Laurelyn, monte, insiste C.

Juste à ce moment, Trick sort de l'immeuble. Il porte des couvre-chaussures et n'a pas de manteau, mais il descend les marches comme s'il faisait trente degrés.

Une fois à mon niveau, il fronce les sourcils.

— Pourquoi est-ce qu'elle est pieds nus sur le trottoir ? demande-t-il à Anvil.

C'est comme s'il faisait de la télépathie.

— Elle est têtue, rétorque Anvil en me lançant un bref regard.

Trick étudie mon visage un instant.

— Ça va ?

— Bien sûr que non.

Il pousse un soupir.

— D'accord, alors allons-y.

Je regarde autour de moi, complètement perdue. Finalement je monte dans le Range Rover.

— Direction le quartier général, dit Trick avant de monter.

La chaleur m'enveloppe, mais il me faut plusieurs minutes pour me réchauffer.

— T'as aucune marque ? demande Stroviak sur le siège avant en regardant Trick dans le rétroviseur.

Trick secoue la tête.

— Pas une seule ? Un coup de coude dans les côtes ?

— Non.

— Et tu n'as même pas été pris de haut ?

— Pas cette fois.

— Donc il n'y a rien eu. C'est comme si tu étais allé bruncher ?

— À peu près, dit Trick.

— C'est d'un chiant quand tu te fais arrêter tout seul.

Trick sourit.

— Ils ont déboulé comme des fous, puis plus rien. J'ai essayé d'attacher mon arme à feu pour rigoler. C'était presque excitant.

— Arrête tes conneries, dit Stroviak.

Trick hoche la tête.

— Pourquoi est-ce qu'ils ne t'ont pas tiré dessus ?

— Je suppose qu'ils ont été distraits par ma beauté. J'étais nu quand ils sont arrivés.

— Leur meilleure chance de te tirer dessus, et ils l'ont laissée passer ? demande Stroviak avant de secouer la tête. À ta place, si j'avais seulement levé les poings, ils m'auraient tiré six fois dessus, minimum. Ne parlons même pas d'une arme à feu. Comment t'ont-ils mis dans une voiture et transporté sans te laisser une égratignure ?

— Ils m'ont même apporté du café.

— Les enfoirés.

— Ouais, le FBI a changé. Ils sont doux comme des agneaux maintenant.

Je suis déconcertée par leur échange de plaisanteries. Il est sérieux ?

— Tu as été arrêté combien de fois ?

Trick règle le chauffage pour que l'air chaud souffle vers mes pieds.

— Douze fois.

— Ils m'ont interrogée comme si j'étais ta complice.

— Brave fille, chuchote-t-il en m'embrassant sur le visage.

— Quoi ? dis-je en le repoussant avec irritation.

— Ils ont essayé de te retourner contre moi, et tu ne l'as pas fait.

— Qui te l'a dit ?

— Moi.

Je me déplace, mal à l'aise ; la douleur est intense quand je suis assise.

— Je dois sortir. J'ai besoin de me lever.

J'essaie de me redresser, mais ce n'est pas évident dans un véhicule.

— Viens par-là.

Trick m'attrape et me positionne sur ses genoux, face à lui, les genoux sur le siège et l'arrière de mes cuisses sur les siens. Mes fesses sont en l'air et son bras en travers de mon dos me maintient en position.

— C'est mieux ?

Mon visage s'enflamme d'embarras et ma voix n'est qu'un murmure.

— Je te déteste.

— Je sais.

Je suis sûre qu'il dit ça que pour que je me sente mieux. Il sait très bien que je ne le hais pas puisque je viens de le protéger du FBI, à mes dépends.

J'ai du mal à me comprendre moi-même. Tout ce que je sais, c'est que je fais moins confiance au FBI qu'à Trick et à ses amis C Crue, et que donc, je suis de mèche avec des criminels.

* * *

TRICK

MES CHUCHOTEMENTS à son oreille sur le trajet vers Coins ne sont pas seulement pour l'apaiser et la calmer : mon principal objectif est de la distraire jusqu'à ce qu'on soit plus proches de Coynston que de Boston. Mais bien qu'elle soit concentrée sur moi, elle se souvient brusquement que son appartement se situe dans la ville que nous venons de quitter.

— Qu'est-ce que je suis en train de faire ? Dépose-moi à la maison.

— Ton sac à main et ton téléphone sont dans le Rover de mon appartement. Je te reconduirai à Boston une fois que tu auras récupéré tes affaires.

Laurel est d'abord silencieuse, puis secoue la tête en parlant à voix basse.

— Je les récupérerai plus tard. Je... je veux rentrer chez moi et m'allonger dans mon propre lit.

La dernière chose que je veux, c'est la perdre de vue, et ce pour plusieurs raisons. Le FBI pourrait revenir à la charge et, si elle a mal ou qu'elle est en colère, elle pourrait changer d'avis et coopérer avec eux. Non pas que je sois sûr à cent pour cent que ça ne soit pas déjà le cas, mais je doute qu'elle soit à ce point bonne actrice.

— Monsieur Stroviak, est-ce que vous pouvez faire demi-tour, s'il vous plaît ?

Les sourcils d'Anvil se lèvent quand elle l'appelle monsieur Stroviak et qu'elle lui demande de changer de trajet. Il ne lui répond pas et me regarde à la place.

— Vous pourriez ? répète-t-elle.

Je lui adresse un léger hochement de tête et son regard retourne à la route.

— Nous sommes plus près de Coynston. Et mes amis ont déjà attendu des heures pour nous récupérer.

Je prends soin de les appeler « mes amis » plutôt que « ma bande ». Laurel n'a pas besoin de se rappeler qui nous sommes. Je poursuis en prenant une expression innocente qui va de pair avec mon ton raisonnable.

— Anvil va nous déposer, et je te ramènerai moi-même. Vil, dépose-moi chez moi. Je passerai chez C plus tard.

Anvil grimace.

— T'es sûr ?

— À cent pour cent.

Tant que je ne suis pas sous menace directe, Anvil se fiche de l'endroit où je vais, mais il sait que C m'attend au quartier général et qu'il ne sera pas ravi d'apprendre que je garde Laurel avec moi, ou que je rentre dans un appartement où le FBI a fait irruption. Et s'ils avaient placé des micros ? D'un autre côté, si j'emmène Laurel dans un appartement sur écoute, ça renforcera ma défense si elle déclare plus tard que je l'ai enlevée.

Anvil ne fait aucun commentaire, mais Laurel et moi sommes à peine sortis du véhicule qu'il est au téléphone et envoie un SMS à C pour l'informer de mon changement de plan.

Tout en récupérant mon portable personnel et son sac dans la Rover dans le garage, je ne cesse mon bavardage apaisant avec elle. Distraite, elle jette un coup d'œil au pick-up.

— Je ne peux plus m'asseoir dans une voiture pour l'instant.

Je vais monter quelques minutes avec toi, d'accord ?

Je suis content qu'elle ait décidé d'elle-même de monter puisque c'est ce que je veux. Il y a cinq minutes encore, je croyais que ça finirait en dispute dans un parking glacial.

J'ouvre le coffre à armes du Rover et y prend un révolver que je glisse dans la poche arrière de mon jean. Je suppose que le FBI a pu prendre mes armes à feu pour les vérifier. Ils perdent leur temps. Une fois qu'une arme a été utilisée, je considère qu'elle est brûlée, et c'est ce qui lui arrive : elle est fondue dans l'un des fours à fusion de fortune que nous avons construits sur un terrain appartenant à C Crue.

Une fois à l'étage, je constate qu'ils ont fermé la porte enfoncée et utilisé une bande de scène de crime pour la sécuriser. *Connards.*

Laurel me fixe tandis que je retire le ruban adhésif et que j'ouvre la porte. En l'examinant, je vois que le cadrant de la porte a été brisé. Du bois et du plâtre sont éparpillés au sol. Sans un mot, je la soulève et la porte au-dessus des débris, puis dans ma chambre. Elle proteste en disant qu'elle veut s'allonger sur le canapé.

— Ici, tu pourras faire une sieste sans être dérangée.

Ses yeux s'adoucissent. Elle est épuisée et endolorie, alors parler de la laisser se reposer confortablement l'apaise aussitôt.

— Et toi ? Tu n'as pas beaucoup dormi non plus.

Je l'installe précautionneusement sur le côté et l'embrasse sur la tête.

— Ça va aller. Repose-toi.

Après l'avoir bordée, je passe l'appart en revue. Ils n'ont pas pris les ordinateurs, et quand j'exécute des diagnostics, ça indique qu'ils n'ont pas essayé de déchiffrer mes mots de passe ou le cryptage. S'ils avaient essayé de se connecter, ça aurait effacé les disques. Intéressant qu'ils n'aient pas pris les ordinateurs portables. Le mandat devait être limité.

Mes yeux se plissent sur les ordinateurs et la paranoïa prend le dessus. Je doute qu'ils aient eu le temps de faire quoi que ce soit, mais savoir que les mains du FBI étaient tout près ne me plait pas. J'entre le code de mise à mort et m'éloigne quand le contenu des disques durs est définitivement supprimé. Ces machines sont maintenant du combustible pour nos fours.

Je cherche activement du matériel de surveillance et n'en trouve pas. Ils peuvent très bien avoir utilisé une nouvelle technologie que je ne connais pas, mais c'est peu probable. Pourtant, ils ont violé mon espace intime. En moins d'une heure, je décide que ma maison a été souillée. Je ferai don des meubles et des œuvres d'art et j'emménagerai temporairement dans l'ancien studio d'Anvil, dans le quartier général de C Crue, jusqu'à ce que je trouve un nouvel endroit.

Je grimace à l'idée de loger dans l'appartement en béton d'Anvil. L'endroit est si petit que je n'arrive pas à comprendre comment il s'y déplaçait sans décrocher ce qu'il y avait sur les murs. Puis je me souviens qu'il n'y a rien sur les murs. Vil vivait comme un pauvre ermite avant de sortir avec Rachel. Le coût de construction de leur nouvelle maison de deux mille mètre carrés est d'environ 2,5 millions, donc mon déménagement chez lui ne sera pas une grande affaire.

Quelques heures plus tard, je pousse un bureau devant la porte d'entrée pour la maintenir fermée afin de nous barricader à l'intérieur. Je décide que c'est assez bien pour le moment. L'ascenseur est privé et la cage d'escalier est verrouillée. L'arrivé du FBI m'a pris par surprise, parce que lorsque le concierge leur a donné accès aux escaliers, l'alerte est allée sur mon téléphone personnel, qui était dans le pick-up. Je vais devoir changer ce système de sécurité à mon prochain appartement. Une alerte téléphonique ne me sert à rien lorsque la carte SIM est sortie et que le téléphone est à trois étages de là où je dors.

Je rejoins alors Laurel en baillant, m'allonge sur le dos pendant environ une minute avant de basculer sur le côté et m'enrouler autour d'elle.

* * *

Se réveiller avec une érection quand je suis calé contre de magnifiques fesses de femme me convient parfaitement.

Lentement, je me rends compte que ce n'est pas encore le matin et que, même si ce postérieur est parfait, il est également blessé, donc je dois être doux. Quand j'insinue ma main entre les jambes de Laurel, elle se fige et resserre ses muscles, mais elle n'essaie pas de me repousser.

Je tire sur le cordon du survêtement et desserre la taille. Puis, tout en glissant ma main à l'intérieur, j'embrasse sa nuque. Mes doigts caressent ses lèvres inférieures et trouvent sa chaleur humide. Taquiner son clitoris me vaut une invitation silencieuse alors qu'elle se cambre et pousse ses fesses contre mon entre-jambe. J'aimerais la mettre sur le dos pour avoir un accès total, mais c'est risqué d'interrompre ce que je fais quand elle est réceptive. Ça pourrait rompre le charme. Je souris, pensant que ça faisait longtemps que je ne m'étais pas soucié de ce genre de choses. Normalement, même dans les rares occasions où je couche avec quelqu'un, je fais ce que je veux au lit. Je positionne la fille comme je veux, et je la baise dans la position qui me plaît. Il n'y a jamais de refus, et même si c'est le cas, je ne le permets pas. Si Laurelyn était à moi, les règles seraient les mêmes, mais elle n'est pas à moi et le FBI la surveille, donc je ne peux pas lui donner des ordres.

Finalement, je décide de prendre le risque et retire ma main.

Elle me regarde par-dessus son épaule. J'embrasse sa douce bouche et glisse ma langue en elle en caressant sa poitrine à travers le T-shirt. Le désir se transforme rapidement en besoin alors que des envies que je n'ai pas eues depuis longtemps font surface.

Si je l'emmenais dans la chambre d'amis et attachais ses cuisses aux bords du lit, elle serait complètement ouverte, ce qui serait formidable. Je parie cependant que ça lui rappellerait trop la nuit dernière, alors je résiste à la tentation.

Elle me laisse lui retirer le T-shirt et le survêtement, mais quand j'empile des oreillers, elle se tourne vers moi, l'expression interrogative.

— Allonge-toi, les oreillers sous les reins. Ça gardera tes fesses au-dessus du lit.

— Ce serait une position instable.

— Pas avec tes jambes sur mes épaules.

Sans plus attendre, je passe mon bras sous ses genoux et la soulève sur les oreillers, puis je me place entre ses cuisses. Lécher son ventre et pousser le bout de ma langue dans son nombril provoque un léger halètement. Je suce lentement sa peau en maintenant sa cuisse gauche. Sa jambe droite est posée sur mon épaule et son talon se balance doucement contre mon dos pendant que je m'active.

Ses muscles sont tendus, mais elle ne se débat pas. Quand je descends plus bas et lèche son clitoris, je sais qu'elle sera à moi aussi longtemps que je le voudrai. Enfonçant ma langue en elle, je me délecte de son goût acidulé et de la façon dont elle bouge sous ma bouche. Comme je ne suis pas pressé, je la baise avec ma langue.

Quand je pense qu'elle est suffisamment excitée, je glisse une main sous elle pour saisir ses fesses. Elle sursaute mais je la tiens fermement pour la lécher et presser ses fesses jusqu'à ce qu'elle jouisse.

Sa respiration est saccadée et ses hanches bougent lentement. Mon sexe est comme un roc que j'aimerais enfoncer en elle ; encore une autre chose que je n'ai pas faite depuis longtemps. Des milliers de pipes, mais mettre ma queue quelque part ? Pas souvent. Est-ce que je me souviens même de mon dernier missionnaire guimauve ?

J'attrape un préservatif sur la table de chevet, déchire le paquet et le déroule sur moi. Elle est redescendue sur terre, ses jambes ne tremblent plus, et ses pieds reposent sur le matelas. Quand je me place au-dessus d'elle, mon torse contre sa poitrine, elle enroule docilement ses jambes autour de moi. Je tiens mon sexe dans ma main droite alors que je plonge dans sa douce fente. Son genou se presse contre mon dos, m'attirant plus profondément. Alors que j'expire un gémissement, mes hanches s'avancent. La justesse de cet emboitement étroit qui m'agrippe est si délectable que je ne bouge même plus. Savourer sa sensation me fait souhaiter qu'il n'y ait pas de préservatif entre nous.

Je m'abaisse alors sur elle, ses seins pressés contre mon torse, et c'est incroyable. Elle embrasse mon cou de ses lèvres fraîches qui envoient des ondes de choc à travers moi. Je me demande combien de temps je pourrais tenir sans un seul coup de rein avant de jouir ?

Mon contrôle n'est pas infini et il ne me faut pas longtemps avant que l'instinct prenne le dessus. Enchevêtrant ma main gauche dans ses cheveux, je tire sa tête en arrière et suce sa gorge tout en me frottant contre elle et m'enfonçant profondément. Sa chatte palpite autour de moi tel un battement de cœur. Mes coups de reins deviennent de plus en plus durs. Elle se débat un peu, mais ce n'est pas le genre de lutte qui dit qu'elle veut qu'on la relâche, au contraire : elle veut tester mon emprise sur elle. J'épingle ses bras au-dessus de sa tête et la martèle jusqu'à ce que son corps glisse des oreillers sur le matelas. Sans bâillon, sa bouche est libre de protester, mais les seuls sons qu'elle émet sont des gémissements et des râles.

— S'il te plait, murmure-t-elle en levant les hanches.

Son corps est si doux sous le mien, parfait à tous points de vue. Je ralentis pour me frotter contre son clitoris, désireux de la faire jouir à nouveau. Elle se cambre et gémit.

— Oh, mon Dieu, murmure-t-elle alors que son sexe se resserre autour de moi.

Je baisse les yeux sur son visage rougi et ses yeux brillants en recommençant à la pilonner. Un orgasme commence à se former au plus profond de moi pour me submerger avec une telle force que je le ressens dans tout mon corps.

Les respirations haletantes cèdent la place au besoin de l'embrasser. Je lâche ses poignets et baisse la tête. Sa bouche rencontre la mienne, nos corps fusionnent. La sensation de mon sexe niché dans cette chaleur humide et pressé contre son ventre est si agréable. Ce que je voulais de Laurel a toujours été différent de ce que je voulais des autres femmes, et apparemment ça n'a pas changé. En ce moment, je suis aux prises avec une compulsion vieille école, un besoin primordial. Lorsque le mot « petite amie » frappe mon esprit, je sais qu'il est temps de bouger avant de commencer à dire des choses que je regretterai.

Appuyé sur mes mains, je me soulève, et quand je me retire et que je vois la tête nue de mon sexe, il me faut une seconde pour comprendre.

Merde.

Pas étonnant que ça ait été si incroyable. Ma queue vient d'embrasser son utérus à pleine bouche.

— Merde.

— Quoi ?

— Le préservatif s'est déchiré.

* * *

LAUREL

TRICK DESCEND du lit et se tient au-dessus de moi.

— Tu prends la pilule ?

— Non, je ne voyais personne. Je laissais respirer mon corps.

Il hoche la tête et me tend la main. Je grimace alors que je reprends mes esprits et réalise la situation tout en le laissant me conduire dans la salle de bain. Il jette le préservatif déchiré dans la poubelle et me tire sous la douche.

Au début, je ne bouge pas quand ses doigts savonneux prennent possession de mon corps. À un moment, il les pousse même en moi avant de me rincer entre les jambes.

Finalement, je sursaute et recule.

—Ça suffit. Je vais le faire.

Il étudie mon visage comme s'il était sur le point de m'ignorer, puis il lève les yeux en reculant.

— Quoi ?

— Rien. J'oublie tout le temps que ton corps ne m'appartient pas.

Je détourne le regard alors que mon estomac se resserre et que mes joues s'échauffent. Lui appartenir… que n'aurais-je pas donné il y a quelques années pour être à lui ? Beaucoup trop. Même maintenant, contre toute attente, cette pensée me tente.

— En tout cas, il a été à toi pendant un petit moment.

Mon ton est à la fois ironique et séducteur.

Il se lave et se rince rapidement avant de sortir tandis que je reste me laver les cheveux. Quand je sors de la douche, il m'attend et m'aide à me sécher.

— Je me demande quelles autres surprises le destin nous réserve, dit-il alors de but en blanc avant de se signer distraitement.

— Tu viens de dire une prière pour que je ne sois pas enceinte ? demandé-je les yeux écarquillés.

— Merde, non. Attirer l'attention de Dieu sur un préservatif déchiré, c'est chercher les ennuis. Tout ce qui est bon semble avoir des conséquences.

— Et donc ? C'était quoi ? dis-je en imitant le geste du signe de croix.

— Juste une habitude, dit-il en détournant le regard avec un sourire presque penaud.

C'est si inhabituellement doux et enfantin que ça me donne envie de l'embrasser à nouveau. Lorsqu'il reprend ses esprits, il est détendu et calme.

— Ça va ? Les deux derniers jours ont été intenses.

La question est tellement absurde que c'est plus fort que moi : un rire monte en moi et m'envahit jusqu'à ce que je me penche en avant à force de rire.

Il me regarde en souriant.

Enfin, je me calme et me redresse. J'enroule une serviette autour de moi et la noue, même si mes seins l'empêchent de se fermer complètement.

— Je vais me sécher les cheveux et peut-être que tu pourras me ramener à Boston ?

— Ce soir ? Non, il est tard. Tu restes ici.

— Je pense vraiment qu'il est dans notre intérêt de nous séparer le plus tôt possible. Cette combinaison, dis-je en passant mon index entre nous deux. C'est bien plus que ce que je suis capable de gérer.

Il m'étreint alors chaleureusement.

— Non, ça va aller, dit-il en déposant un baiser sur ma tête humide. Ne t'inquiète pas. Je m'occupe de tout.

Le fait que Trick s'occupe de tout n'est pas vraiment rassurant, mais je ne dis rien, parce que comme toujours, c'est si bon d'être dans ses bras.

De retour dans le lit, nous nous allongeons chacun d'un côté sous les couvertures, face à face. Nous parlons, comme le feraient de vieux amis, de connaissances mutuelles et de souvenirs partagés de nos années d'école.

— Tu sais ce que je croyais ? Que tu ferais du théâtre en sortant de l'école. Tu étais assez théâtral en cours d'anglais.

Il s'esclaffe.

— Je cranais.

— Tu es sorti quelques temps avec Bailey Robinson.

Ça provoque une petite pointe de jalousie en moi, mais pas aussi intensément que s'il l'avait épousée, comme beaucoup le suggéraient.

— Elle voulait que tu passes une audition, non ?

— Elle m'a harcelé.

— Et pourtant… ?

Il hausse les épaules.

— Elle a déménagé en Californie. Je pensais qu'elle s'enlaidirait, mais je dois admettre que ce n'est pas le cas. Toujours aussi belle. Elle irait bien sur une affiche de film. Toi aussi, d'ailleurs.

— Il y aura peut-être une affiche dans mon futur ? Le FBI va peut-être lancer celui qui dit « recherchée par la police » ?

Je ris en secouant la tête.

— Quand tu es passé devant la voiture et que tu m'as fait un clin d'œil, je ne savais pas quoi penser. C'était quoi ?

— Je ne sais pas. C'est un truc de Trick.

— Est-ce que tu avais peur que je parle de ce qui s'est passé ?

— D'un point de vue légal ? Non. Un procureur sait que ce genre de charge contre moi serait perdu d'avance, surtout avec une ancienne petite amie comme témoin principal. Les avocats C Crue t'auraient mis en pièces à mon signal.

Mes sourcils se plissent en me souvenant de l'efficacité de Rudy Talbot face aux agents fédéraux. Devoir être interrogée par lui au tribunal sur ce qui s'est passé entre Trick et moi serait un cauchemar embarrassant.

— Mais je ne les aurais pas laissé faire, dit-il en enroulant une mèche de mes cheveux autour de son doigt.

— Pourquoi pas ?

— Beaucoup de raisons. L'une d'elles étant que je t'ai fait la promesse d'être discret et de ne pas parler de ce que nous faisons en privé.

Mes lèvres se recourbent.

— Je me souviens que tu as fait cette promesse en échange de quelque chose qui ne s'est jamais produit.

Mon cœur bat plus fort et se serre au souvenir de nos parties de jeux vidéo en ligne, et où cela aurait pu nous mener.

— Nerissa était censée être capturée... Dans la vraie vie.

Il sourit.

— C'était un avatar mignon, mais tu es beaucoup plus belle en vrai.

— Tu te souviens comme on flirtait ?

Chacun chez soi pendant qu'on jouait, un flirt sans limite et sans danger… en quelque sorte.

— Je me souviens.

— Et j'étais tellement naïve. Tu n'arrêtais pas d'être « appelé » juste quand les choses devenaient sérieuses, dis-je en riant et me couvrant les yeux. Et je me disais : « pile au mauvais moment. Si seulement les gens pouvaient le lâcher pendant qu'il joue avec moi. »

Trick émet un petit rire grave.

— J'avais dix-huit ans. C'est fou que je ne m'en sois pas rendue compte, surtout quand je repense à la façon dont je rejouais ces flirts dans ma tête quand j'étais seule au lit, dis-je en baissant la main et étudiant son regard. Je suis surprise que tu ne m'aies pas donné d'indices. Tu étais assez direct sur ce qui arriverait à Nerissa si elle faisait naufrage sur une planète esclave.

Je passe mes mains sur mes cuisses pour contrer la douleur lancinante entre mes jambes, et l'embrasse.

— On a bien flirté quand même. Longtemps après notre rupture, quand je voyais l'icône du jeu sur mon ordinateur, je regrettais de n'avoir jamais su ce qui serait arrivé à Nerissa si elle s'était écrasée sur la planète.

— Tu te dérobais. Je me suis dit que tu n'étais pas vraiment prête.

— Comment ça, dérober ?

— Je disais quelque chose et tu trouvais une parade. Tu disais qu'elle pourrait s'échapper en utilisant une capsule avant d'être capturée. Ou qu'elle pourrait trouver un allié pour l'aider à réparer le navire avant qu'il ne fasse naufrage.

— Oh… dis-je en expirant et fermant les yeux, consumée par

la nostalgie et le regret. J'étais nerveuse et j'essayais de me laisser une porte de sortie je suppose.

Il hoche la tête.

— Pas tout à fait prête.

— Alors tu m'as donné la sortie ultime.

— C'est du révisionnisme historique.

Je hausse les épaules avec un sourire timide. Il a raison. C'est moi qui ai rompu avec lui, et de manière très publique car j'étais jalouse. Pourquoi ai-je eu une telle réaction au sujet de ses aventures passées ? Ce n'était pas comme si je ne connaissais pas sa réputation sulfureuse et ses flirts épiques. Avec le recul, je pense que je n'étais pas sûre de moi. Je n'étais pas convaincue d'être assez jolie ou assez sexy par rapport aux filles qu'il avait fréquentées. Je savais que je pouvais durer sur quelques temps, mais je n'étais pas sûre de pouvoir le retenir.

Apparemment, le sentiment est resté, car même maintenant, je doute qu'il reste longtemps attaché à quelqu'un. Il est trop sauvage. Trop magnétique. Trop tout.

* * *

TRICK

QUAND ELLE SE recroqueville contre moi au milieu de la nuit, ça réveille le côté le plus sombre de mon désir. Je tire sa tête en arrière en la prenant par les cheveux et l'embrasse tandis qu'elle presse ses incroyables seins contre mon torse.

Ma voix est un murmure rauque :

— Je veux jouer. Sois gentille avec moi.

— Oui, Monsieur.

Être appelé « monsieur » ne manque jamais de me faire bander, mais venant de ses lèvres boudeuses… ouais, mon sexe est un tuyau d'acier. Dans la pièce sombre et fraîche, je rassemble ce qu'il me faut, à commencer par des pinces à tétons.

Alors que je les place sur ses mamelons taupes qui sont aussi fermes que des cerises, ses halètements et la façon dont elle se cambre attisent mon désir.

— Aïe, marmonne-t-elle contre ma bouche.

Je l'embrasse jusqu'à ce que sa main se pose sur une pince.

— Interdit, dis-je en saisissant et écartant ses poignets. Mais tant que tu es gentille, tu peux me parler. Tu veux les enlever ?

Ses dents s'enfoncent dans sa lèvre inférieure.

— C'est trop douloureux.

— Hum.

Je retire une pince et suce le bout de son sein, le taquinant rudement. Je fais de même avec l'autre, jusqu'à ce qu'elle gémisse et s'agrippe à mes épaules.

— On recommence, dis-je en remettant les pinces en place.

Chuchoter mon plaisir à la voir ainsi la fait mouiller sur mes doigts. Mon sexe palpite, désireux de cette jolie chatte qui est prête à être revendiquée. Je suis très tenté de la baiser immédiatement, mais la partie calculatrice de mon cerveau prend le dessus et me pousse à jouer plus longtemps.

Un vibromasseur bourdonnant contre son clitoris la fait se tordre et crier. Je taquine ses seins et son clitoris jusqu'à ce qu'elle jouisse. Ensuite, j'utilise mes doigts pour la forcer à jouir à nouveau alors qu'elle tremble encore.

— Tu es à moi.

Quand je la mets sur le ventre avec des oreillers sous les hanches, Laurel frissonne, mais elle ne résiste pas. Ce n'est que lorsque je bloque ses bras avec une ceinture en cuir qu'elle revient à la réalité.

— Attends… s'exclame-t-elle au bord de la panique.

— Ça fait mal ? lui dis-je en caressant ses cheveux et me penchant sur elle.

— Non.

Je caresse le bas de son dos pour l'apaiser, et dis :

— Alors sois sage.

Elle frissonne et me répond d'une voix rauque :

— Qu'est-ce que tu vas faire ?

— Je vais te traiter comme si tu m'appartenais.

Exhalant un souffle tremblant, elle hoche la tête, puis se lèche les lèvres en battant des cils. Je la récompense d'un profond baiser et savoure son goût et celui de sa soumission. Mes doigts pressent son sein. Si elle est enceinte, ils grossiront davantage et se rempliront de lait pour nourrir mon bébé. Mon sexe palpite, attiré pour la première fois par cette idée.

Enfilant un préservatif, je m'installe entre ses jambes. Elle est dans une position d'impuissance, ce qui en fin de compte l'excite, puisqu'elle ondule ses hanches en petits cercles.

Le souvenir de son postérieur relevé pour être discipliné me revient, et je la revois en train de se tortiller et pleurer de contrition d'avoir été prise en flagrant délit de trahison. Les souvenirs sont plus satisfaisants maintenant, et plus aphrodisiaques, parce qu'elle se donne à moi.

M'enfonçant dans sa douce chaleur, je gémis. Ma main gauche glisse sous son corps pour caresser et taquiner son clitoris jusqu'à ce que les mouvements de son corps deviennent sauvages et frénétiques. Elle répond à mes coups de reins, ses fesses endolories oubliées.

Je m'abaisse sur elle et prend son cou par derrière avec ma main droite tandis que la gauche caresse l'endroit où elle est le plus sensible. Je serre son cou suffisamment pour qu'elle sente que je la possède. Mes hanches la martèlent de plus en plus fort, tapant contre ses fesses meurtries jusqu'à ce qu'elle crie encore et encore, prise entre douleur et excitation.

Laurel jouit en premier et se contracte autour de ma queue de façon incroyable. Je l'utilise sans relâche jusqu'à ce qu'elle pleure, puis me vide en elle. Haletant, je pose mon front entre ses omoplates, rassasié.

Faites qu'elle soit enceinte. Donnez-moi une excuse pour ne jamais la laisser partir.

CHAPITRE 5

LAUREL

Quand l'aube se lève, les rayons de soleil traversent les rideaux et illuminent ses mèches d'or. Au lycée, Scott Patrick était incroyablement beau, avec une peau sans défaut et un visage d'ange. À vingt-sept ans, c'est son chaume, la petite cicatrice au coin de sa bouche au-dessus de sa lèvre supérieure droite, et les légers plis sur son front qui le rendent irrésistibles. Son corps est également plus musclé et robuste à présent. Il était grand mais maigre à l'école. Fort et bien bâti parce qu'il était athlétique, mais maintenant il y a une ténacité indubitable dans sa force. À dix-huit ans, son regard avait une lueur diabolique, mais il semblait innocent. À près de vingt-huit ans, il a tenu sa promesse tacite de vivre durement et de prendre des risques, et ça se voit par les légers changements sur son visage et son corps. Étrangement, sa beauté est plus fascinante maintenant qu'il y a dix ans. Sachant qu'il a évolué du côté sombre, je ne devrais pas le trouver beau, mais c'est le cas.

Notre partie de jambes en l'air débridée de la veille me revient en mémoire. C'était terriblement bon… mais aussi dangereux. Quand on sortait ensemble, le bondage et la domination étaient des choses qu'il expérimentait. À l'époque, j'étais également désireuse d'explorer et de jouer à un autre genre de jeu pour voir quel plaisir nous pourrions y prendre. Je pensais naïvement que j'aurais une influence sur lui et la direction que prendrait sa vie sexuelle. Mais il a passé le cap de la découverte depuis longtemps : c'est un homme à présent, qui sait ce qui lui plait et ce qu'il attend. Être dans son lit me rappelle ce qu'il attendait de moi il y a toutes ces années : être une esclave appartenant à un maître. Alors même que je repense à ce scénario de jeu, l'excitation monte en moi et me fait mouiller. Mais c'est une pente glissante. Ses mots hier soir, « *je vais te traiter comme si tu m'appartenais* », étaient extrêmement torrides, mais il a toujours été un expert pour séduire les femmes et les convaincre de lui donner ce qu'il désire sexuellement. Hier soir, le fait d'être impuissante et prise avec brutalité, son corps dur cognant contre mon postérieur meurtri, m'a fait pleurer. Il a vu mes pleurs à un moment où j'avais l'impression que mon âme se disloquait, et cette idée me fait peur.

Sa vie entière est intense et choquante : du sexe interdit et secret, des drogues psychotropes qui détruisent l'âme, des sièges de voiture imbibés de sang, des gangsters tapis dans l'ombre, des agents du FBI à l'affut. C'est ainsi que vit Trick. C'est ainsi qu'il a *choisi* de vivre.

Je suis une personne ordinaire. Comment pourrais-je survivre dans ce chaos et ne pas finir par craquer ? Trick dort en me tenant contre lui. Une part de moi veut rester ainsi, mais sa vie est une toile d'araignée dont je pense devoir me libérer.

Je me glisse hors du lit en silence me rends dans la salle de bain des invités plutôt que celle de la chambre. Je me coiffe avec mes doigts et me tresse les cheveux, puis je me lave le visage. Je me sens enfin moi-même.

Je réfléchis alors à la façon de partir de chez lui. Je préférerais que ma famille ne sache rien des deux dernières nuits, mais si j'attends qu'il décide de me reconduire à la maison, le temps qu'il le fasse, je serai peut-être encore plus empêtrée.

Une fois dans la cuisine, je me rends compte que j'ai faim. Après un coup d'œil à la porte de la chambre, je réalise que ce serait une erreur de préparer le petit-déjeuner pour nous deux, comme si la nuit dernière signifiait quelque chose. Et pourtant, les œufs, le lait et la cannelle se retrouvent sur la table, tout comme le jambon. Juste comme ça, les choses s'enchaînent.

En entendant son téléphone sonner, j'en ai le souffle coupé, car je suppose que c'est C ou Anvil. Je reste silencieuse le temps des dix ou quinze sonneries, et un instant plus tard, j'entends la porte de sa salle de bain se refermer.

Alors que je prépare du pain perdu, il s'approche, le téléphone à la main.

— Quand ça, Ash ?

Je me rends compte que l'appel doit provenir de sa jeune sœur. Scott a deux sœurs, Kathleen qui a un an de plus, et Ashling, qui a environ huit ans de moins. Les trois enfants Patrick ont les mêmes traits que leur mère, qui a toujours été si jolie. Lorsqu'elle était jeune, les gens s'arrêtaient dans la rue pour la regarder. Monsieur Patrick était beau aussi d'après mes souvenirs, mais il ressemblait à une vraie personne plutôt qu'à un ange.

— Je viens de me lever. Je te rappelle dans quelques minutes, dit Trick.

Il entre dans la cuisine et hoche la tête en souriant avant de passer un autre appel qu'il met sur haut-parleur.

— Salut, Scotty. Pourquoi est-ce que tu m'appelles à l'aube ? demande Kathleen Patrick avec un accent irlandais.

Son doux sourire me pince le cœur.

— Bébé a une requête, et j'ai besoin de ton aide. Et tu es sur haut-parleur, Kath.

Il pose une main sur ma taille pour m'avertir de sa présence, puis étend son bras pour allumer la cafetière. La proximité de sa peau nue et le petit contact sur ma hanche font battre mon cœur plus vite.

Je jette un coup d'œil par-dessus mon épaule et aperçois ses tablettes de chocolat et son pantalon de survêtement noir. On dirait celui que j'avais emprunté.

— Bonjour, les garçons. C'est bien ça, non ?

— Non, une amie d'école. Donc Ash a appelé. Elle veut aller à une fête chez Fiona Murphy, et Maman lui a dit de voir d'abord avec moi, ce qui est bien. Je serais venu à Boston pour l'y emmener, mais j'ai du travail ce soir-là.

— Les Murphy, dit Kathleen d'un ton amer. On n'a pas besoin d'eux, comme je le lui ai déjà dit. Elle ne devrait pas enquiquiner tout le monde avec les soirées de Fiona Murphy. Il y a plein d'autres filles qu'elle pourrait fréquenter.

Trick garde un instant le silence, les sourcils froncés.

— J'ai vu Jack Murphy.

— Où ça ? demande-t-elle avec un accent plus prononcé et moins chantant.

— Il s'est pointé à une partie de poker.

— Le bâtard. Tu vas bien ?

— Ouais. Il devient intelligent, on dirait. J'ai reçu un SMS ce matin, disant qu'il était dans mon bar, le Slattery, hier soir.

— Audacieux en plus ? Il s'imagine que tu es encore un gamin qu'il peut intimider ? demande-t-elle. Non pas qu'un seul d'eux ait jamais réussi, Dieu merci.

J'ignorais que Trick avait acheté le pub Slattery. Les Petrov possèdent la moitié des commerces de la ville. Est-ce que C Crue possède l'autre moitié à présent ?

— Donc se rendre à une soirée Murphy sans moi, la réponse est non. Mais elle va être déçue.

— Le mieux serait que je lui raconte l'histoire de la famille. Elle a dix-sept ans maintenant. Elle est assez âgée pour l'entendre, Scotty.

— Non.

Kathleen pousse un soupir.

— Alors, voilà ce que je propose. Trouve des billets pour une comédie musicale à Broadway pour nous trois, et deux ou trois amis d'Ashling. Réserve quelques nuits au Waldorf. Dis-lui qu'elle peut inviter le garçon qu'elle aime bien pour la deuxième nuit. Comment il s'appelle déjà... Spencer ? Emmène les filles faire du shopping. Et offre à maman une nouvelle robe. Je ne veux plus la revoir dans quelque chose de vieux comme elle portait à la fête des O'Leary.

— Que veux-tu que je fasse ? Maman est aussi têtue que toi, explique Trick en nous versant du café. Sois plus maline, Kath. Un jour où elle sera sortie, emballe ses vieux vêtements et planque-les.

Kathleen prend une grande inspiration.

— Ça sera un sacré choc pour elle. Elle portait ces robes avec lui. Elle sera furieuse.

— C'est pour ça que j'ai parlé de planquer, et non de don à l'église. Dis-lui que c'est moi, et que si elle veut se plaindre, qu'elle m'appelle.

— Comme si elle allait t'appeler pour ça.

— Exactement. Laisse bébé t'aider à choisir les robes. Elle va adorer, et elle est douée en plus. J'aime bien son style.

— Oh, mon Dieu. Tu la pourries. Elle est déjà tellement gâtée. Et c'est moi qui vais devoir annoncer au petit agneau qu'elle ne pourra pas aller à la fête ?

— Non, je vais le faire, dit-il en prenant un morceau de jambon frit dans le plat. La deuxième nuit à New York, je viendrai dîner avec vous.

— D'accord. Ça sera plus facile à gérer si elles savent que tu viens.

Il sourit.

— Kath ?

— Oui, quoi encore ? Tu veux que j'achète des ailes de fée en or et un petit diadème pour Ashling ? demande-t-elle sèchement.

Il s'esclaffe et répond quelque chose en irlandais.

— Allons prendre un whisky, d'accord ? Toi et moi, la semaine prochaine ?

— J'adorerais. Quelle bonne idée, dit-elle sans aucune ironie. Porte-toi bien.

— Toi aussi.

Il raccroche et pose son téléphone sur le plan de travail. Je ne peux pas m'empêcher de sourire. Son affection manifeste pour sa famille et la normalité du matin sont si contradictoires par rapport à la nuit dernière. Est-il vraiment possible d'équilibrer les choses si facilement ?

— Je n'avais pas réalisé à quel point tu étais proche de tes sœurs. Quand on parle de toi, on a l'impression que tu es toujours avec Connor et Sasha Stroviak.

— Je le suis la plupart du temps.

— Tu avais quel âge déjà quand ton père est mort ?

— Treize ans.

— Le FBI m'a dit qu'il t'a appris des choses dès ton plus jeune âge.

— Comme tous les pères avec leurs fils.

Dans cette réponse, il y a l'Irlande, mais aussi la mafia irlandaise de Boston.

— Comme apprendre à tirer ?

Il hoche la tête, apporte son assiette et son café sur la table et me fait signe de le rejoindre.

— Tu avais quel âge la première fois que tu as tiré avec une arme à feu ?

— Six, je pense. Peut-être sept.

— Mon Dieu.

— Juste comme ça, avec ses mains autour des miennes. Avant, il posait ses armes sur un grand bureau et nous n'avions pas le droit d'y toucher. Mais je l'ai supplié comme le font les gamins, jusqu'à ce qu'il cède comme finissent par le faire les parents. Et quand il m'enseignait, je prenais la chose très au sérieux parce que je voyais bien qu'il n'était pas convaincu que ce soit une bonne idée. Je blaguais et faisais toujours le clown, mais pas pendant l'entraînement de tir. Dans ces moment-là, j'étais un petit homme et je devenais son portrait craché, même dans mes manières.

Il rit doucement et secoue la tête.

— J'ai appris ça de lui aussi. Il gérait les situations difficiles en flattant les gens, en les mettant à l'aise ou en les charmant. Ensuite, il leur achetait un whisky et leur racontait une histoire amusante, et juste comme ça, il arrivait à se faire des amis pour la vie. Il se faisait remarquer partout où il passait. Les gens se poussaient dans la rue pour le laisser passer.

— Je m'en souviens. Chaque fois que vous veniez à l'église St. Mary, une foule se formait autour de vous. L'autre chose dont je me souviens, ce sont les petites fleurs blanches retenues par une barrette dans les cheveux de ta mère et de Kathleen. Elles portaient toujours des robes assorties et ces fleurs pour se rendre à l'église et aux évènements. Je ne me souviens pas d'Ashling. Elle en portait aussi ?

— Non, elle n'était alors qu'un bébé avec du duvet à la place des cheveux. Maman épinglait les fleurs à sa robe, je pense. C'était pour mon père. Il lui offrait au moins une fois par semaine des fleurs, et les appelait, elle et les filles, ses fées princesses.

Trick lève les yeux au ciel, mais sourit.

— Quand maman a commencé mettre les petites fleurs blanches dans ses cheveux, il a adoré. Alors elle n'a jamais arrêté.

— C'est si mignon.

— Parfois. Il y avait aussi des ténèbres avec la lumière. Comme il y en a toujours.

— Quand ton père est mort, pourquoi est-ce qu'elles t'ont laissé et ont déménagé ?

— C'est moi qui les ai fait partir. Pour leur sécurité.

Son expression se fait dure alors qu'il prend une gorgée de café.

— Ne deviens pas amie avec Jack Murphy si tu le vois dans les parages.

Je le regarde, perplexe. Il les a fait partir ? Si jeune, il prenait des décisions sur l'endroit où devait vivre sa famille ? Et sa mère alors ? Je veux lui poser la question, mais j'ai peur de savoir où mènera la discussion, et je ne suis pas prête pour ça.

— Que s'est-il passé avec les Murphy ?

Ses yeux d'un bleu profond se fixent sur la tasse, comme si c'était la Pensieve d'Harry Potter et qu'elle lui montrait de vieux souvenirs. Puis il lève le regard et son sourire est de retour.

— Tu m'as fait un super petit déjeuner. Merci, dit-il en léchant une goutte de sirop du bout de son doigt. C'était presque aussi bon que toi.

Il se penche pour m'embrasser d'un lent baiser avec la langue. Une main caresse mon sein à travers le T-shirt, et je réalise que je ne porte pas de soutien-gorge et que je suis très vulnérable à son contact. Une avalanche de sensations descend alors en cascade vers mon ventre et entre mes jambes.

Après un moment, je me penche en arrière, et inspire, presque étourdie par la luxure. Ouvrir les yeux ne m'aide pas, car il est vraiment trop beau. Je détourne le regard et m'humecte les lèvres.

— Je crois que tu devrais me ramener à la maison.

— Bientôt, dit-il en se levant. Allons prendre une douche.

— Ce n'est pas une bonne idée.

Son regard se pose sur mon visage alors que son pouce caresse ma lèvre inférieure et s'enfonce dans ma bouche pour effleurer ma langue. Inexplicablement, c'est l'une des choses les plus érotiques qu'on ne m'ait jamais faite, à part toutes les autres choses érotiques qu'il m'a fait ces dernières quarante-huit heures. Comment vais-je m'en remettre alors que nous avons partagé des choses que je ne pourrais jamais imaginer faire avec quelqu'un d'autre ?

— Une dernière fois. Maintenant, insiste-t-il d'un ton dangereux et lubrique.

Il retire son pouce et me prend le bras pour me guider vers la chambre. À mi-chemin, quelqu'un frappe à la porte. Je suis à la fois soulagée et déçue.

— Hum, fait-il en prenant une arme à feu avant de déplacer le meuble et ouvrir la porte cassée.

Connor McCann se tient dans l'embrasure de la porte, et lui adresse un signe de la tête.

— On doit parler.

* * *

TRICK

Nous la laissons dans l'appartement et nous rendons sur le palier de la cage d'escalier. Il n'y a pas de fenêtres et personne ne peut enregistrer nos vibrations. Je vérifie qu'il n'y ait rien de suspect, et allume un brouilleur de téléphone portable. Puis C et moi nous tenons côte à côte et fixons le sol. C'est notre une position quand nous discutons de sujets sérieux et que nous sommes au grand jour, mais c'est devenu une habitude maintenant, même lorsqu'il n'y a personne pour lire sur nos lèvres.

— Kaz et une bonne partie de ses gars étaient en bas. Vil et moi les avons convaincus de partir.

— Il perd son temps. Il ne peut pas m'abattre dans le parking ou la rue, parce qu'avec les fédéraux qui me surveillent, ils seraient immédiatement pris.

— Les fédéraux nous tournent toujours autour. Tu es sûr qu'ils te surveillent ?

Les sourcils froncés, je m'empêche de tourner la tête vers la porte cassée.

— Vil peut déposer la fille chez elle. Viens au QG et reste quelques jours.

— Bientôt.

— Mec, tu sais très bien pourquoi Kaz t'attendait en bas. Il attend l'occasion de te trouver seul. Si tu veux prolonger ton entretien avec l'informatrice du FBI, amène-la avec toi.

— Dans la forteresse ? Certainement pas.

— Si tu ne lui fais pas confiance, qu'est-ce que tu fais avec elle ?

— On fait connaissance. Et je laisse le FBI et Kaz Petrov penser que je la baise pendant qu'ils se font des hémorroïdes en attendant que je descende.

— Trick, ne joue pas avec elle. Les gentilles filles coincées se fâchent facilement. Un seul faux pas, et elle te fera la peau.

— Qu'elle essaie.

C lâche un juron.

— Pourquoi elle ? Tu es souvent imprudent, mais jamais avec les femmes avec qui tu prends du bon temps. C'est toi qui insistais pour enquêter sur les filles avant les soirées Crue à l'hôtel.

— Elle a eu l'occasion de me trahir et ne l'a pas fait.

— Tu plaisantes là, non ?

Je hoche la tête.

— Je sais qu'il est possible qu'elle essaie d'obtenir des informations. Ils peuvent parfaitement la traiter comme une suspecte et la faire agir comme si elle ne voulait plus avoir affaire à eux pour que je lui fasse confiance. J'en suis conscient.

— Donc je répète : pourquoi elle ?

Je ne réponds pas, mais lui fais une promesse :

— Je ferai attention.

— Et si ça ne suffit pas ?

Je fronce les sourcils car je sais qu'il me demande si je serais capable de la tuer si ça devait dégénérer. Je ne veux pas y penser.

— Est-ce que je t'ai déjà laissé tomber ?

— Jamais.

— Alors je passerai bientôt. Quand j'aurai fini de jouer.

C pose une main sur ma nuque et me lance un regard qui dit, « sois malin ». La main me rappelle mon père qui avait l'habitude de poser une main sur mon épaule. C'est peut-être inconsciemment pour cela que C le fait.

Il se retourne et descend les marches sans un regard en arrière. C'est C jusqu'au bout des ongles. Il ne surjoue jamais. Anvil est pareil. C'est pour ça que je les ai choisis. Je n'ai jamais supporté d'être dominé ou sermonné. Et même quand les choses deviennent dangereuses, je n'autorise personne autour de moi à tourner dans le mélo. C et Anvil sont d'un calme mortel sous pression.

Ils étaient tous les deux dans le syndicat de Grigory avant moi. Ils n'ont que quelques années de plus, mais tous les deux sont nés du mauvais côté de la route, avec des criminels pour parents. Donc comme moi, ils ont grandi trop vite. Au début, entrer dans leur gang était essentiel parce que j'avais besoin d'argent. Mais dès qu'on a formé un trio, j'ai compris que c'était le bon choix : j'étais l'un d'eux, et ensemble, on pouvait être plus puissants que n'importe qui.

C est le leader, mais il agit avec tact avec Vil et moi. C'est comme ça qu'il arrive à me faire entendre raison et me ramener sur le droit chemin. Comme maintenant.

Après avoir désactivé le brouilleur, je retourne à l'appartement. Laurel est recroquevillée sur mon canapé, sous la couverture de la chambre d'amis qu'elle a transportée au salon. Elle regarde l'écran plat pendant qu'elle joue à Eve : un personnage de jeux vidéo qui a comme elle, de longues jambes, de gros seins et un mental d'acier. C'est comme si le diable l'avait vue et compris qu'elle était faite pour provoquer ma chute. D'utiliser cette palette en bois sur elle, c'était comme dire : je sais et je m'en fous. Si mon heure est venue, je veux mourir penché sur le plus beau cul que j'aie jamais vu. Le problème, c'est qu'il n'y a pas que ma vie que je risque.

Je devrais mettre un peu de distance entre nous pour le bien de tous. Mais au lieu de cela, je prends un préservatif sur ma table de chevet pour la baiser une fois de plus.

* * *

LAUREL

TRICK EST VÊTU d'un pantalon noir et d'une chemise d'un blanc immaculé. Il est également rasé de près, et mon esprit veut s'attarder sur le souvenir de lui se rasant sous la douche pendant que je le regarde, appuyée contre le carrelage. Chaque souvenir de lui des deux derniers jours, même les plus anodins, est imprégné de sensualité.

Il m'accompagne jusqu'à la porte de mes parents, comme si c'était la soirée du lycée d'il y a neuf ans. Contrairement à l'époque, je porte des vêtements d'homme : son survêtement, un T-shirt gris uni et un sweat à capuche bleu marine.

— Vas-y, murmuré-je.

— Je vais dire bonjour.

Il dit cela avec désinvolture, mais aussi fermement que tout ce qu'il dit une fois qu'il est décidé.

Ne sachant pas ce que je vais dire et ne voulant surement pas qu'il discute avec ma famille, j'essaie de penser à un moyen de le convaincre de partir.

Je grimace lorsque la porte s'ouvre avant même que j'aie enfoncé ma clé dans la serrure. Ma mère sourit avec nervosité en me tirant à l'intérieur et me serrant dans ses bras.

Je me raidis et me libère rapidement.

— Maman, voici Scott Patrick.

— Je m'en souviens, dit-elle en souriant et prenant sa voix réservée aux invités.

Mon père apparaît, et ses yeux me passent en revue quelques secondes avant de passer à Trick. Il le regarde dans les yeux avant de lui serrer la main.

— Laurelyn et moi nous sommes croisés, et ensuite on a rencontré des problèmes, dit Trick qui semble à la fois ouvert et sérieux.

Mes muscles se contractent et j'attends, rigide, qu'il décrive le problème qu'il vient de mentionner. Je ne veux pas qu'il parle de ma présence à une partie de poker chez un gangster, à la demande du FBI. S'il le fait, ça soulèvera des questions, et ils entendront des choses qu'ils ne devraient pas entendre.

Ma mère lisse ses cheveux, comme elle le fait quand elle est troublée.

— Quel genre de problème ?

— Une fête qui a mal tournée. Quelqu'un a vomi sur la robe de Laurelyn. La fille va bien, mais la robe de Laurel n'a pas survécu.

Le sourire et le ton désinvolte de Scott opèrent leur magie, faisant retomber les épaules de ma mère et éclaircir l'expression sinistre de mon père.

Maman fronce le nez en me regardant.

— Pourquoi as-tu mis autant de temps à répondre à notre SMS ? Nous étions inquiets, Laurelyn.

— Les choses se sont compliquées, dit Trick. Il y a eu une perquisition à la fête. Tout le monde a dû faire une déclaration et les téléphones ont été saisis pour visionner les vidéos tournées pendant la fête. Ils cherchaient peut-être de la drogue. Tout le monde a dû coopérer.

Les yeux de mon père se plissent. Toute mention de drogue les dérange, mais je me demande si l'expression sinistre de mon père n'est pas plus que cela : il n'est pas stupide ou inconscient de ce qui se passe à Coynston. Il sait que Trick fait partie de C Crue et que ça le rend dangereux, surtout pour notre famille. Et rien que ça, c'est un rappel constant de la dépendance de ma petite sœur.

— Eh bien, vous voulez un café, Scott ? demande maman.

— Non, mais merci. Je dois partir.

Je suis plus que pressée d'en finir avec ce moment gênant, quand la porte d'une chambre s'ouvre et Monet se précipite vers moi. Elle jette ses bras autour de mon cou et s'exclame :

— Dieu merci ! Je croyais qu'ils ne te laisseraient pas partir !

— Tu savais et tu as fait comme si tu ignorais pourquoi Laurel ne nous rappelait pas ? Et pourquoi pensais-tu que la police garderait ta sœur ? Ce n'est jamais elle qui a des ennuis.

Mon père est un grand ingénieur chimiste, mais il aurait fait un meilleur avocat.

— Euh, je ne savais pas. Je, euh, je viens de le découvrir. Salut, Trick, comment vas-tu ?

Ma sœur repousse ses cheveux sur deux couleurs en haut et en bas, en arrière. C'est un style un peu démodé, mais elle est souvent à contresens des tendances.

— Je vais bien, Monet. Et toi ?

— Super, dit-elle en mordillant sa lèvre inférieure et déplaçant son poids d'un pied à l'autre.

Elle est clean depuis des semaines, mais on dirait soudain qu'elle a l'énergie nerveuse de quelqu'un qui vient d'arrêter.

— J'ai entendu dire que tu étais revenue chez tes parents. Tu as sous-loué ton appart ? Ou déménagé ?

J'ai l'impression que mes pieds sont faits de plomb. Comment est-ce que Trick sait cela ? Elle a fait une cure de désintoxication dans le Connecticut, mais on a dit aux gens qu'elle était à Manhattan pour suivre des cours de design.

Monet se redresse :

— Ouais, j'ai déménagé. J'ai réfléchi et le loyer était trop élevé, explique-t-elle avant de repousser à nouveau ses cheveux. Pas pour quelqu'un comme toi, mais pour moi, si.

Elle fronce alors les sourcils ce qui crée des rides sur son joli visage. En ce moment, fraîchement sortie de cure de désintoxication, il lui manque une dizaine de kilos et son visage semble faire plus de vingt-deux ans.

— Humm. Tu t'es probablement fait beaucoup de nouveaux amis, dit Trick.

Mon estomac se resserre parce qu'il empiète sur des choses que je ne veux pas qu'il sache. De plus, je réalise soudain que Scott n'est pas là en tant que Scott, mais en tant que Trick, et qu'il enquête sur ma vie et ma famille.

Monet déplace son poids et mordille sa lèvre un peu plus.

— Pas vraiment.

— Je prépare un café, dit maman.

Trick regarde sa Rolex.

— J'ai quelques minutes.

— Bien, bien, dit-elle en disparaissant dans la cuisine.

Monet la regarde comme si elle aimerait partir aussi. J'aimerais qu'elle le fasse.

Un coup frappé à la porte d'entrée nous fait sursauter, ma sœur et moi. Elle rit d'elle-même, mais moi non.

Trick s'écarte pour laisser mon père ouvrir, mais sa main disparaît à l'intérieur de sa veste. Je me fige. Est-ce que quelqu'un d'armé – quelqu'un comme Kaz Petrov – pourrait tirer sur Trick chez mes parents ?

Heureusement, la personne n'est pas un criminel. C'est Milt. Il adresse un signe de tête à mon père et sourit tandis que le store projette des ombres sinistres sur son visage. Mon père ouvre la porte moustiquaire et lui tend la main.

— Milt, je ne t'avais pas vu depuis un moment. Entre.

Le sourire franc de mon père fait chavirer mon cœur. Il n'a aucune idée de la façon dont Milt m'a traitée, ou du danger dans lequel il m'a mise. Il ne connaît Milt qu'en tant qu'agent du FBI avec qui je suis sortie.

Le visage de Monet se vide de toute couleur et elle se retire dans le couloir.

L'expression de Trick ne change pas, mais son regard suit Monet pendant quelques instants avant de revenir à Milt. Pourquoi est-ce qu'il n'est pas parti il y a quelques minutes ? Et pourquoi Milt est ici ? Nous avions un accord, qui a pris fin, rompu des deux côtés.

— John, content de te voir aussi. Désolé pour les circonstances, dit celui-ci en me tendant un sac en plastique. Comme tu ne voulais pas attendre que tes vêtements reviennent de la médecine légale hier, j'ai pensé te les apporter.

Oh, mon Dieu. Quel bâtard. Je fais attention à ne pas regarder Trick ou Milt alors qu'une rougeur monte de mon cou jusqu'à mon visage. Et qu'y a-t-il dans le sac ? Juste des sous-vêtements ? La robe et les chaussures ont été empruntées.

Je prends le sac, surtout pour que personne d'autre ne le fasse.

Les sourcils froncés, mon père fixe le sac.

— C'était une descente du FBI ? Ça semble plus grave que je ne le pensais. Milt, as-tu dû intervenir pour Laurel, fils ?

Fils ? J'ai envie de vomir. Et mon regard, malgré moi, se dirige vers le visage de Trick. Son expression est neutre et ses yeux bleus observent fixement l'échange.

— J'aurais aimé en avoir l'opportunité. Je suppose que Laurel ne t'a pas dit que les choses ont changé ?

Est-ce qu'il va sérieusement parler de tout ça devant Trick et mon père ?

— Le café est prêt, crie ma mère.

— C'est compliqué, murmuré-je, mon esprit s'emballant.

Je dois en finir.

— C'est sûr. Laurel a rompu avec moi, même si j'essayais de l'aider... que j'essaie toujours de l'aider. Mais Laurel, tu n'as pas répondu à ma question sur ce qui est arrivé aux écouteurs que je t'ai prêtés. J'en ai besoin.

Mon père semble confus, mais je crains que Trick, qui – pour autant que je sache, ne loupe jamais rien – comprenne instantanément que les écouteurs sont un code pour dire micro du FBI.

— Perdus. Je les ai fait tomber accidentellement dans les toilettes. Et ce n'est pas le bon moment, Milt.

— J'essaie de te comprendre, Laurel. Qu'est ce qui se passe ? Tu réalises que Trick Patrick ne peut rien faire pour ta famille, n'est-ce pas ? T'associer avec lui ne fera que t'attirer des ennuis. De gros ennuis.

— Alors je suppose que la personne qui m'a envoyée sans me prévenir à sa fête est un sacré connard.

Le muscle sur la joue de Milt se contracte, mais il hausse les épaules. Je le fixe en essayant d'injecter autant de glace dans mon expression que possible. Je me fiche que la vérité éclate sur le pas de la porte de mes parents. Je ne vais pas me laisser impitoyablement démolir comme une petite souris par la patte d'un chat.

Le regard de Milt devient également glacial.

— Je suis sûr que personne ne s'attendait à ce que tu colles le train de Patrick et de ses amis. Tu es assez âgée pour savoir qu'il n'en sortira rien de bon.

— Disons que Scott est très charmant et qu'il l'a toujours été. Mais je suppose que tu le sais, après avoir enquêté sur sa vie.

Je recule d'un pas et détourne le regard, l'esprit chancelant. Je pense à la façon dont Milt m'a choisie et draguée. Nous nous sommes rencontrés dans un café vers chez moi. Était-ce vraiment un hasard ? Le bureau du FBI à Boston est loin de ce Starbucks, de même que l'appartement de Milt. Et quelles sont les chances que Milt ait rencontré par coïncidence une ex-petite amie de l'homme sur lequel il enquête ? Je n'y avais jamais pensé car Trick n'était pas censé être la cible du jeu de poker. Et mes liens avec lui n'étaient pas quelque chose dont Milt avait parlé quand nous nous sommes rencontrés. Mais bien sûr, Trick est sa cible, et l'a toujours été.

Milt est sorti avec moi, et a couché avec moi. Il a rencontré ma famille. Était-ce une opération d'infiltration élaborée ? C'est comme ça que le FBI procède ? Si oui, je préfère Scott Patrick. Au moins, il a toujours été honnête sur ce qu'il attend de moi.

— Je ne sais pas ce qui se passe, mais il est temps pour vous de partir, dit mon père en désignant la porte alors que son regard passe de Milt à Trick et vice-versa.

Milt pousse un soupir impatient.

— C'est Patrick qui devrait partir. Mais il y a certaines choses que tu dois savoir, John.

Le visage de mon père se contracte.

— Si c'est le cas, ma fille s'en chargera.

Milt glisse une de ses cartes dans la poche de la chemise de mon père.

— Pour quand tu voudras me parler directement.

Quelle suffisance ! Quel connard ! Agir comme s'il avait le droit de parler à mon père sans moi, et comme s'il était certain que mon père l'appellera ? J'ai envie de lui dire d'aller se faire foutre.

Trick n'a pas besoin qu'on lui dise deux fois de partir. Son expression est toujours aussi indéchiffrable lorsqu'il sort. Je ne sais pas pourquoi, mais sa sortie silencieuse me pèse et me rend triste. Pourtant c'est moi qui souhaitais le voir partir depuis notre arrivée. Comme toujours, même si c'est négatif de l'avoir dans ma vie, je n'apprécie jamais de le voir me quitter.

CHAPITRE 6

TRICK

La scène chez les Reilly me donne des informations à la fois bienvenues et indésirables. Alors que nous nous éloignons, Schager essaie de me parler. Je me demande si ses yeux injectés de sang sont dus au manque de sommeil ou à la consommation de substances. Il y a un peu de poudre blanche sur son revers. J'en prélève avec le doigt pour le goûter. Peut-être du sucre en poudre provenant d'un beignet ? Mais ce n'est pas le cas. C'est de la cocaïne. Je doute que Schager ait fait un raid ce matin, donc on dirait bien qu'il a ses propres secrets. S'il était défoncé à la coke le soir où il a envoyé Laurel au poker, ça expliquerait pourquoi il a laissé les choses aller de travers. Son incapacité à protéger Laurel me dégoûte, surtout que c'est son ex. Je m'occupais mieux d'elle quand j'avais dix-huit ans.

— Tu m'étonnes, Patrick. Ta seule qualité, c'est d'être resté fidèle à toi-même : des junkies et des prostituées. Aucune femme décente autours de toi, jusqu'à maintenant.

Mon regard se pose sur lui. Pourrais-je le pousser à dégainer son arme ? Qu'il me donne la moindre occasion et j'enverrai volontiers des fleurs à ses funérailles.

— Rien à dire ? Le Trick Patrick si malin n'a rien à dire ? Peut-être que ça te bouffe ? Passer du temps avec quelqu'un de bien et réaliser que tu n'auras jamais plus que ça. Et maintenant, qui va retourner à la case des monstres et des putes ?

Je m'arrête et le passe en revue. Est-ce qu'il s'attend vraiment à me faire sortir de mes gongs avec sa provocation minable ? J'ai 800 millions de dollars, des abdos en tablette de chocolat et une queue qui marche. J'ai baisé des débutantes et des héritières ; certaines étaient même attachées et bâillonnées pour que ça soit plus intéressant pour moi. Je peux avoir qui je veux, aussi longtemps que je le veux.

Il a raison cependant de dire que je ne suis pas content qu'il ait eu une part de Laurel que je n'ai pas eue depuis longtemps : la part qui ramène un gars à la maison pour le présenter à ses parents avec un regard tourné vers l'avenir. Et la pensée de Schager à ma place ne me plait pas.

Mais s'il veut me déstabiliser, il lui en faudra plus.

— C'est vrai. Me taper des femmes… c'est bien mon point faible, dis-je en m'éloignant.

Schager me suit, et je suis curieux de savoir s'il va réessayer.

S'il veut frapper là où ça fait mal, il faudra qu'il me dise qu'il a compris que Laurelyn Reilly comptait pour moi et m'expliquer comment il l'a séduite et est devenu son amant.

— D'accord, éclaire-moi. Dis-moi ton point faible ? demande-t-il.

Être près d'une fille brune aux yeux ressemblant à des vitraux me rend imprudent.

Je ralentis le pas en me demandant pourquoi il me suit. A-t-il une raison de me retarder ? Mes téléphones sont éteints et les cartes SIM sont sorties. S'il espère cloner mon téléphone, il va se retrouver devant un autre incident technique. Mon esprit revient sur ce qui a été dit. Quand est-ce qu'elle a jeté les écouteurs ? Ça devait être quand elle s'est rendue aux toilettes de Little Mo. Sauf si l'appareil est toujours là. S'il est assez petit, elle aurait pu le laisser tomber dans le Range Rover quand je l'ai conduite à mon appartement. J'en doute cependant, car si ça émettait toujours, Schager ne le chercherait pas ou ne m'informerait pas de sa perte.

Tout en me dirigeant vers le pick-up, je décide de faire une recherche approfondie plus tard, pour être sûr.

En l'entendant se rapprocher rapidement, je me retourne. Vérification instantanée de ses mains : pas d'arme. Son élan le fait foncer vers l'avant, et comme il ne s'attendait pas à ce que me retourne et que je m'arrête net, il ne peut s'arrêter à temps. J'ai juste le temps de lever le poing, et c'est ce que je fais. Son visage s'y heurte. Peut-être que j'ai légèrement avancé mon poing ?

Sa tête recule sous l'impact, et il tombe comme un arbre, heurtant le sol avec un bruit sourd. Il est hébété, et je suis tenté de continuer. Mais je ne suis plus un gamin impulsif. Je peux m'empêcher de tabasser un agent du FBI en pleine rue.

La porte d'un van s'ouvre et des agents en sortent pour se précipiter vers nous.

Connards.

Je monte dans le Rover et m'en vais. S'ils me veulent, ils n'ont qu'à me pourchasser. Je ne les laisserai pas me menotter devant la maison de Laurelyn, sous les yeux de ses parents.

Je vérifie plusieurs fois le rétroviseur. Ils ne me poursuivent pas. Du moins, pas pour le moment. Je suis sûr que leurs images de surveillance montreront qu'il allait se jeter sur moi, donc lever le poing pourrait certainement être interprété comme de la défense, ce que les avocats de C Crue n'auront bien sûr aucun mal à exploiter si les fédéraux essaient de dire que je l'ai agressé. Mais ça ne veut pas dire que ça ne me fera pas chier que le FBI m'arrête à nouveau. Leur café est meilleur que celui du poste de police, mais il reste infect comparé à ce que j'ai chez moi.

Je mets la musique et augmente le volume pour essayer d'étouffer mes pensées. Pour une raison quelconque, je ne peux m'empêcher de penser à Laurelyn allongée dans un lit avec Schager, ayant des conversations comme celles que nous avons eues la nuit dernière. Ça me donne envie de mettre une balle dans la tête de ce crétin.

Doucement. Je dois réfléchir à tout ça.

Une fois au quartier général C Crue, j'utilise mon code pour ouvrir le portail. En remontant l'allée, je passe la zone en revue. Le Rover Un est garé devant. Je gare le deuxième derrière.

Après avoir verrouillé les portières, j'accroche un marqueur sur l'antenne. Ça signifie que la voiture doit être vérifiée avant d'être à nouveau utilisée.

Quand j'ouvre la porte d'entrée, de la musique reggae se déverse. Je la suis et trouve la source en voyant Zoe, C, Anvil et Rachel dans la cuisine. Zoe danse, boit du vin et cuisine. Je repère un transat sur la table de la cuisine et m'approche.

Irina dort profondément. Elle a quatre mois, et de ce que je peux voir, elle ressemble beaucoup à Rachel et pas du tout à Vil. Je pose mon pouce sur sa douce petite joue. Elle est mignonne comme tout.

Quand je me retourne, Vil est près de moi. D'habitude sa vigilance exacerbée m'amuse. Il n'a aucune expérience avec les enfants, et traite la sienne comme si elle était en verre. À vrai dire, il ne semble pas à l'aise avec le fait que quelqu'un d'autre que Rachel touche le bébé, pas même lui.

Levant les yeux, je demande :

— Je peux t'aider, Vil ?

Il recule, mais on dirait que ça lui en coute.

— Irina dort.

— Ah bon ? Je ne savais pas. C'est dingue ce que les nourrissons peuvent nous surprendre.

Anvil fronce les sourcils et C s'approche, prêt à intervenir.

Mes yeux se lèvent si fort vers le ciel qu'on en voit presque mes orbites.

Zoe s'approche et passe son bras autour du mien. Tout le monde va essayer de me gérer maintenant.

— Je fais du poulet à la jamaïcaine et de l'ananas grillé, Trick. Et si je mettais un peu de piment sur l'ananas ? Aide-moi à décider.

— J'approuve. C'est décidé.

Sa bouche se courbe en un large et beau sourire.

— Problèmes avec une fille ?

— Peut-être.

— Raconte-nous tout, dit Zoe en m'entrainant jusqu'à la gazinière.

— Et pourquoi ? J'ai besoin de vos conseils ? La princesse brésilienne qui ne peut pas passer une semaine sans se faire fesser pour avoir été trop impertinente ? Et C qui manifestement ne t'a jamais fessée assez fort pour que tu te comportes cinq minutes correctement. Ensuite, nous avons Vil…

— Trick ! Honte à toi ! réplique Zoe en riant et me tapant sur le bras pour plaisanter. Ne te moque pas de nous parce qu'on s'inquiète pour toi. Être arrêté par le FBI, c'est être *arrêté* par le FBI.

Je me dégage et m'assois sur un tabouret de bar de l'îlot à côté de Rachel, avant de prendre son verre.

— Qu'est-ce que c'est ?

— Un Negroni, dit-elle avant d'ajouter : prends-le.

Puis elle descend du tabouret et va s'installer sur une chaise dans le coin.

Notre princesse emo est bien trop intelligente pour me laisser jouer avec elle. Anvil est extrêmement possessif, mais il a la femme qu'il lui faut, car elle stoppe net tous les petits comportements qui pourraient déclencher sa jalousie.

Quand je commence à boire le Negroni, Vil me lance une

insulte en russe qui veut probablement dire connard et s'en va. Je termine le verre et demande :

— Qui a préparé ça ?

— Moi, répond C en me fixant.

Je hoche la tête sans autre commentaire. Il ne propose pas d'en faire un autre pour qui que ce soit. C n'est pas content de moi en ce moment. Je ne peux pas dire que je le blâme. J'appuie sur tous les boutons parce que je suis hors de moi que Schager ait baisé Laurel avant de la rouler dans la farine. Et la seule chose que j'ai pu faire, c'était de frapper son visage d'agent fédéral suffisant.

— L'agent Milt Schager du FBI pourrait avoir la pommette fissurée. Je ne pense pas qu'il aurait pu prétendre à une carrière de mannequin, mais va savoir qui ils mettent sur leurs affiches gouvernementales ces jours-ci.

Anvil revient avec un verre dans chacune de ses grosses mains et ralentit le pas en entendant mes propos. Il pose sèchement le Jack et Coca sur le plan de travail en granit devant moi, faisant subir au verre de cristal un test de choc. Le verre tient le coup, mais avec quelques éclaboussures. Pour son amour, il a préparé quelque chose qui est peut-être un Negroni, mais ça m'étonnerait car il n'a aucun talent de barman. Bien sûr, il n'y a aucune éclaboussure avec la boisson de Rachel.

— Raconte, dit Rachel. Tu as envie de le dire et on veut l'entendre. Commence.

Je lui souris. Bien qu'elle soit petite, elle est féroce, ce qui est mignon car elle ressemble à une poupée et pourrait tenir dans la poche de Vil.

— Il a trébuché sur mon poing.

— Une fois ou plus ? demande Anvil, qui veut un rapport complet.

— Ça a été filmé ? demande C.

— J'en suis sûr. Quant au nombre de coups de poing, un seul.

Zoe imite le ton de Sherlock Holmes, une spatule à la main.

— Qu'est-ce qu'il a fait pour te provoquer ?

Mon sourire s'élargit parce que Zoe est toujours de mon côté et veut le faire savoir avant qu'on continue.

— Merci, Z. En fait, Milt Schager est un connard et agissait en tant que tel. Il a essayé de m'attaquer par derrière.

C fronce les sourcils.

— T'attaquer par derrière ? Pour te menotter ?

— Non.

— Qu'as-tu fait pour le provoquer ?

C est de mon côté, mais ne se sent pas obligé de l'afficher, car c'est un fait établi depuis longtemps et prouvé à maintes reprises.

— Je l'ai ignoré.

— Ah, dit Zoe en trempant son doigt dans la sauce. Les abrutis qui veulent attirer l'attention détestent ça.

Je bois mon Jack et Coca, puis me dirige vers elle. Je glisse un bras autour de son cou et embrasse sa joue.

— Pourquoi est-ce que je ne t'ai pas vue en premier ? dis-je avant de quitter la cuisine pour la salle multimédia.

Au passage, je me sers un autre verre. C et Vil me donnent dix minutes avant de me rejoindre. J'en suis aux huit premières minutes d'un film des frères Coen, mais je le mets en pause lorsqu'ils s'assoient.

— Je ne sais pas s'ils vont m'arrêter à nouveau. L'enregistrement vidéo soutiendra ma version et montrera que je l'ai frappé par réflexe.

C se penche vers moi.

— Qu'est-ce qui ne va pas avec lui ? Pourquoi t'attaquer par derrière devant ses propres hommes ?

— Je crois qu'il voulait m'attraper par le col pour me tirer en arrière et peut-être me faire tomber par terre.

— À quelle fin ? demande C avec une confusion exagérée.

Je n'ai pas de réponse, sauf une personnelle que je n'ai pas envie de partager. Schager souffre probablement de jalousie.

Mauvaises raisons ou pas, il était avec Laurel, et s'il n'a pas deviné que je l'ai baisée une demi-douzaine de fois, il ferait mieux de rendre son badge.

Anvil hoche la tête et se penche en avant, les coudes sur ses jambes en forme de tronc d'arbre.

— Trick l'a probablement rendu fou. Moi-même j'ai envie de le jeter par terre et de lui donner des coups de pied dans la tête. L'expérience me dit que ça me passera. Le fédéral ne le sait pas puisqu'il découvre ces conneries.

C et moi éclatons de rire. Anvil n'est pas connu pour être sarcastique, ce qui rend sa vanne encore plus drôle.

— Je ne pense pas qu'il découvre mes conneries. On dirait qu'il me suit depuis un bon moment et qu'il enquête sur moi. Il a même influencé mon ex pour l'utiliser contre moi.

— Ton ex quoi ? demande Anvil.

— Ex petite amie.

— Qui ça ?

L'expression de Vil semble aussi confuse que celle de C un peu plus tôt.

— Laurelyn Reilly, dit C.

— Quoi ? Je pensais qu'elle était une aventure d'un soir après la partie de poker ?

— Elle l'était. Trick pense qu'il est sorti avec elle au lycée.

Je ris du clash de C et de la façon dont il le dit. C Crue pourrait donner du fil à retordre aux frères Coen, et ça me distrait de m'imaginer sans cesse Laurel avec Schager.

— Humm. Eh bien, le fédéral n'est pas une flèche s'il pense utiliser une femme contre Trick. Laisse-moi deviner. Tu étais avec cette fille et tu l'as convaincue de te faire une pipe au lycée ? Une parmi les milliers que tu as eue au cours des dix dernières années ?

— En fait, oui.

Anvil lâche un « CQFD » et se lève.

— Après ton film, viens faire une partie de billard. Je suis à court d'argent et je n'ai pas envie de me rendre au guichet automatique.

— J'ai gagné les trois dernières parties.

— Les trois dernières sur sept. Je veux mes cent dollars qui sont en ce moment dans ton portefeuille, dit Vil en sortant.

— Ça sera tout ? demandé-je à C en prenant la télécommande.

— À toi de me le dire.

C attend. Il sait quand il est temps d'arrêter de creuser, et quand ce n'est pas le cas. C'est pour ça que c'est le chef.

— Je pense que Schager a abordé Laurelyn en pensant qu'elle pourrait se rapprocher de moi. Mais il ne le lui a pas tout dit. Et avant de l'envoyer à cette partie de poker qui, je le sais, était une opération non officielle, Schager la baisait.

— Tu as raison, dit C en se renfrognant. C'est un sacré connard.

— Il aurait pu la faire tuer. Je crois qu'il devait être défoncé cette nuit-là. Je me demande ce qu'il aurait dit à ses parents. Il les connaît : elle les lui a présentés. Sale enfoiré. Je n'ai jamais autant détesté quelqu'un depuis que Paul Lebedev a utilisé cet enfant en guise de sac de boxe.

— Trick, dit C sur un ton d'avertissement.

— Et pendant qu'il se tapait Laurel, il surveillait aussi sa petite sœur pour la piéger avec une accusation de détention de drogue.

— Tu peux le prouver ?

— Non. Mais c'est sûr à quatre-vingt-dix pour cent.

— Lève-toi. Descendons boire un verre.

Je pose la télécommande sur le canapé et le suis. Une fois au sous-sol et la porte fermée, C déclare :

— Continue.

— Après que le FBI ait piégé la petite sœur, opération orchestrée par Schager, chose que Laurel ignorait, Schager propose de faire disparaître les accusations si Laurel accepte de se rendre à une partie de poker en portant un micro. Il lui dit que c'est gagnant-gagnant, puisque C Crue fait du trafic de mineures. Il lui montre une photo de gamines de douze ans terrifiés pour lui briser le cœur.

— Et ta copine a tout gobé ? demande C.

— Elle n'a pas d'expérience avec ce genre de manœuvres, dis-je en me laissant tomber sur le canapé. Le FBI sont les gentils. Les gentils ne font pas de choses méchantes aux gentils gens, C.

— Bien sûr que non. Continue, déclare C en se dirigeant vers le petit congélateur pour vider un bac à glaçons dans un seau à glace.

— Schager ne lui dit pas que je suis la personne contre qui elle devra rassembler des preuves. Il lui fait croire que ce sera un subalterne de l'organisation C Crue. Je suppose qu'il s'est dit qu'une fois qu'elle me verrait, soit elle continuerait, soit il se contenterait de ce qu'elle aura enregistré avant d'arrêter. L'ambiance dans la salle était électrique avec tous ces ennemis. Les choses auraient pu déraper.

— Mais envoyer une fille innocente là-bas, seule et sans véritable renfort ? Habillée comme elle l'était ?

Il secoue la tête et siffle de manière pensive.

— Si tu ne l'avais pas emmenée, c'est Kaz Petrov qui l'aurait fait. Elle était habillée en appât. Et tu sais comment un Petrov aurait réagi s'il avait trouvé un micro sur elle. S'il n'y avait pas d'équipe pour la surveiller... c'était tellement risqué.

— Tu sais qu'il n'y avait pas d'équipe. Toi et Vil êtes arrivés en force en assommant les hommes de Kaz, pistolets à la main. Tu penses qu'une équipe du FBI n'aurait pas chargé comme des buffles s'ils avaient eu un agent ou un informateur dans ce sous-sol ?

— On dirait que Schager est devenu un voyou.

J'acquiesce.

— Quoi d'autre ?

— C'est tout.

Il y a plus, mais j'en ai déjà assez dit.

— Trick, allez. J'étais là quand tu as connu Laurelyn Reilly. Anvil et moi venions tout juste d'obtenir notre diplôme, et nous étions tout le temps ensemble tous les trois. Je ne pense pas que tu aies prononcé son nom une seule fois, et tu ne l'as jamais appelée ta petite amie.

— C'est sûr.

— Je me souviens juste que tu l'as emmenée à un bal, et ensuite tu es passé à autre chose. Mais j'ai entendu dire qu'elle t'avait fait une pipe. Et tu t'es tapé une autre fille juste après qu'elle soit partie en trombe. À partir de ce moment, je ne t'ai plus jamais vu lui parler ou parler d'elle.

— Exact.

Comme C me regarde avec impatience, je continue :

— Mais j'ai une liste de personnes sur lesquelles je garde un œil. Elle a fait quelque chose des mois après cette débilité de bal du lycée, et elle est dans ma liste depuis. Donc parfois, je fais des choses pour elle sans qu'elle le sache.

— Donne-moi un exemple.

— Sa petite sœur consommait de la H. Jusqu'à ce qu'on s'en mêle, la marchandise de Coins contenait du fentanyl. Tu sais ce qui se passe alors.

— Oui, nous le savons tous.

— Alors j'ai dit aux dealers de Coins de ne plus la fournir. J'ai également passé le mot à Boston, dans les régions où ses amis vont chercher de la drogue. Le message disait que si Monet Reilly faisait accidentellement une overdose de H, le dealer mourrait aussi. Les gens ont commencé à demander si elle était ma petite amie, et je ne voulais pas qu'ils se mettent à la traiter comme telle, alors j'ai dit que c'était la petite sœur de mon ex, ce qui est exactement comme ça que je la vois.

— Qu'est-ce que Laurelyn Reilly, à qui tu ne parles jamais, a fait pour figurer sur la liste secrète du père Noel Trick ?

— Ce ne sont pas tes affaires.

C s'esclaffe.

— Qui d'autre est sur ta liste secrète ?

— Tu pourrais l'être, C. Tu as besoin que je t'obtienne une fausse bourse d'études ? Quelle fac ? La Colombia ? Je sais exactement qui appeler pour trifouiller les livres de comptes.

— Une bourse d'étude pour Columbia ? émet C en souriant. Ce n'est pas donné.

— Moi non plus.

C aboie alors un rire avec une telle puissance que le son résonne sur les murs. Après un moment, il déclare :

— Et cette gentille petite fille n'a aucune idée qu'elle a un papa gangster qui tire les ficelles ?

— Bien sûr que non.

Son sourire s'estompe.

— Trick, ne tue pas Milt Schager. Souviens-toi du plan. Sauf en cas de légitime défense, ne sors pas ton arme tant que l'enquête n'est pas terminée et que les choses ne se sont pas calmées. Et même alors, ne te mets pas dans sa ligne de mire. Tuer un fédéral ne passe jamais.

— Il a essayé de l'humilier aujourd'hui, après l'avoir érigée en cible de C Crue alors qu'elle pensait qu'il était son putain de petit ami.

— Trick…

— Je t'ai entendu, C. Et toi ?

Il soupire.

— Tu peux passer l'éponge pour cette fois ?

Nos regards se croisent.

— Je ne sais pas. S'il reste loin de moi, peut-être.

C pose une main sur mon épaule et se penche en avant pour me chuchoter à l'oreille :

— Si tu décides de le descendre, ça ne peut pas se faire de façon improvisée. Tu le sais.

— Oui.

Il appuie sa tête contre la mienne, puis se redresse.

— Autre chose, C.

— Quoi ?

— Kaz Petrov ne va pas se calmer.

— Je sais, mais ce n'est pas ton problème. On s'en occupe avec Anvil.

— Si tu veux tout savoir, il y a aussi un certain Jack Murphy qui rode.

— C'est quoi son problème ?

— Moi.

— Sois plus précis, dit C en s'asseyant.

J'étudie mes mains posées sur mes genoux.

— Il pense que j'ai tué son frère.

— Quand ça ?

— Il y a quatorze ans.

C regarde le plafond en émettant un sifflement.

— Il y a quatorze ans, tu en avais treize.

— Oui.

— Quel âge avait le frère quand il est mort ?

— Trente-neuf.

— Mafia de Boston ? demande C.

J'acquiesce.

— À ce moment-là, ton père était mort. Qui t'a aidé, d'après le frère ?

Je hausse les épaules.

— Il se trompe, n'est-ce pas ?

— Qu'est-ce que t'en penses ? dis-je avec un regard neutre.

C recule.

— Comment ça ?

— C Crue m'a formé, mais...

— Non, putain, on n'a rien fait, dit C en se massant le front avec stupéfaction. Tu nous as laissé croire qu'on t'a formé, mais tu l'étais déjà. Par qui ou quoi, je ne sais pas. Treize ? Merde, Trick.

— Il l'avait bien cherché.

C émet un rire sans joie.

— Et Vil qui était tellement impressionné. La première fois, tes mains étaient si stables. Et tu étais solide comme un roc ensuite. On ne comprenait pas que tu ne sois pas mort à l'intérieur. C'était parce que ce n'était pas ta première fois. Comment ça s'est passé la vraie première fois ?

— Bien pendant quelques jours. Probablement parce que j'étais sous le choc. Puis malade pendant environ sept semaines. Impossible de regarder une arme à feu, et encore moins d'en toucher une. Je suis allé me confesser et j'ai pleuré. Ce n'était pas glorieux, expliqué-je en me massant la nuque. Mais c'était lui ou moi. Je le savais en entrant.

— Il a abusé de toi ? demande finalement C d'une voix grave et emplie de dégoût.

— Non, non, dis-je en tournant la tête. Hugh Murphy était le meilleur ami de mon vieux. Mais il l'a trahi et tué parce qu'il voulait Kathleen et que mon père s'y opposait. Après ça, Murphy passait à la maison pour la voir, et allait la chercher après l'école. Murphy a annoncé à ma mère, qui était folle de chagrin et de valium, que Kathleen allait vivre avec lui pendant un certain temps. Il avait besoin d'une fille pour faire son ménage et lui préparer à manger. En échange il donnerait de l'argent à la famille. Maman a refusé, mais elle n'était pas en état d'éloigner un homme comme lui. À cette époque, elle ne quittait pas le lit. Elle n'avait aucune idée de ce qui se passait dans notre maison, et encore moins à l'extérieur.

Je grimace en me rappelant à quel point Murphy était sur le point de mettre la main sur Kath.

— Kathleen était d'un tempérament soupe au lait. Quand mon père est mort, ça lui a ôté le feu. Et Murphy est venu chercher ce qui restait. Kath et moi on s'entend bien, mais j'ai toujours su que j'étais le frère. Mon père m'a toujours dit : « Tu dois m'aider à protéger ces filles. Quand les filles sont si jolies, ça rend les hommes fous ».

Je frotte mes doigts et imagine son visage, assis sur sa chaise dans le salon.

— Il avait raison. Hugh Murphy a tué mon père et a fait porter le chapeau à des membres d'un gang, tout ça pour s'emparer de Kathleen. Elle avait à peine quatorze ans et elle était terrifiée. Il lui a dit qu'il allait l'épouser et faire d'elle une femme. Il nous a menacé si elle refusait. Elle parlait de mettre sa tête dans le four pour y échapper.

J'expire entre mes lèvres pincées en me souvenant à quel point j'étais malade d'imaginer Kathleen se suicider. J'avais vomi dans la poubelle à la seconde où elle était sortie de la pièce.

— J'ai essayé de parler à un de mes oncles. Il m'a coupé la parole en disant que c'était absurde, et que même si c'était vrai, c'était entièrement la faute de mon père pour avoir choisi de vivre ainsi, et que peut-être que Kathleen ferait mieux de ne pas être si coincée. Qu'elle finirait probablement avec quelqu'un comme Murphy de toute façon.

— Qu'est-il arrivé à l'oncle ? demande C.

— Faillite après toute une série d'événements malheureux. À ce jour, il a encore la poisse. Il se passe toujours quelque chose. Il m'a demandé un prêt il y a trois ans et encore l'année dernière.

— Je parie que je sais comment ça s'est passé. Termine ton histoire sur Kathleen et Hugh Murphy.

— Pas grand-chose à dire. C'était ma responsabilité, et j'ai pensé que c'était pour ça que mon père m'avait entraîné. Si je ne pouvais pas sauver Kathleen, autant mourir avec elle.

Je marque une pause en levant les yeux au ciel.

— Ce fut une période très mélodramatique dans la famille Patrick. Notre biographe était un croisement entre Nabokov et Mario Puzo.

C sourit avec moi, mais il reste crispé.

— J'ai caché Kathleen et menti à tous comme si ma vie en dépendait. J'ai dit qu'elle était en Floride. Murphy a enquêté. Il a appelé des connaissances communes à Orlando, Fort Myers et Tampa. Il m'a menacé, m'a poussé dans les escaliers pour me faire peur. Il aurait fini par comprendre qu'elle était en Irlande et je n'aurais pas pu l'empêcher de la pourchasser. Il disait qu'il avait fait des choses inimaginables pour l'avoir, donc il la méritait. Je n'étais pas d'accord, pas du tout même. Mais j'étais d'avis également que la place de ma sœur était à Boston ou à Coins, auprès de sa famille. Alors j'ai fait ce qu'il fallait pour la ramener à la maison.

— Bien. Comment ça s'est passé ?

— Fusil. Toit.

— Combien de coups ?

— Un seul.

— Bravo.

Secouant la tête, je me lève et me sers un verre.

— Je voulais être face à lui. Mais je me suis dit qu'il comprendrait ce que j'avais l'intention de faire en voyant mon visage. Et que si je perdais mon sang-froid, si j'hésitais un instant, ce serait la fin de la partie pour le gamin assassin.

— J'emmerde le face à face. Tu avais treize ans, merde. Il a tué ton père, *son ami,* dans, j'en suis sûr, une embuscade, n'est-ce pas ?

Je ne dis rien, me contentant de prendre de grandes gorgées de whisky coca.

— Evidemment, dis-je finalement. Mais c'était un salaud. Quand j'étais enfant, je pensais : « Je vaux mieux que ça ». Je défendais ma sœur, je vengeais ma famille… je me voyais comme Inigo Montoya.

C éclate de rire.

— Combien d'allers retours sur le toit avec le pistolet chargé ?

— Un seul.

— Combien de fois as-tu visé avant d'appuyer sur la gâchette ?

— Deux fois, dis-je en le fixant.

Il ne détourne pas le regard.

— Alors tu as eu raison de choisir le toit. Tu as été intelligent, dit-il en se servant un verre. C'était net ?

Je fixe mon verre en faisant tourbillonner la glace, me souvenant de la journée, des sueurs froides et de la façon dont la capuche de mon sweat à capuche tombait trop bas sur mes sourcils et mes paupières. J'ai dû la repousser pour que ça ne me gêne pas. Je tends mon verre pour qu'il me le remplisse, ce qu'il fait.

— Hugh Murphy était mort avant de toucher le sol.

C fait tinter son verre contre le mien.

— *Slainte.*

CHAPITRE 7

LAUREL

Quand je repars à Boston pour la semaine, Trick m'envoie des SMS une fois par jour. Ses messages sont généralement des observations drôles ou sarcastiques sur la vie et le monde. Ils me rappellent l'époque du lycée. Parfois, il me raconte quelque chose d'anodin sur sa journée, comme la façon dont il a été recruté pour sauver le chat de son voisin.

Trick : Incident de chat bloqué. J'ai d'abord refusé d'aller le chercher. Dit que les chats sont des sociopathes, et que le sauvetage est contre-indiqué. Elle m'a fait remarquer que je le jardin était à moi, donc un chat dans un arbre… techniquement, c'était à moi de m'y coller. Puis elle est devenue émotive et ennuyeuse. Elle a quatre ans, mais ce n'est pas une excuse.

Laurel : [emoji qui rit] Et ?

Trick : Je l'ai sauvé. Le bâtard m'a mordu. Je crois même qu'il me guettait. On a échangé des regards hostiles. Les parents de la propriétaire tiennent la boulangerie de Seventh Street. Ils m'ont donné des biscuits aux amandes pour m'aider à faire descendre mes cachets d'antibiotiques.

Laurel : Photo ou je ne te crois pas.

Une minute plus tard, je reçois une photo de sa jolie main gauche avec deux égratignures entre son index et son pouce. Sa main n'a pas l'air rouge ou enflée, ce qui est rassurant. Les morsures de chat peuvent être terribles.

Laurel : Alors tu es un héros. Ta réputation te précède.

Trick : Je connais un moyen de réparer ça. Il me faut une charmante assistante.

Mon cœur s'emballe et je sens un pincement d'excitation dans mon corps. Le laisser jouer à ce genre de jeux nous satisfera sans aucun doute tous les deux, mais je suis sûre que le FBI me surveille. Je ne dois pas être vue avec lui, car je n'ai aucune envie de me retrouver à nouveau dans une salle d'interrogatoire face à un Milt frustré.

Laurel : Alors tu n'aimes pas les chats ? Il y a des animaux de compagnie que tu aimes ?

Trick : Certains me plaisent bien. S'ils sont bien dressés.

Après un moment, je reçois l'image d'une jolie fille en lingerie, avec un masque en dentelle pour les yeux, des oreilles et une queue de chat. Elle est agenouillée sur le sol et boit du lait dans une soucoupe.

Je suis à la fois choquée et pas tant que ça. À la fois excitée et agacée de l'être. Plissant le regard sur la photo, je me demande s'il s'agit d'une photo téléchargée sur Internet, ou s'il l'a prise lui-même. La qualité est bonne, donc j'espère que c'est un téléchargement. Je sais bien qui il est, mais je n'aime pas penser à lui avec d'autres femmes.

Laurel : Beurk.

Trick : [emoji clin d'œil]

* * *

Je suis de retour à Coynston pour passer du temps avec Monet qui est agitée et impatiente de sortir. Comme je ne veux pas qu'elle voie ses amis drogués, on dîne chez Mamma Mia, un restaurant italien du quartier. Nous adorons toutes les deux la pizza margherita à pâte fine.

— Oh, merde, dit Monet en prenant une gorgée de son Coca light.

Je regarde par-dessus mon épaule, m'attendant à voir Trick. Malheureusement non. Au lieu de cela, je repère deux hommes aux cheveux noirs et habillés de costumes. Immobile, je regarde le plus âgé des deux se verser du vin et nous fixer. Je me retourne rapidement.

— C'est un Petrov ?

— Oui et non. C'est Paul Lebedev. Il travaille pour les Petrov. Un mec haut placé, je crois. Il me semble c'est avec lui que Trick s'est fâché avant de partir.

Je regarde à nouveau et vois qu'il nous fixe toujours.

— Il nous observe.

— Allons-y, dis-je en faisant signe à notre serveuse d'apporter l'addition. Tu te sens mieux après cette sortie ?

Monet acquiesce.

— Je ne peux pas rester chez maman et papa tout le temps ! Ils ne veulent jamais que je sorte seule, mais ils travaillent pendant la journée, et le soir ils aiment souvent rester à la maison.

— C'est bon. Ça ne me dérange pas de venir le week-end. Je suis sûre que n'importe qui deviendrait fou d'être enfermé tout le temps. Tu veux rentrer et regarder un film ?

— Papa et moi regardons une série d'espionnage sur Amazon Prime. Tu peux regarder avec nous. Nous en sommes à la saison deux, mais je peux te faire un résumé.

— Non, ça ira. Une de mes amies va au Slattery ce soir. Si tu as papa pour te tenir compagnie, peut-être que j'irai y faire un tour.

— Tu sais à qui appartient le Slattery, n'est-ce pas ?

J'acquiesce.

Monet plisse le nez et baisse la voix.

— Je pensais que tu devais rester loin de lui ? Il y a eu beaucoup de problèmes autour d'eux ces derniers temps. Des choses violentes. Et c'est vraiment un crétin en plus. Vis-à-vis de moi, en tout cas.

— De quoi est-ce que tu parles ? Quand est-ce qu'il s'est comporté comme un crétin avec toi ?

— Il y a environ six mois, avec mes amis on a essayé d'aller à cette grande fête aux entrepôt C Crue à Boston. Il y avait un DJ d'Europe. On avait des billets, mais ils m'ont bloquée à la porte. Le videur m'a dit que le patron avait stipulé que je n'étais pas la bienvenue. Juste moi. Tout le monde est entré, et j'ai dû prendre un Uber pour rentrer à l'hôtel, seule. Et quand j'ai demandé quel patron, il a dit Trick. Pourquoi Trick me ferait ça ? Je ne lui ai jamais parlé sauf l'autre jour quand il t'a ramenée à la maison. Je ne le connais pas vraiment. Je ne lui ai jamais manqué de respect, jamais. Jamais rien dit de mal. Pourquoi est-ce qu'il ne m'aime pas ?

— Je ne sais pas, chérie. Tu es sûre de ne pas t'être disputée avec lui ? Ou l'avoir mis en colère ?

— Non.

— Peut-être que ce n'était pas toi qu'il visait. Il ne voulait peut-être pas d'une Reilly à la fête ? Peut-être qu'ils t'ont prise pour moi et qu'il ne voulait pas de moi là-bas. Nous n'étions pas en bons termes l'année dernière.

— Je ne sais pas. Ils ont vérifié ma carte d'identité.

— Peut-être que c'était une erreur.

— Aucune idée. Mais je n'ai jamais été remboursée de mon billet. Ce n'est pas comme si je pouvais leur dire « hé, Trick m'a virée donc je veux récupérer mon argent ». Tu ne peux pas les confronter pour quelque chose comme ça. C'était donc cent dollars jetés par la fenêtre. C'est injuste.

— Humm. Ces fêtes d'entrepôt sont comme des raves, n'est-ce pas ? Avec beaucoup de drogue ?

— Je suppose.

— Peut-être qu'il valait mieux que tu n'y ailles pas ?

— Il ne m'aime pas, et si c'est parce que je consomme de la drogue, c'est un hypocrite. Tout le monde sait que Trick prenait plein de drogue durant des années avant que les deux autres l'obligent à arrêter.

— L'obligent à arrêter ?

— Ou lui demandent d'arrêter. Je ne sais pas ce qui s'est passé. Personne ne le sait. Il a juste arrêté un jour.

— Ce serait bien de savoir comment il a fait… S'il n'a pas rechuté, bien sûr.

— En tout cas, c'était méchant de me bannir sans raison. Et tout le monde sait qu'il a l'air très sympa lors des fêtes, mais qu'il est très dangereux quand on le fâche.

Une rougeur me réchauffe les joues. Je l'ai fâché. Va-t-il finir par prendre sa revanche ? Est-ce ce qu'il a fait en me baisant une demi-douzaine de fois pendant mon enlèvement ? Si je n'avais pas accepté de faire l'amour, est-ce qu'il m'aurait violée ? Je signe la note en frissonnant, et me dis que non. Avec moi, il ne se comporte pas comme avec les autres. Peut-être que Monet a fait quelque chose qui l'a offensé un jour où elle était droguée. Il y a des tonnes d'incidents dont elle ne se souvient pas. Elle me l'a avoué à maintes reprises.

Je ferais mieux de ne pas aller au Slattery, après tout. Mieux vaut ne pas réveiller un tigre qui dort.

Lorsque nous quittons le restaurant, une voiture semble nous suivre. Je n'en suis pas sûre, mais ce sont peut-être même les hommes du restaurant. C'est effrayant, et je prépare mon téléphone pour appeler le 911.

Une fois chez mes parents, je suis partagée entre entrer avec Monet, et éloigner de la maison celui qui me suit. Serait-ce Milt ? J'ai vu sa voiture garée devant chez moi plusieurs fois.

Inexplicablement, j'envisage d'appeler Trick ou de me rendre chez lui. Mais ce qui m'arrive, c'est soit parce que je l'ai trahi, soit parce que j'ai couché avec lui. Alors est-ce une bonne idée de lui en parler ?

Une fois Monet en sécurité à l'intérieur et la porte fermée, je me rends au centre-ville et m'arrête sur un parking près du poste de police de Coynston. La voiture derrière moi tourne à l'angle. Inquiète, j'attends, mais la voiture ne semble pas revenir.

L'enseigne au néon vert de Slattery est tout près. Je décide de voir si la voiture reviendra une fois que je me serai éloignée du commissariat. Je me rends donc au Slattery et me gare le plus près possible du trottoir. Personne ne me suit.

L'enseigne semble me faire signe. J'ai bien envie d'entrer car je suis sûre qu'il saura que je suis en ville. Peut-être qu'il cherchera à me voir ? Même s'il vaudrait mieux que je m'abstienne, je veux vraiment le voir. Je pourrais aussi lui envoyer un SMS pour lui dire que je suis à Coynston, mais j'essaie de ne pas le contacter directement. Si je n'initie pas de contact, le FBI ne pourra pas me chercher des noises. Le fait que je réponde quand il m'écrit, je peux le justifier en disant que je n'ose pas l'ignorer.

En vérité, j'aime recevoir ses SMS et je veux qu'il continue à les envoyer. J'avais tellement espéré le croiser ce week-end. Il n'habite plus par ici, donc pour se voir, il faut qu'il vienne me retrouver.

Je sors de la voiture et me précipite à l'intérieur du pub. J'appelle ensuite chez moi pour vérifier si Monet va bien. Elle et papa sont installés avec du pop-corn et de la réglisse rouge. Tout est calme là-bas.

Quand je raccroche, je regarde autour de moi, mais je ne vois ni mon amie Taylor, ni personne que je connaisse. Je n'ai pas l'intention de boire, donc ça n'aurait pas de sens que je m'assois seule au bar. Je suis sur le point de partir quand Trick émerge d'une banquette d'angle. Il porte un jean et un T-shirt Guinness, mais pas celui qu'il m'a prêté chez lui. Pourtant, le vêtement fait ressurgir des souvenirs, en particulier celui de moi à genoux.

L'endroit est bondé, avec des gens debout entre le bar et les banquettes. Il se faufile à travers la foule et se dirige droit vers moi.

— Salut, dit-il une fois devant moi. J'ai entendu dire que tu étais en ville.

Il saisit mon bras d'un geste qui m'est familier. Ça me rappelle toutes les fois où il m'a guidée dans la chambre ou sous la douche chez lui.

— J'étais censée rencontrer mon amie Taylor. Je voulais juste jeter un œil. Elle…

— Taylor Inslay est venue et repartie. Viens avec moi, dit-il en m'entrainant.

— Alors je l'ai manquée, dis-je en enfonçant mes talons dans les vieilles planches de bois pour ralentir notre progression. Eh bien, je vais rentrer à la maison.

Je me sens énervée. Pourquoi n'ai-je pas pensé qu'il pourrait être ici ? Le croiser dans la rue ou dans un café aurait été plus sûr que de le voir ici.

Trick penche sa tête vers la mienne.

— Qu'est-ce que tu as dit ? C'est bruyant ici.

J'élève la voix et répète :

— Je vais rentrer.

Il passe une main dans mon dos et me rapproche de lui. Je respire un mélange de savon épicé et de fumée du poêle de la petite salle à manger du pub.

Sa voix près de mon oreille m'excite :

— Tu vas nulle part. Tu viens d'arriver. J'étais en train de boire un verre. Viens t'asseoir avec moi.

— Je suis juste venue la voir. Tes amis sont là, n'est-ce pas ? dis-je nerveuse à l'idée de rencontrer Connor McCann ou Sasha Stroviak.

— Mes amis sont partout, dit-il avec un clin d'œil et en me faisant habilement avancer.

Les gens tendent la main vers lui, le touchent au passage et crient des salutations. Il est tout sourire, répondant avec des remerciements joyeux, provoquant rire et chaleur. Vous ne sauriez jamais qu'il est dangereux à la façon dont la clientèle du Slattery le traite.

Trick s'arrête à la banquette où sont assises plusieurs personnes.

— Je récupère ça, dit-il en désignant deux bouteilles de Coca-Cola et une de Jack Daniel's.

— C'est qui ? demande un homme à la barbe auburn.

— Une amie.

Trick me tend les cocas et prend le whisky avant de m'emmener. Au fond, il y a des escaliers aux marches usées.

— Monte, Laurel. Mais attention où tu marches, elles sont irrégulières.

Je lève les yeux et vois que c'est plus calme à l'étage, alors j'y vais.

Au dernier étage, il n'y a que quatre personnes et elles jouent au billard. Trois hommes et une femme, habillés pour une soirée. Ils le saluent en souriant et en levant leurs verres.

— C'est bon de vous voir, dit Trick. Laissez-moi la pièce.

Ses mots mettent un moment à s'enregistrer, puis les expressions deviennent sérieuses et les clients posent leurs queues contre le mur et descendent sans un mot. Trick verrouille la porte.

En plus de la table de billard, il y a deux canapés et une table basse en bois. Il y a aussi un petit bar, mais pas de barman. Trick se prépare un Jack et Coca avec glace.

— Tu veux quoi, Laurel ? Du jus ? Ou un soda ?

Mes yeux se tournent vers lui. Il ne m'offre pas d'alcool parce que je pourrais être enceinte.

— Non, rien.

— Rien ? De l'eau, au moins, dit-il en versant de l'eau de source dans un verre rempli de glaçons avant de couper un citron vert.

Il laisse tomber une rondelle dans son verre et dans le mien. Puis il se place derrière moi et commence à retirer ma veste. J'essaie de m'y agripper, mais il me l'arrache des doigts.

Il baisse ensuite la musique et éteint l'un des plafonniers, rendant l'atmosphère plus intime, comme si j'étais de nouveau seule avec lui.

— Je n'avais pas l'intention de rester.

Trick me regarde en sirotant son cocktail avant de le poser et de se placer devant moi.

— C'est vraiment bon de te revoir.

Sa main droite glisse dans mes cheveux, et il me donne un baiser frais et sucré à l'arrière-goût de Coca. Ma bouche s'ouvre pour sa langue. La main gauche de Trick se presse contre mon dos et pousse mon corps vers lui, puis elle descend plus bas et serre mes fesses. Je sursaute et romps le baiser.

— Toujours mal ?

— Non, mens-je.

J'essaie de m'extraire de son emprise, ce qui, comme d'habitude, ne fonctionne pas. Ses bras se placent autour de moi.

— Quoi alors ?

Sa main gauche revient là où elle était et me saisit à travers mon jean. Je me tortille dans ses bras. Les bleus se sont estompés, mais ils n'ont pas disparu.

— Ne fais pas ça.

— Si tu n'as pas mal, pourquoi est-ce que tu te tortilles ?

Je me force à rester immobile et me sens rougir.

— Je ne suis pas là pour toi. Je suis venue voir mon amie.

Il ignore mes paroles et déclare :

— Laisse-moi voir ça.

— Voir quoi ?

Je fronce les sourcils en le voyant reculer afin de - je suppose - me laisser de la place pour baisser mon jean afin qu'il puisse jeter un coup d'œil à son sale boulot. Dans ses rêves.

Il me retourne face au dos du canapé, puis ses mains sont sur ma taille, déboutonnant mon jean et le dézippant. Je prends une inspiration et attrape ses avant-bras.

— Trick... non.

Ses doigts s'étalent sur mon ventre et s'enfoncent lentement dans ma culotte. Mon souffle se coupe.

— « Non » n'est pas un mot à me lancer à la légère, dit-il d'un ton doux contre mes cheveux, et me privant de toute concentration. Sois une gentille fille et montre-moi ce que j'ai demandé.

Excitée et un peu terrifiée, je frissonne.

— On ne peut pas.

— « Ne peut pas » n'est pas terrible non plus.

Il me tourne face à lui et déboucle sa ceinture. Je saisis aussitôt ses mains.

— Non, je t'en prie.

— Ce n'est pas pour ça. Calme-toi, dit-il en faisant glisser la ceinture en cuir noir des passants.

— Hier, pour la première fois j'ai pu m'asseoir. Je ne peux pas revivre ça maintenant !

— Hé, murmure-t-il.

Nos yeux se croisent et mon cœur martèle dans ma poitrine. Il se tient trop près.

— Quoi ?

— Je ne vais pas te fouetter. Je prends le contrôle, donc tu n'as pas à t'inquiéter. Je suis responsable de tout ce qui se passera ici.

Battant des cils, je regarde autour de moi, impuissante. Qu'est-ce qui est en train de se passer ?

— C'est mon bar. Personne ne montera, et s'ils essaient, ils trouveront la porte verrouillée. Il n'y a que nous.

— Je ne comprends pas. C'est toujours un lieu public.

Son petit souffle est amusé.

— Je pourrais rendre ça public, murmure-t-il en effleurant mes lèvres des siennes. Je pourrais ouvrir la porte et te pousser à faire assez de bruit pour que les gens viennent me regarder te baiser et te faire mienne.

Je suis essoufflée et étourdie. Il est irréfléchi, incontrôlable, et peut-être sérieux. Est-il ivre ?

— Même toi, tu ne ferais pas ça.

Son regard se pose sur la porte, puis revient sur mon visage, et je m'interroge. Il me tourne à nouveau face au canapé, et utilise sa ceinture pour attacher mes bras derrière moi.

Prenant une inspiration, je fais un pas en avant mais me heurte au canapé. Puis ses mains font glisser mon jean et ma culotte jusqu'à mes genoux.

— Oh, mon Dieu.

Sa puissante main me pousse et m'allonge en travers du dossier du canapé. Mes cheveux se déversent sur le dossier et mon visage se presse contre les coussins. Ses paumes reposent sur mon derrière retroussé et couvert des bleus qui s'estompent ; ceux qu'il m'a fait. Il sépare mes fesses et je ne peux plus respirer. Il regarde entre mes jambes, là où l'air frais m'avertit que tout est exposé.

— Tu ne peux pas faire ça, murmuré-je.

— Qui va m'arrêter ? dit-il en effleurant mon sexe moite de son pouce.

En cambrant le dos, je parviens à lever la tête et les épaules de quelques centimètres, mais ça pousse mes fesses et ma chatte plus haut, juste contre ses mains et son entrejambe. Il me laisse me débattre et j'entends le bruit de sa fermeture Éclair qu'il baisse.

— Baisse la tête.

Un emballage de préservatif atterrit par terre, entre le canapé et la table basse. Les muscles de mes reins me brûlent. Ne pouvant plus garder cette position, je me laisse tomber contre le canapé et tourne la tête, désespérément impuissante.

Ma voix n'est que chuchotement saccadé.

— Trick, allez…

Ses doigts trouvent mon clitoris et le caresse. Frissonnante, j'essaie de rapprocher mes cuisses, mais mes jambes se heurtent aux siennes. Il est debout entre mes jambes et élargit même sa position en écartant mes cuisses, me gardant ouverte pour lui.

— Tu es d'humeur à te battre ? Parce que tu mouilles bien pour moi. Je crois que t'aimerais bien avoir ma queue en toi.

J'en perds la voix. En vérité, j'ai envie de lui, mais je suis également horrifiée par la façon dont cela se déroule. Mes genoux qui se cabrent heurtent le canapé, le poussant d'un centimètre ou deux vers l'avant, ce qui ne change rien à la situation.

Il me gifle les fesses.

— Ne bouge pas.

Mes mamelons se changent en perles dures et mon sexe se contracte. Qu'est-ce qui ne va pas chez moi ? Pourquoi la menace semble si érotique dans sa bouche diabolique ? Peu importe ce qui se passe, son emprise sur moi est absolue. À moins que je ne prévoie de crier au risque qu'un bar bondé me trouve allongée sur le canapé avec ma culotte autour des genoux, je suis coincée.

Trick taquine mon clitoris jusqu'à ce que ça me rende folle. Mes hanches s'agitent et poussent contre lui, mes jambes tremblent. Je suis sur le point de jouir grâce à ses doigts expérimentés. Ça s'est produit si souvent que je reconnais l'excitation qui monte de plus en plus.

— Tu me veux ?

Comme je ne dis rien, il me gifle les fesses.

— Réponds-moi. Et sois gentille.

Je sais ce qu'il entend par « gentille » : Est-ce que je vais lui donner tout ce qu'il veut ?

— Oui, je te veux.

Il attend, mais je ne l'appelle pas Monsieur. Quand son sexe s'enfonce en moi, mon ventre et mes muscles se contractent. C'est si bon. Je pousse contre lui, soulevant mes fesses dans une invitation primale et indécente. Saisissant mes hanches, il s'enfonce entièrement en moi. Je gémis et jouis presque instantanément, tremblante et frissonnante. Ses mains possessives se resserrent sur mes hanches alors qu'il entame un va-et-vient de plus en plus rapide, me faisant jouir et me laissant étourdie et essoufflée alors que ma tête pend contre le canapé. Impuissante, une deuxième vague de plaisir me parcourt et mon sexe se contracte autour du sien.

Le son satisfait monte du plus profond de sa poitrine. À l'intérieur de moi, il est dur comme de l'acier.

Il me baise pendant une éternité, et mon corps traître profite de chaque seconde.

Prise au piège entre son corps et le canapé, je me balance au-dessus d'un abîme. Trick est pressé contre mes fesses vulnérables, me pénétrant lentement et profondément, jusqu'à ce que mon ventre me fasse mal. Ma tête bourdonne à cause du sang qui y afflue, et au-dessus de moi, il pousse contre l'endroit où je suis douce, humide et consentante. Encore et encore, Trick me revendique avec une minutie dévastatrice et constante, jusqu'à ce que tout mon corps tremble.

À l'exception d'une respiration saccadée, il est silencieux lorsqu'il jouit. Il libère mes hanches, et je m'effondre contre le canapé. Une paume chaude presse mes fesses, et son pouce caresse ma chair avec possessivité.

Quand il se retire et s'éloigne, je reste dans la même position, mes bras toujours attachés derrière moi. Je me sens comme sa propriété, comme le canapé sur lequel je suis allongée qui ne peut pas bouger à moins qu'il ne le déplace.

Après quelques instants, il revient et me remet debout. Il libère mes bras et quand je me retourne, son jean est attaché. Il remet sa ceinture alors que je remonte ma culotte et mon jean. L'humidité recouvrant mes lèvres inférieures trempe ma culotte. Je ne le regarde pas, sachant que je rougis furieusement.

Je commence à m'éloigner de lui, et je sens ses yeux qui surveillent que je ne me précipite pas vers la porte pour me sauver. Une partie de moi a bien envie de faire ça. Mais à la place, je vais dans la salle de bain. Le préservatif usagé est à la poubelle, posé sur des serviettes en papier.

Tremblante et échevelée, je me lave les mains puis les pose contre mon visage rouge en respirant lentement. Qu'est-ce que je fais ici ?

Je roule des serviettes en papiers et les jette sur le préservatif pour le cacher, puis je sors de la salle de bain. Il regarde avec désinvolture son téléphone, et il n'y a pas un cheveu déplacé. Une boisson fraîche est posée sur la table basse derrière lui alors qu'il s'appuie contre le canapé où je viens juste d'être baisée.

Incroyable.

Il glisse son téléphone dans sa poche et me regarde.

— Je prendrais bien un baiser.

— Apparemment, tu prends beaucoup de choses.

Il affiche un sourire impénitent.

— Ça va ?

— Je ne suis pas sûre, dis-je en passant une main dans mes cheveux ébouriffés et regardant autour de moi. Il n'y a pas de caméras de sécurité ici, n'est-ce pas ?

— Non.

Je m'éloigne de lui et vais prendre le verre d'eau qu'il m'a servie plus tôt pour en boire la moitié.

— Qui est Paul Lebedev ?

— Pourquoi ? demande-t-il, intrigué.

— On l'a vu pendant qu'on dinait chez Mamma Mia avec ma sœur. Elle a dit que toi et lui n'étiez pas amis.

— Elle a raison. Il a essayé de te parler ?

— Non.

Son regard n'est plus désinvolte ou sexy et charmeur, mais attentif.

— Est-ce qu'il s'est passé quelque chose qui t'a inquiétée, Laurel ?

Mes yeux dardent vers les siens. C'est comme s'il pouvait lire dans mes pensées.

— J'ai eu l'impression qu'on me suivait après le restaurant. Je ne sais pas si c'était lui. Je pense qu'il était encore à sa table quand on est parties, mais au restaurant, il semblait nous observer.

— C'est pour ça que tu es venue au Slattery ? Pour y être en sécurité ? Ou est Monet ?

— Elle va bien. Elle est à la maison. Et non. En fait, je suis allée au poste de police. C'est à ce moment-là, je pense, que la voiture est partie.

— Qu'est-ce que la police a dit ?

— Rien. Je ne suis pas entrée. Je suis juste allée au parking. Je suis probablement paranoïaque.

Il ne dit rien.

— N'est-ce pas ?

— Je ne vais pas spéculer. Si tu penses que quelqu'un te suit, appelle-moi tout de suite pour que je règle ça. Tu restes le week-end à Coynston ?

J'avais prévu de le faire, mais je secoue la tête. Pour le moment, Coynston ne me parait pas sûr pour un tas de raisons. La première étant que je ne me fais pas assez confiance pour rester loin de lui, ou que lui se comporte bien si on se voit.

— Mais tu restes pour la nuit ?

— Oui, chez mes parents.

— Tu devrais plutôt rester avec moi. Appelle-les et dis-leur.

— Ce n'est pas une bonne idée.

— Pourquoi ça ? demande-t-il en fixant son regard bleu profond sur moi.

Je passe à nouveau une main dans mes cheveux et détourne le regard.

— C'est trop compliqué en ce moment.

Il prend sa boisson et la jette dans l'évier.

— Les choses seraient simples si tu passais la nuit avec moi.

Je souris en regardant mes escarpins.

— Pour toi peut-être.

Trick s'approche et soulève mon menton pour que nos yeux se croisent.

— Si tu as peur des autres, reste avec moi pour que je puisse te protéger. Si tu as peur de moi, on peut établir des règles pour la nuit.

— Juste pour la nuit, hein ?

L'éclair d'un sourire apparait furtivement.

— J'attends toujours un baiser.

— Tu m'as embrassée plusieurs fois.

— Ouais, mais toi non.

Je pousse un soupir et hausse les épaules.

— Je t'ai embrassé en retour.

— Je sais.

— Et n'as-tu pas eu quelque chose de mieux qu'un baiser de ma part ?

Mon regard se pose sur le canapé, puis revient vers son visage. Il saisit mes mains et les pose contre son torse.

— Le sexe avec toi est toujours fantastique. Je suis prêt à échanger beaucoup de choses pour ça… la plupart des choses en fait. Mais ça ne remplace pas un baiser de ta part.

Une boule se coince dans ma gorge et mon ongle gratte son T-shirt, là où se trouve son cœur.

— Est-ce qu'il reste un petit morceau du garçon que je connaissais, à l'intérieur de toi ?

— Sûrement, murmure-t-il.

— Alors ce baiser est pour lui.

Je pose ma bouche contre la sienne, et le caresse de ma langue. Il presse mes mains, mais sinon il ne bouge pas.

Je fais durer ce baiser que je ressens jusque dans ma poitrine, là où mon cœur bat et où sont enterrés mes meilleurs souvenirs. Quand son téléphone sonne, il l'ignore. Ce n'est que lorsque je romps enfin le baiser qu'il ouvre les yeux.

— De tous, tu es la personne que je préfère embrasser, dis-je contre ses lèvres.

— Pareil.

Son téléphone se remet à sonner et vibrer dans sa poche.

— Tu devrais répondre.

Je recule et regarde autour de moi, me demandant si je devrais lui laisser un peu d'intimité. Il fait glisser son pouce sur l'écran et le porte à son oreille.

— Oui ?

Après un instant, son expression se durcit.

— Installez le sur ma banquette. Je descends dans une minute, dit-il avant de raccrocher.

— Un problème ?

— Non. Reste ici. Je reviens tout de suite.

Je me dirige vers le canapé et m'y assois, mais je ne prévois pas d'attendre longtemps. Les choses avec lui sont incontrôlables. Ma détermination en ce qui le concerne est fragile, et il semble toujours arriver à exploiter ça, étouffant mes objections chaque fois qu'il en a envie. Je n'étais pas censée venir à Coynston pour passer le week-end avec lui. Monet est fragile et a besoin de soutien. La meilleure chose pour moi et ma famille serait de passer la nuit chez mes parents.

Trick disparait dans les escaliers, et je laisse passer quelques instants avant de le suivre. Tournant au coin et entrant dans la grande salle du bar, je jette un coup d'œil vers sa banquette et le vois en train de discuter avec Jack Murphy de la partie de poker. Il y a également d'autres hommes, beaux et plus proches de l'âge de Trick.

Trick est en train de parler, mais il s'arrête en me voyant. Avant que j'atteigne la porte d'entrée, un bras se place autour de moi et me cale contre un corps musclé.

— Qu'est-ce que tu crois faire ? demande-t-il d'une voix dominatrice et tranchante.

Regardant par-dessus mon épaule, je lui adresse un petit sourire.

— On a besoin de moi à la maison. Je dois y aller.

Il fronce les sourcils.

— D'accord. Je te ramène, dit-il en me prenant la main.

Une fois devant la porte d'entrée, il l'ouvre et regarde autour de lui. Puis il me fait sortir.

— Qu'est-ce que tu fais ? lui demandé-je.

— Je te raccompagne chez tes parents, et un de mes hommes viendra me chercher là-bas. Une fois à la maison, tu y resteras jusqu'au matin, Laurelyn. Nous sommes clairs là-dessus, n'est-ce pas ?

— Oui. Je n'ai pas l'intention de sortir ce soir. Mais ta discussion avec Jack Murphy et ces autres hommes alors ?

— Si Murphy veut me parler, il attendra que je revienne. Sinon, il peut retourner à Boston.

— Tu es sûr de vouloir conduire jusqu'à la colline ? Tu peux juste m'accompagner à ma voiture et une fois que je serai enfermée à l'intérieur...

— Non, je te raccompagne, dit-il en passant le parking et les rues avoisinantes en revue.

Une fois à la voiture, il me fait prendre le volant et contourne le véhicule avant de se courber et disparaitre de ma vue quelques instants. J'ignore ce qu'il fait. Est-ce qu'il cherche quelqu'un en dessous ? La tension m'envahit.

Puis il réapparaît à côté de la portière passager qu'il ouvre, un pistolet à la main.

— Trick… ?

— Non, juste une habitude. Tout va bien.

Nous ne parlons pas beaucoup durant le trajet, et une fois à la maison, il me raccompagne jusqu'à la porte.

Le faire entrer serait probablement gênant si Monet et mon père sont encore au salon, mais je ne peux pas le laisser à la porte, surtout après ce qui s'est passé au Slattery.

— Tu veux entrer ? En attendant qu'on vienne te chercher ?

— Non, ça ira.

Je suis à la fois soulagée et déçue. J'ouvre la porte après l'avoir déverrouillée.

— Alors… Bonne nuit, je suppose ?

Il hoche la tête.

— Bonne nuit, Laurelyn.

CHAPITRE 8

LAUREL

Il m'envoie des SMS le lendemain et les jours suivants. De retour à Boston, je suis constamment tentée de me rendre à Coynston pour le revoir, mais je me force à ne pas le faire. C'est une personne dangereuse et compliquée, et ma famille et moi nous porterons mieux si je reste ici.

Malheureusement, je me retrouve à attendre ses messages comme s'il s'agissait de la finale d'une de mes émissions préférées. Quand un soir il n'envoie rien avant vingt-trois heures, je suis frustrée.

Trick : Comment ça va ?

Le texte est tellement impersonnel et différent de lui que je me demande si le FBI ne se fait passer pour lui.

Laurel : Bien. Qu'est-ce qui t'a occupé aujourd'hui ?

Trick : Mon gang. Comment s'est passée ta journée ? Du nouveau à me raconter ?

Je mordille ma lèvre inférieure. Je suis censée faire un test de grossesse et lui faire part des résultats, mais je ne l'ai pas encore fait.

Laurel : Non. Pour ça, j'appellerai.

Trick : [emoji pouce vers le haut]

Comme il n'envoie rien d'autre après, mon agacement revient.

Que lui écrire soit devenu le point culminant de ma journée est un problème. J'aimerais ne pas être accro à lui et ne pas attendre qu'il me donne de ses nouvelles, pour finalement être déçue quand nos échanges sont limités, d'autant plus que je sais que son attention peut se tarir à tout moment. Je me demande ce qu'il fait à Coynston et avec qui. Y a-t-il d'autres femmes allongées sur le canapé du Slattery ? Je ne veux pas redevenir cette fille jalouse, celle du lycée qui ne pensait qu'à garder l'attention d'un beau mec émotionnellement indisponible.

Le matin, après le bref échange de SMS de la veille, il m'envoie une photo du lever de soleil. Je suis sous le charme.

Laurel : Magnifique

Trick : Oui, mais ce n'est pas la première chose que je voulais voir en me réveillant. Envoie un selfie.

Je peste contre la sensation de flottement que ça me procure. Mes doigts planent sur les touches, et je me demande pourquoi je continue à communiquer avec lui.

Laurel : Je n'en prends jamais.

Trick : Quel dommage

Une demi-heure passe, et j'envoie à nouveau un texto.

Laurel : Comment tu vas ?

Trick : Bien. Encore mieux si tu envoies une photo

Je ne peux m'empêcher de sourire et me demande ce qu'il a. Ce message lui ressemble et ne lui ressemble pas. Ça lui ressemble parce que quand il veut quelque chose, il l'obtient à force d'insister. Mais ce qui est différent, c'est que Trick n'est généralement pas un romantique, surtout par SMS. C'est lui qui a dit un jour que tout n'était qu'un jeu. Est-ce qu'il joue avec moi ?

Je prends une photo de mon visage avec mon index appuyé sur mes lèvres comme pour l'encourager à garder le secret. En l'envoyant, je retiens mon souffle.

Trick : Tes yeux sont incroyables

Le regard fixé sur le téléphone, je me perds dans le souvenir de l'avoir regardé dans les yeux alors qu'il était allongé dans son lit. Son corps me manque vraiment. Je donnerais n'importe quoi pour une autre nuit dans son appartement.

J'ai des ennuis et je le sais. Je tape les mots « *les tiens aussi* », avant de le supprimer.

Laurel : Bonne journée.

* * *

DEUX SEMAINES et cinq jours après avoir été chez lui, je me réveille avec des nausées et vomis pendant une heure. La sensation disparait jusqu'au lendemain où les vomissements durent trois heures. J'achète un test de grossesse, mais je ne le fais pas.

Le lendemain, j'attends son message toute la journée, me sentant anxieuse et seule au sujet de ce que je suppose être des nausées matinales. C'est dur de ne pas demander son soutien, mais je me retiens. Il va me dire de passer un test, mais j'ai du mal à y faire face.

Quand il me contacte, il est à nouveau blagueur et léger, ce qui est un soulagement. Je suis heureuse d'avoir de ses nouvelles, et heureuse qu'il ne mentionne plus le test de grossesse. Peut-être qu'il suppose que tout va bien puisque je n'ai rien dit ?

Trois semaines et deux jours après mon séjour chez lui, il n'envoie pas de SMS de la journée. À dix-sept heures trente, je ne supporte plus l'attente et lui envoie un message banal de salutation. Pas de réponse.

Puis, environ quinze minutes plus tard, la sonnette retentit, et c'est lui sur le pas de la porte. Il porte un costume, et je me demande s'il revient d'un mariage ou d'une veillée funèbre. Non que je m'en soucie, parce que c'est tellement bon de le revoir que je n'arrive presque pas à réfléchir.

Ouvrant la porte en grand, je vois qu'il tient un magnifique bouquet de fleurs composé d'orchidées et de fleurs jaune-vert. Dans son autre main, il tient des plats à emporter.

Son expression sévère me rappelle la nuit de la partie de poker et mon ventre se noue.

— Invite-moi à entrer, Laurel.

D'après son expression et son ton, il ne semble pas de très bonne humeur.

— Bonjour, dis-je doucement. Qu'est-ce que tu fais ici ?

Au lieu de répondre, il soulève les paquets d'un air impatient.

J'ai pensé à lui toute la journée, mais inexplicablement, parce que je suis nerveuse et contrariée, je rétorque :

— J'aurais aimé que tu m'envoies un message. Tu tombes mal.

— Pourquoi ça ?

Ignorant ma présence dans l'embrasure de la porte, il ouvre la porte moustiquaire avec sa main tenant le bouquet et s'avance, me forçant à reculer pour lui laisser le passage.

Une fois à l'intérieur, il pose les affaires sur la table basse et ferme la porte. Quand il met la main à l'intérieur de sa veste, je vois un étui à pistolet. Bien que je sache qu'il porte toujours une arme à feu, ça me surprend et je me raidis.

— Quand est-ce que tu as fait le test ? Est-ce que ça aurait pu être trop tôt ?

Il sort un test de grossesse de sa poche. Les sourcils froncés, je me retourne, pas prête à avoir cette discussion. Il saisit mon bras et m'arrête. Il n'est pas brutal, mais ferme.

— J'ai posé une question, Laurel.

— Si je suis enceinte, c'est mon bébé et mon problème, lâché-je sans me retourner. Je ferai le test quand je serai prête.

Face à son silence, je jette un coup d'œil par-dessus mon épaule.

— Tu veux dire que tu n'as pas encore fait de test ? demande-t-il en haussant un sourcil.

— Quoi qu'il arrive, je m'en occuperai. Tu n'as pas à t'en inquiéter.

Les yeux de Trick scrutent mon salon, s'arrêtant sur un verre de soda au gingembre.

— Tu bois quoi ? demande-t-il.

Sans attendre de réponse, il se dirige vers la table, lève le verre et renifle. Ses sourcils se plissent de confusion. Pensait-il que c'était du vin ? Il en prend une gorgée.

— Soda au gingembre ?

Il s'avance un peu plus, jette un coup d'œil autour de lui, puis revient vers moi. Prenant mon bras, il m'accompagne vers la salle de bain.

La maison est vieille et les planchers grincent alors que je marche. Trick me pousse doucement à l'intérieur et se tient devant la porte. Ouvrant la boîte, il en sort le bâtonnet de test en plastique et me la tend.

Alors que je le fixe, ma main agrippe le lavabo en attendant qu'il recule et ferme la porte. Il ne le fait pas. Est-il sérieux ?

— Je ne peux pas. Pas avec toi ici.

Le coin de sa bouche se recourbe.

— J'ai posé ma bouche sur tout ce qu'il y avait entre tes jambes. Pisse sur le bâton.

— Je ne peux pas.

Trick fait couler l'eau et jette un coup d'œil au vieux miroir, avant de s'attarder sur la fissure dans le coin. La maison louée est ancienne et certainement pas à la hauteur de ses normes de décoration élégantes et modernes. Il s'appuie contre le chambranle de la porte et tourne la tête. Il ne me regarde pas directement, mais je sais qu'il peut toujours me voir du coin de l'œil.

— Je peux attendre, dit-il en desserrant sa cravate.

— Pourquoi est-ce que tu portes un costume ? Quelqu'un est mort ?

— Non. Tout va bien.

— Je ne t'ai jamais vu habillé comme ça.

— J'ai dû aller au tribunal, finit-il par répondre. L'avocat a mis son veto à mon T-shirt World of Warcraft.

Mes yeux s'écarquillent, soudain très inquiète.

— Ne m'oblige pas à t'arracher la réponse mot par mot. Dis-moi ce qui s'est passé.

Il tourne la tête et me passe en revue.

— Le procureur m'a convoqué face à un Grand Jury.

— Oh, mon Dieu.

Il lève un sourcil.

— Il ne s'agissait pas directement de moi. Tu sais comment fonctionne un Grand Jury ?

Je secoue la tête et réalise que je me suis rapprochée de lui.

— Un grand jury décide s'il y a suffisamment de preuves pour des poursuites pénales. Je n'étais pas l'accusé. Ils voulaient entendre mon témoignage.

— Oh. Tu as... est-ce que tout s'est bien passé ?

L'ombre d'un sourire apparaît et disparaît tout aussi rapidement.

— En tant que témoin à charge, j'ai été nul. Je ne me souvenais de rien de la nuit en question.

— Qui fait l'objet d'une enquête ?

— Personne qui compte.

— Alors c'est fini ?

— Pour moi, oui.

Inclinant la tête, je regarde ostensiblement sa cravate en soie bleu roi pendant un moment.

— La routine, quoi.

Il sourit, et il est si beau que ça me fait mal.

— Non. Témoigner est un risque, et il n'y a pas de récompense. C'est pas mon truc en tout cas. La nourriture refroidit, Laurelyn. Fais le test.

Je tourne son visage pour qu'il fixe à nouveau la porte. Mais même cette petite connexion est électrique. Je me dis donc d'arrêter de perdre du temps et d'en finir avec le test. Je déboutonne mon jean et le baisse en même temps que ma culotte.

Des pensées fusent dans mon esprit tandis que je positionne le bâtonnet entre mes cuisses. Je ne devrais pas le laisser rester là avec son corps sculptural, vêtu d'un costume probablement hors de prix. Son comportement ne devrait pas être aussi autoritaire et intrusif. Si je ne me défends pas, à l'avenir il pourrait penser qu'il n'y a pas de problème à ce qu'il se comporte de cette manière. Ce qui n'est pas le cas.

Quand je parle, ma voix se fait à peine entendre par-dessus le bruit de l'eau.

— Pourquoi tu es ici, Trick ?

— Pour savoir si on a créé un autre humain.

Je déglutis à ses paroles et fixe les rayures bordeaux et dorées du rideau de douche. Que vais-je faire si je porte le bébé de Scott Patrick ?

— Pourquoi tu t'en soucies autant ? Tu vas me suggérer de me faire avorter ?

— Non, et tu ferais mieux de ne pas le suggérer non plus.

— Je n'allais pas le faire.

— Bien, donc on est d'accord. Fais le test.

— Je n'ai pas besoin d'aide pour faire pipi. Tu peux me laisser seule.

— Tu as eu trois semaines et demie pour faire le test. Quand je suis là, on fait les choses à ma façon.

Je frissonne en me souvenant de ce que signifie faire les choses à la façon de Trick. Je me revois, les fesses relevées par une cale en mousse, les membres attachés comme une esclave et me débattant face à la palette pour avoir trahi un homme qui se croit au-dessus des lois et qui pense pouvoir faire tout ce qu'il veut.

Il t'a frappée et n'a subi aucune conséquence, me rappelle une petite voix dans ma tête. Pour l'instant, il est au-dessus des lois, et c'est en partie parce que je n'ai pas coopéré avec le FBI. Maintenant, il est ici et agis comme bon lui semble.

Fermant les yeux, j'essaie de faire le vide. Après quelques minutes, j'y arrive. Une fois terminé, le bâton pend au-dessus de l'eau, entre le bout de mes doigts pincés.

— Donne, dit Trick.

J'ouvre les yeux et vois Trick me faire signe de lui faire passer le test.

— Attends que ça sèche.

— Tu es une vraie princesse ce soir.

Sa voix grave et sexy me rappelle les nuits passées avec lui.

— Passe-le moi, bébé.

Est-ce que sa façon chaleureuse et décontractée de dire « bébé » est calculée ? Parce que c'est ce qui me convainc de lui tendre le bâton sans même regarder le résultat.

Les yeux bleu foncé de Trick se posent dessus, puis il le jette à la poubelle.

— Rhabille-toi, dit-il avant de se laver les mains et sortir.

Mes nerfs vibrent de curiosité. Au lieu de regarder, je m'essuie, me lève et remonte mes vêtements, puis j'étudie les bulles de savon dans l'évier en pensant à la maison de Trick qui est magnifiquement décorée et d'une propreté impeccable. Il m'avait dit de ne pas faire traîner sa couette par terre. N'est-ce pas incongru par rapport à son style de vie sauvage ?

Du coude, je ferme la porte qu'il a laissée ouverte, puis je me lave les mains plus longtemps que nécessaire. Enfin, après avoir retardé ce moment, je me penche sur la poubelle en osier et regarde à l'intérieur.

Positif.

* * *

TRICK

TOUT CE QUE j'ai l'intention de dire disparait en voyant le visage de Laurel. Un pli est apparu entre ses sourcils et elle a les mains jointes devant elle. Reconnaissant la posture qu'elle adopte lorsqu'elle est vulnérable, je la rejoins au milieu de la pièce et la prends dans mes bras. La tension de son corps la fait trembler.

— Je suis censée reprendre les études. C'est fini pour l'instant. Travail, bébé et études ? Je ne vois pas comment, dit-elle contre mon cou. Mais ça ira.

Sa voix se raffermit quand elle ajoute :

— J'ai une amie qui essaie de tomber enceinte depuis trois

ans. Même in vitro. Je ne devrais pas me plaindre. J'ai un bon travail. Je peux le faire.

Ses divagations n'ont pas besoin de réponse, alors j'attends. Enfin, elle presse ses paumes contre mon torse pour s'écarter. C'est bon de voir que son expression est un peu moins tendue.

Elle s'assoit et prend une gorgée de soda au gingembre tiède.

— Maintenant, on sait, dit-elle en ramenant ses longues jambes sous elle et passant un plaid sur ses épaules.

Ses mots n'ont pas d'importance. La façon dont son corps se replie sur elle parle tout seul.

Je me rends à la cuisine qui aurait besoin d'au moins quatre mètres carrés supplémentaires pour être vraiment utilisable, et mets les fleurs dans un vase que je trouve dans un placard. Ensuite, je sers les plats que j'ai apportés dans des assiettes et les apporte sur la table basse.

Elle secoue vivement la tête et repousse ses cheveux par-dessus son épaule.

— Je ne peux pas manger.

— Le poulet aux amandes, ça passe tout seul. Je ne pense même pas qu'il y ait du sel.

Elle sourit, mais ne prend pas l'assiette. Mon poulet aux noix de cajou du Hunan est très épicé, et j'en mange la moitié en quelques minutes parce que j'ai raté le déjeuner.

Elle picore sa nourriture et mange peu.

— Qu'est-ce que tu as mangé aujourd'hui ?

Quand elle répond, c'est d'un ton stressé et tranchant :

— Trick, ne commence pas.

Mon regard se pose sur elle avec autorité. J'ai déjà vérifié ce que je peux lui faire sans la mettre en danger durant sa grossesse. Au début, le bébé est à l'abri dans son utérus, niché derrière les os du bassin. Ce soir, si elle a besoin d'une leçon, je peux lui en donner une sans mettre mon enfant en danger.

Laurel soupire.

— Je ne veux pas me disputer. J'ai juste beaucoup de choses à digérer et comprendre, et je ne peux pas le faire avec toi ici. Alors pourrais-tu, s'il te plaît, partir ?

Je prends une autre bouchée, mâche et avale, prolongeant le silence.

— Tu as l'impression que c'est toi qui vas décider ?

Ses yeux s'écarquillent.

Sans la quitter du regard, je mets la main dans ma poche et en sors une bague en diamant jaune canari de trois carats que je pose sur la table basse comme si je pariais à une table de poker.

La bague repose à côté du bocal en verre qu'elle utilise en guise de verre. Boire dans des pots de confiture ? Avoir une antiquité fissurée en guise de miroir de salle de bain ? Et les figurines de Star Wars sur une étagère du salon avec quelques trophées sportifs qu'elle a remportés au lycée ? C'est comme si elle avait vidé un tiroir de bric-à-brac pour faire la décoration. C'est quoi son problème ?

Sans rien dire, ses yeux restent rivés sur la bague, mais ses mains jointes ne bougent pas de ses genoux, ce qui m'irrite. Je me pointe et il n'y a ni sourire ni baiser. Elle ne m'invite même pas à entrer. Je ne la comprends pas. Elle flirte tout le temps par SMS. On vient de découvrir qu'elle est enceinte et elle fait quoi ? Elle garde ses distances ? Même pas en rêve.

— Toi et ce bébé allez porter mon nom. Tu vas vivre avec moi pendant au moins dix-huit mois, puis on avisera.

— Quoi ? Pourquoi ferions-nous semblant d'être fiancés pendant dix-huit mois ? Peut-être que ça ne changera rien à ton quotidien, mais ça signifierait mettre ma vie entre parenthèse, ce que je ne suis pas prête à faire.

Ça ne changera rien à mon quotidien ? De quoi parle-t-elle ? Cette histoire, c'est un boulet de démolition dans mon quotidien.

— Je ne parle pas de faire semblant de quoi que ce soit. J'ai dit que tu porteras mon nom. Ce qui veut dire se marier.

Elle plisse le nez.

— Pas besoin de se marier pour que tu figures sur l'acte de naissance. Et pourquoi dix-huit mois ? Qu'est-ce qui changera dans un an et demi ?

— On saura si je peux te laisser partir avec mon enfant. Dix-huit mois, c'est la grossesse et la période où l'enfant est un nourrisson. C'est le moment où tu auras probablement le plus besoin d'aide. Je ne saurai pas de quoi tu as besoin si je ne peux pas te voir.

— Et tu comptes m'aider ?

Son scepticisme m'irrite. Elle ne sait presque rien de mes compétences et ne prend même pas la peine de demander avant de supposer que je n'en ai aucune.

— Aider prend différentes formes. Ça peut être embaucher une nounou. On verra comment les choses se passent.

— Je n'ai pas besoin de ta supervision. Et franchement, je n'arrive pas à croire que tu suggères ça. Combien de fois as-tu été marié et divorcé ? Tu n'as que des coups d'un soir.

Ma patience s'épuise. La journée a été longue et ce n'est pas ainsi que j'avais imaginé ma soirée. J'aurais bien besoin d'un verre, mais je n'ai pas vu de bouteille de whisky et j'ai l'impression qu'elle n'en a pas. Quel genre d'Irlandaise est-ce que j'épouse ?

— Jamais marié. Quant à ma vie sexuelle, je me fais beaucoup sucer la queue, mais dans les rares occasions où j'ai trempé le biscuit, il n'y avait pas de préservatif déchiré.

— Je suis sûre que tu as déjà dû mettre une femme enceinte ?

— Pas que je sache.

— Et tu penses que c'est la bonne façon de gérer ça ? demande-t-elle en effleurant la bague.

— Clairement.

— Pourquoi est-ce que j'accepterais sachant comment tu es ? À cause de toi, le FBI a un dossier sur moi. Et ta vie est… si dangereuse, pour toi et les gens qui t'entourent. Grigory Petrov a tiré sur sa propre fille et ceux qui l'entouraient.

Je prends une autre bouchée, mâche, et prends quelques inspirations. C'est très épicé. Je prends une gorgée de son soda au gingembre. C'est tiède et plat, pas top, mais ça fait l'affaire.

— Je comprends tes inquiétudes, mais je suis qui je suis. Tu le savais avant qu'on couche ensemble.

Son regard se plisse, et pendant une seconde, j'ai l'impression qu'elle va me jeter son assiette à la figure.

— Écoute…

Bien que ma voix soit calme, je suis blessé de la voir me résister ainsi. Ça ne me plait pas du tout et je me retiens de lui balancer toutes les conneries vieilles comme le monde sur le fait qu'elle est à moi maintenant.

— J'assume l'entière responsabilité du préservatif déchiré et de ne pas avoir choisi un endroit plus sûr pour mon sperme.

Elle grimace, et je regrette immédiatement d'avoir été désinvolte et grossier. Son attitude n'est pas celle que j'espérais, mais ce n'est pas une prostituée ou une jolie petite minette. Qu'elle le soit dans mon lit, ça me plait, mais quand un homme parle sérieusement de mariage, il ne doit pas dire certaines choses à sa future femme. Peu importe à quel point je suis fatigué, il est temps de fermer ma gueule.

— Je suis désolé de t'avoir parlé de cette façon, Laurelyn.

Elle parait surprise, ce qui se comprend. Je ne m'excuse presque jamais, et là, j'avais en plus l'air mortellement formel. Je passe d'un extrême à l'autre ce soir.

Repoussant les assiettes, je m'assois devant elle et prends ses mains entre les miennes pour les caresser.

— Écoute, tout ce qui t'est arrivée chez moi, y compris ta grossesse, c'est ma faute. J'assume ma part de responsabilité.

— C'est noble de ta part, j'imagine… mais aussi très démodé. Tu n'es pas ringard, donc je ne comprends pas ce que tu es en train de faire. Tu veux être sûr que je partagerai la garde ? Je ferai de mon mieux, Trick, tant qu'il n'y aura pas de danger.

— Ce n'est pas ça. Je ferai toujours partie de la vie de mon enfant. Je n'ai pas besoin de l'intervention d'un tribunal pour ça.

— Alors pourquoi nous précipiter dans un mariage fictif ? On recommence à peine à se voir. On n'est pas obligé de décider aujourd'hui.

— Je suis là avec une bague à cent mille dollars. J'ai déjà décidé.

Je prends une profonde inspiration.

C'est Laurelyn Reilly. Elle est indépendante, intelligente et a du caractère. Tu dois la convaincre plus doucement que ça, Trick.

Mon discours d'encouragement ne fonctionne pas parce que ce n'est pas dans ma nature de ralentir les choses. J'analyse, je prends des décisions et j'agis... souvent en quelques minutes ou quelques heures. Combien de temps va-t-elle attendre avant d'accepter l'inévitable ? Des semaines ? Des mois ?

— Tu te souviens du club de débats au lycée ? Si je te dis de me faire confiance à propos de quelque chose, fais-le. Si je dis que je sais ce qui est le mieux, je le sais.

Elle me lance un regard qui ressemble beaucoup à celui de ma sœur Kathleen. « Je te connais depuis trop longtemps pour te faire confiance. » Sauf que dans le cas de Laurel, à chaque fois que nous n'étions pas d'accord, c'est moi qui avais raison.

— C'est complètement différent du fait de savoir que quelqu'un trichait pour gagner un débat scolaire, dit-elle.

— C'est assez similaire. Nous sommes dans une impasse et une décision doit être prise. En tant que capitaine de l'équipe de débat, tu as eu le dernier mot, et nous savons tous les deux comment ça s'est passé.

— Oui, comme je ne t'ai pas écouté, tu es parti.

— Tu as perdu le débat. Si tu m'avais fait confiance, j'aurais réglé le problème pour toi.

— Tu te fichais de l'équipe de débat.

— Effectivement. J'avais un faible pour la capitaine de

l'équipe. Je me suis joint à vous pour que tu me remarques, parce que je savais que ça attirerait ton attention.

Son visage prend une expression suspecte.

— C'est vrai ? J'en doute un peu. J'ai essayé de m'excuser après le débat, et tu n'as rien voulu entendre.

— Je t'ai entendue. C'est juste que je n'ai pas accepté tes excuses.

Elle émet un petit rire.

— L'image même de la diplomatie. Tu te demandes pourquoi j'hésite à sortir avec toi ? Encore plus à t'épouser ?

Je souris parce qu'elle essaie de me persuader qu'elle est raisonnable. Je me fiche qu'elle soit raisonnable, mais je veux que mon opinion compte suffisamment pour qu'elle essaie de me convaincre. Elle ne comprend pas l'effet de levier. Moi si.

— Tu as raison, Laurel. Je suis nul en compromis. J'entends des hommes mariés dire qu'ils doivent faire des compromis tout le temps. Pourquoi ne m'épouses-tu pas pour que je m'améliore ?

Elle rit à nouveau, et cette fois c'est le rire profond qui réveille mon sexe.

— Est-ce que tu essaierais vraiment ?

Dois-je mentir ? Non, mais je sais rendre la vérité moins pesante.

— Je pourrais faire semblant si ça te rend heureuse.

Elle rit de plus belle jusqu'à en trembler, ce qui me fait sourire. On a toujours été doués pour ça. J'aime que certaines choses n'aient pas changé.

Enfin, elle appuie sa tête contre les coussins du canapé et soupire.

— Il faudrait que je sois folle pour t'épouser. Je peux citer dix raisons qui prouvent que c'est une idée horrible, dit-elle en me regardant. Il faudrait aussi être fou pour m'épouser. Je ne serai jamais une de ces filles qui cède à tout et qui fera tout ce que tu lui dis.

Oh que si, me dis-je. Je ne le dis pas à voix haute. Pas encore. Cette soirée est une bataille, et je vais éviter ce champ de mines.

— On est déjà ensemble, lui dis-je.

— Comment ça ?

Ses yeux verts sont comme des vitraux, et avec la lumière qui s'y reflète, je reste un instant ébahi.

— Je t'envoie des SMS tous les jours. Quand je suis en retard, tu veux savoir pourquoi. Tu veux aussi des détails sur ma vie, comme pourquoi je porte un costume. Et les réponses, tu les exiges immédiatement.

Un rougissement réchauffe ses joues. Elle est magnifique, comme toujours. Posant une main sur sa jambe, je caresse son mollet à travers le tissu de son jean.

— Admets le. Tu as des attentes. Nous sommes déjà dedans.

Le rouge de ses joues répond à sa place.

— Allez. Mets la bague.

— Si je la porte, tout le monde sera au courant pour nous. Je ne suis pas sûre de vouloir l'annoncer. Voyons comment ça se passe…

— Tout le monde le saura de toute façon.

— Pas si nous ne vivons pas ensemble.

— Une part de moi vit en toi, Laurelyn, dis-je avant d'ajouter : Mariés et rien de moins.

Elle déglutit en détournant les yeux.

— Tout ce que je sais de toi me fait peur, dit-elle finalement en saisissant la bague.

Elle pousse un grand soupir en la glissant à son doigt.

Je suis content d'avoir gagné, mais je fais attention à ne pas sourire. Ce soir, j'ai juste gagné la première bataille.

CHAPITRE 9

LAUREL

Nos ébats bruts et intenses font trembler le lit, tout comme mes orgasmes. Les choses qu'il me murmure à l'oreille sont obscènes et possessives, et elles me font jouir à nouveau, plus fort, et cette fois avec lui. Il jouit en moi en serrant fermement mes cheveux.

Ensuite, alors que je reste allongée et désincarnée entre les draps, il s'endort en quelques instants.

Au loin, j'entends mon téléphone sonner. Ça sonne et s'éteint depuis une heure. Quand je retire son bras de ma taille, il remue.

— Mon téléphone, murmuré-je. Je reviens tout de suite.

Ses yeux ne s'ouvrent même pas. Une fois debout, je le regarde. Allongé nu sur le dos, il est d'une beauté indécente. Je me sens superficielle de l'admettre, mais c'est en partie pour ça qu'il est si difficile de lui résister.

Les appels et les messages vocaux viennent de ma mère. Monet est sortie fumer une cigarette et n'est pas revenue. Elle recevait des appels que maman pensait être au sujet d'une fête chez son amie Dini. Monet n'est pas censée voir Dini car elles se droguaient ensemble, et elle n'est certainement pas assez solide dans son rétablissement pour aller à une fête.

Je me masse le front avec l'envie de crier. Essayer de prendre soin de Monet et la sauver d'elle-même est épuisant. Mon téléphone atterrit sur la table comme une claque. J'aurais besoin d'une bonne douche chaude et d'un peu de sommeil, mais je me contente de la douche chaude.

De retour dans la chambre, je m'habille le plus discrètement possible car il dort encore.

Une planche grince quand je vais chercher des chaussettes. Trick s'agite et ouvre les yeux.

— Pourquoi t'es habillée ?

— Je dois partir.

Il regarde sa montre avant de laisser retomber son bras.

— Où ?

— Rendors-toi.

Il souffle un rire, toujours allongé sur le dos, et ferme les yeux avant de répondre d'une voix lourde de sommeil.

— Attends le matin.

— Non.

Ses yeux s'ouvrent et regardent le plafond. Je jette un coup d'œil à la toile d'araignée au plafond et fronce les sourcils. Il ne l'a pas dit, mais je sais qu'il n'approuve pas l'endroit où je vis. En fait, j'ai envie de l'acheter et de la retaper. Serait-il en désaccord ? Ou essaierait-il de m'en empêcher ? Il aime contrôler les choses. Si je suis avec lui, que deviendront mes projets d'avenir ?

Il se lève, attrape son pantalon et l'enfile. Alors que je me dirige vers la porte, il la bloque.

— Assieds-toi et attends que je m'habille.

Exaspérée et toujours frustrée par l'appel de ma mère, je dis :

— Retourne te coucher ! Tu ne viens pas avec moi.

Il saisit mes avant-bras et me pousse sur mon lit pour me gifler les fesses plusieurs fois de suite. Le jean et les sous-vêtements me protègent, mais il est fort et je sens les coups. En me donnant une fessée sur mon propre lit, il fait passer son message en moins de trente secondes : il est beaucoup plus fort et peut prendre le contrôle à tout moment, aussitôt qu'il le juge nécessaire.

Trick me relève et me pousse sur le lit. Lutter pour s'échapper est une bataille perdue d'avance, et je me retrouve une fois de plus coincée par ses mains et son corps. Entremêlant ses doigts dans mes cheveux pour maintenir ma tête immobile, il place sa bouche près de mon oreille.

— Je ne veux pas que ça devienne une habitude de te punir, à moins que ça soit ce que tu cherches. Mais à partir de maintenant, si je dois te fesser, tu seras nue.

Le souffle coupé, je me fige. Cette menace est à la fois terrifiante et intrinsèquement sexuelle, ce qui ouvre une gamme d'émotions contradictoires en moi.

— Tu penses être plus forte que mes amis ?

— Non, murmuré-je, confuse.

— Quand je leur dis que j'arrive, ils attendent que je m'habille. Et ils sont beaucoup plus polis que toi.

— Je…

— Ne parle pas. Écoute.

Silencieuse, je fixe le plafond, aussi mal à l'aise que la nuit du poker. J'ai connu Scott Patrick au lycée, mais je ne connais pas l'homme qu'il est devenu. Celui qui attend que sa parole fasse loi.

— Tu m'as promis de faire un test de grossesse et de me donner les résultats. Tu ne l'as pas fait. Je n'ai rien dit ce soir, parce que je sais que tu es effrayée et dépassée. Mais je ne l'ai quand même pas digéré. Alors ne t'attends pas, la prochaine fois que tu mentiras ou briseras une promesse, à ce que ça reste impuni. Et ne me parle plus comme tu viens de le faire. Tu crois que tu parles à qui, comme ça ?

Mon cœur tambourine et je détourne le regard.

— Je n'essayais pas de te manquer de respect. Il se passe un truc de famille et je suis frustrée. Je ne veux pas te mêler à ça, et en plus, tu es fatigué. Tu devrais aller te coucher.

— Je ne suis pas ton petit garçon. Quand le bébé sera né, tu pourras le mettre au lit quand tu voudras. Mais n'essaie pas de me gérer comme si tu commandais. Ce n'est pas le cas. C'est clair ?

J'acquiesce, la bague soudain plus lourde à mon doigt. Je ne peux pas vivre avec lui. Où avais-je la tête ?

Il se lève et boutonne sa chemise, sauf celui du haut.

— Où allons-nous ? demande-t-il en prenant ses clefs.

— Scott...

— Scott, hein ? Je t'ai apporté à manger, des fleurs et une bague, et tu ne m'as pas appelé Scott une seule fois. Maintenant que je me comporte en Trick, tu reviens au nom que tu me chuchotais à l'oreille quand j'avais dix-huit ans ? Tu ne peux pas jouer avec moi, Laurel. N'essaie pas.

Je ne comprends pas pourquoi il me soupçonne de jouer. Je ne l'ai jamais fait. Et honnêtement, je n'avais pas réalisé ce que je faisais jusqu'à ce qu'il le signale. L'appeler Scott quand il est intimidant est une réaction instinctive. Je me mords l'intérieur de la joue en m'exhortant à me taire et enfile mes chaussures. Il prend une de mes vestes dans le placard et attend. Quand j'arrive à la porte, il me tient mon manteau et m'aide à l'enfiler.

— Je peux mettre mon manteau toute seule, mais tu ne me vois pas t'accuser d'essayer de me contrôler.

Il siffle une marche de la mort, et je ne peux m'empêcher de sourire. Je prends sa main et la serre.

— Je ne sais pas comment être le genre de femmes auxquelles tu es habitué.

— C'est vrai.

Son ton est neutre, mais sa réponse me blesse.

Qu'y a-t-il chez lui qui emprisonne ainsi mon cœur et rend nos disputes si atroces ? Je cligne plusieurs fois des yeux pour empêcher les larmes de couler, puis pressant mes lèvres l'une contre l'autre, je commence à retirer la bague. Il referme son poing sur ma main gauche et m'arrête avant d'expirer bruyamment.

— Laurel, dit-il d'une voix plus douce. Quand mon père rentrait après une longue absence, ma mère lui faisait un hachis de pommes de terre avec des œufs pochés, parce que c'était son plat préféré. Elle n'est pas née en sachant qu'il aimait le hachis. On apprendra à se connaitre.

Il relâche alors ma main et attache son arme avant de la recouvrir de sa veste. Puis il me serre dans ses bras, et je suis forcée d'inhaler son parfum envoûtant.

— Je ne t'appelais pas Scott par calcul. Je te le jure.

— M'appeler Scott n'est pas le problème. Trois femmes qui m'aiment m'appellent par mon prénom. Tu peux le faire quand bon te semble. Mais si tu veux me repousser, tu ferais mieux de surveiller le ton que tu emploies. Crier après moi ne passera jamais.

À l'intérieur de moi, je me hérisse. Je me pince les lèvres pour éviter une réponse mordante... ce qui me fait réfléchir. Il m'est déjà arrivée de subir une grande quantité de stress et je ne le gère pas toujours bien. Une fois, j'ai même levé les yeux au ciel lors d'une réunion et coupé un collègue qui mettait une éternité à exprimer son point de vue. Mon patron n'a rien dit sur le moment, mais plus tard, il m'a demandé de prendre une journée de repos pour régler ce qui me dérangeait. Après j'étais guindée au travail durant des mois. La maison est le seul endroit où je n'ai pas à surveiller chaque petite chose que je dis et fais. Suis-je censée prétendre que la vie est tout le temps parfaite pour lui faire plaisir ? Comment le pourrais-je ?

— Je n'aurais pas dû te sauter à la gorge. Mais si je suis stressée, je ne peux pas toujours le contenir, dis-je en détournant le regard. Je suis sûre que ça ne marchera jamais entre nous.

Il me lâche, mais ne détache pas son regard de moi.

— La dernière fois, tu m'as quitté sans même essayer. Je pense que tu l'as regretté. Cette fois, les enjeux sont plus importants, Laurelyn. Penses-y avant de renoncer à nous.

* * *

TRICK

LES ENGRENAGES dans mon esprit tournent si vite que mon cerveau surchauffe. J'ai besoin de dormir. Au lieu de cela, je conduis de Boston à Coins à la lumière des phares.

Devoir faire attention à tout ce que je disais et faisais pendant ma comparution a absorbé beaucoup de mon énergie. Le procureur savait qu'il faisait perdre le temps de tout le monde en me convoquant. Tout ça pour qu'au final, je dise que je ne me souviens pas d'avoir vu le cousin de Murphy dans un pub irlandais il y a un an et demi. Il a tenté alors de me questionner sur un de nos entrepôts de Boston où nous stockons parfois des caisses d'armes. L'endroit est détenu par une société fictive, mais maintenant que les fédéraux l'ont trouvé, nous allons devoir le vendre et trouver un nouveau lieu pour nos marchandises.

Avec le recul, j'aurais dû savoir qu'aller chez Laurel après deux journées de seize heures et un jeu du chat et de la souris avec un procureur fédéral n'était pas le meilleur moment. J'en avais juste trop marre d'attendre d'avoir de ses nouvelles au sujet du test. Et, comme je n'arrive pas à sortir Laurelyn de ma tête, je voulais la voir, la baiser et dormir à côté d'elle.

Laurel est silencieuse sur le chemin de Coins, mais j'ai des informations sur la disparition de la petite sœur. Je suis au courant de la fête dont elle parle. Claudine, « Dini » Ford est une fêtarde, donc nous nous sommes croisés de nombreuses fois. Elle avait un faible pour moi, donc j'ai eu droit à quelques fellations. Je ne me souviens pas de la dernière fois. Un an peut-être ? Je ne veux pas que Laurelyn le sache.

Dini faisait partie de l'équipe de danse avec Zoe au lycée ; il y a donc de bonnes chances que C soit là. C savait que je me rendais à Boston, mais il croyait que c'était pour jouer dans un donjon, et je ne l'ai pas détrompé. La dernière chose que je veux, c'est que le mot se répande que je me suis fiancé avant de l'annoncer à ma bande. Et ce n'est pas seulement parce que C et moi sommes amis, mais parce qu'il aura des inquiétudes sur le fait que Laurelyn Reilly vive avec moi après que les fédéraux l'aient utilisée pour essayer de nous piéger.

Après avoir garé la Rover, je scrute la zone et me dirige vers le côté passager. Quand j'arrive, je trouve Laurel sur le marchepied.

— Laisse-moi ouvrir ta portière à partir de maintenant.

— J'avais oublié que tu faisais ça.

Un petit sourire joue sur ses lèvres. Sa voix est douce et un peu penaude.

— Honnêtement, j'ai toujours adoré.

Lui dire qu'en ce moment c'est autant une question de sécurité que de galanterie ne me rapportera aucun point, et puisque j'en suis à court, je vais garder cette discussion pour un autre jour. Elle a des gants de laine, ce qui joue en ma faveur et me laisse le temps de trouver mes amis pour leur annoncer moi-même la nouvelle avant que ça commère sur la bague.

— Quand on sera à l'intérieur, je vais devoir dire bonjour. Reste près de moi. Si on voit Monet tout de suite, on l'emmènera avec nous.

— Que se passe-t-il ?

— C et sa petite amie Zoe Arantes sont peut-être ici. Je veux leur dire bonjour.

— Alors va dire bonjour, et je vais...

Mon froncement de sourcils l'arrête, et elle essaie à nouveau.

— Ça te dérange si pendant que tu vas les voir, je cherche ma sœur ?

Appréciant son changement de ton, je l'embrasse.

— Restons ensemble jusqu'à ce que je voie comment ça se passe.

— Qu'est-ce que tu veux dire ?

Elle est tellement peu familière des fêtes de Coins. Je veux qu'elle reste comme ça, et je préfère ne pas lui expliquer que le dealer de Dini, un gars de Petrov, vient du lycée de Coynston et qu'il sera probablement ici. De plus, les Petrov ont de nouvelles recrues qui sont peut-être présentes. Depuis la mort de Grigory, la guerre ouverte n'est plus, mais il y a toujours un danger à réunir les C Crue et les Petrov au même endroit.

À Laurel, je dis simplement :

— Les gens deviennent louches dès qu'il est question de drogue.

La musique retentit depuis la maison, et est audible jusqu'à la rue. Je prends sa main.

— On y va ?

Se tenir la main est déjà une déclaration, mais entrer avec n'importe quelle femme soulèverait autant de sourcils. Je ne sors pas beaucoup et quand c'est le cas, je n'emmène pas mes rencards à des fêtes de quartier, ce qui signifie que dans Coins, je sors soit seul, soit avec ma bande.

Elle tend sa main gauche vers la poignée du portail, mais je me dépêche de la repousser.

— C'est moi, tu te souviens ?

Son rire rauque d'autodérision me fait sourire.

— Désolée. Je suis inquiète, alors je veux aller vite.

Oui, il y aura des habitudes à changer. Suis-je le dernier homme à lui avoir tenu les portes ? J'ouvre et la laisse entrer en premier, puis je me place devant elle. La musique et l'effervescence du lieu m'envahissent et m'injectent de l'énergie. En soirée ou en club, je suis dans mon élément.

L'allée menant à la maison est déserte, puis on tourne à l'angle et on se retrouve dans la cour. Il y a une piscine chauffée avec quinze à vingt personnes dedans. La terrasse et la pelouse sont remplies de monde, et le rez-de-chaussée de la maison est également plein à craquer.

Levant les yeux, j'aperçois mes amis sur un balcon. Les hauteurs sont la meilleure position, donc je ne suis pas surpris qu'Anvil ait fait ce choix. Le fait qu'il soit ici m'en dit long. Vil n'est pas intéressé par les fêtes ou les sorties sans sa femme Rachel, et je ne la vois pas à côté de lui, donc il est là pour protéger C.

Scrutant la zone, je vois des hommes que je ne connais pas. Trois sont probablement des recrues de Petrov. À l'intérieur, il y en a un autre plus âgé avec des yeux sombres et sans pitié. Son regard se pose sur moi, et je vois qu'il me reconnait.

— Je vois Dini, dit Laurel par-dessus la musique tandis que je la tiens fermement et l'entraine avec moi vers les escaliers. Laisse-moi lui demander si Monet est là.

Elle essaie de ralentir, mais je passe mon bras gauche autour d'elle sans arrêter ma progression. Elle tire mon bras pour attirer mon attention. Ce qu'elle ignore, c'est que pour attirer mon attention, elle n'a qu'à exister dans mon orbite, et ça elle le fait déjà.

Je la regarde, puis secoue la tête et montre les marches.

— Juste quelques minutes.

Elle acquiesce. Brave fille.

Posant la main contre mon flanc, juste sous mon étui, je garde un œil sur le haut des marches, et de temps en temps derrière moi. Le gars aux yeux mornes s'est déplacé pour me regarder monter les escaliers. Je place Laurel devant moi, donc mon corps la protège.

À la minute où nous atteignons le palier supérieur, je la dégage de sa ligne de mire. En me retournant, je le vois qui s'éloigne. C et Anvil me repèrent au loin, mais ne réagissent pas.

J'arrive devant eux quand Zoe m'aperçoit. Sa boisson clapote dans son verre alors qu'elle me salue joyeusement en m'étreignant et m'embrassant.

— Ce costume te va si bien, mais il est froissé, dit-elle en lissant le devant et en m'attirant vers C. Maintenant, nous sommes tous ensemble, ou presque. Je savais que Rachel aurait dû venir. La baby-sitter aurait pu se débrouiller ! Il y a deux hommes de C Crue dans la maison. Bébé Irina aurait été en sécurité.

— Regardez qui voilà, déclare doucement C avec un sourire sincère.

Il me serre la main et me tend sa flasque. Vil se contente de hocher la tête, puis ses yeux se tournent vers la pièce derrière moi.

Je prends deux longues gorgées de Jack Daniel's avant de rendre la flasque. Rapprochant Laurelyn, je la présente à Zoe.

Zoe, lorsqu'elle est ivre, est instantanément la meilleure amie de tout le monde. Elle embrasse donc Laurel. Celle-ci sourit à l'effusion, mais reste crispée. Son regard se pose sur C, qui bien sûr la fixe depuis qu'elle est ici.

— Alors tu es la nouvelle amie de Trick ? demande Zoe.

— Je suis une vieille amie en fait.

— Encore mieux ! Attends... oh, ajouta-t-elle l'expression momentanément assombrie. Celle du lycée ?

— Oui, et l'école catholique aussi.

— Oh, waouh, fait Zoe en éclatant de rire.

Elle rit tellement qu'elle en tombe presque. C et moi attrapons chacun un bras pour la stabiliser.

— École catholique, Trick ?

— Tous les anges déchus commencent quelque part, murmuré-je.

Zoe rit à nouveau et serre mon visage d'une main.

— Tu sais quoi ? Tu appartiens...

— Ça suffit, Z, dit C en la ramenant contre lui.

Zoe se fond contre lui et tourne la tête pour lui embrasser le visage.

— Je t'aime, *meu amor*.

C'est doux et ça ne me déplairait pas d'avoir ça, moi aussi.

Laurel retire sa main de la mienne.

— Excusez-moi. Il faut que j'aille aux toilettes.

— Par ici. Deuxième porte à droite, répond Zoe. Là où il y a la queue.

Laurel se faufile parmi les gens pour arriver aux trois personnes qui font la queue pour les toilettes. Elle s'appuie contre le mur et vérifie son téléphone.

Zoe remue ses épaules et tape des pieds au rythme de la musique, faisant remuer ses boucles noires et sauvages.

— J'adore cette chanson. Les gens dansent en bas. Allons-y, s'exclame-t-elle.

C secoue la tête avec une expression sévère.

— Trick est là. Il peut m'accompagner.

— Je pense que Trick est occupé, répond C.

— Tu es occupé, Trick ? demande-t-elle, étonnée.

Elle regarde dans le couloir où Laurel a progressé d'une place dans la file d'attente.

— Elle est très jolie. Mon Dieu, ces yeux ! Mais elle n'est pas ton genre.

— C'est quoi, mon genre ?

— Des petites blondes maigrichonnes avec des piqûres de moustiques à la place des seins et pas de fesses. Laurelyn n'a pas trop de fesses, mais si ses seins sont vrais, elle a gagné le jackpot.

Je souris à Zoe, puis mon regard revient sur C.

— Il y a du nouveau.

— Éclaire-moi.

Le ton moqueur de C me surprend, mais je ne suis pas d'humeur.

— Peut-être que ce n'est pas le moment, dis-je.

C ouvre la bouche, mais ne dit rien car Vil prononce deux simples mots qui retiennent toute notre attention.

— Kaz Petrov.

Je vais au balcon, et mon regard se porte sur la grille d'entrée. Il se tient près de la clôture, flanqué de deux mecs costauds aux cheveux noirs en costume médiocres. Dini, qui porte maintenant un bikini, se précipite vers lui pour le saluer. Son fournisseur travaille pour les Petrov, alors peut-être qu'elle le remercie pour la marchandise.

Une agitation aux portes fenêtres menant au jardin attire mon attention, mais un auvent bloque ma vue. Lorsque j'aperçois enfin ce qui se passe, et mon putain de cœur s'arrête de battre. Une recrue tient Laurel et la porte à moitié, tout en la traînant hors de la maison.

— Qu'est-ce que c'est que ce bordel ?

Mon arme est dans ma main instantanément, et je vise. Mon doigt est sur la gâchette.

— Trick, dit Vil en me rejoignant.

C pose une main sur mon bras. De la main gauche, je le repousse et me libère. Je vise, mais j'arrête en voyant ce que fait le gars. Un instant plus tard, C et Anvil me neutralisent.

Ma jambe heurte la rambarde avec assez de force pour me faire perdre l'équilibre et presque passer par-dessus, mais les pattes géantes de Vil me ramènent à la verticale.

La piscine est pleine de monde, alors quand la recrue soulève Laurel et la jette dedans, je vois sa tête taper contre l'épaule d'un gars et rebondir sous l'impact alors qu'elle s'enfonce dans l'eau.

Je jette mon arme, saisis la rambarde et saute par-dessus. J'évite de justesse les gens assis sous le balcon et saute dans la piscine. L'eau bouillonne avec tous les gens qui s'y trouve et je n'arrive pas à la voir. Je refais surface, regardant autour de moi avec frénésie. Enfin, je repère sa chaussure juste sous la surface. Poussant les gens hors de mon chemin, je nage vers elle et l'attrape, la faisant remonter au fur et à mesure : ses hanches, sa taille, ses flancs et finalement j'arrive à passer mes bras autour de son torse jusqu'à ce que sa tête soit hors de l'eau. Il y a du sang sur son visage et ses yeux sont fermés. Je ne sais pas si elle respire.

Une éclaboussure géante crée alors un raz-de-marée au-dessus de nos têtes, mais l'instant d'après Vil est là, les deux mains sur mes épaules. Il nous transporte tous les deux jusqu'au bord. À ce moment-là, les yeux de Laurel sont grands ouverts et elle tousse et crache de l'eau.

— Ça va ? demandé-je en la portant sur les marches de la piscine et en la déposant sur l'herbe. Laurelyn ?

— Je vais bien, dit-elle d'une voix rauque, mais audible.

Je repousse ses cheveux et vois une coupure sur son sourcil gauche. C'est quelques millimètres tout au plus. Les petites coupures sur le cuir chevelu et le visage sont connues pour saigner abondamment.

— C'est petit, marmonne Anvil pour me rassurer en posant son pouce sur la plaie et appuyant dessus.

Elle grimace.

— Juste pour arrêter le saignement. Tu vas bien, lui dit-il.

— Tiens, Trick.

Zoe me passe une couverture qu'elle a piquée dans un lit.

— Couvre-la pour moi, dis-je en me levant d'un bond.

Je scrute les alentours et vois C qui tient le type à la gorge près de l'allée.

Quand je les rejoins, je frappe le gars au visage si fort qu'il n'a pas le temps de tomber avant que je le frappe à nouveau. Lorsqu'il est au sol, je le frappe deux fois de plus avant que je l'entende essayer de parler. Je m'arrête pour écouter.

— Kaz… une blague…

Je le frappe encore une fois pour faire bonne mesure, et lui brise le nez avant de me lever. J'arrache ma veste trempée pour être plus à l'aise et me retourne. Je n'ai pas besoin de chercher Kaz. Lui et deux de ses gardes du corps s'approchent d'un pas décidé. Un de ses gars récupère celui au sol et le remet debout, puis il lui tend ma veste pour essuyer son visage ensanglanté.

Kaz nous sourit. C'est pas la bonne chose à faire.

Il essaie de reculer, mais trop tard. Mon poing atterrit sur son visage. Il tombe en arrière et s'étale par terre. Les armes sont dégainées, mais personne n'est assez rapide pour m'empêcher de lui coller mon canon sur le front.

Les yeux de celui-ci s'écarquillent et il halète en tendant la main vers ses hommes.

— Non, non.

Dans ma vision périphérique, je vois Anvil se tenir un peu en retrait, couvrant mes arrières.

— Contrôle ton homme, McCann, aboie Kaz.

— D'où je me tiens, il a le contrôle.

— Alors tire ! me dit Kaz.

Je lui reconnais du courage de me défier ainsi. Son père Grigory n'aurait jamais pu regarder quelqu'un fixement avec un pistolet sur la tempe.

Je me redresse, mon arme toujours braquée sur sa tempe. Je ne peux pas voir la configuration du terrain, mais quand je suis dos aux briques de la maison, je baisse suffisamment mon arme pour déclencher une réaction en chaîne.

Kaz se lève et époussette ses vêtements, puis crache par terre à mes pieds. Il a peut-être touché mes chaussures ou mon pantalon, mais je ne saurais dire car tout est trempé de toute façon.

Le coin de sa bouche se relève.

— Maintenant, je sais avec certitude. Au poker, tu étais difficile à déchiffrer, mais tu as tes mimiques, Patrick. Quand une femme te parle, tu penches la tête vers elle pour l'écouter. Vérifie le hashtag Trick, tu verras ce que je veux dire. Ce soir-là, comme tu ne regardais pas la fille quand elle flirtait avec toi, je me suis demandé ce qui se passait. Puis tu l'as traînée hors de ce sous-sol en partant, et j'ai pensé, tiens il a un faible pour elle.

Elle compte pour lui. Après ton plongeon du balcon, j'en suis sûr, Roméo.

Il passe devant moi, puis s'arrête et se retourne.

— Tu connais ton autre habitude ? Dans une fusillade, tu ne choisis jamais un tir facile. Alors, quand un homme reçoit une balle en pleine gorge dans une voiture en mouvement, qui d'autre que toi est-ce que ça aurait pu être ? Personne.

Son sourire disparait, et il se tourne vers ses hommes.

— Allez, les gars, occupons-nous du visage de Roy. Et prenez peut-être du café pour le FBI et voyez s'ils nous laisseront regarder une rediffusion de notre ami Scott Patrick en train de pointer son arme sur un homme pour avoir jeté une fille dans une piscine.

Après leur départ, je range mon arme et reviens sur mes pas, mais rapidement, Zoe et Laurel apparaissent au bout de l'allée et se dirigent vers nous. Laurel tremble assez pour que je le voie à cinq mètres, mais je n'ai rien de sec à lui passer.

Une fois devant moi, elle pose une main sur mon bras.

— Tu vas bien ?

Je hoche sèchement la tête, mais je préfère ne pas lui retourner la question car je pourrais commencer à insulter tout le monde.

En partant, C, Anvil et moi entourons Zoe et Laurel. Nous faisons d'abord monter Zoe dans une des Rover.

— Tu viens à la maison ? me demande C.

J'acquiesce.

Il monte dans le Rover Un avec Zoe et s'installe derrière la vitre pare-balles. Anvil nous accompagne, Laurel et moi, jusqu'à l'autre Rover. Une fois qu'elle est à l'intérieur, nous inspectons la rue. C approche sa voiture de la nôtre, nous fournissant une couverture pendant qu'Anvil entre avec eux et que je monte dans le Rover Deux.

J'allume alors les sièges chauffants et le chauffage pour

Laurelyn, je suis les feux arrière de C jusqu'au bastion de C Crue.

Laurel vérifie son téléphone et soupire.

— Quoi ? Monet est toujours absente ? demandé-je.

— J'ai envoyé un SMS à Dini, mais elle dit que Monet n'est jamais venue à la fête. Où est-elle passée ? À Boston, je suppose, si elle ne voulait pas être retrouvée.

Une pensée me frappe, mais je n'en parle pas. Monet a le même dealer que Dini, et celui-ci travaille pour Kaz Petrov. Si Kaz sait que Laurelyn Reilly est un levier à utiliser contre moi, il pourrait penser que sa petite sœur l'est aussi.

Kidnapper Monet serait risqué avec tous ces agents du FBI qui nous surveillent, moi et les Reilly, mais Kaz ne sait peut-être pas que le FBI a déjà indirectement essayé d'utiliser Monet contre moi.

Je ne dis rien sur le trajet. Certaines conversations sont mieux indiquées dans le sous-sol.

Lorsque nous arrivons, Rachel sort de la cuisine, vêtue d'un des T-shirts noirs de Vil en guise de chemise de nuit. Une tasse de thé fumant à la main, elle penche la tête d'un air interrogateur vers lui.

— Quelqu'un nous a convaincus d'aller nager, explique Anvil en posant son arme sur la table de l'entrée.

Rachel lui tend sa tasse, et il en prend une gorgée.

— Bébé dort ?

— Pour l'instant.

— Où ça ?

— Notre chambre d'amis.

— Je vais la voir, mais je me doucherai dans une autre pièce. Trouve-moi des vêtements, Raven.

— Tu peux te doucher là-bas, Sasha. Ça ne la réveillera pas.

Anvil entre dans la chambre d'amis pendant un moment, puis en ressort. Il termine le thé et rend la tasse.

— Retrouve-moi à la douche du bout du couloir, Raven.

— On prend la chambre d'amis à l'étage, dis-je en prenant la main de Laurel pour l'emmener aux escaliers.

— Je vais faire du café et du thé, dit Rachel. Trick ?

Je me tourne vers elle.

— Félicitations.

C'est là que je réalise que les gants de Laurelyn ont disparu.

— Merci, Rachel.

CHAPITRE 10

LAUREL

En voyant la salle de bain de la chambre d'amis, ma mâchoire se décroche. Elle dispose d'une baignoire noire et brillante avec des côtés à facettes qui la font ressembler à un onyx géant que quelqu'un aurait coupé en deux et creusé pour s'y baigner. Les robinets sont couleur or, et les doubles vasques sont placées dans un meuble décoré à la feuille d'or. La pomme de douche est une croix en métal suspendue au plafond et le carrelage en pierre sous nos pieds est chaleureux. L'endroit est fonctionnel mais respire l'opulence.

Trick pose son arme sur l'armoire et accroche ses vêtements à un crochet.

— Retire ces vêtements mouillés.

— Cette maison est magnifique.

— Tu aimes cette salle de bain ? demande-t-il en regardant autour de lui.

— Elle est incroyable.

— C'est l'œuvre d'un décorateur portugais génial. Mais cette baignoire est ridicule. Je l'ai commandée une nuit où j'étais défoncé. Zoe est la seule à l'aimer, mais elle a fait une école d'Art et est à moitié brésilienne, ce qui explique ses goûts. C appelle ça la salle de bain Liberace.

Je secoue la tête en riant doucement.

— Cette baignoire est l'une des choses qui m'a convaincu d'arrêter le speedball, ajoute-t-il.

En le voyant sourire, je me rends compte qu'il plaisante. Je pose la bague en diamant à côté de sa montre et commence à me déshabiller avant de suspendre mes vêtements sur un porte-serviette.

— Qu'est-ce qui t'a fait arrêter la drogue ?

Je demande par curiosité, mais aussi parce que j'essaie toujours de comprendre comment aider Monet à arrêter pour de bon.

— Deux choses assez proches. Et non, je ne veux pas en parler. Redemande-moi dans quelques mois. Gagne le droit d'entendre mes histoires en restant avec moi.

— Si je survis une semaine avec toi, je pense que j'aurais gagné quelques histoires, dis-je en examinant la coupure de mon sourcil.

— Ce n'est pas faux.

Il prend mon visage entre ses mains et m'embrasse. Quand il reprend la parole, sa voix n'est guère plus qu'un souffle contre mes lèvres.

— Je suis tellement désolé que tu aies été blessée.

Ça me retourne le cœur.

— Je sais, dis-je en embrassant ses jointures écorchées au goût de sang et de chlore. Je vais bien.

— Tu es restée calme tout le temps. Je suis fier de toi.

Ses mots réchauffent tout mon corps et je souris.

— Zoe a dit que tu avais sauté du balcon comme un cascadeur hollywoodien. Je pensais que tu frimais uniquement quand je te regardais ?

— Elle t'a dit ça ? dit-il en affichant un grand sourire.

Reprenant mon sérieux, je pose ma tête contre son torse.

— Quelle horrible nuit.

— J'aurais dû te prévenir, mais je ne voulais pas que tu t'inquiètes. J'avais prévu de te garder près de moi pour te protéger. Les choses ne se sont pas déroulées comme prévu.

Il entre dans la douche avant de demander :

— Comment tu t'es retrouvée en bas ?

Mon estomac se noue à la question.

— Humm ?

Je passe sous la douche alors qu'il fait couler l'eau. Ça étouffe les autres sons. Trick me savonne le corps, passant ses mains sur ma peau jusqu'à ce que j'aie mal entre les jambes.

— Tu faisais la queue pour les toilettes. Puis tu n'y étais plus. Comment tu t'es retrouvée en bas ?

J'envisage de mentir, mais je sais que ce n'est pas une bonne idée.

— Je suis descendue.

— Tu n'as pas voulu utiliser les toilettes à l'étage ?

Mon cœur bat la chamade et je m'éloigne de ses mains. Il poursuit du même ton neutre :

— Parce que je me demande si tu voulais vraiment y aller ? Ou si c'était une excuse pour t'éloigner et fouiller la maison ?

— Connor McCann n'était pas content de me voir avec toi. Il ne m'aime pas, et je ne pense pas qu'Anvil Stroviak m'aime non plus.

— Alors tu as menti ?

— C'était un pieux mensonge pour éviter une situation embarrassante. Et pour faire ce que j'étais venue faire.

— Le dealer de Monet et Dini Ford est un de leurs anciens camarades de classe et travaille pour l'organisation Petrov. Kaz pense qu'on l'a privé de certaines choses : sa petite sœur et son père.

Trick savonne ses bras et son torse, et une partie de moi veut prendre le relais.

— Kaz est à Coynston pour rétablir sa position, ce qui signifie être vu comme le prince de la ville et régler ses comptes avec C Crue. Si Anvil et C étaient là, ce n'était pas parce que ce genre de fêtes leur plait. On a déjà organisé des soirées à un millier de personnes à Boston, où le DJ et les artistes venaient de New York, de Los Angeles et d'Europe. Les soirées Coins ne sont pas à la hauteur ces jours-ci. Si C et Anvil étaient là, c'était parce que Zoe voulait y aller, et elle ne va nulle part sans protection. Tu comprends maintenant pourquoi je t'ai dit de rester avec moi ?

— Et tu veux que je vive ici avec toi ? Pendant que je suis enceinte ?

— Je rendrai Coynston plus sûr pour toi. Jusque-là, reste près de moi quand je te le demande.

Il lève le visage sous l'eau et rince le savon de son corps. Puis il sort de la douche et prend une serviette.

Cette soirée est un autre rappel de la dangerosité d'être auprès de lui. Est-ce qu'il vaut la peine que je renonce à ma liberté ? Quand je suis près de lui, j'ai l'impression que la réponse est oui. Mais je ne suis pas sûre d'être capable d'être une femme C Crue, même pendant un an et demi. Et c'est tout ce qu'il a à m'offrir.

Ce soir, je ne voulais pas rester à bavarder avec ses amis qui ne me font pas confiance pendant que ma sœur pourrait être évanouie dans un coin. Pourtant, je sais que j'aurais dû être honnête avec lui, et ne pas m'éclipser. Ça m'a paru plus facile de ne rien lui dire, puisqu'il semblait vouloir décider et contrôler nos mouvements. Il m'a littéralement tirée à l'étage avec lui. Bien sûr, quand je me suis aventurée seule… mon doigt touche la petite égratignure sur mon visage. Me taper la tête m'a fait perdre connaissance. Et s'il ne m'avait pas vue ? Me serais-je noyée ? Mais aussi, pourquoi cet homme m'a jetée à l'eau ? Pour atteindre Trick, bien sûr.

Je me tiens sous l'eau chaude pendant quelques minutes

supplémentaires avant de sortir et m'essuyer. Nous sortons et prenons le couloir, enveloppés dans des serviettes, ce qui semble étrange. Heureusement, nous ne croisons personne. La chambre d'amis est charmante et luxueuse. Il y a un peignoir et quelques vêtements soigneusement pliés au pied du lit. Dans le lot, une nuisette rose transparente à fines bretelles. Mes sourcils s'arquent. Les vêtements appartiennent surement à Zoe puisqu'ils semblent trop grands pour Rachel. Mais qu'est-ce qui lui a fait croire que j'emprunterais sa lingerie ? Puis je me souviens qu'elle était ivre, et je souris. Elle a probablement dû piocher des choses au hasard. Mettant la nuisette de côté, je prends le pantalon de yoga.

Trick enlève les vêtements et les pose sur la commode. Puis il s'assoit au bout du lit et me fait signe de venir à lui. Je m'exécute. Il retire la serviette et la pose sur le lit, près de lui.

— Face en bas, dit-il en désignant ses genoux.

Même si je sais que nous sommes seuls, je regarde autour de moi et croise les bras sur mon corps de façon protectrice. Une part de moi se demandait si ça arriverait.

Me surprenant moi-même, je lui réponds :

— Tu peux faire ça chez toi, mais pas ici.

— Ici. Tout de suite.

Je lève la tête et expire en regardant le plafond. En d'autres circonstances, les nuages pastel peints auraient été apaisants.

Si je décide de le quitter, je n'aurais plus à subir tout ça. Mais je ne vais pas le quitter ce soir, donc je vais devoir accepter car ça fait partie de sa vie. Il m'avait prévenue. Je connaissais les risques quand j'ai menti et que je suis descendue seule.

Mes poings se serrent, puis je les desserre et remue les doigts. Enfin, je me positionne avec raideur sur ses genoux.

Il rit doucement.

— Tu ne fais pas la planche. Détends-toi.

Son ton léger m'aide. Une longue inspiration plus tard, mes

muscles entendent mes ordres d'arrêter de se crisper, et je me laisse aller sur ses jambes.

— Donne-moi tes mains.

Mes doigts s'agrippent fermement à son mollet gauche.

— Je me tiens pour ne pas tomber.

— Mains.

Ma main gauche se tend vers l'arrière et il la place dans le bas de mon dos.

— Main droite.

Je pince sa jambe. C'est une réaction puérile, et d'en haut, son doux rire me dit qu'il le pense aussi. Au moins, il n'est pas furieux car il est sur le point de me punir.

Posant mon autre main dans le creux de mon dos, mes doigts se serrent l'un contre l'autre. La première tape contre ma peau nue et humide est si forte qu'elle me coupe le souffle. Les claques suivantes sont légères mais bruyantes. Alors que je me détends, il me fesse plus fermement. Ça fait mal, mais c'est supportable. Crispant les orteils à chaque coup, mon esprit essaie de s'évader.

Sa jambe immobilise la mienne et son bras gauche agrippe mon épaule droite. Je me débats légèrement, testant sa force. C'est ferme. Puis sa main descend brutalement. Mes poumons aspirent l'air comme si j'avais été submergée trop longtemps.

— Ce…

Ma voix me fait défaut lorsque d'autres coups avec la même force suivent. Je ne saurais dire s'il y met plus de puissance ou si c'est juste l'accumulation. Quand j'halète avec les yeux qui piquent, Trick s'arrête.

— Remets tes mains à leur place.

Sa voix est rauque, et ce ton, ainsi que ce qui m'arrive, déclenche quelque chose. Je suis à la fois gênée et excitée.

Je me rends compte que mes doigts sont descendus pour protéger mes fesses. Ses mots et la façon dont il les prononce font remonter mes mains.

Quand il reprend, c'est définitivement plus dur. Mes fesses sont en flammes et pas préparées à ce que la fessée empire. Mes jambes remuent et mon souffle se bloque. Trick s'arrête à nouveau et caresse ma chair brûlante.

— Ne te crispe pas.

— Dès que tu arrêteras de me fesser.

Il me donne une autre tape.

— Le ton.

Un juron glisse presque de mes lèvres, mais je me retiens. Des larmes de frustration me piquent les yeux.

— J'en ai eu assez, murmuré-je.

— Non, dit-il en pressant à nouveau mon postérieur crispé.

— Aïe. Ne fais pas ça.

— Détends tes muscles. Tout de suite.

Je me mors la lèvre inférieure, et il me faut toute ma volonté pour me détendre sur ses genoux.

— Gentille fille.

Il continue jusqu'à ce que la douleur me consume. Comment être fessée par une main peut être aussi intense que d'être fessée par une palette en bois ? Mais ça l'est. La chaleur brûle ma chair de l'intérieur jusqu'à ce que tout mon corps s'enflamme. Et le pire, c'est qu'il bande. Sa serviette s'ouvre et ma peau douce se presse contre son sexe dressé qui aime clairement mon impuissance en ce moment.

Et je suis en train de signer pour ça ? Du sexe à couper le souffle en étant une esclave, fessée nue, et le laisser avoir le contrôle quand et où il veut. Je suis à lui et il peut faire ce qu'il veut de moi, même me punir comme une petite fille, si sévèrement que je ne peux plus m'asseoir pendant des jours… au point que les gens le remarquent.

Tout ça m'apparait d'un coup. Mes mains se posent sur mon visage alors que je m'effondre.

Trick s'arrête et pose sa main contre ma peau brûlante pendant que je pleure. Les larmes coulent entre mes mains jointes. Il déplace sa jambe et me libère. Je tombe à genoux contre sa cuisse droite et y appuie mon front en pleurant dans mes mains. Ses doigts glissent dans mes cheveux humides et massent mon cuir chevelu et mon cou, ce qui me fait du bien même si je le déteste en ce moment.

Quand mes pleurs se transforment en reniflements, Trick me soulève et m'allonge sur le lit. Deux doigts puissants s'enfoncent dans mon sexe chaud et humide. Un son étranglé et indigné m'échappe et je croise les jambes pour essayer d'arrêter sa main, mais il la retire facilement et me met une tape sur les fesses.

— Écarte les jambes.

À son ton ferme, j'obéis immédiatement. Il expire comme s'il était exaspéré. Quand son sexe s'enfonce en moi, c'est tellement bon, mais ça me met en colère. Mes hanches reculent alors même que mon poing frappe le matelas.

— Bon sang, murmure-t-il.

Alors l'instinct prend le dessus sur nos deux corps. Mon sexe brûle pour son attention et s'étire autour de son érection. La faim implacable de Trick pour moi provoque une réaction primale dans mon corps.

Saisissant mes hanches, il entame un va-et-vient, frottant mon clitoris sur le lit jusqu'à ce que je pleure et jouisse en même temps. Même mes fesses meurtries qui me font mal chaque fois que son corps entre en contact deviennent une zone érogène pendant la chaleur de l'accouplement. Chaque claque de son bassin contre moi crée une onde d'excitation dans mon sexe qui enserre sa queue.

Sans relâche, il me martèle à cet endroit qui pourrait jouir continuellement avec lui. Mon désir pour lui ce soir est irrationnel et effrayant, comme s'il pouvait faire tout ce qu'il voulait, et que je le laisserais encore me soumettre juste pour qu'il me fasse l'amour.

Sa respiration devient rauque, son rythme de plus en plus

rapide. Puis il jouit en moi, son corps pressé contre mon derrière palpitant. Mais ma traitresse de chatte se resserre autour de lui, réclamant davantage de semence en moi.

À contrecœur, il se retire enfin et j'ai tout de suite froid. Je suis tellement émotive que je sanglote ouvertement à présent. Trick me soulève et s'assied avec moi sur ses genoux. Il me serre contre son torse et tire la couverture sur moi.

Mes pleurs se calment rapidement et le silence s'installe entre nous, presque paisible. Au bout d'un moment, j'ai besoin de me lever.

Je rampe dans le lit et m'allonge sur le ventre. Il s'en va sans rien dire, ce que j'ajoute rapidement à sa liste d'offenses. Quelques minutes plus tard, il est de retour avec une bouteille de quelque chose.

— Tu es nu.

— Oui.

Il ne semble pas comprendre ma question, à savoir, comment il pouvait deviner qu'il n'y aurait personne dans le couloir quand il est sorti de la chambre sans même une serviette.

Il s'agenouille près du lit et retire la couverture. Une lotion glacée se répand là où j'ai le plus mal. Ses doigts la font pénétrer doucement, puis il souffle dessus. Le liquide qui s'évapore atténue la douleur.

Je relâche enfin les draps, et il me recouvre à nouveau avant de se lever.

— Je dois te laisser quelques minutes, dit-il en posant mon téléphone à côté de moi. Je reviens bientôt, mais si tu as besoin de quoi que ce soit, envoie-moi un SMS.

Il se dirige vers la commode et en sort un jean et un T-shirt qu'il enfile en quarante secondes. Puis il reste où il est. J'étudie ses larges épaules et les lignes de son dos sans rien dire et sans trop savoir pourquoi.

Il reste un bon moment immobile, et quand il se retourne,

son expression est indéchiffrable. Il serre la mâchoire, détourne le regard, puis s'approche.

— Tu peux dire non, dit-il en se penchant.

— Quoi ? demandé-je en m'appuyant sur mon coude. Que veux-tu ?

— Un baiser.

Je ferme les yeux, certaine que je vais me remettre à pleurer, mais j'acquiesce. Quand il m'embrasse, j'ignore pourquoi mais je l'embrasse en retour.

Puis il rapproche le téléphone de moi et s'en va.

* * *

TRICK

APPUYÉ CONTRE LE MUR, à l'extérieur de la chambre, j'étudie mes pieds nus en respirant avec force.

Merde.

Passant ma main dans mes cheveux, je m'humecte les lèvres. Je sens encore son goût. En ce moment j'aimerais être allongé dans mon lit, mes bras autour d'elle et la serrer contre moi pour lui rappeler que je ne suis pas toujours brutal. Être corrigée par un homme est nouveau pour elle et, à ce stade, mon emprise sur elle semble ténue. Je ne dois pas me louper. C'est dur. L'intensité de ce que je ressens pour elle frise le danger.

Mon téléphone vibre impatiemment dans ma poche. Je ne regarde pas, car je sais que c'est encore C qui me dit d'arrêter de déconner et de descendre. Je me redresse, inspire et me prépare. Il est temps de passer à la prochaine étape. Je ne suis pas près de dormir.

Je me force à bouger, comme je l'ai fait toute ma vie.

Quand j'arrive au rez-de-chaussée, je me prépare un shot de Jack et un double Jack et Coca avec des glaçons. Puis je descends.

Je regarde mon téléphone et efface les messages de C sans les lire. Au sous-sol, je pose l'appareil sur la table devant moi, mais quand Anvil essaie de le récupérer, je le reprends et le garde sur moi.

— Ça reste ici.

Anvil et C échangent un regard. Leurs téléphones sont à l'étage, là où nous les laissons toujours.

— Que se passe-t-il ? demande C.

Je me rends compte que ça ne va pas le faire.

— Où est Rachel ?

Ils me regardent.

— Zoe est ivre. Où est Rachel ? Est-ce qu'elle est réveillée ?

Vil hoche la tête.

— Je laisserai mon téléphone à l'étage si elle veut bien le surveiller pour moi.

Anvil hoche la tête et tend la main. Il me faut plusieurs secondes avant de lui laisser, mais je le fais. Il quitte la pièce, et C me regarde comme s'il ne me connaissait pas. Peut-être que c'est le cas. Peut-être que je ne me connais pas non plus.

Je fais les cent pas et bois quelques gorgées de mon verre. Quand Anvil revient, mon verre est déjà vide. Je le pose sur la table.

— Kaz ? Quand ?

Vil tape du poing sur la table.

— Ce bâtard a déjà dépassé les bornes deux fois, et maintenant...

— Anvil, dit sèchement C en secouant la tête. Les choses seront faites au moment venu.

— Et ça sera quand ? La prochaine fois qu'une de nos filles sera kidnappée ? Quand quelqu'un pointera une arme sur leur tempe ou leur tira dessus ? Quand est-ce que le timing sera le bon ?

C m'étudie.

— Qu'est-ce qu'il y a, Trick ?

— Tu le sais parfaitement. Mon costume sur mesure a été chloré, et utilisé comme chiffon. Le tailleur qui me l'a fait est à Londres, et j'en ai plus qu'un. Je ne peux plus me permettre des impacts de balles si c'est le seul qui me reste.

Les yeux plissés de C étudient mon visage.

— Quand Grigory a lancé une armée après toi, tu te souviens du message que tu lui as envoyé, Trick ?

— Non, dis-je en mentant.

— Moi si. Et toi Vil, tu t'en souviens ?

— Il a dit : « Envoie une équipe plus douée, Grigory. Je m'ennuie ».

— C'est bien ça. Et tout le monde, depuis Boston jusqu'à Baltimore et partout entre les deux, s'en souvient encore, parce que ça a été répété des milliers de fois. Les enfants de Boston utilisent cette vanne quand ils jouent au stickball. Tu es une légende, Trick. Tu as construit ça.

Je n'ai pas besoin qu'on me dise que j'ai vécu comme s'il n'y avait pas de lendemain. Mais les choses ont changé. Maintenant, j'ai quelque chose que je ne veux pas perdre. Je me rends au bar et me sers un autre Jack et Coca, puis j'ouvre le congélateur et secoue la tête.

— Deux milliards et demi de dollars à nous trois et on n'a même pas de glaçons. Comment est-ce possible ?

— Les regards sont tournés vers toi, Trick. Beaucoup de regards, dit C.

Je fais tourbillonner mon verre et en prends une gorgée. Tiède. Ça me rappelle le soda au gingembre et la raison pour laquelle elle le buvait.

— Que peux-tu me dire que je ne sache pas, C ?

— Généralement pas grand-chose. Généralement, rien ne te perturbe. L'avocat a dit que tu étais si irréprochable dans ton témoignage devant le Grand Jury que le procureur était à deux doigts de te lancer sa chaussure. Et ce soir, tu sors une arme et tue presque un des hommes de Petrov pour avoir jeté quelqu'un dans une piscine ?

Il garde le silence un instant avant d'ajouter :

— Je pensais que tu allais à Boston pour fêter ça ?

— Je suis en train de fêter ça. Tu n'as pas entendu Rachel me féliciter ?

— Ouais, et j'ai aussi vu la bague. Ce caillou ne passe pas inaperçu.

— Carpe diem, dis-je en reposant mon verre après l'avoir fini.

— Trick. Qu'est-ce qui se passe ?

— Elle est enceinte.

Un silence de mort s'ensuit.

— Tu es sûr qu'il est…

— Il est de moi.

— D'accord. Quand ça a chauffé à Coynston, on a éloigné nos familles de la ville. Elle vit déjà à Boston. Peut-être qu'il faudrait l'envoyer plus loin ?

— Seulement si j'y vais aussi.

Les sourcils de C se lèvent de surprise.

— C'est ce que tu veux ?

Je hausse les épaules.

— Non. Je ne peux pas quitter Coins. Le cimetière St. Mary était presque plein, alors j'ai acheté des concessions funéraires. Une pour moi, toi et Vil.

— Va te faire foutre, dit Vil.

C sourit.

— Comment tu l'as mise enceinte ? Elle s'est essuyé la bouche avant de se toucher ? demande Anvil.

Je ris, et ma tension s'estompe en partie.

— Rachel a une bonne influence, Vil. C'est quoi ? La troisième blague que tu fais depuis que je te connais ?

L'alcool fait enfin son effet, et les milliers de pensées qui s'entrechoquent dans mon esprit ralentissent et se calment. Coudes sur la table, je pose mon front dans mes paumes.

— Tu as sorti ton arme devant une cinquantaine de témoins, dit Anvil.

— Tu as visé Grigory devant les flics, rétorqué-je sans lever la tête.

— C'est comme ça, dit C en se versant un verre. On ne peut pas être célèbre dans les cercles de stickball à moins de jouer comme les OG des années 20.

— Le fait que je me moque de Grigory est ce qui a tenu les autres chiens à distance quand il a essayé de lâcher tout le monde sur nous. En le ridiculisant, je nous mettais à l'abri. Et quel est notre outil de recrutement le plus performant ? Cette réplique et le fait qu'elle soit devenue virale. Tous les durs à cuire ont afflué vers Coins pour rejoindre C Crue, terminé-je en tapant mon doigt sur la table. De rien.

Je lève les yeux et vois que C me sourit.

— Mais cette renommée ne tient que si on l'entretient, dis-je. Tu dois le tuer ou me laisser faire.

— Trick… commence C avant qu'un coup fasse tourner nos trois têtes.

Anvil se lève et ouvre la porte à Rachel qui me tend mon téléphone. Je la rejoins à la porte et lui embrasse la tête.

— Merci.

— N'embrasse pas ma femme, dit Vil.

— J'espère que mon enfant est un garçon. Je lui dirai d'épouser Irina dès ses deux ans, dis-je en montant les marches. Non, oublie. Le mariage gay est légal. Garçon ou fille, c'est pareil.

Ignorant les jurons de Vil, je baisse les yeux sur mon écran et lis son SMS.

Laurel : Où es-tu ?

En chemin.

* * *

LAUREL

Lorsqu'il revient dans la chambre, Trick tient deux bouteilles d'eau, une canette de Sprite, une flasque en argent et quelques petits objets.

— Sans danger pour le bébé, dit-il en secouant une bouteille de Tylenol qu'il pose sur la table de chevet à côté de moi. Pas de soda au gingembre dans la maison, mais c'est sur la liste maintenant.

Quand il s'assoit sur le lit à côté de moi, je me pousse pour lui laisser de la place.

Concentré sur son téléphone, il vérifie ses SMS et répond à certains.

— Elle n'est pas en ville. Pas chez Petrov non plus, ce qui facilite les choses, dit-il pensivement avant de se redresser. Peut-être…

— Qui ça ?

— Monet.

Je m'appuie sur un coude et étudie son beau profil.

— Tu parles d'elle ? Quelqu'un l'a vue ?

— Jusqu'à présent non, mais c'est plus facile de la trouver en sachant où elle n'est pas, explique-t-il avant de lever les yeux au ciel. J'ai cette nouvelle recrue très motivée. Il m'envoie environ vingt-cinq mèmes par jour. La moitié sont vieux de six mois. Je ne vis pas dans une grotte quand même.

— Que dit Anvil Stroviak à propos des mèmes ?

Il affiche un sourire avant de s'esclaffer.

— Il en a envoyé un à Vil qui lui a répondu de ne plus lui en envoyer. J'ai dit au nouveau de ne pas s'en inquiéter. Ensuite, j'ai attendu environ un jour avant de commencer à transmettre tous les mèmes à Anvil.

Il rit à nouveau.

— J'essaie de pousser Vil à se plaindre auprès de C, parce que C *adore* servir d'intermédiaire. Mais pas de chance jusqu'à présent.

— Vous êtes amis, Anvil et toi ? Certains disent que vous vous détestez, mais il a sauté dans la piscine pour t'aider.

Trick lève les yeux et fixe un instant le mur, puis hausse les épaules.

— Vil est le frère sérieux du milieu. Lui et C font les choses d'une certaine manière, et je perturbe leurs méthodes. Ce serait comme si chez IBM, un mec de Google en T-shirt et short débarquait et installait un panier de basket dans la salle de réunion et s'entraînait aux lancers francs pendant les conférences téléphoniques. Les mecs en costumes ne seront pas pour. Mais il n'y a pas si longtemps, Vil a vécu des choses et j'ai posé mon ballon de basket pour l'aider à les résoudre. On s'entend bien.

Je pose une main sur sa cuisse et la serre. Il me regarde.

— Je peux te poser une question ?

— C'est un peu tard pour demander la permission, non ? Tu as posé des questions toute la nuit.

— Je peux te poser une question qu'à mon avis, une fiancée poserait ?

Il lâche le téléphone et m'accorde toute son attention.

— Je t'écoute.

— Tu n'es pas épuisé, Scott ? Tu as eu une très longue journée.

Le coin de sa bouche se relève.

— Tu essaies encore de me mettre au lit ? Pas étonnant que tu aies demandé la permission. C'est un peu risqué.

Mes doigts s'enroulent autour des siens. Il inspire profondément et expire en soupirant, puis retire son T-shirt, révélant cet incroyable torse que je ne me lasse pas de regarder. Après avoir retiré son jean, il déclare :

— Pousse-toi, bébé. Tu es de mon côté.

— Tu as un côté ? Je ne savais pas que tu amenais des femmes dormir chez toi, dis-je, piquée par la jalousie.

— Ce n'est pas le cas.

Il débranche la lampe et la pose par terre, avec la canette et les bouteilles. Puis il soulève la table de chevet et la fait passer de l'autre côté du lit. Après avoir reposé dessus tous les objets, il retourne du côté gauche en emportant une chaise et pose son téléphone et son arme dessus.

— Cette chambre a besoin d'une autre table de nuit. Autre chose à ajouter sur la liste.

Je souris de le voir réarranger les meubles alors qu'il doit être fatigué. À l'école, tout lui venait facilement, mais il faisait rarement ses devoirs, alors j'ai souvent remis en question son sérieux. Maintenant, je me rends compte qu'il conservait son énergie pour toutes ses activités en dehors de l'école.

Et peut-être que le besoin d'aménager son espace à la perfection est une sorte de manie ? Puis je réalise autre chose.

— Trick, chez moi, tu dormais du côté droit, non ?

— Je m'en fous du côté droit ou gauche, dit-il en venant se coucher. Mon côté est celui qui me place entre ma famille et tout ce qui passe la porte.

J'en ai le souffle coupé. Ce n'est pas une manie mais une règle de gangster.

Je déglutis en pensant à l'autre chose. *Sa famille.* Sous les couvertures, ma main glisse sur mon ventre. Mon cœur bat à toute vitesse.

Ne tombe pas amoureuse de cet homme.

Pourtant, je crains qu'il ne soit déjà trop tard.

CHAPITRE 11

LAUREL

Je me réveille nauséeuse. Après avoir récupéré le pantalon de yoga et un T-shirt blanc trop serré, je me rends dans la salle de bain voisine pour me rincer la bouche et me passer de l'eau fraiche sur la nuque. Mon soutien-gorge et mon T-shirt ont séché, bien qu'ils soient raides après le passage dans la piscine. J'échange le doux T-shirt trop moulant pour ne pas être obscène avec mes vêtements.

Trick dort encore profondément, alors j'emporte la canette de Sprite dans l'entrée, où se trouvent un fauteuil et une table basse. C'est le genre de maison avec une entrée assez grande pour s'asseoir.

Tout en sirotant mon soda, je pense à la façon dont ces hommes se comportent ensemble. Je pensais que c'était le manoir de Connor McCann. Trick a son propre logement, et j'ai entendu dire qu'Anvil Stroviak avait fait construire une grande maison sur ce même terrain. Mais certaines choses ici font penser à une propriété commune pour une famille élargie, comme lorsque Trick m'a dit qu'il avait commandé les meubles de la salle de bain et qu'il allait ajouter des choses pour moi à une liste de courses commune.

Je retourne vomir dans la salle de bain, puis mon estomac se calme et je parviens à siroter quelques gorgées de soda. Deux livres aux couvertures en cuir sont posés sur la table. *Le comte de Monte Cristo* et les œuvres complètes d'Edgar Allan Poe. J'ai un peu lu *Le Comte de Monte-Cristo* et quelques nouvelles de Poe à l'école, mais pas beaucoup. En feuilletant les pages vaporeuses, je me rends compte que quelqu'un a écrit des dates au-dessus de certains poèmes. Je lis, tellement absorbée par le livre que je n'entends pas Zoe approcher.

— Bonjour. Qu'est-ce que tu fais là ?

Je souris et hausse les épaules.

— Je lis. Il dort.

— Descends me tenir compagnie.

J'adore que sa gentillesse d'hier soir n'était pas uniquement due à l'alcool et qu'elle soit toujours aussi gentille alors qu'elle doit avoir la gueule de bois. On ne s'en rend pas compte en la regardant, parce qu'elle est magnifique avec ses boucles brillantes et son corps souple.

J'aimerais la suivre, mais je ne suis pas prête à être sociable-slash-ignorée par C ou Anvil.

— Qui est en bas ?

— Dans la cuisine ? Probablement personne encore. C n'est même pas sorti du lit. Et de toute façon il fera d'abord du sport et prendra une douche avant de descendre. D'habitude, je fais du café et du thé et quelques trucs à manger à cette heure-ci, mais je ne prépare pas le buffet du petit-déjeuner avant 10 h 30.

Je ris en faisant semblant de grimacer.

— Tu prépares un buffet ? Comme à l'hôtel ? Les gens n'ont aucune idée des commodités du manoir C Crue. J'ai trouvé un tiroir avec dix brosses à dents toutes neuves encore emballées. J'en ai utilisé une. Ça ne dérange pas, j'imagine ?

— Oh, non. Les garçons ne veulent pas de chambres assignées, donc s'il y a une brosse à dents usagée de la dernière fois où quelqu'un y a dormi, comment sauraient-ils à qui elle appartenait ? On en a donc plein en stock. Quoique ces derniers temps, quand Rachel et Sasha restent, ils utilisent toujours la chambre à côté de la porte d'entrée qui ressemble à une suite parentale. Il y a une salle de bain attenante, et ils peuvent y laisser des choses. Souvent, quand Trick vient dormir, il s'écroule sur un canapé dans la salle des médias.

Comme je m'en doutais, ils cohabitent parfois dans ce manoir. C'est plutôt génial à certains égards. J'aimais vivre avec des colocataires à l'université. On se sent moins seul.

Je pose le livre et la suis avec ma canette vide. Elle s'arrête brusquement à mi-chemin de la cuisine.

— D'accord, c'est impoli, mais je dois le faire. Fais-moi voir cette bague.

Au lieu de tendre mon doigt, je retire la bague pour lui passer.

— Waouh, dit-elle avec un soupir. J'adore. Si élégante. Il n'y a pas plus élégant que l'émeraude. Un peu traditionnel, mais toujours magnifique.

— C'est sûr que c'est beau.

Je la remets et la regarde, surprise à nouveau par la taille de la pierre. Je n'ai pas des petites mains, donc pour qu'une bague ait l'air grosse, ça veut dire qu'elle l'est.

— Les diamants de couleur sont une constante C Crue. Rachel a un diamant bleu. Mais moi, j'aimerais du blanc. Le jaune est si beau sur ta peau, mais ça ne m'irait pas.

— Tu regardes les alliances ?

— Oui, dit-elle d'un ton aigre. Jusque-là, C ne veut pas en entendre parler. Mais si nous ne nous marions pas, qui suis-je alors ? Sa gouvernante coquine ?

Comme elle rit, je ris avec elle.

Dans la cuisine, elle se montre efficace et dresse un joli plateau de thé et sablés digne d'un hôtel. Elle me verse une infusion pêche gingembre sans caféine, et je me demande si Trick leur a dit quelque chose à propos de la grossesse.

— Tu es danseuse professionnelle, n'est-ce pas ? Je t'ai vue jouer au théâtre Langston. Tu étais fantastique.

Elle me fait un grand sourire.

— Merci ! Oui, danseuse. Mais aussi co-présidente d'une société de production. On débute. Notre premier spectacle sera à Broadway dans quatre mois. Tu vas adorer. Tout le monde va adorer. C'est incroyable.

— Bonjour, dit une voix grave.

Je me retourne et fais un signe de tête à Connor McCann. Il porte un short noir et un débardeur, et ses muscles sont énormes. Il doit faire quelques centimètres de moins que Trick, mais il semble plus trapu.

Après un regard sur la cafetière vide, il se retourne pour partir.

— Attends, dit Zoe en lui prenant le bras. C'est presque prêt. Quelques minutes maximum.

Elle verse des grains fraîchement moulus dans une cafetière à piston pendant que C consulte son téléphone et fait défiler les messages. Il finit par arrêter et me regarder.

— Trick est levé ?

Je secoue la tête.

Il envoie alors quelques SMS, puis met son téléphone dans sa poche. Zoe appuie sur un bouton et lance la musique. Ses hanches dansent pendant qu'elle verse du café pour Connor.

— Bonjour, lance Trick en entrant.

Il a remis son jean et son T-shirt, et ses cheveux sont décoiffés. Même comme ça, c'est la plus belle personne de la pièce. Bien que le popotin dandinant de Zoe pourrait gagner un prix spécial.

Zoe sourit en lui versant du café.

— Pile au bon moment, comme d'habitude, dit-elle avant de me regarder avec un sourire narquois. On dirait que Trick a un détecteur pour savoir dès qu'il y a des choses à boire ou à manger.

— Je suis omniscient, dit-il avant de regarder ma canette de Sprite et de m'étudier.

C prend sa tasse et en boit une gorgée.

— J'ai fait appel au gamin, Hornsby, pour quelque chose. Il a dit qu'il était à Dorchester et qu'il travaillait pour toi ?

— Il a presque fini. Il y a une urgence ? Je m'en charge, dit Trick.

— Non, ce n'est pas pour toi. Je vais demander à un autre de le faire. Hornsby a utilisé le mot confidentiel. De quoi s'agit-il ?

— Ce n'est pas en rapport avec C Crue, répond Trick en trempant un cookie dans son café. Il n'avait rien à faire, et Derrick non plus. Alors ils ont fait une course pour moi. Je leur ai dit de ne pas l'enregistrer, et que je les paierai à part.

— Toi et moi avons déjà eu cette conversation avec Anvil, n'est-ce pas ? Je me souviens qu'on était d'accord et qu'on l'a convaincu. Alors, qu'est-ce que c'est que ce bordel ?

Les mots sont prononcés avec désinvolture, donc je ne vois pas s'il est vraiment en colère ou juste agacé. C'est le problème avec les criminels professionnels : leurs réactions discrètes ne sont pas fiables.

— Disons que… commence Trick en prenant une gorgée de café en souriant. Quand tu seras à la salle de sport, dis à Vil que je suis un hypocrite.

— Merde, dit C en posant sa tasse avec un claquement. Suis-moi.

Trick s'exécute tandis que Zoe rit doucement en remplissant deux tasses de café.

— Tu es prête à te marier avec ça ? Un type qui enfreint les règles qu'il a lui-même fixées ? Et tellement mignon qu'on ne peut jamais rester fâché avec lui ? Ça ne sera pas de tout repos.

Je penche la tête en me demandant si elle a raison. Quelles transgressions voudra-t-il que j'accepte sous prétexte qu'il est beau et charmant ? L'autre raison pour laquelle il ne s'attend pas à ce que je fasse des histoires, c'est que le mariage est une imposture, un plan cul de dix-huit mois parce que je suis enceinte. Cette pensée me dérange beaucoup.

— C'est toujours compliqué avec lui. Nous verrons comment ça se passe et si ça dure.

Ses sourcils parfaitement épilés se lèvent.

— Si ça dure ?

Elle sirote son café en m'étudiant attentivement.

— Je connais des filles qui seraient prête à récurer cette maison en entier, *seins nus,* pour avoir la chance d'attirer l'attention de Trick. Je reçois quotidiennement des SMS me suppliant d'être invitées là où il se trouve – dîner, fête, *prison*. Si tu n'es pas sûre de vouloir de lui, surtout compte tenu de l'énorme seconde chance qu'il te donne, rend peut-être cette gigantesque bague et passe à autre chose.

Je soupire et me lève. J'aimerais lui dire qu'il y a des choses qu'elle ne comprend pas, mais je me rends compte qu'elle comprend peut-être très bien. Peut-être que c'est moi qui ai besoin de trier mes priorités comme elle le suggère.

— Trick inspire beaucoup de loyauté. Il a de la chance d'avoir de si bons amis.

Elle fronce les sourcils, mais ne dit rien pour m'empêcher de quitter la cuisine.

Je me masse les tempes, embêtée de m'être mise à dos la seule de ses amis qui faisait un effort pour m'intégrer. Les lèvres pincées, je monte les escaliers sans vraiment savoir pourquoi je retourne dans la chambre. C'est troublant de se sentir importune et détestée. Ça ne m'était encore jamais arrivé. J'ai fait partie de différentes équipes et j'ai travaillé à différents endroits, toujours avec beaucoup d'amis. Je déteste ressentir cette méfiance de la part de C Crue, même si je sais que c'est de ma faute. J'ai accepté une mission du FBI dans le but d'obtenir des preuves contre eux, et je doute de pouvoir un jour obtenir autre chose que du dédain ou de l'animosité de la part de Connor McCann.

J'envoie un SMS à Trick.

> Laurel: Salut, il est temps que je retourne chez mes parents. Ils doivent être inquiets pour Monet. Si tu penses que c'est dangereux, tu pourrais m'y conduire ? Quelqu'un d'autre me ramènera à Boston.

* * *

TRICK

Mes hommes retrouvent Monet et la ramènent chez ses parents, mais d'abord, j'ai l'intention d'avoir une conversation avec elle. Laurel ne va pas se réveiller toutes les nuits à s'inquiéter alors qu'elle est enceinte. Donc la petite sœur va devoir se ressaisir ou s'en aller.

Après avoir arrangé les choses avec C suite au fait que j'ai détourné des membres de C Crue sans lui en parler, je lis le SMS de Laurel. Je ne veux même pas savoir à quel sujet elle et Zoe n'étaient pas d'accord parce que je m'en fous. Il y a de grandes menaces et des problèmes à gérer, et j'ai besoin que tout le monde se calme et s'entende.

Je pense à la cave à alcool, mais ce n'est pas le moment de boire. À moins que je veuille tout laisser tomber et dire à Laurelyn de retourner à Boston pendant quelques temps. Ça donnerait, à elle et à C, le temps d'accepter la nouvelle réalité. Je fronce les sourcils. Pour moi, ce serait nul puisque je la veux dans mon lit. Mais je pourrais lui trouver un appartement dans un immeuble sécurisé et lui attribuer un garde du corps. Je pourrais lui rendre visite là-bas, tout comme je rends visite au reste de ma famille.

En ce moment, je mène des batailles sur tant de fronts. Peut-être trop pour tous les gagner. Je ne peux pas me permettre de perdre la guerre contre Kaz Petrov. Je ne peux pas me permettre de perdre contre le FBI. Perdre ces combats signifie la mort ou la prison à vie, et il y aurait des retombées pour tout C Crue. Alors que si j'éloigne Laurel, je serai le seul à perdre.

J'entre dans la salle de jeux en me massant la nuque. Je ramasse les balles sur la table de billard et prends ma décision, même si j'ai envie de disparaître à Dorchester pour me vider la tête avec une nuit blanche de drogues dures.

Je passe de la craie sur ma queue de billard et casse en regardant les boules rouler dans les poches.

— Bonjour.

C'est la voix de Rachel accompagnée du babillage d'Irina. Je ne me retourne pas immédiatement parce que je ne suis pas sûr de pouvoir remettre en place mon masque de poker.

— Bonjour, dis-je d'une voix aussi amicale que possible.

Je continue de jouer jusqu'à me ressaisir. Puis je me retourne et découvre qu'elle est partie. Je pose la queue contre le mur et me dirige vers le couloir.

— Hé, tu avais besoin de quelque chose ?

Rachel se retourne avec une expression sérieuse.

— L'année dernière, j'ai eu besoin de toi. Et tu étais là, Trick. Plus d'une fois.

C'est vrai, mais qu'y a-t-il à dire là-dessus ? Rien. Alors je me tais.

Elle change le bébé de bras avant d'ajouter :

— La question est : de quoi *as-tu* besoin ?

— Tu l'as fait hier soir. Si je pense à autre chose, je te le dirai.

— Bien. Fais donc ça, dit-elle en se retournant.

— Pour être franc... commençai-je en m'approchant.

J'hésite. Il y a un vide en moi quand je pense à laisser Laurel vivre à Boston. Je me demande si Rachel pourrait m'aider en lui tendant la main et en se liant un peu d'amitié avec elle. Je comptais sur Zoe pour ça, mais pas de chance. Comment puis-je demander à Rachel de s'ouvrir à Laurelyn quand je ne suis pas sûr qu'on puisse lui faire confiance ? Je ne peux pas mettre Anvil et Rachel en danger.

— La vérité, c'est que je suis le capitaine d'un navire qui coule. J'essaie de colmater les trous, mais... ça ne marche pas.

Sa voix est douce mais résolue.

— Que dois-je faire ? Vider l'eau ? Souder quelque chose ?

Ça me remonte un peu le moral.

— Si je pensais que ça aiderait. Je suppose... quand tu es debout sur le rivage, joue de la musique jusqu'à ce que tous les canots de sauvetage soient partis. Et joue assez fort jusqu'à ce que je sois trop loin pour entendre.

— Tiens, dit-elle en me tendant Irina. Prends-la pendant que je récupère mon violon.

— Vil ne va pas aimer.

— Prends-la.

Je serre le bébé contre moi en étudiant son petit visage. Elle est aussi jolie que Rachel, mais il est possible qu'elle ait les cils fous et fournis de Vil. Tant qu'à hériter de quelque chose de lui, autant que ça soit ça.

— D'une seule main. Je m'en doutais : tu n'as pas peur des bébés.

— Non.

Je ne dis pas que c'est parce que je suis devenu papa à treize ans. Ma mère au cœur brisé ne sortait plus du lit après les funérailles et, quand Kathleen est partie, ça a été à moi de m'assurer que ma sœur de trois ans ne mourrait pas de faim ou n'était pas négligée. Ça n'a pas été une période facile. C'était dur, surtout qu'on manquait d'argent. J'étais moi-même un enfant et je dirigeais la maison tout en allant à l'école et planifiant un assassinat. Mais j'ai réussi à nous garder tous en vie et à mettre Kathleen à l'abri de Murphy. Les gens se demandent pourquoi je ne suis jamais en panique quand le monde s'effondre. C'est parce que je sais rester calme en toute situation.

S'il y a des problèmes, règle-les.

Je retourne à la salle de jeux en parlant à Irina :

— Tu veux apprendre à jouer au billard, bébé ?

— Trick ?

Je regarde Rachel par-dessus mon épaule. Elle a vingt-deux ans mais elle et si petite et menue qu'elle en fait quinze.

— Ouais ?

— Je vais jouer pendant que tu réfléchis. Mais juste pour que tu saches, je ne suis pas sur le rivage. Je suis sur le pont. Et c'est là que je serai, jusqu'à ce que les trous soient colmatés ou qu'on coule.

Sur ce, elle se retourne et s'éloigne.

Rachel aussi a eu une enfance éprouvante. Une mère qui a dû fuir son amant. Un mauvais père émotionnellement violent. Ce sont mes gens, ma bande.

— Il était une fois, murmuré-je. Ta mère avait un secret. Elle a fait quelque chose de mal. Oui. Et ton père a failli mourir à cause de ça. Oncle C et Oncle Trick étaient vraiment tristes. C'est une histoire vraie. Alors quand Oncle Trick l'a découvert, il a voulu éliminer ta mère.

J'expire en pensant à quel point j'ai failli ruiner la vie d'Anvil.

— Maintenant qu'oncle Trick la connaît mieux, il est vraiment content de ne pas l'avoir fait.

J'embrasse la petite tête du bébé en regardant la table de billard.

— T'en penses quoi ? Tu veux les rayées ou les simples ?

* * *

LAUREL

Le temps que Trick revienne, je suis furieuse et j'ai envoyé deux autres SMS qu'il a également ignorés. S'amusait-il avec ses amis autour d'un café ? Pour eux, c'est peut-être une journée normale, mais ma sœur a toujours disparu.

— Que se passe-t-il ? demande-t-il en prenant une paire de chaussettes de la commode.

— Tu as lu mes messages ?

— Oui.

— Ça fait plus d'une heure que j'ai envoyé le premier.

— Je sais.

— Qu'est-ce qui t'a pris si longtemps pour venir ?

— La vérité ?

— C'est mieux, non ? Le mensonge est une infraction punissable.

— Je ne suis pas monté parce que j'espérais que tu descendrais. Tu aurais pu embrasser un bébé qui sera le plus mignon de la planète pendant encore huit mois. Et tu aurais pu m'embrasser.

Il met sa montre et attache le fermoir.

— Mes parents sont bouleversés. Je devrais être avec eux.

— Mes hommes ont retrouvé Monet. Ils nous attendent.

Surprise, je tourne brusquement la tête pour l'étudier alors qu'il prend son arme. Il l'examine en ajoutant :

— L'eau de la piscine. J'ai oublié de nettoyer ça.

— Trick ?

— Oui ? dit-il en me regardant.

— Vous l'avez retrouvée ? Monet est à Coynston en ce moment ?

Il hoche la tête sans laisser paraître la moindre émotion.

— Je t'ai dit que je la retrouverai.

— Merci, dis-je soulagée. Une fois, elle a disparu pendant presque deux semaines et...

— C'était dur pour vous. Bien sûr. Quand ma sœur est partie pendant cinq mois, ça a été une des périodes les plus difficiles de ma vie. Je sais ce que ça fait de s'inquiéter.

Je m'avance en poussant un soupir, mais ses bras occupés à passer son étui m'empêchent de m'approcher de trop près.

— Merci.

— Je t'en prie. Prête ? demande-t-il d'un ton douloureusement neutre et distant.

Je prends mon sac à main et sens le froid jusque dans mes os. Je pense que c'est voulu de sa part. Quand est-ce que j'apprendrai qu'il n'y a aucun jeu auquel on puisse gagner contre Trick ? Essayer de le pousser à faire quelque chose qu'il ne veut pas faire, même le simple fait de monter des escaliers, ne marchera jamais. Si l'un de nous doit être mal à l'aise, ça sera toujours moi.

Je sors de la chambre avec lui et jette un coup d'œil dans le couloir vide. En bas aussi c'est vide. Je me demande où sont les autres, mais je garde ma question pour moi : ce ne sont pas mes affaires. Il me tient la porte d'entrée, donc apparemment certaines normes sont toujours en vigueur.

Il me tient également la portière, et une fois à l'intérieur, il met de la musique pour couvrir le silence et prend le chemin le plus rapide vers la colline. Le manoir C Crue se situe dans un quartier délabré. Je suppose que c'est là où C et Anvil ont grandi. Au lycée, Trick vivait chez quelqu'un de sa famille, dans la partie bourgeoise de Coynston. Ma famille habitait en bas de la colline, donc la classe moyenne supérieure. Je suppose que Trick pourrait acheter toutes les maisons de la colline maintenant.

Il gare le pick-up et se tourne vers moi.

— Je vais parler à Monet en premier. Ensuite, tu pourras la faire monter chez tes parents.

— Pourquoi veux-tu lui parler ?

— Parce qu'il y a des choses qu'elle a besoin d'entendre de la part de quelqu'un qui sait ce que c'est que d'être et de rester clean.

Je cligne des yeux. Il est toujours si désinvolte par rapport à son sevrage que j'ai supposé – comme tout le reste – que c'était facile pour lui. C'est la première fois qu'il laisse entendre le contraire.

— Si tu penses que ça peut l'aider, s'il te plaît, parle-lui. Nous te serions très reconnaissants si tu pouvais lui faire entendre raison.

Il hoche la tête.

Les hommes qui sortent de la berline sont tous les deux grands. L'un est dégingandé et a l'air jeune, peut-être dix-neuf ans. L'autre a la tranche d'âge et la carrure de Trick. Ce dernier leur dit quelque chose, et ils rient avant de lui serrer la main. Il leur fait ensuite un geste que je n'arrive pas à interpréter et dit autre chose en souriant. Les hommes rient à nouveau. Son charme nonchalant et irrésistible est incroyable.

Puis il monte sur le siège arrière de la berline, près de Monet. Il parle quelques instants, et elle baisse la tête. Mon cœur se serre. Je me rends compte qu'elle a probablement besoin d'une sérieuse conversation, mais ça me fait mal de la voir souffrir. Je sais, d'après ce qu'elle m'a dit, qu'elle ne peut pas se contrôler parfois.

Au bout d'une quinzaine de minutes, il sort et fait le tour de la voiture pour ouvrir sa portière. Quand elle sort, je vois qu'elle sanglote. Je saisis la poignée de ma portière, mais il la serre dans ses bras et elle se laisse aller contre lui.

Par-dessus sa tête, il fait signe à ses hommes de partir, puis il reste ainsi pendant encore dix minutes, lui racontant des choses que je ne saurai probablement jamais. Quand il la conduit enfin au véhicule, je baisse les yeux et essuie mes propres larmes, la gorge nouée.

Il ouvre la portière arrière et elle monte. Pâle comme la lune et tremblante comme une feuille, elle me dit bonjour.

Trick monte également et démarre afin de nous conduire chez nos parents. En sortant, il ouvre ma portière, puis la sienne.

Monet est calme jusqu'à ce qu'elle le regarde, puis les larmes recommencent à couler.

— Ne dis rien à, euh, personne, d'accord ? dit-elle en nous regardant nerveusement à tour de rôle.

— Non.

— Je serai prête demain matin. Merci, Trick.

Elle le serre dans ses bras, puis se précipite vers la maison.

— Prête demain matin ?

— Il faut qu'elle aille en maison de convalescence, dit-il d'un ton morne.

— Mais elle vient d'en sortir.

Mon cœur se serre en jetant un coup d'œil à la maison. Monet est déjà à l'intérieur.

— Elle a épuisé toutes les journées couvertes par l'assurance, et mes parents et moi… ils ont vidé leurs comptes, et je ne sais pas si la banque m'accordera un autre crédit.

— Non, Laurel. Je m'en occupe.

Je me tiens la tête parce qu'une fois de plus je suis prise entre le marteau et l'enclume. J'ai envie de vomir.

— Je sais qu'elle a besoin de soutien, mais je… je ne peux pas te laisser faire ça, surtout quand je t'ai déjà mis dans une terrible position en essayant de la sauver. Cette fois, elle doit se ressaisir et consulter en externe. On va l'aider. J'appellerai tous les jours. D'accord ?

— Non, me coupe-t-il d'un ton ferme mais sans être dur.

Des larmes coulent sur mon visage comme de la pluie sur un rebord de fenêtre.

— Ça ne suffira pas ?

— Non.

Je retire la bague et la lui tends.

— S'il te plaît. Rends-la et utilise l'argent pour l'aider. Je n'ai pas besoin d'une bague aussi chère, et je ne peux pas la garder et te laisser payer pour son traitement.

Trick regarde la bague, puis la prend et la met dans sa poche.

Mon cœur se serre davantage à sa disparition et le fait qu'il ne dise pas un mot, n'essaie pas de discuter ou de me convaincre de la garder.

— Tu veux entrer ?

Il me regarde, moi puis la maison.

— Non. Restez en famille.

Je ne croyais pas pouvoir me sentir plus mal jusqu'à ce que j'entende ça. Je repense à la veille, quand il a dit que j'étais sa famille. De toute évidence, C Crue est sa famille depuis plus longtemps et il les choisit plutôt que moi. Pourquoi ne le ferait-il pas d'ailleurs ? Ils l'ont protégé et soutenu durant des années. Tout ce que j'ai fait, c'est l'abandonner ou le menacer, même pendant qu'il cherchait à s'occuper de ma petite sœur.

— À propos de ce que j'ai dit à Zoe, c'était seulement…

Trick lève la main pour m'arrêter.

— Je n'ai pas besoin de savoir ce qui a été dit. Tout va bien. Tu vas retourner à Boston.

— Seule ?

— Non, un garde du corps est en route. Il te reconduira. Dans mon monde, il y a un code. Les femmes et les enfants innocents sont interdits. Il est peu probable que les Petrov le brisent, mais la sécurité sera là au cas où.

Le ciel est parsemé de nuages gris, ce qui est parfaitement adapté à l'ambiance. Je lève mes yeux brûlants de larmes.

— Est-ce que je te reverrai ?

— Oui.

Le fait qu'il ne me regarde pas ou ne me dise pas quand me parait bien clair.

— D'accord, parviens-je à articuler.

— Ils attendent. Tu ferais mieux d'y aller.

Je regarde la maison et vois mon père. Monet est à la maison et va se faire soigner. Et si je n'entrais pas ? Et si je montais dans le pick-up de Trick et que je lui disais que je voulais partir avec lui, n'importe où ? Même chez Connor McCann ? Et qu'est-ce qui se passerait si… ?

Mais quand je me retourne, il est déjà remonté dans le Range Rover C Crue, et les vitres teintées me le cachent. Et juste comme ça, je perds Scott Patrick pour la deuxième fois de ma vie.

CHAPITRE 12

TRICK

Deux semaines plus tard, je suis à l'étage d'une salle VIP à une de nos soirées. Le rythme fait trembler l'entrepôt bondé de monde. Tronex sur scène est complètement bourré. C'est le troisième artiste soutenu par C Crue, et il est devenu rentable encore plus rapidement que les autres.

Les filles grouillent autour de moi, essayant même de me suivre quand j'apparais sur le seuil.

— Mill, dis-je en inclinant la tête pour qu'il intercepte les filles.

Derrick Miller accourt et les ramène dans la salle. Je m'introduis dans le petit bureau de fortune. Un coup est frappé à la porte, et Miller passe la tête dans l'entrebaîllement.

— Patron, il y a un gars et quelques filles qui veulent monter. Il dit qu'il te connaît. Il s'appelle Jack Murphy.

— Enfoiré arrogant, murmuré-je. Garde la porte ouverte pour surveiller et laisse-les monter.

Je regarde ma montre. J'ai terminé ma nuit, et je ne m'attendais pas à une visite impromptue de Murphy.

— Mill ?

— Oui, Trick ?

— Renvoie la fille à la jupe violette avec ses amies en bas. Horn n'arrête pas de la regarder. Rappelle-lui qu'il travaille. Pendant que tu surveilles la salle VIP, Hornsby rêvasse.

— Cinq sur cinq, dit-il en s'éloignant.

De loin, Miller peut se faire passer pour moi, et je vais en profiter ce soir. C et Anvil ne m'ont pas dit qu'ils ont une réunion avec Kaz, parce qu'ils me connaissent et savent que je voudrais être présent au cas où quelque chose tournerait mal et qu'ils auraient besoin du meilleur : moi.

Je ferme la porte du bureau et regarde la piste où quelques centaines de gamins dansent. Sirotant un Coca dans un gobelet jetable rouge, je regarde Tronex sauter de haut en bas dans son survêtement aqua et crier dans le micro. Je fredonne ma partie préférée et quand c'est fini, je regarde ma montre. Dans trente minutes, nous viderons la salle et j'échangerai mes vêtements avec Miller.

Si Kaz Petrov mord à l'hameçon, il ira rencontrer Rachel dans un champ à l'extérieur de la ville. Il veut qu'elle lui rende une clé USB et qu'elle renonce à son argent. Elle veut récupérer ses cahiers de musique du manoir Petrov où elle vivait.

Kaz ne veut pas être vu en train d'échanger quoi que ce soit avec elle, sinon sa famille deviendrait folle. La rencontre doit donc être privée. Le plan est de négocier une paix profitable à tous. Mais en privé, notre taupe chez Petrov dit que Kaz nous tient, Rachel et moi, pour responsables de la mort de Grigory et de la faillite de leur organisation. Le connard traite Rachel de pute, de salope et de traîtresse. Son vrai plan pour l'empêcher de réclamer son argent est de la tuer.

Normalement, tuer est un dernier recours, et pas du tout quelque chose que j'attends avec impatience. Mais cette soirée-là, je l'attends avec impatience, comme si c'était un mardi Taco. Ce n'est pas moi qui négocierai avec lui, mais j'enfoncerai un clou numérique sur son cercueil. Dans un jeu final en quatre coups, j'ai repris ou détruit les dernières opérations Petrov dans un rayon de cinquante kilomètres de Coynston. Ils ont dû retirer de l'argent auprès de certains associés de New York pour payer leurs hommes à Coynston. J'ai entendu dire qu'ils ont même laissé partir quelques anciens, dont Paul Lebedev. Kaz sait que c'est Lebedev qui a lancé le premier domino lors de mon départ de l'organisation Petrov. Je me demande quel âge a l'impression d'avoir Paul ce soir.

Je lui écris un e-mail avec un lien vers un site qui explique comment écrire un CV. Lebedev est un bâtard diabolique, tout comme l'était Grigory. Avant que C gravisse les échelons de l'organisation Petrov pour devenir le bras droit de Grigory, c'était le poste de Lebedev. Et quand C a interdit le recrutement ou le passage à tabac des enfants, Lebedev a fait tabasser un gamin que je protégeais. Il a brisé les os du petit par dépit alors que Grigory était prêt à passer l'éponge. Lebedev voulait que j'accepte sans rien dire, mais à la place je suis parti en vidant la caisse de Grigory afin d'aider la famille du gamin. C et Anvil étaient censés me retrouver et me tuer. Grigory avait raison de penser qu'ils étaient les seuls à pouvoir m'approcher, mais il ne s'attendait pas à ce que C décide de suivre son propre chemin.

Mon portable personnel sonne, et je ne peux m'empêcher de voir si c'est Laurelyn. Elle a commencé à m'envoyer de courts SMS il y a environ une semaine, généralement une fois par jour. J'ai déjà celui d'aujourd'hui, mais elle m'a dressé comme le chien de Pavlov, salivant à tout contact de sa part.

Comme ce n'est pas elle, j'écoute son message d'il y a deux jours.

— La séance de vélo en salle a commencé avec une chanson intitulée « Disco Inferno ». Tu sais ce qui n'allait pas avec les années 70 ? Beaucoup de choses en fait.

Avec un sourire narquois, je passe au message du lendemain.

— Le nouveau prof de vélo en salle ressemble à un petit-duc.

Franchement... après « Disco Inferno », est-ce qu'on n'a pas assez souffert comme ça ?

Ensuite, j'ouvre mes SMS.

Laurel : Quitté le cours de vélo

Laurel : PS, notre pâte à biscuits est à moitié cuite.

J'appuie sur l'image de l'échographie et zoom dessus.

Trick : Bébé ressemble à un pouce

Laurel : C'est logique. C'est un petit auto-stoppeur.

J'essaie sans succès d'arrêter de sourire, puis je balance mon téléphone dans un tiroir qui se verrouille et jette un œil dans la pièce sombre.

Vil et C sont probablement déjà sur le terrain avec d'autres hommes C Crue. Rachel est en sécurité dans la forteresse, probablement en train de lire de la poésie déprimante à bébé Irina. Il est temps pour Oncle Trick d'échanger ses vêtements avec Derrick Miller, le seul gars de C Crue capable de se faire passer pour moi. Il passera la nuit à traîner dans un coin sombre de la salle VIP. On m'apercevra de temps en temps par une des fenêtres et mon téléphone personnel recevra des SMS et appels entrants tout en restant dans le tiroir.

Je sors dans le hall où Miller m'attend.

— C'est l'heure.

— Hornsby dit qu'on devrait vérifier le scanner. Les flics sont sur une scène de crime. Il y a eu un grand incendie chez les Petrov. Les flics ont trouvé des corps.

Quoi ? Est-ce l'œuvre de C ? Ça signifierait qu'il a demandé à nos hommes de me donner de mauvaises informations pour que je me rende dans un terrain vague ? Si c'est le cas, c'était intelligent de sa part de me tenir à l'écart. Il me connaît assez pour savoir que je ne pourrais pas ne pas m'en mêler. Mais ce changement m'énerve. C'est la première grande opération C Crue à laquelle je ne participe pas.

Je suis peut-être une légende, mais je suppose que je prends le chemin de toutes les légendes : je deviens obsolète.

— Très bien, dis-je. C'est un changement de plans alors. Tu pourras fermer à ma place, Mill ?

— Bien sûr.

J'envoie un message de mon téléphone jetable pour annuler la diversion que j'avais prévue pour distraire les fédéraux ce soir. Inutile de s'embêter.

Je récupère mon portable personnel et verrouille la porte du bureau.

Murphy apparaît au bout du couloir, les mains vides. Les yeux de Miller sont braqués sur lui, mais comme je ne lui fais aucun signe, il le laisse s'approcher. Jack Murphy prétend avoir trouvé des preuves de l'assassinat de son frère. Il déclare ne pas vouloir me griller auprès des flics, mais la menace est implicite. Ce qu'il veut, c'est négocier un accord. Il était une fois, tout le monde était content de regarder ailleurs et laisser Grigory nous tuer. Maintenant, ils veulent discuter.

— Sacrée fête, dit Murphy en me serrant la main. Fiona ?

A-t-il vraiment amené sa nièce de dix-sept ans à Coynston pour une rave C Crue ? Effectivement, elle et une amie pointent la tête. Fiona a des cheveux couleur carotte et des yeux qui lui sortent des orbites comme s'ils étaient prêts à fuir son visage. Elle porte un grand sac cadeau vert.

Je le prends en lui adressant un sourire hypocrite. À l'intérieur, il y a une bouteille de whisky Top Shelf Jameson, ainsi que quelques boîtes bleues de chez Tiffany.

— De la part de Joe Sullivan. Noël dernier, Joe a fait des cadeaux aux filles, mais toi et les tiens avez manqué la fête, alors on s'est dit que puisqu'on venait ici, autant te les apporter.

— Il faut que j'y aille. Amusez-vous bien.

— J'ai pensé qu'on boirait un verre du Jameson's. Nos familles se connaissent depuis longtemps. On devrait se voir davantage.

— Nos familles se connaissent effectivement depuis longtemps, lui dis-je avec un regard vide d'expression.

Pour Fiona, j'y mets un peu de chaleur et déclare :

— Ravi de t'avoir vue, Fiona. Amuse-toi bien ce soir, mais pas trop.

Elle me sourit et je lui fais un clin d'œil en m'éloignant.

Dans mon dos, je surprends Miller qui bouge pour surveiller mes arrières. J'aime quand il me montre qu'il maîtrise ce qu'on lui a appris.

Descendant les marches métalliques deux à deux, j'arrive au rez-de-chaussée. Je ne ramène rien chez moi qui provienne du chef de la mafia de Boston, alors j'enferme le sac cadeau dans un placard avant de sortir.

Au volant du Range Rover C Crue numéro Deux, je passe devant le manoir Petrov et vois qu'il est illuminé comme à Noël. La bande de scène de crime couvre une vaste zone. Était-ce vraiment une opération C Crue ? Est-ce que mon équipe m'a menti afin d'éviter que je ramène le FBI qui me colle aux basques ? Je soupçonne que c'était bien C Crue car je n'ai plus de nouvelles de C depuis des heures.

En passant devant la boutique à beignets où l'équipe du FBI prend son café et ses beignets en fin de service, je baisse ma vitre et lève mon majeur en guise de salutation.

Si je pouvais, je conduirais jusqu'au château pour être avec mes amis. S'il n'en tenait qu'à mon cœur et à mon sexe, je conduirais jusqu'à Boston. Mais ce soir j'ai besoin d'une invitation que je n'ai pas, alors je rentre chez moi pour étancher ma soif.

Une fois dans l'immeuble, je gare le Rover Deux dans sa cage. Mon nouvel appartement se trouve à un étage en dessous de l'ancien. C'est plus petit, mais convenable. Ce n'est pas permanent, mais j'ai dû quitter le studio d'Anvil, qui manquait trop d'oxygène pour moi.

Une fois à l'intérieur, je reste dans le noir pour boire. Si Kaz est mort, Coins sera un lieu plus sûr pour Laurel. En parcourant les messages et l'historique d'appels, j'en vois un de C qui me suggère de passer. Il m'a donc contacté. Par contre aucun détail sur ce qui s'est passé. Evidemment. Mais ça ne change rien au fait qu'ils m'ont laissé hors de la boucle.

Avaler mon Jack nature fera effet plus rapidement que si je le mélange avec du Coca. Je laisse donc la canette de soda et bois à même la bouteille de whisky.

J'envoie un SMS à C disant que je suis à la maison, mais que je passerai demain matin pour passer en revue les chiffres de la fête à l'entrepôt.

Il y a un message du centre de désintoxication. Je parle à Monet Reilly plusieurs fois par semaine. Elle a finalement raconté à un conseiller qu'elle avait été violée à quatorze ans, chose qu'elle m'a confié avant que je l'envoie en cure de désintoxication. J'avais deviné que quelque chose de terrible la poussait à se droguer. Il m'a suffi de trois questions pour la faire parler. Un conseiller aurait dû y arriver bien avant moi.

Je pense à Kathleen qui aurait pu être violée à quatorze ans, et à l'échographie de mon bébé qui a une chance sur deux d'être une petite fille et qui aura quatorze ans un jour. Je pense aux traces sur les bras de Monet Reilly et à la façon dont elle a sangloté quand elle m'a raconté ce qui s'était passé. Mon moi de treize ans a souffert de tirer sur Hugh Murphy. Quatorze ans plus tard, il n'y a plus de doutes. Ce connard a eu de la chance de ne pas voir venir sa mort. Je pourrais tuer mille autres Hugh Murphy pour protéger les Kathleen Patrick et les Monet Reilly du monde entier, et manger des gaufres aux myrtilles tous les matins sans sourciller.

J'écoute le message de Monet. C'est bon d'entendre que sa voix est plus légère et qu'elle est désormais pleine d'espoir.

— Salut, Trick. C'est Monet. Désolée d'avoir loupé ton appel. Je vais bien cette semaine. J'étais en thérapie mercredi et en groupe tous les jours. J'ai même un peu parlé en groupe. J'ai aussi une grande nouvelle… Prêt ? Tu avais raison. L'avocat que tu as envoyé m'a dit que c'était un piège. Et il, euh, j'imagine qu'il a parlé de ça à quelqu'un du FBI, et de ce qui s'est passé après, du fait qu'ils ont demandé à Laurel de les aider, de l'opération qui a échoué, et qu'ils l'ont perdu pendant presque douze heures. Devine quoi ? Ils ont abandonné les poursuites contre moi ! Et devine quoi encore ? Ils veulent me parler de Milt. Je pense qu'il a des ennuis. Je, euh, je l'ai dit à Laurel. Elle était si heureuse pour les poursuites. Et super énervée à propos de Milt. Tu avais raison. Elle ignorait qu'il avait planifié ça pour que je me fasse arrêter. Je sais que tu as dit que je ne devais pas parler de toi, mais si tu ne m'avais pas trouvé ce nouvel avocat, j'aurais toujours des ennuis. Je n'aurais même pas su que c'était un piège. J'espère que tu n'es pas trop en colère contre moi d'avoir dit la vérité à Laurel. Hé, en parlant de sœurs. J'ai trouvé l'Insta de ta sœur Ash. Elle est super jolie. Et j'ai vu cette photo de toi avec elle au théâtre. C'est super cool. Je me demande pourquoi personne ne sait à quel point tu es proche de ta famille ? Est-ce que c'est parce que tu dois toujours avoir l'air d'un dur ? Ou pour que genre… tes sœurs soient en sécurité ? Je me demandais juste. Quoi qu'il en soit, j'espère que tu passes une très bonne semaine. OK, salut.

Avoir des nouvelles de la petite sœur de Laurel est une arme à double tranchant. Que Monet reste en désintoxication est une bonne chose pour eux tous. Mais il y a quatre-vingt-six mille secondes dans une journée, et j'en passe déjà la moitié à penser à Laurelyn Reilly. Un autre rappel d'elle m'est aussi utile qu'un arrosage automatique en plein orage.

Parcourir les photos de Laurel me pousse à ouvrir ma liste

de contacts. Mon doigt appuie sur le bouton d'appel sans laisser à mon cerveau le temps de s'y opposer.

Et juste comme ça, elle décroche et le son de sa voix est de nouveau dans mon oreille :

— Salut, j'allais t'appeler.

Comme je ne dis rien, elle poursuit :

— Scott ?

— Oui, je suis là. Comment tu vas ?

— Bien. J'ai tout le temps faim, ce qui est mieux qu'avant. J'ai fait du pain perdu avec du sucre en poudre deux fois cette semaine. Tu aurais dû être là, dit-elle avant de marquer une pause. J'aimerais te voir. Est-ce que c'est possible ?

— Ouais, bien sûr.

— Ce soir ?

— J'étais à une fête. J'ai bu, donc je ne peux pas conduire. Mais je viendrai demain. Juste après une réunion d'affaires le matin. Je devrais arriver avant midi.

— Si tu es réveillé, on pourrait se voir ce soir. J'ai un garde du corps qui n'a pas fait la fête. Tu es chez Connor ou à la maison ?

— À la maison, mais je ne veux pas que tu viennes à Coynston ce soir.

— Oh... une fête... d'accord. Non, je ne dois rien présumer. Tu as probablement eu plein de femmes autour de toi.

Mon esprit est confus à cause de l'alcool et de ma joie à entendre sa voix, et il me faut quelques secondes pour comprendre ses mots.

— Quoi ? Aucune autre femme n'est avec moi. Je ne te trompe pas, Laurelyn. Je ne ferai pas ça.

— Nous ne sommes pas vraiment ensemble.

— *Si, nous le sommes,* dis-je en poussant un soupir.

Je finis le reste de mon verre. Ma tête bourdonne très fort.

— D'accord, répond-elle. Je vais supprimer tous les messages affectueux que j'ai envoyés à mon nouveau moniteur de Pilates.

Un sifflement sourd s'échappe de mes lèvres.

— Seulement sept semaines de grossesse. Papa peut encore donner une grosse et longue fessée à maman. Tu veux un rendez-vous avec la palette en bois ?

Elle éclate de rire.

— Plus de rendez-vous avec la palette en bois.

— Alors sois gentille.

— Je pourrais être une très gentille fille ce soir. Tu es sûr de vouloir être seul ?

— Je ne veux jamais être seul.

Mon sexe est dur et se fiche des scènes de crime ou des conséquences. Quelques secondes s'écoulent, le temps que mes pensées s'alignent et que je décide ce que je peux dire.

— Il y a eu un incendie au manoir Petrov. Comme Kaz et moi avons eu un accrochage, la police pourrait vouloir me parler. Quand je te verrai, je ne veux pas être interrompu.

Son silence me fait regretter d'avoir mentionné la violence. Est-ce que ça va la faire fuir ? Ce serait difficile à accepter en ce moment. Mais quand elle parle, sa voix est douce et calme :

— Tu vas bien ?

— Oui, je vais bien. Je n'ai rien à voir avec ce qui s'est passé ce soir. Alibi en béton.

— D'accord. Je te verrai demain, alors ?

— Certainement. Hé….

— Oui ?

— Je ne suis pas pressé. Dis-moi comment ça va au travail. Il parait qu'ils ont accepté que tu travailles à distance.

Son petit rire me fait sourire.

— Je savais que le garde du corps te faisait des rapports.

— Pas à moi. Les rapports vont à C.

— Oh. Charmant, répond-elle avant d'émettre une petite toux. Et C te les répète ?

— Non, je lui ai dit de ne pas le faire, dis-je en me frottant l'arête du nez. Mais je me connecte tous les jours au fichier et je le lis.

Son rire est plus fort maintenant et rend ma vie plus belle. Je marche jusqu'à la fenêtre et regarde dehors.

— Alors, le travail ?

— C'est pour ça… je pense que c'est la faute à Kathleen.

— Quoi ?

— J'ai rencontré ta sœur Kathleen pour déjeuner.

— Vraiment ?

Mon sourire s'entend dans ma voix.

Kathleen et moi sommes faits dans la même étoffe. À la seconde où je lui ai parlé de Laurel, Kath a voulu la rencontrer. Je m'y attendais. Kath ne sait rien de l'implication de Laurel dans l'affaire du FBI. Contrairement à mes amis, elle ne se méfie pas d'elle. Kath peut être terrible quand il s'agit de me défendre. Elle est cent pour cent de la Team Trick.

— Et tu sais ce que j'ai compris sur toi ?

— Quoi donc ?

Le téléphone bipe. C est en attente. Je ne le prends pas, ce qui est une première.

— Tu vivais avec toutes ces femmes que tu aimais. C'est pour ça que tu es si doué pour savoir de quoi les gens ont besoin.

Après une pause, elle ajoute :

— Trois femmes, dont Ash bébé. Je suppose que tu n'as pas pu faire autrement que devenir un bon auditeur, dit-elle avant de rire. Je me sens toujours écoutée avec toi, même si tu n'utilises pas toujours ton pouvoir pour le bien. Quand tu écoutes comme ça, les gens tombent amoureux de toi, et ensuite ils ne peuvent jamais te laisser.

L'appel en attente bipe à nouveau.

— Et ça t'inclue ?

— Vraisemblablement.

Je fonds. Tout ce qu'elle avait à faire, c'était de laisser ça en suspens. Pourtant, je ne me sens toujours pas mieux.

— Humm. J'aime bien en apprendre plus sur moi auprès de quelqu'un de plus expert que moi…

Elle éclate de rire.

— Mon Dieu, tu me manques, dit-elle.

Et ça fait mouche comme rien d'autre.

— Tu me manques aussi. Écoute, Je dois prendre un appel. Je te rappelle.

— D'accord.

Je glisse vers C.

— Merde, Trick. Depuis quand je dois t'appeler deux fois ?

— Qu'est-ce qu'il y a C ?

— Rentre au QG.

Je me redresse en me demandant ce qui ne va pas.

— Je suis passablement saoul. Je ne devrais pas conduire.

— Saoul avec quoi ?

— Jack et Coca.

— Pas de soucis. Je passe te chercher. 30 minutes.

— D'accord.

Je la rappelle tout en rassemblant quelques affaires.

— Hé, j'ai changé d'avis. Tu veux venir ce soir ?

— Oui, j'adorerais.

— Je vais chez C. Je risque de passer pas mal de temps en réunion au sous-sol, mais personne n'entrera sans prévenir et tu seras en sécurité là-bas si je dois sortir. Ce n'est pas ton endroit préféré, je sais, mais si tu viens, ton prix sera le mien.

— Mon prix ? Tu ne peux pas m'acheter.

— Et te louer ?

On rit tous les deux.

— Je blague. Écoute, je te promets de nous ramener à l'appartement dès que possible. Mais je veux vraiment te voir.

— D'accord.

— Parfait. Envoie-moi un SMS quand tu seras en route.

Je raccroche et continue à remplir mon sac. Je vérifie mon arme et l'attache, puis j'enfile une veste. Mon sac de voyage à la main, je descends cinq minutes avant l'heure prévue. La bague de Laurelyn est dans la boîte à gants du Rover, et je veux l'avoir.

Après l'avoir récupérée, je la fourre au fond de ma poche. En sortant de la cage, je regarde autour de moi. Un moteur ronronne quelque part, mais ce n'est pas C. Quelqu'un rentre dans l'immeuble, ou est sur le point de partir peut-être ? Mais peut-être pas. Le sac n'est pas dans ma main droite, mais je le lâche quand même. Deux mains, juste au cas où.

J'ouvre l'étui et fais un pas en avant pour que ma vue ne soit pas obstruée par la cage autour de la voiture. Une figure s'élève d'entre les voitures : masque noir, pistolet levé. Il est prêt. Je ne le suis pas.

Je sors mon arme et tire en essayant de me reporter sur ma droite. La balle touche mon bras gauche. Je tire deux coups en tombant.

Je roule sur moi-même jusqu'à me rapprocher d'une file de voitures pour me mettre à l'abri. Je regarde à travers les espaces sous les voitures. Les pneus me bloquent la vue en partie.

Où sont tes jambes, fils de pute ?

Puis je vise. Il tombe à plat sur le dos, immobile. Je me redresse et m'approche. Le premier coup n'était pas assez et a touché le côté de sa tête, peut-être une oreille. Mais le second était au rendez-vous. Le trou sanglant au milieu du masque est exactement là où je le voulais.

Le pantalon et le sweat-shirt noir du gars ne collent pas à quelqu'un qui travaillerait pour les Petrov. Penché en avant, et prenant soin de garder mon bras gauche en arrière pour ne pas faire couler de sang, je remonte le masque avec la pointe de mon pistolet.

Merde.

Saleté de Milt Schager, agent du FBI devenu voyou. Encore une fois.

Je passe le pistolet dans ma main gauche et remets son masque en place. Puis je recule. La manche gauche de ma veste s'alourdit à mesure que je saigne dedans.

C arrête la voiture près de moi, fixe la scène, et sort du véhicule.

— Il m'a tendu une embuscade.

— C'est qui ?

— Un fédéral. Schager.

C expire de manière audible.

— C'est du sang ? dit-il en s'avançant vers moi. Tu es touché ?

Je désigne mon côté gauche d'un geste de la tête, et vois C serrer les dents.

— Tu es allé où après avoir été touché ? Montre-moi.

Je parcours la zone avec un doigt tendu.

— Monte dans la voiture.

C va jusqu'au coffre et en sort un produit chimique pour l'ADN. Il enfile des gants et déambule en aspergeant la zone. Puis il referme l'aérosol et le remet à sa place. Il manque le deuxième aérosol. C Crue a été occupé.

Il remonte dans le pick-up et sors du parking.

— C'est ton immeuble. La présence de ton sang peut être expliqué de mille façons : t'être blessé à la salle de sport ou en coupant tes légumes. Merde, le FBI sait que tu t'es défoulé sur le gars de Kaz qui a jeté Laurelyn dans la piscine. Il y a une centaine de façons d'obtenir ton sang et ton ADN sur le sol de ton propre parking.

C n'a pas besoin de me le dire. Il se parle tout seul en fait. Puis il se tait.

— Ta blessure est grave ?

— Ça a l'air d'aller.

— On n'est pas chez Grigory. Si tu as besoin d'un hôpital, dis-le et on y va, putain.

Je souris à C qui devient paternel. Grigory refusait de laisser quiconque aller à l'hôpital. Nous avons vu Vil presque mourir d'une balle dans le ventre. C'était une période difficile.

L'adrénaline s'estompe et mon bras palpite comme pas possible, mais je n'ai pas l'intention de céder.

— Rentrons. Je suis sûr que Raven Nightingale pourra me soigner. Vil va adorer.

C éclate de rire.

— Il va d'abord te mettre un oreiller sur le visage, dit-il avant d'ajouter : Mec, quelle nuit.

— Il parait.

Il ne dit rien d'autre. Ce n'est pas une discussion à avoir ici et maintenant.

— Et toi alors ? Tu es censé être bourré. Tu as été pris en embuscade et tu es toujours en vie ? Pourquoi est-ce que je conduis ton cul en ville ? On dirait que tu aurais pu le faire tout seul, plaisante-t-il.

— La fête était d'enfer. Je me suis épuisé à danser. J'avais pas envie de conduire. La flemme.

— Bien sûr, dit C avec un sourire sardonique. La flemme. C'est tout toi.

CHAPITRE 13

LAUREL

Quelque-chose ne va pas.

Lorsque le garde du corps me dépose, Connor McCann me rejoint à la porte d'entrée et prend ma petite valise, ce qui bien sûr n'arriverait pas si Trick était là. La police l'a-t-elle arrêté ? Ou est-il en mission ? Et si oui, est-ce dangereux ?

— Où est Trick ? Il va bien ?

— Oui, il est en bas. Anvil le ramènera dans une minute. Il a eu un accident, mais il va bien.

Ma tête se vide de son sang. La valise tombe et C m'attrape pour m'empêcher de tomber au sol. Sans un mot, il me soulève et me porte vers un canapé.

— Je vais bien. Vraiment, je vais bien. Laisse-moi le voir.

J'essaie de me lever, mais la main puissante de C sur mon épaule m'en empêche.

— Hé, dit-il gentiment mais fermement. Tu le verras dans une dizaine de minutes. Jusque-là, allonge-toi et détends-toi.

Je repousse sa main.

— Laisse-moi au moins m'asseoir. S'il te plaît. Normalement, je ne m'évanouis pas. C'est juste la gro...peu importe.

Il retire sa main et me laisse me redresser.

— Que s'est-il passé ?

C rapproche un pouf et s'assoit dessus. Ses genoux touchent presque les miens. Je suis sûre qu'il est assis près de moi pour m'attraper si je me sauve.

— Ton petit ami lui a tiré dessus, annonce-t-il à voix basse, en regardant mon visage.

— Quoi ? dis-je sans comprendre. Trick est... c'est le seul... depuis la nuit de la partie de poker. Il n'y a eu personne d'autre. C'est Scott qui a dit ça ? Qu'un petit ami à moi... Et il s'est fait tirer dessus ? C'est grave ?

Les larmes me piquent les yeux et je détourne le regard.

— Dis-moi ce qui s'est passé.

— Milt Schager. C'est ton petit ami, n'est-ce pas ?

Je relève la tête et le regarde.

— Tu étais dans le coup pour le guet-apens contre Trick organisé par Schager. Et il connaît ta famille ? Ta petite sœur ?

Mon visage brûle.

— Nous avons rompu il y a des mois. Et je ne savais pas que le piège était destiné à Trick. On m'avait dit que vous étiez impliqués dans le trafic d'êtres humains, et que si j'allais à cette partie et que j'aidais en enregistrant tout ce qui se disait, ça aiderait ma sœur qui avait des ennuis. Pour tout un tas de raisons, je pensais que c'était la bonne chose à faire. Mais quand j'ai vu Trick, je n'ai pas pu aller jusqu'au bout.

— Mais tu es en contact avec Schager. Tu parles toujours avec lui et le FBI ?

J'expire fortement en secouant la tête. Une part de moi veut dire à Connor d'aller se faire foutre, mais je sais qu'il a de bonnes raisons de se méfier de moi. Pour le bien de Trick, je veux répondre à ses questions. Peut-être qu'il me fera un peu plus confiance et que Trick ne se sentira pas pris en sandwich au milieu ?

— Je ne lui ai pas parlé. Milt a essayé de me joindre à deux reprises et m'a laissé des messages vocaux pour que je le rappelle, mais je ne l'ai jamais fait.

— Tu as parlé à Trick ce soir après des semaines sans lui parler. Et juste au moment où il est distrait par ton appel, Schager essaie de le tuer.

— Nous ne complotions pas contre lui. Je ne ferai jamais ça. Milt fait l'objet d'une enquête, qui a commencé après que Trick ait discuté avec ma sœur. Je pense qu'il essayait de me joindre pour me dire ce qu'il fallait dire aux enquêteurs. Et quand j'ai parlé au FBI, je pense qu'il a voulu en savoir plus sur l'entretien. Il s'avère que l'opération de jeu de poker n'a pas été menée correctement. Et la photo trafiquée qu'il m'a montrée provenait d'une autre enquête, d'il y a quatre ans. Il y avait beaucoup de mensonges. Il a piégé ma sœur pour me convaincre de l'aider, et il a trop attendu avant de signaler mon enlèvement. Il aurait pu m'arriver n'importe quoi. Mon bien-être n'était évidemment pas sa priorité. Ce n'est pas mon ami, encore moins mon petit ami.

— C'est en partie vrai.

— Tout est vrai.

— Nous n'avons que ta parole. Peut-être que tu as tout arrêté, ou peut-être que tu es toujours sous couverture pour le FBI.

— Le FBI m'a dit qu'il n'aurait jamais envoyé quelqu'un comme moi – qui n'avait pas vu Trick depuis des années – pour une mission pareille.

— J'ai du mal à croire que Schager ne t'ait pas dit que Trick serait à la partie de poker. Et si tu étais partie ? Ou que tu avais laissé paraitre quelque chose ? Trick l'aurait remarqué. Il remarque tout.

— Je ne sais pas à quoi pensait Milt.

Connor se penche en avant et parle très doucement.

— Il y a quelques mois, j'aurais dit que personne n'est capable de gagner contre Trick, mais tu n'es pas n'importe qui pour lui, n'est-ce pas ? Je vais te dire une chose. Si tu le trahis, lui ou l'un d'entre nous à nouveau, je m'occuperai personnellement de toi, et ça ne te plaira pas.

Mon cœur martèle dans ma poitrine et je me sens faible à nouveau.

Un bruit nous fait tourner la tête.

— Attends, dit Trick. Cette pilule m'assomme.

Il est torse nu et couvert de sueur. Son bras gauche est bandé, et Anvil le tient par le bras droit pour l'aider à rester debout.

— C'est ce qui arrive quand on sniffe comme un junkie.

Trick nous voit et se redresse immédiatement.

— Hé, tu es là, dit-il en me souriant avant de tourner son regard vers Connor. Qu'est-ce qui se passe ?

Il marche plus vite qu'il en semble capable. Connor se lève et s'éloigne de moi avant de lui faire face.

— On discutait. Si tu veux qu'elle reste ici, ce soir en particulier, elle doit savoir qu'elle a intérêt à être digne de confiance.

L'expression de Trick se durcit alors qu'il s'approche de Connor. Une seconde plus tard, il se penche en avant, saisit l'arme de Connor et la pointe sur lui.

— Recule, C.

— Tu tiens à peine debout. Donne-moi ce putain de flingue.

Trick transpire, mais sa voix est stable.

— Vase à 11 heures, dit-il avant de légèrement bouger le bras.

Le pistolet se décharge avec un claquement et un petit vase en cristal explose en morceaux. Je sursaute et prends une profonde inspiration.

Dans la seconde, le pistolet est à nouveau pointé sur Connor.

Celui-ci tend la main, mais pas vers Trick. Il regarde derrière lui.

— Anvil, non.

Mes yeux se tournent vers Anvil Stroviak qui tient un pistolet pointé sur le dos de Trick.

— Il lâche cette arme ou je lui tire une balle dans la jambe. Tu m'entends, Trick ? Lâche cette arme.

À l'instant où je me lève, je vois du mouvement depuis la porte. Une voix féminine d'acier s'élève :

— Sasha, n'y pense même pas.

— Reste là, Raven, je suis sérieux, aboie Anvil.

Elle l'ignore et nous entourons Trick en même temps.

— Bonsoir, mon ami, dit doucement et gentiment Rachel. On vient juste de colmater tous les trous du bateau. N'en fais pas plus, d'accord ?

Trick ne nous parle pas. Son regard est sur Connor McCann.

— J'ai vu son expression, C. Putain, pour qui tu te prends de menacer ma femme ?

— Elle n'est pas encore ta femme. Elle ne porte même pas la bague que tu lui as offerte. J'ai de bonnes raisons de l'interroger. *Et tu le sais.*

Trick respire avec effort, et son bras gauche levé tremble.

— Éloigne-toi, Rachel. Emmène Laurelyn avec toi dans une autre pièce. Vil, si je tourne la tête et que je vois que ton arme est pointée dans cette direction avec elles près de moi, je te tuerai, mec.

— L'arme d'Anvil est baissée. Passe-moi celui-là, dit C en tendant la main.

— Discutons d'abord. Rachel a fait une erreur et Anvil a réglé les choses avec elle. Lorsque Zoe a eu des ennuis, c'est toi qui as décidé de ce qui devait lui arriver. Ma femme, c'est mon affaire. Elle ne nous fera jamais de mal. J'y veillerai. C'est moi que ça regarde. *Pas toi.*

— C'est ce qui m'inquiète. Tu es aveuglé, et tu ne peux pas accepter ce qu'un informateur du FBI dit...

— Je ne suis pas aveuglé ! J'ai accès à ses appareils, à sa maison et à sa voiture. Je transfère les données de son téléphone tous les jours. Je vois chaque frappe sur son ordinateur. Il y a un micro dans l'appartement, et nous avons un garde du corps qui surveille chacun de ses mouvements. Je lis tout ce qu'elle écrit, j'entends tout ce qu'elle dit, je sais où elle va et qui elle voit.

Les yeux de Connor s'écarquillent et je me raidis.

Trick m'a espionnée ? De toutes les manières possibles ? Mon Dieu. Je me demandais quand faire le premier pas parce que je ne savais pas s'il ne voulait pas un peu d'espace. Mais en fait, il n'y avait pas d'espace entre nous. *Zéro.*

— Ouais, C. À qui tu penses avoir affaire ? Je suis l'analyste de cette organisation. Je suis sur le dark web. J'embauche nos hackers.

— Tu n'as rien dit... tout ce que tu as dit, c'est que tu savais qu'on pouvait lui faire confiance.

— Tu m'as demandé si j'étais sûr. J'ai dit à cent pour cent. Quand est-ce que je dis cent pour cent quand je ne suis pas sûr ? Merde, jamais, et tu le sais. Ou tu devrais en tout cas.

Trick secoue la tête et laisse tomber son bras gauche. Sa voix est plus basse et frustrée quand il reprend la parole.

— Tu devrais me connaître. Est-ce que je t'ai déjà trahi ? demande-t-il les lèvres pincées.

Il retourne quelque chose sur le pistolet et le laisse se balancer sur son doigt pour le pointer vers le sol. Puis il tend son bras pour que Connor prenne l'arme, ce qu'il fait.

— Laurel a fait une erreur et on a passé l'éponge, tout comme Rachel, dit Trick, d'une voix grave. Et ne lui parle plus jamais comme ça.

Trick semble essoufflé et vacille légèrement.

Connor jette le pistolet et le rattrape pour l'empêcher de tomber. Puis il le guide vers le pouf en secouant la tête.

— D'accord, je t'ai entendu.

Les prochains mots de Trick sont mal articulés.

— Je t'aime comme un frère. Ne m'oblige pas à te tuer, C. Comment je pourrais vivre avec ça ?

— Personne ne tuera personne. Ta copine est en sécurité. Tout le monde va bien. Vil, viens ici. Allons le mettre au lit.

— Non, ne me bouge pas. Je vais vomir, rétorque Trick en reposant Connor. Je dois m'allonger ici. Ne me fais pas vomir et m'embarrasse pas devant ma femme. J'ai promis…

Sa respiration est saccadée alors que les deux hommes l'installent sur le canapé.

— Pousse-toi, C. Laisse-moi.

Trick pose son bras droit sur son visage, couvrant ses yeux.

— Laurelyn, t'es où ?

Je m'avance silencieusement en essuyant mes larmes. Je l'embrasse doucement et serre son avant-bras, décidant qu'être espionnée n'est peut-être pas une chose terrible puisque ça semble avoir rassuré Connor McCann. Trick comprend évidemment ce qu'il y a à faire pour protéger tout le monde.

— Je suis là, murmuré-je.

— Me suis fait tirer dessus. Je te ramènerai bientôt à la maison, j'ai juste besoin d'une petite minute.

— Tout va bien. Repose-toi.

— Kath t'a dit ce que m'a dit le père Francis ? Ou comment on l'appelle ? dit-il en riant. GOD. Le Gangster Originel de Dieu.

— Trick, dit Anvil. Tu es bourré. Ferme-la.

— Tu es toujours là, putain de Goliath ? Fous le camp, Vil. Qui était avec toi à Boston quand ils pourchassaient Rachel ? Qui a suivi Gogilevich avec toi quand il l'a emmenée ? Tu menaces de me tirer dans le dos ? Putain de Judas.

Quand Anvil parle, son ton est ferme mais doux.

— C'est ce qui se passe avec les chiens enragés. Tirer à l'intérieur de la maison ? Putain, qu'est-ce qui cloche chez toi ?

Sans ouvrir les yeux, Trick lève son majeur en direction de la voix d'Anvil.

— Je vais t'envoyer une centaine… non, un millier de mèmes par jour. Je vais demander à un gars de créer une application. Ton téléphone va bourdonner comme un vibromasseur.

Rachel me tend un chiffon mouillé et m'indique le front de Trick. Je le pose sur son visage, et son expression s'adoucit.

Elle me fait un petit signe et s'en va. Je suis désolée de la voir partir. Je sais qu'elle n'est pas tout à fait mon alliée, mais sa détermination tranquille a été un facteur clé à un moment crucial. Anvil se dirige vers la porte et s'arrête sur le seuil, les bras croisés sur le torse comme une sentinelle qui monte la garde.

C soulève Trick par les épaules et me fait signe de m'asseoir. Je m'exécute, et quand il l'abaisse, la tête de Trick est sur mes genoux. Il respire la bouche ouverte avant de s'endormir.

C s'assoit sur le pouf en le regardant.

— Quand il se réveillera, s'il pense que tu veux partir, ce sera difficile de le garder ici. Mais il ne doit pas rentrer chez lui comme ça. Je ne sais pas quel genre de drogue il a caché chez lui. Même s'il n'a rien sous la main, il connaît tous les dealers de la ville. Avec un seul mot, il peut avoir assez de drogue pour abattre une armée.

Il prend une profonde inspiration et pose une main sur la poitrine de Trick comme s'il vérifiait sa respiration.

— Ça peut bien se passer, mais si ce n'est pas le cas, tu ne pourras pas le gérer toute seule. Je suis sûr que tes douces paroles auront du poids, mais il n'acceptera jamais les ordres d'une femme. Il n'est pas programmé comme ça.

Je sais que Connor a raison. J'ai vu par moi-même comment Trick réagit quand j'essaie de lui dire quoi faire.

— Et s'il commence à se droguer contre la douleur, il pourrait perdre le fil et faire une overdose. Il a cessé de respirer une fois, m'explique C en grimaçant tandis qu'un pli profond se forme entre ses sourcils. Je l'ai presque perdu. Il est passé près.

Il lève alors son regard vers moi.

— Je sais qu'il est à toi maintenant, mais il est aussi à nous. Coopère avec moi pour le garder ici, afin qu'on puisse t'aider si ça arrivait.

J'acquiesce.

— Bonne fille, murmure C avant de se lever.

Je baisse les yeux sur le visage de Trick, détendu et beau.

— Dans quel état est son bras ?

— Pas trop mal. Il a saigné, mais rien de dangereux. Il est étourdi parce qu'il était ivre avant de se faire tirer dessus et qu'il a pris un analgésique. Il ira mieux après avoir dormi. Sauf pour la douleur. Je sais que son bras le tue ; il n'aurait jamais utilisé de drogue devant Vil autrement.

Puis les hommes me laissent seule avec lui sans savoir quoi dire ou faire quand il se réveillera.

* * *

TRICK

MON BRAS PALPITE comme s'il y avait un cœur dans mon biceps. Vil a serré le bandage pour l'empêcher de saigner, mais le bras a dû enfler parce que mes doigts sont engourdis. Tâtonnant avec les attaches métalliques, je les décroche du tissu et secoue mon bras jusqu'à ce que le bandage soit plus lâche. La douleur s'atténue aussitôt. Ouvrir et fermer mon poing redonne une sensation normale à mes doigts.

Il fait sombre, mais ma nuque contre sa jambe et son souffle doux m'indiquent que Laurel est sur le canapé avec moi. Alors que mes yeux s'habituent, je m'assieds et fronce les sourcils. Elle est enceinte. Elle devrait dormir dans un lit. Le bras gauche n'est pas prêt à la porter, mais il n'est pas cassé, donc je devrais pouvoir l'installer un peu mieux.

Je me lève, redresse ses jambes et la soulève à moitié pour pouvoir centrer sa tête sur les coussins. J'essaie de la déranger le moins possible, mais elle s'agite lorsque je la bouge. Une fois fait, j'attends de voir si elle va se réveiller. Si c'est le cas, je l'enverrai dans une chambre d'amis. Mais elle retombe dans un sommeil profond et je la couvre avec la couverture.

Dans la cuisine, Vil est affalé sur une chaise, les pieds sur la dernière marche d'un escabeau à l'usage des filles. Quand j'entre, il regarde quelque chose sur un iPad, mais pose l'appareil sur la table en me voyant. Je ne demande pas ce qu'il fait parce que je le devine. Lui et C se relaient pour garder un œil sur moi.

J'ouvre le garde-manger, sors un flacon d'ibuprofène et prends quatre pilules. Cette merde fait généralement effet pour tout genre de douleur, mais le bras est une blessure de chair, donc huit cents milligrammes devraient faire l'affaire. J'ajoute aussi quelques Tylenol extra-forts pour faire bonne mesure.

Après cela, je réchauffe quelques tortillas sur le gaz en soufflant les parties qui prennent feu. Après les avoir beurrées, je les enroule et les mange. Il faudrait que je mange de la viande pour le fer puisque j'ai saigné, mais ça ira. En me lavant les mains, je me demande si je pourrais m'endormir sans avoir à prendre un verre de Jack. Le bras me fait mal, mais je pense que je peux le supporter. Je suis encore sonné de tout à l'heure.

— Quand l'as-tu épousée ?

— Pas encore.

Je ne lui explique pas ma stratégie qui consiste à l'appeler constamment ma femme jusqu'à ce qu'elle s'habitue et se résigne à l'idée Et également pour que l'organisation l'entende et qu'elle comprenne que sa place dans ma vie n'est pas temporaire.

Anvil recommence à regarder son téléphone.

— On est à l'étage. Prenez la chambre près de la porte d'entrée.

Je ne réponds pas en sortant. Tout le monde est dans la maison pour empêcher la police ou les fédéraux de nous aborder. Au sous-sol, alors qu'il soignait mon bras, Anvil m'a dit qu'ils n'étaient pas du côté du manoir Petrov, donc quoi qu'il se soit passé, ce n'est pas eux. Pourtant, beaucoup de gens, en particulier les flics de Coins, penseront que les meurtres et les incendies sont l'œuvre de C Crue.

Être ensemble au quartier général est une position de force pour nous, mais je ne sais pas si mon équipe et ma copine s'entendront assez bien pour que ça fonctionne. Je me dirige vers la salle des médias quand je tombe sur Laurelyn.

— Hé, dit-elle avec un petit sourire.

Dieu merci, elle ne me regarde pas comme si j'étais sur le point de mourir et qu'elle a besoin de me dorloter. Je ne pourrais pas supporter ça maintenant.

Mon bras droit l'entoure et je l'embrasse, longuement et profondément. Quand sa langue caresse la mienne, mon sexe durcit. Ma tête passe en revue les positions dans lesquelles je peux la baiser et qui n'exigeront pas beaucoup de mon bras gauche. Celles qui ne la mettront pas non plus au-dessus puisque je ne le veux pas.

Prenant sa main, je la conduis dans la chambre près de la porte d'entrée. Sur le lit, il y a un panier décoré de fleurs avec des articles de toilette et des conneries pour le soin des plaies. *Zoe.* Je le pousse plus loin.

— Déshabille-toi.

Je m'assois au bord du lit et profite du spectacle. Elle est silencieuse et il n'y a pas de fioritures dans ses mouvements, mais elle n'en a pas besoin. J'ai pensé à son corps jour et nuit. Rien que sa rapidité à faire ce que je lui demande et le contact visuel qu'elle établit en se déshabillant suffisent comme aphrodisiaques pour que mon sexe soit pratiquement en flammes.

Mon regard se fixe sur ses gros seins ronds. Je ne vois pas comment ils pourront gonfler davantage, mais j'ai hâte d'y être.

Mes yeux tombent enfin sur son ventre, qui est toujours plat. Je suis à la fois mécontent à ce sujet et soulagé car ça signifie que nous avons un peu plus de temps pour jouer de façon agressive. Elle enlève ses sous-vêtements, et contrairement à tant de femmes avec qui j'ai couché, il n'y a pas d'épilation élaborée. Tout est naturel, comme à l'époque où elle était une jolie écolière de dix-huit ans que j'ai doigté et baisé avec la langue. Mes testicules me font mal. Cette fille figure dans mes fantasmes depuis des années. C'est bon d'être à nouveau dans la même chambre qu'elle.

Je cherche dans ma poche et en sors la bague que je lui tends. Mes yeux la défient de refuser. La respiration de Laurel est profonde lorsqu'elle la prend et la glisse à son doigt.

— C'est bien, dis-je en l'embrassant, une main sur sa hanche et l'autre sur son sein.

J'ai des pinces à tétons dans mon sac de sport que j'ai hâte d'utiliser plus tard.

— Mets-toi à quatre pattes sur le lit.

Elle m'observe, les yeux mi-clos, et je prends une profonde inspiration, ressentant un sentiment d'urgence qui n'augure rien de bon pour passer un long moment à savourer nos retrouvailles.

Laurel rampe sur le lit et attend, un pied posé sur l'autre.

— Mets tes avant-bras sur le lit et pose ton front dessus.

Le souffle court, elle hésite.

— Maintenant, insisté-je à voix basse.

Quand elle obéit, je sais qu'elle a décidé de s'exécuter sans discuter ni me repousser. Il s'avère que se faire tirer dessus est l'un de ces nuages qui cache un rayon de soleil.

Je saisis mon T-shirt à deux mains et le passe par-dessus ma tête. Le bras gauche se plaint, mais pas au point que je ne puisse pas le supporter. Le reste s'enlève facilement. J'aimerais poser ma bouche sur sa chatte jusqu'à ce qu'elle me supplie de la baiser, mais j'aurais besoin d'un bras gauche plus fonctionnel pour ça. Au lieu de cela, je monte sur le lit derrière elle et écarte ses pieds pour pouvoir m'agenouiller entre ses jambes lisses et toniques.

Elle frissonne. Je pose ma main sur sa peau soyeuse au creux de son dos, et la caresse avec mon pouce.

— Cambre le dos et lève les fesses.

Frissonnante, elle s'exécute. La position devient plus soumise, et nous le savons tous les deux. Je plonge mes doigts dans sa fente, humide comme toujours pour moi. Ma queue est tellement dure que je pourrais faire des bosses sur une voiture avec. Mes doigts trouvent son clitoris et le taquinent.

Ses poings agrippent les draps et ses hanches ondulent avec impatience. Bien. Je pousse mon sexe en elle.

— Mets une main entre tes jambes. Tu vas te caresser pendant que je te baise. Je veux te sentir jouir sur ma queue.

Elle expire avec force et son corps tremble lorsqu'elle se recule.

Il faut que j'y aille lentement pour ne pas éjaculer tout de suite. Ses douces parois intimes étreignent mon sexe alors que je m'enfonce en profondeur. Je gémis doucement, et toutes les pensées dans ma tête disparaissent jusqu'à ce qu'il ne reste plus que Laurelyn.

— Il n'y a rien de mieux que ça. Rien.

Je n'en suis qu'au début et savoure la façon dont elle palpite autour de moi. Elle ondule ses hanches, pressant ses magnifiques fesses contre moi, m'encourageant à utiliser son corps comme la nature l'a prévu. Mes doigts se resserrent sur sa hanche, et j'entame un va-et-vient.

Plus elle halète et a des spasmes autour de moi, mieux c'est. Je la martèle brutalement pour qu'elle me sente contre son col de l'utérus, ce qui lui plait. Elle jouit en serrant mon sexe d'une manière qui me convainc qu'elle est ma récompense pour avoir survécu à la nuit.

Je continue mes va-et-vient comme si j'avais tout le temps

du monde. Mes testicules sont durs et prêts à tirer, mais je me retiens. Je ne suis pas prêt. Pas encore. Je caresse la peau soyeuse de son dos. Puis je saisis ses fesses et serre assez fort pour la faire sursauter de surprise. Je n'ai pas besoin de dire un mot pour lui rappeler qu'elle m'appartient. Ou ce qui se passerait si elle n'était pas sage.

Ma main droite écarte sa cuisse afin de la baiser en profondeur, jusqu'à ce que mon cœur martèle et que mes muscles se tendent contre mes os. Basculant la tête en arrière, je jouis en la remplissant de ma semence tout en tentant de reprendre mon souffle, émerveillé. Comment chaque fois peut être aussi bonne que la première ?

Je suis lent à me retirer car je me rends compte que jouir à l'intérieur de Laurelyn est bien mieux que les antidouleurs. Pour le moment, mon bras ne me fait pas du tout mal.

Je gifle ses fesses pour faire bonne mesure avant de me laisser tomber sur le dos. Elle s'assoie, une jambe repliée, l'autre tendue. Penchée sur moi, elle m'embrasse et je lui rends son baiser en posant une main sur sa nuque.

— Oui, tu as raison, murmure-t-elle contre mes lèvres. Je veux bien te laisser décider pour notre vie sexuelle.

Je m'esclaffe.

— C'est dur de ne pas poser de questions sur mon bras ?

— Très, dit-elle en souriant. Mais si tu es capable de te concentrer sur le sexe et ne pas t'évanouir pendant, je pense que ça va.

Elle repousse mes cheveux de ma tempe avant d'ajouter :

— Je peux voir ton bras ?

— Fais-toi plaisir. Zoe a mis des ciseaux dans le panier.

Elle se lève et ramasse ses sous-vêtements.

— Non, laisse-les là.

— Vraiment ? demande-t-elle, surprise.

— Vraiment.

Elle hausse alors les épaules et se dirige vers le panier. Elle apporte le tout au lit, ce qui n'est pas nécessaire, mais je la laisse jouer. La gaze est sèche, donc à moins que le saignement recommence quand elle l'enlève, il n'est pas nécessaire de couvrir à nouveau la plaie pour l'instant.

Découpant soigneusement le pansement, elle retire le bandage. Je lève mon bras, et la douleur se fait à nouveau ressentir, mais c'est loin d'être aussi grave que tout à l'heure, quand je me suis réveillé. Les médicaments agissent.

Il y a une croûte sur le trou de mon biceps. J'ai de la chance que la balle n'ait pas touché l'os et ne l'ait pas cassé. Et encore plus chanceux d'avoir été en mouvement et que la balle ait manqué sa cible : mon cœur.

Elle regarde la plaie linéaire de l'autre côté de mon bras qui a été refermée avec quelques agrafes médicales.

— Pourquoi Anvil n'a agrafé qu'un seul côté ? Et pourquoi la plaie du dos est une fine ligne parfaitement droite ?

— La balle était sous la peau. Il l'a sortie.

Ses yeux s'écarquillent alors qu'elle prend une inspiration.

— En t'ouvrant ?

Je souris.

— L'osmose ne fonctionnait pas, alors oui.

— Mon Dieu. Qu'est-ce qu'il a utilisé ?

— Tu es sûre de vouloir savoir ?

Elle hésite, ce qui fait honneur à son intelligence. Intelligente, elle l'a toujours été. Je n'aurais jamais été aussi attiré par elle si elle ne l'était pas. Je suis sorti avec beaucoup de petits chatons à tête de linotte. C'était comme un jeu pour voir à quel point je pouvais m'épargner toute conversation ; le but étant zéro. Content que tout cela soit fini.

Son expression est soudain déterminée.

— Oui, dis-moi tout ce qu'il a fait.

— Solution d'iode, puis lame de rasoir stérile. La balle est sortie tout de suite. Il a ensuite lavé les plaies avec une solution saline stérile et refermé la plaie avec une agrafeuse de chirurgien. Aussi simple que ça.

— Anesthésie locale ?

— Non.

Elle grimace.

— Vil était rapide. Je n'ai pas eu le temps d'avoir mal qu'il avait déjà tout incisé. Sortir la balle a fait mal, mais la vraie douleur est du côté où la balle a traversé.

— Ça fait moins mal maintenant ?

Je hoche la tête en étudiant son visage. Elle est belle, mais c'est la focalisation de ses yeux verts translucides sur moi qui me fait vraiment effet.

— Où est la balle ?

— En lieu sûr. Sous clef, au cas où nous en aurions besoin.

Elle hoche la tête.

— La police ne sera pas fâchée que vous ayez quitté les lieux ? Et qu'est-il arrivé à Milt ? Il s'est enfui ?

— Si les choses se passent comme prévu, je n'aurai jamais à admettre avoir été là. Quant à Schager, il n'a pas survécu.

Elle se mordille la lèvre et détourne le regard.

— Il t'a tiré dessus en légitime défense ?

— Non. Au contraire. Je l'ai attaqué par le biais des avocats et des fédéraux, et lui avec une arme à feu, vêtu de noir et d'un masque de ski. J'imagine qu'il voulait faire passer ça pour des représailles Petrov. C'était un bon plan. Et il a failli réussir. J'étais vraiment bourré quand je suis descendu au garage.

— Mais tu es là, et il est mort.

— Eh bien, Schager et moi avons eu la même idée. Je me disais qu'un homme de Petrov pourrait surgir, alors j'étais très attentif. J'ai beaucoup d'entrainement à rechercher des gens désireux de me tirer dessus. C'est ma vie depuis longtemps.

Le silence s'installe un instant.

— Si j'étais un homme meilleur, je te mettrais dans un lieu sûr et je ne te rendrais même jamais visite. Je garderais le secret pour mon enfant et je t'enverrais de l'argent sans que personne le sache, dis-je en la regardant, un bras derrière la tête. Tu veux que j'essaie d'être un homme meilleur en ce qui te concerne ?

— Tu me demandes si je veux que tu m'envoies vivre loin de toi ?

J'acquiesce.

— Je pourrais te convaincre de venir avec nous ?

Je soupire. Les paroles de mon vieux me reviennent. « Lorsque tu trouveras ta femme, ne lui mens jamais. Elle le saura et ça gâchera tout. Si tu choisis celle qu'il te faut, elle sera meilleure qu'un prêtre quand tu auras besoin de te confier ».

Tenant ma promesse, je lui dis la vérité.

— Une vie tranquille, ce n'est pas pour moi, Laurel. Les ennuis me trouvent toujours, et ce n'est pas dans ma nature de laisser couler, même quand ça me détruit.

En regardant son visage, qui semble plus intéressé que déçu, j'ajoute :

— J'ai dû faire quelque chose, jeune, pour sauver quelqu'un que j'aime. Ça m'a déchiré de l'intérieur. Je n'étais pas sûr d'y arriver. J'ai craqué et j'ai confessé mon péché à un prêtre. Avec le recul, je pense qu'il a dû prendre pas mal de vin de communion cette nuit-là.

Je ris doucement avant de poursuivre :

— J'étais là, un gamin, pleurant sur un péché mortel et en même temps honteux de m'effondrer. Et il m'a dit : « Parfois, Dieu envoie des archanges du ciel, parfois il les place sur Terre. Peut-être que tu es l'ange vengeur de ta famille. Sinon, comment aurais-tu pu faire ce que tu as fait ? Tu n'as que treize ans. ». Puis il m'a donné une pénitence qu'il m'a fallu un an pour terminer.

Elle sourit.

— Compte tenu de la vie que tu mènes, tu devrais faire pénitence éternellement.

Je m'esclaffe.

— On pourrait le penser, mais je suis un homme qui aime ses échappatoires. Et j'ai décidé, en tant qu'ange vengeur, que j'étais exempté.

Je souris en la voyant hausser les sourcils.

— Je sais que les trucs d'anges sont des conneries, mais à l'époque, j'avais besoin d'y croire. Ça m'a permis de m'en sortir, dis-je me massant le front. Un soir, il faisait beau, et Kath et moi sommes allés sur le toit prendre une boisson. Nous étions des enfants et tous les deux si fatigués. Je lui ai dit ce que le Père m'avait dit et sans hésitation elle a rétorqué : « Bien sûr que c'est vrai. J'ai prié Dieu de m'aider parce que je savais que je ne pouvais pas fuir. Alors le tout-puissant a chuchoté à ton oreille et t'a ordonné de faire ça pour moi. Si tu ne le crois pas, réponds à ma question : comment pouvais-tu être si bon à manier une arme à feu quand tu étais petit, sauf si tu étais destiné à faire ce que tu as fait ? »

Avec un sourire narquois, je regarde attentivement le visage de Laurel et guette toute réaction. Elle se contente de me fixer.

— Deux personnes bonnes et dignes de confiance m'ont dit la même chose, alors j'ai commencé à croire que c'était mon travail de débarrasser le monde des méchants. Certains pensent que personne ne peut les arrêter, et puis quelque chose les force à croiser mon chemin.

Je pose ma main gauche sur mon torse.

— Et en ce qui concerne l'endroit où je vis, Coins me convient parce que C est ici et qu'il est mon ange gardien, dis-je avant de lui adresser un clin d'œil. Par deux fois, il m'a évité de porter un jugement irréfléchi qui aurait été dévastateur.

— Connor McCann est tout aussi colérique et impétueux que toi.

— Non. C n'est pas impétueux. Tu as vu comme il a gardé son sang-froid ce soir avec une arme pointée sur lui ?

— Je t'ai vu faire exactement la même chose quand Kaz Petrov a mis un pistolet sur ta tempe.

— Exactement. De qui penses-tu que je l'ai appris ?

Elle pose une main sur mon ventre et hoche la tête.

— Alors ce sera ça. Un mariage à l'église St. Mary.

— Dans dix-huit mois, pas avant. Le palais de justice conviendra parfaitement. St. Mary est pour « jusqu'à ce que la mort nous sépare ».

— Oh. Compris. Le palais de justice me va.

— Tout comme St. Mary, dis-je avant d'inspirer lentement. Tu es la seule chose que je veux garder pour moi, Laurelyn. C'est égoïste, mais...

— Tu n'es pas égoïste, Scott. Le nombre de personnes dont tu t'occupes et que tu surveilles est ridiculement élevé, dit-elle en souriant. Au début, je pensais que je devais prendre soin de toi. Mais je ne suis pas sûre que ça te plaise.

— Ça dépend de ce que tu entends par prendre soin de moi. Me donner des ordres, non. Je suis le chef de famille.

— Eh bien, dans ce cas ajoute-moi à la liste des personnes dont tu t'occupes, me taquine-t-elle.

Mais je veux plus que ça d'elle.

— Je t'ai ajoutée il y a longtemps. Presque une décennie.

Ses sourcils se lèvent.

— J'étais dans un arbre du cimetière de St. Mary à attendre que tout le monde s'en aille. Tu es apparue. C'était après qu'on ait rompu, et on n'avait pas parlé depuis quelques mois. Tu tenais des fleurs sauvages cueillies près de la clôture. Tu as nettoyé la tombe de mon père, comme tu m'avais vu le faire, et tu as posé les fleurs dessus tout en lui parlant avec autant de gentillesse que Kath ou bébé l'auraient fait. C'est alors que j'ai su : au fond de moi, je resterai toujours amoureux de toi.

Elle se penche sur moi et embrasse mon torse.

— Je t'aimais quand j'étais adolescente. Je pensais m'en être remise, mais visiblement non. De toute évidence, je serai toujours amoureuse de toi aussi.

CHAPITRE 14

LAUREL

Des rires masculins m'attirent vers la porte de la salle de jeux.

— Et là je me dis : je lui rappelle qu'il n'est pas un ballon de basket ou j'appelle directement l'ambulance ? dit Trick.

C répond, mais sa voix est trop basse pour que je puisse comprendre. D'autres rires éclatent dans la salle.

Je passe la tête par la porte pour attirer l'attention de Trick.

— Entre, ma belle, dit C.

Quand j'hésite, il me fait un signe de la main.

— Mais oui, entre. Tu n'as pas à avoir peur d'entrer.

— Je ne veux pas vous interrompre. J'avais juste une question pour...

Je tends le doigt vers Trick, qui pose sa queue de billard contre le mur et sort à ma rencontre.

— Ça va ? demande-t-il.

Hochant la tête, je lisse le devant de mon T-shirt.

— J'ai entendu quelque chose et je voulais avoir ton accord. Ou ton veto. Peu importe.

Quand je n'en dis pas plus, les coins de sa bouche se relèvent.

— Pour ça, il va m'en falloir un peu plus, bébé.

— Tu sais...

Je jette un coup d'œil à la porte et réalise que j'aurais dû réfléchir au moment d'avoir une conversation sur les rumeurs qui circulent à notre sujet et sur la façon de les gérer.

— Je t'en parlerai plus tard.

— On va faire une partie de poker. Pourquoi ne viens-tu pas jouer ?

— Oh non. J'allais finir...

— J'aimerais beaucoup que tu viennes.

Ses yeux sont d'un saphir noir alors qu'il me regarde.

— Et il n'y aura pas de conséquences pour moi si je vous mets sur le tapis ?

Il rejette la tête en arrière et éclate de rire.

— Promis.

— C'est votre argent... tout ça, puisque vous allez devoir me financer.

Du bout du couloir, Zoe m'appelle :

— Hé, Laurelyn, viens dans la salle multimédia. Il est temps de regarder du porno régence.

Trick s'avance vers elle.

— Du porno quoi ?

— C'est du porno féminin. Ce n'est pas pour toi, dit Zoe avec un sourire effronté avant de me prendre le bras.

— Je parie que je sais ce que c'est, dis-je en me penchant et murmurant le nom d'une série romantique historique de Netflix à son oreille.

Zoe éclate de rire.

— Oui. Rachel ne l'a pas vu. J'ai regardé certains épisodes deux fois, explique-t-elle avant de baisser la voix. Et d'autres, six ou sept fois.

— Compris. Le duc est extrêmement beau. Mais un défi m'a

été lancé, et je ne serai donc pas disponible avant quelques heures.

— Quel défi ?

— Une partie de poker.

— Strip Poker ? demande Zoe.

— Non.

— Alors mon offre est meilleure. J'y vais. Oh, attends… je viens de penser à quelque chose. Je te laisse, dit-elle avant de partir en courant. Rachel, j'arrive dans une minute ! Commence sans moi !

C apparaît dans le couloir.

— Z, qu'est-ce que j'ai dit à propos de crier dans la maison ?

— Oups. J'ai oublié, dit-elle en se retournant et continuant à avancer à reculons. Mais j'ai une très bonne excuse. Tu vas laisser couler cette fois, C.

Elle lui souffle un baiser.

— On verra, murmure-t-il en retournant dans la salle de jeux.

Mon cœur bat la chamade ; l'idée d'être assise à une petite table avec Connor McCann me met les nerfs à vif.

— Des respirations apaisantes, me murmuré-je.

Trick me suit, une main au creux de mes reins.

— Laurel joue avec nous.

— Bien, dit C.

Tout le monde dans la maison a manifestement décidé que mon appartenance à C Crue devait être rendue officielle et apparente. Je suis à la fois touchée et un peu sceptique.

Les trois hommes me font signe de m'asseoir.

— Où est-ce que tu t'assois ? demandé-je à Trick.

— Où tu veux, répond-il, étonné.

Je touche le dossier d'une chaise et il s'y laisse tomber. Je prends celui à sa gauche en m'humectant les lèvres.

— Qui veut un verre ? demande C en se dirigeant vers le bar.

Et toi, Laurel ? J'ai tous les jus. Je peux te préparer quelque chose de pétillant ?

— Tiens, C ! dit Zoe en entrant avec un plateau en argent contenant une collection de liquides et de purées dans divers petits verres et bols.

Il y a aussi une sélection d'herbes fraîches.

— Pour les cocktails sans alcool, explique-t-elle en tenant un petit verre. Jus de gingembre frais. Trick a dit qu'elle aimait le soda au gingembre. Que dirais-tu d'un cocktail aux agrumes et au gingembre ? Rachel a bien aimé.

C lui sourit.

— Qu'est-ce que tu as dit plus tôt ? Tu avais raison.

Elle lui sourit.

— Sur le fait de laisser passer ?

Il hoche la tête et lui donne un baiser.

— Et de l'orange sanguine fraîche ? On en a ?

Elle désigne deux purées.

— Non, mais il y a celles-ci avec un peu de citron vert.

Il plonge un doigt dedans et les goûte, puis acquiesce.

— Viens par-là, dit-il, en écartant les bras pour qu'elle puisse se blottir contre lui.

Elle jette ses bras autour de son cou et l'embrasse.

— Je t'aime.

Puis elle sort en trombe.

C prend un shaker et mélange plusieurs ingrédients, puis les filtre dans un verre de glace pilée et ajoute quelques herbes avant de me l'apporter.

Je prends une gorgée.

— C'est délicieux. Merci, C.

Trick se penche en avant.

— Fais-moi goûter.

Je porte le verre à ses lèvres et l'incline. Il déglutit et acquiesce.

— Oui, c'est bon. Je n'aurais peut-être pas mis le dernier morceau de gingembre.

C se fige et se tourne pour regarder Trick.

— C'était le dernier ?

Trick hoche la tête avec un sourire narquois.

— Elle a fait des biscuits au gingembre avant-hier.

— Rien dans notre dernière livraison d'épicerie ?

— Pas que je sache.

— Humm, fait C en retournant au bar pour préparer trois cocktails au whisky.

— Pourquoi est-ce un problème ? Le gingembre ? chuchoté-je.

— Je te le dirai plus tard, murmure Trick. On mise à mille, C ?

— Bien sûr.

Quatre mille dollars en jetons sont répartis entre nous. Anvil mélange les cartes et distribue. Il est la plupart du temps silencieux, mais très poli quand il répond à quelqu'un. Au début, la partie se déroule sans agressivité. Je gagne les deux premières mains.

Pendant que Trick mélange, je cherche sur internet à quoi sert le gingembre pendant les rapports sexuels. Une rougeur embarrassée se propage de mes joues à ma poitrine. Trick avait dit qu'il n'y aurait pas de fessée au cours du dernier trimestre, mais s'il a besoin de me punir, il y a d'autres moyens, et je viens d'en comprendre un. Fermant le navigateur, je pose le téléphone sur mes genoux et vérifie mes cartes.

Je gagne les deux manches suivantes, mais C et Anvil ont compris qu'il n'était pas nécessaire de me ménager.

Trick gagne une partie, ainsi que C. Puis je gagne les deux autres.

— Tu joues mieux ce soir, déclare Trick en m'observant.

— Ce soir, je n'ai pas peur de mourir. Je relance, dis-je en avançant mes jetons.

— Tu es sûre de vouloir faire ça ?

Je tourne la tête et le regarde dans les yeux.

— J'en suis sûre.

— Sans moi, dit C en nous regardant.

— Moi aussi, dit Anvil.

Trick relance à nouveau.

— Tu n'as pas la reine.

— Tu es sûr ? demandé-je.

Il m'étudie et pousse une pile de jetons face aux miens. Ses yeux se plissent.

— Montre-moi.

Je retourne mes cartes. La reine de cœur se trouve au sommet de la pile. C et Anvil éclatent de rire.

— Tu n'as pas compté ? demande Anvil à Trick avant de me tendre une main que je serre.

— Merci, dis-je doucement. Pour info, il a compté. Il compte toujours. Il ne peut pas s'en empêcher.

Les yeux de Trick parcourent la table et se posent sur les cartes.

— D'accord, Laure. Distribue.

C s'adosse au dossier de sa chaise tout en suçant le bout de son quartier de citron vert. Mes doigts caressent les cartes, puis je mélange comme une pro, et trois paires d'yeux masculins se fixent sur mes mains tandis que tous les autres mouvements s'arrêtent. Je tourne légèrement la tête, pose ma main sur la cuisse de Trick et murmure :

— Si tu es nerveux, tu peux me tenir la main.

Les sourcils d'Anvil se lèvent. Puis il sort son portefeuille et regarde dedans avant de se lever et de regarder autour de lui.

— Qu'est-ce que tu fais, Vil ? demande Trick.

— Rien, dit-il en se dirigeant vers le bureau.

— Elle te donne des cartes ou tu préfères danser le tango dans la pièce ?

Anvil s'arrête de marcher et lui adresse un grand sourire.

— Peut-être que tu devrais t'inquiéter pour toi. Elle t'a fait perdre le compte alors que sa main n'était même pas près de ta queue. Quelle chance as-tu de tenir le compte maintenant ?

Trick lui fait un doigt et pose ma main sur la table.

— Tu veux des cartes, Anvil ?

— Ouais.

Anvil trouve un bloc de papier et un crayon et retourne à la table. Je décide qu'il a l'intention de garder une trace du jeu, même si je ne sais pas pourquoi.

Je distribue les cartes.

— Tu sais, dit C en m'évaluant. Si tu triches, tu auras de très gros ennuis.

Sa voix est douce, mais j'entends la menace.

— Non, je ne pense pas, dis-je d'une voix légère.

C se penche en avant, la main posée sur ses cartes.

— Non ? répète-t-il en tournant son regard vers mon voisin de table. Trick ?

La main de Trick couvre la mienne pour m'empêcher de regarder mes cartes.

— C, ne plaisante pas. Je te rembourserai ta mise. Redistribue, Laurelyn. Vil, tu joues ou pas ?

— Je joue.

— Pas de redistribution, dit C.

Trick déplace son bras vers le dossier de ma chaise et se penche pour me murmurer à l'oreille :

— Si tu triches, cette promesse que j'ai faite…

— Ne le fais pas. S'il te plaît, ne te défausse pas, dis-je d'une voix douce et suppliante.

Je me penche en arrière, mettant mes mains sur mes genoux.

— Tu as dit pas de mensonges. Aucune promesse non tenue. Tu m'as fait croire en toi.

Il expire comme si c'était son dernier souffle et ferme un instant les yeux.

— Tu peux me faire confiance. J'ai promis que tu seras en sécurité. Tu es en sécurité.

Je pose mes mains sur ses joues et l'embrasse avant de me tourner vers Connor.

— Trick m'a demandé de jouer et j'ai essayé de dire non. Mais c'est difficile de lui dire non, alors j'ai accepté, à condition qu'il n'y ait pas de représailles si je gagne. Il a promis parce qu'il ne connaissait pas mon niveau.

— Tu as triché la dernière fois ? demande C.

Je secoue la tête.

— Je ne pense pas que j'aurai besoin de tricher pour le battre ce soir. Mais allez savoir.

— Donc si Anvil ou moi te surprenons à tricher, tu n'as rien à craindre car le tueur de vases là-bas t'a dit qu'il était le seul à pouvoir s'occuper de toi si tu faisais quelque chose de mal ?

— Oui. Mais ça l'inquiète. Il ne peut pas nous protéger tous les deux à la fois.

C sourit.

— Sache que tricher n'est pas possible à une table C Crue. Si je te surprends à tricher, tu auras des ennuis. Et toi, Trick, et moi devrons trouver comment résoudre ce problème.

— Vil, change de siège avec moi, dit Trick.

Anvil se lève et échange avec lui. Nous jouons la main et je gagne, mais ensuite Trick récupère les cartes et les jette à la poubelle et place un nouveau jeu neuf devant Connor.

— C, tu distribueras à partir de maintenant.

C sourit en déballant le nouveau jeu, et j'essaie de ne pas réagir. Maintenant que Trick a été alerté de la possibilité de triche, il sera plus difficile de le distraire. Je n'aurais pas dû montrer mes talents. Puis je remarque le large sourire d'Anvil.

— Bien joué, dit-il en me serrant à nouveau la main.

J'hésite un instant, sans trop savoir ce qu'il veut dire par là. Enfin, je secoue sa main qui se retrouve engloutie dans la sienne.

— Cette dernière main, j'ai juste eu de la chance, dis-je avant de baisser la voix. Je ne sais pas si...

Anvil se penche vers moi tandis que ses énormes muscles tendant les coutures de ses vêtements.

— Tu lui as fait jouer la défensive, dit-il en haussant les sourcils. Tu as gagné plus que la main.

Je m'humecte les lèvres et lui adresse un petit hochement de tête, encouragée au-delà de toute mesure puisque C et Trick se liguent contre moi, ce qui me stresse.

Quand je regarde Trick, ses yeux sont fixés sur Anvil et son expression est ouvertement hostile. La seule fois où je l'ai vu ainsi, c'était lors d'une soirée où il s'était disputé avec mon petit ami.

Anvil se contente de lui sourire.

— Je suis mal à l'aise. Peut-être devrions-nous arrêter de jouer ?

Ce n'est qu'un jeu, et c'est déjà devenu incontrôlable. Je ne veux pas perdre, mais je ne veux pas non plus que C ou Trick soient furieux contre moi si je gagne.

Trick ne dit rien. C distribue les cartes. Anvil note quelques mots étrangers sur un bloc-notes. Mon cœur bat la chamade, alors je prends quelques respirations apaisantes et une gorgée de mon cocktail sans alcool au gingembre que je ne regarderai plus jamais de la même façon.

Le jeu est agressif. Je n'ai pas toujours les bonnes cartes, et je dois me forcer à me concentrer, mais parfois je suis dans un bon rythme. C et Anvil sont de bons joueurs mais je ne connais pas leur style de jeu, donc je regarde les réactions de Trick à ce qu'ils font jusqu'à ce que je les comprenne.

Trick mise tout pour éliminer C du jeu. On s'occupe ensuite tous les deux d'Anvil jusqu'à ce qu'il sorte aussi. Entre les échanges, C déambule, boit et nous regarde. Anvil se rassoit sur son siège en buvant et souriant.

Je suis en train de gagner, donc quand je pense avoir ce qu'il faut pour battre Trick, je mise tout. Il se couche. Connor s'approche et, alors qu'il rassemble les cartes, il regarde les miennes.

— Tu as joué intelligemment. Elle ne bluffait pas.

— Évidemment.

— Mais ça fait quand même mal, dit Anvil.

Il me regarde comme s'il était mon entraîneur et que j'étais une athlète qui venait de gagner une course contre le coureur le mieux classé de l'État.

— Il ne peut pas jouer à sa manière parce que c'est toi qui es en train de le faire. Ça le tue.

Trick lève les yeux au ciel.

— Un verre ? lui demande Anvil avec un grand sourire. Non, tu as raison. Il vaut mieux pas.

Mes yeux se tournent vers le verre de Trick, qui est à moitié plein. C'est celui que C lui a fait quand on a commencé, et la glace a fondu depuis longtemps.

— Non, je vais prendre un nouveau verre. Tu en veux un, Laurel ?

Trick se lève, mais C pose une main sur son épaule.

— Je m'en occupe. Qu'en dis-tu, Laurelyn ? Une autre boisson au miel et au gingembre ou quelque chose de différent ?

— N'importe. Merci.

— Que dirais-tu d'un pari parallèle, Vil ? demande C depuis le bar.

— Non, dis-je en même temps qu'Anvil réponds « oui ».

C met de la glace dans le shaker.

— Cinquante ?

— Mille ? soufflé-je, figée.

— D'accord, répond Anvil.

— Oh, mon Dieu, non, dis-je en me levant et reculant.

Tous me regardent comme si je venais de faire quelque chose d'inconcevable, comme un saut périlleux arrière depuis un balcon.

— Je… ne peux pas, expiré-je en reculant encore d'un pas.

Trick pose ses cartes et fait le tour de la table.

— Viens, bébé. Allons faire un tour.

Il prend ma main tremblante et m'entraine hors de la pièce. Lorsque nous nous arrêtons dans le hall, je regarde autour de moi d'un air absent.

— C'est trop de pression, dis-je.

— C compte là-dessus. Tu vas le laisser te faire perdre ?

— Tu ne veux pas que je le fasse ?

— Absolument pas.

Déglutissant difficilement, je serre les poings, puis les ouvre et secoue mes doigts.

— Ce n'est pas cinquante mille dollars, finit-il par dire.

Je le regarde, confuse, parce que je sais qu'ils ne prendraient pas la peine de faire un pari à cinquante dollars.

— Combien ?

— Considère ça plutôt comme cinq cent mille dollars.

— Mais ça ne l'est pas. C'est cinquante mille, non ?

— Cinquante mille ne signifie pas la même chose pour eux que pour toi.

— Même cinq cents, c'est beaucoup.

— Alors pense-y comme cinq mille.

— Je ne peux pas.

Je hausse les épaules de façon théâtrale, les mains tendues, ce qui me vaut un sourire narquois de sa part.

— D'accord. Alors abandonne, rétorque-t-il d'un ton désinvolte et légèrement moqueur.

Serrant les dents, j'aspire profondément par le nez.

— J'ai besoin d'une minute pour réfléchir.

— Pas de soucis, répond-t-il d'un ton amusé.

Il me tend une main que je suis sur le point de prendre, jusqu'à ce qu'il dise :

— Si tu es nerveuse, tu peux me tenir la main.

Connard. Ma colonne vertébrale se raidit et je retire brusquement ma main.

— J'arrive dans une minute, dis-je en serrant les poings.

Trick me fait un clin d'œil et s'éloigne sans rien dire. C'est un connard, mais un connard brillant. Il me faut moins d'une minute pour le suivre.

Durant les mains suivantes, je ne joue pas trop mal, mais je ne joue pas brillamment. Il remporte trois mains consécutives, dont une qu'il n'aurait pas dû.

Je me masse le front.

— Je suis fatiguée. Pouvons-nous aller nous coucher et reprendre demain ?

— Arrête, dit C, profondément sceptique quant à mes motivations, et à juste titre.

Trick regarde sa montre et se lève.

— D'accord.

C lève un sourcil.

— Épuisé à 22 heures ? Vraiment ?

— Ce sont des circonstances spéciales, dit Trick.

C sourit.

— Elle se joue de toi, et tu le sais.

— Elle est enceinte, alors elle peut annuler une partie si elle se sent fatiguée. Et si elle n'est pas fatiguée, alors elle ment, ce qui aura des conséquences. Quoi qu'il en soit, il est temps de s'arrêter pour la nuit.

— Humm. On reprend à quelle heure demain matin ?

— Quand on sera tous debout, dit Trick en me prenant la main.

— Attends, dit Anvil. À quel point est-ce que tu la punis quand elle ment ?

J'ai l'impression d'être rouge de la tête aux pieds. Mes yeux se tournent vers le visage de Trick, l'implorant de ne pas répondre.

Trick regarde un instant la table.

— Un point pour toi.

Je ne regarde aucun d'eux en quittant la salle. Nous sortons à peine de la pièce que je murmure :

— Je ne comprends pas.

— Il veut dire que si tu as trop mal pour t'asseoir sur une chaise, ça perturbera le jeu et tu joueras avec un sérieux désavantage car tu auras mal.

— Comment sait-il ce que tu entends par « conséquences » ? Tu leur as dit...

— Non, c'est toi qui l'as fait.

— Moi ? demandé-je en tournant brusquement la tête vers lui.

— Il nous a conduit de Boston à Coynston, et tu as dit que tu ne pouvais pas t'asseoir.

Je ferme les yeux en grimaçant.

— Ça m'a inquiétée ce jour-là, mais il s'est passé tellement de choses que j'avais oublié. Est-ce que Rachel le sait aussi ?

— J'en suis sûr.

Je retire mon bras et secoue la tête.

— Je n'aurais jamais dû les laisser me conduire ce jour-là. J'aurais dû demander à quelqu'un de venir me chercher. Alors C le sait aussi, et Zoe ? Je suis tellement humiliée.

— Je ne peux pas dire ce que C ou Zoe savent.

— Tu ne penses pas qu'Anvil ou Rachel leur ont dit ? En commérant ?

— Il y avait des sujets de conversation plus sérieux. Comme le fait que j'ai été arrêté par le FBI à cause de toi.

Je grimace, et reconnais que c'était plus important. Trick m'ouvre la porte de la chambre d'amis. Une fois à l'intérieur, je m'assieds au bord du lit.

— Pourquoi tu n'as pas dit que tu étais fatigué aussi ? Ou quelque chose de ce genre ? Quand tu as parlé de conséquences, ils ont évidemment compris ce que tu insinuais.

— En ce qui concerne les choses que nous faisons au lit ou que je te fais en te punissant, je garderai les détails pour moi.

Mais s'inquiéter de ce que C et Anvil supposent dès que j'ouvre la bouche, ça ne m'intéresse pas. Si ça t'inquiète, surveille ton comportement pour ne jamais recevoir une fessée assez violente pour leur faire comprendre que tu as été punie.

— Mais pourquoi est-ce qu'ils savent ce que tu fais avec les femmes ?

— Parce que, pour commencer, parfois ils étaient là.

Je recule, les yeux écarquillés.

— Tu veux dire que... comment ça ?

— Je veux dire ce que j'ai dit.

— Avec d'autres petites amies ?

— Pas des petites amies. Ne parlons pas de ça maintenant, dit-il en retirant son T-shirt.

J'ignore si c'est une distraction ou s'il se change pour dormir.

— Plus de sexe jusqu'à ce qu'on en parle, dis-je.

Il s'esclaffe avant de me regarder.

— Déshabille-toi. On va se coucher.

Debout, je regarde le lit.

— Combien de chambres est-ce qu'il y a dans cette maison ?

— Plein.

— Peut-être que je devrais en prendre une autre.

— Tu ne veux pas jouer à ce jeu. Tu ne gagneras pas.

— Parce que tu vas… comment tu vas m'empêcher de gagner ? Tu vas me punir de ne pas coucher avec toi ? Ce n'est pas acceptable.

Il fronce les sourcils.

— Ne fais pas ça. Ne nous mets pas dans cette position.

Son ton sinistre me fait réfléchir quand je le vois toucher son annulaire.

— Je vais mettre une bague juste ici qui signifiera que je ne laisserai jamais rien se mettre en travers de nous. Que je serai là dès que tu en auras besoin, même si je dois menacer de tuer mon meilleur ami quand il essaie de me protéger. Tu m'as vu pointer une arme sur C, n'est-ce pas ? Je prends notre relation très au sérieux, alors tu ferais mieux d'en faire autant. Ne joue pas à de petits jeux qui pourraient nous détruire.

Mes sourcils se lèvent.

— Nous détruire ? Je ne comprends pas de quoi tu parles.

— Tu es à moi, donc tu dors avec moi, tu as des relations sexuelles avec moi et tu portes mes enfants. Ce n'est pas négociable. Me priver de relations sexuelles comme moyen de pression n'est pas possible. Si tu te sens obligée de faire ça à ton mari, ne m'épouse pas.

Je hausse un sourcil.

— Avoir des relations sexuelles n'est pas négociable ?

— La question n'est pas de savoir si tu as mon cœur ou pas, Laurel. Tu l'as pris et ne me l'as jamais rendu. Mais si tu veux autre chose de moi, ça dépend de moi.

— Et ce que je te donne, ça dépend aussi de moi ?

— Pas en ce qui concerne le sexe.

— Jeux vidéo, hack informatique, costumes Hugo Boss. Tu sembles si moderne, mais à l'intérieur tu es comme une sorte de seigneur de guerre médiéval.

Il penche la tête en arrière et éclate de rire. Je repousse mes cheveux par-dessus mon épaule.

— Je t'aime, mais je ne sais vraiment pas si je devrais parfois. Sérieusement.

— Très bien, découvrons ça.

Il sort son téléphone et envoie un texto.

— J'ai caché certaines parties de ma vie parce que je ne voulais pas que tu sois choquée, mais je suppose que tu ferais mieux de tout savoir.

— Que dois-je savoir exactement ? demandé-je, intriguée.

— On va y arriver.

J'attends, pensant qu'il va me montrer des photos de lui en train de faire l'amour, mais à la place, il pose son téléphone sur la table de chevet. Je mordille le coin de ma lèvre, me sentant déstabilisée par le fait d'avoir à attendre les révélations à venir, et par le sentiment que parfois je pense le connaître et parfois je ne le connais pas du tout. Une petite part de moi se demande aussi s'il est en colère au fond de lui que je sois une si bonne joueuse aux cartes et de ne pas avoir été franche quand il m'a demandé de jouer avec eux.

— Alors j'ai quelques questions.

— Demande, dit-il en retirant sa montre pour la poser à côté de son téléphone.

— Fiancée redoutable aux cartes… sexy ou pas ?

— Extrêmement sexy.

— Sur une échelle de un à dix, à quel point seras-tu en colère si tu ne gagnes pas la partie de demain ?

— Contre toi ? Zéro. Contre moi-même ? Dix.

— Sur une échelle de un à dix, à quel point C sera froid et méchant vis à vis de moi si je gagne demain ?

Le sourire de Trick s'efface.

— Zéro. C n'est pas mesquin.

— Contrairement à moi ?

— Non, Laurelyn. Tu n'es pas mesquine. Ne déforme pas mes propos. Et plus important encore, ne te méprends pas sur ce que je dis. Les filles apprennent parfois de mauvaises choses en grandissant. Les hommes aussi, d'ailleurs. Si je pensais que tu étais mesquine, je ne serais jamais sorti avec toi, même au lycée, et j'aurais encore moins essayé de faire de toi l'épouse d'un seigneur de guerre.

Je secoue la tête sans pouvoir m'empêcher de lui adresser un petit sourire.

— À combien s'élève ta libido ?

— Moyen.

— Donc nos premières nuits ensemble étaient inhabituelles ?

— En termes de combien de fois j'ai couché avec toi ?

— Oui.

— Ouais, ce n'était pas dans la norme au début.

— Alors, qu'est-ce qui serait normal ?

— Les autres nuits.

Mes sourcils se lèvent.

— Je ne sais même pas combien de fois on a fait l'amour les deux premières nuits. Trois ou quatre, je pense. Mais nous n'avons jamais passé une nuit sans coucher ensemble. Chaque fois que nous avons été ensemble, nous avons fait l'amour au moins deux fois.

Ses sourcils se froncent.

— Ça me parait correct. Donc ?

— C'est beaucoup, tu ne trouves pas ?

Il parait pensif avant de hausser les épaules.

— Très bien, disons que ma libido est élevée alors.

— Carrément élevée. Pourquoi tu as dit moyen ?

— Disons que je préfère avoir des relations sexuelles que d'en parler.

— Tu veux faire l'amour maintenant ?

— Absolument.

En le regardant, j'analyse mes propres sentiments et réalise qu'honnêtement, je veux bien plus être avec lui que me battre avec lui. Je décide alors que je pourrai élucider le mystère de Trick plus tard et retire mon pull, mon jean, puis mes sous-vêtements. En levant les yeux, je le trouve nu, beau et complètement en érection. Quand il me regarde, ses yeux bleu foncé sont attentifs. Il me fait signe du doigt de m'avancer vers lui.

— Je vais prendre un baiser, dit-il en inclinant sa tête vers la mienne.

— Alors, prends-en un, seigneur de guerre, le taquiné-je.

Le coin de sa bouche se soulève, puis il rapproche ses lèvres des miennes.

— Allez.

Au fond de moi, j'aime qu'un baiser de ma part lui semble si précieux. Mes doigts touchent sa mâchoire et je l'embrasse, le goûtant lui ainsi qu'un soupçon de whisky et de Coca. Il prend ma poitrine en coupe et la serre, et le baiser devient plus rude.

Ma respiration est saccadée au moment où il me repousse sur le lit. En quelques instants, sa main entre mes jambes m'excite tellement que je saisis ses épaules pour essayer de le rapprocher. Son regard passe en revue mon corps, mes tétons durcis, mon ventre, puis l'endroit où sa main disparaît entre mes cuisses.

Mon clitoris palpite sous son attention, envoyant des ondes de désir et de chaleur à travers mon corps. Il s'arrête, se lèche un doigt et me goûte. Puis il se déplace sur moi, épinglant mes bras au-dessus de ma tête avant de me baiser lentement jusqu'à ce que je jouisse.

Il ne me quitte pas du regard en accentuant ses coups de reins. Je bouge contre lui et sa bouche s'ouvre alors qu'il pousse un gémissement. Ses mains glissent vers le bas et saisissent mes fesses, serrant et soulevant mon bassin pour s'enfoncer encore plus profondément. Les poussées contre mon ventre me font haleter et je m'agrippe à ses épaules. C'est bon de l'avoir en moi.

Il m'embrasse en me meurtrissant les lèvres.

— T'es à qui ?

— À toi.

— Je te prendrai de toutes les manières possibles. Et quand je te voudrai, quelle sera ta réponse ?

— Oui.

— Oui qui ?

— Oui, Monsieur.

Il lèche mon mamelon et le suce.

— J'adore ton corps. Je l'ai toujours aimé. Il m'appartient désormais.

Il saisit alors mes cheveux et les tire jusqu'à ce que ça me fasse mal, et jouit en me fixant. Je ressens alors l'intensité de son amour. Ça me touche et me laisse une marque qui semble indélébile.

* * *

TRICK

Mon prochain mouvement est risqué, mais comme je l'ai dit, je suis à cent pour cent dans cette relation.

Chaque fois que je lui ai caché des choses, ça s'est retourné contre moi. Jusqu'à présent, elle a mieux géré la vérité que prévu. Là c'est plus grand, mais elle dit qu'elle veut l'image complète, donc je vais la lui donner.

Quelques minutes se sont écoulées depuis que C a envoyé un SMS avec une photo d'une corde rouge et le message, *le cirque arrive en ville.*

— Lève-toi, bébé.

Je sors du lit avant de m'étirer et d'enfiler mon jean.

Laurelyn me regarde un instant, puis se lève. Quand elle enfile ses sous-vêtements, j'ai presque envie de lui dire que ce n'est pas la peine, mais je me retiens. Par contre en la voyant prendre son jean, je secoue la tête.

— On retourne se coucher.

Ses yeux verts pétillants m'étudient une seconde avant de se pencher sur sa petite valise. Elle sort une chemise de nuit rose foncé en soie et la passe par-dessus sa tête. Le vêtement lui descend jusqu'aux cuisses, les fines bretelles reposent sur ses épaules, et ses mamelons poussent contre le tissu fin. Mon sexe y prend un intérêt immédiat en constatant que la couleur de la soie correspond à celle de son sexe.

— Quoi ? Tu espérais des porte-jarretelles et un string ?

— Si je te voulais en porte-jarretelles et en string, tu le serais, dis-je en la poussant contre le mur et l'embrassant.

Finalement, je me souviens que si je ne bouge pas, nous allons rater le spectacle.

— J'aime ce que tu portes, déclaré-je en prenant sa main.

C a emmené Zoe dans la chambre d'amis au bout du couloir. J'y conduis donc Laurelyn. La porte est entrouverte, et je la pousse doucement pour qu'elle s'ouvre complètement et nous offre une meilleure vue.

Zoe est sur le dos. Ses bras sont attachés aux coins du lit de chaque côté de sa tête. Il en va de même pour ses jambes, qui sont écartées et relevées. Elle est bâillonnée et a les yeux bandés. C a toute la nuit devant lui. Il peut faire ce qu'il veut. En ce moment, il suce ses seins pendant qu'il frotte son sexe contre son clitoris.

J'attire Laurelyn devant moi, pour qu'elle puisse regarder. Elle pousse un petit hoquet et chuchote :

— Qu'est-ce qu'on fait ?

Ma main gauche couvre sa bouche tandis que la droite se glisse sous sa chemise de nuit pour se poser sur son ventre.

Elle se raidit, mais ne recule pas.

Je remonte ma main pour caresser son sein et pincer son mamelon. Son gros sein doux remplit ma main et en déborde. Mon sexe est dur comme de la pierre maintenant. Elle recule contre moi, ce que ma queue adore.

Zoe est souple bien sûr, parce qu'elle est danseuse. J'imagine Laurel attachée. Je devrai peut-être entraîner ses muscles pour qu'ils s'étirent autant que je le souhaite. Comme un autre petit muscle entre ses fesses qui aura bientôt besoin d'attention. Je lui embrasse le cou.

Mon autre main rejoint la première pour pétrir ses deux seins. Elle s'appuie contre moi et frotte ses fesses contre mon bassin. Je glisse une main dans sa culotte et caresse sa chatte. On dirait des pétales de fleurs que j'aimerais ouvrir avec mes doigts. Sa respiration devient plus rauque et sa tête penche en arrière, jusqu'à ce que Zoe commence à faire des bruits inconfortables.

Nous regardons tous les deux le lit. Le sexe massif de C s'enfonce lentement dans le petit trou de Zoe. Elle se débat et tire sur les cordes.

La voix de C est apaisante, mais il ne se retire pas. Il penche la tête et lui lèche la peau.

— Tu es si belle, Zoe, dit-il d'une voix rauque en avançant ses hanches. Détends ce trou. Tu sais que tu n'as pas le choix.

Les longs membres de Zoe se tendent et elle se tord, essayant de se relever.

Mes doigts s'enfoncent dans la chatte humide de Laurel. Elle est trempée et tremblante.

C ondule ses hanches vers l'avant et Zoe crie derrière son bâillon. Il ajoute du lubrifiant et entame un va-et-vient d'environ un centimètre. Elle est tendue.

— Hum. Tu es si étroite. C'est si bon de te sentir autour de ma queue. Détends-toi, ma belle.

Il commence alors à la baiser lentement et avec force. Zoe se calme d'abord, puis recommence à se débattre. Il s'arrête pour masser son clitoris avec son pouce. Son dos se cambre.

— C'est magnifique, murmuré-je contre l'oreille de Laurelyn pendant que je caresse son clitoris avec ma main et que je la baise avec mes doigts. Tu veux que je te baise comme ça ?

Elle secoue la tête, mais elle dégouline comme un rayon de miel.

La caresse du clitoris enflamme le corps de Zoe. C la baise plus vite et plus fort. Elle crie à chaque coup de rein profond, mais n'essaie pas de s'échapper. Ses gros mamelons bruns dansent tandis que ses seins rebondissent. C doit aimer ça. Les gros tétons, en particulier les bruns, ont toujours été ses préférées.

— Humm. Je sais bébé. C'est difficile de me prendre tout entier. Je vais te remplir bientôt, dit-il.

Elle gémit et pleure.

— Chut. C'est si bon. Oui, mon ange. Vide-moi. Prends tout, dit-il en gémissant et la baisant avec force.

Puis il se met haleter avant de lui donner quelques coups de reins supplémentaires et de se pencher sur elle, embrassant son visage et son cou. Encore une minute, Z. Ensuite, je te détacherai.

C descend du lit, laissant le corps attaché et bien utilisé de Zoe exposé. C'est un spectacle magnifique, mais Laurel doit le trouver trop vivant. Elle frissonne et éloigne mes mains de son corps, puis se tourne et prend la fuite.

C libère Zoe, la couvre, puis sort de la pièce et ferme la porte.

— Alors, c'est bientôt le tour de ta copine ?

— Voyons si elle reste ma copine.

— Humm. Tu tentes ta chance ?

— Elle pose des questions. Elle a le droit de savoir comment je suis avant de m'épouser.

— Elle est où ?

— Salle des médias.

— Laisse-moi une minute, et je reviens.

J'attends, donnant du temps à Laurel pour digérer les choses. Ma vie est ainsi depuis si longtemps que je ne peux pas vraiment être objectif. Je pense au moment où elle m'a posé des questions sur ma libido. Selon les normes Crue, ma libido est moyenne et c'est mon seul cadre de référence. Mais il faut dire que nous avons toujours eu des femmes désireuses de nous plaire. Je ne sais pas ce qu'est une libido normale pour un homme marié normal.

Je pense que n'importe qui avec Laurel la voudrait tout le temps, tout comme moi. Mais peut-être que Schager ou d'autres ne voulaient pas faire l'amour tous les soirs ? L'imaginer avec lui me fait grincer des dents. Il est mort et je suis toujours jaloux. Comme beaucoup de choses, c'est un truc propre à elle : je n'ai jamais été jaloux avant elle.

C revient douché et vêtu d'un boxer noir. On se rend à la salle des médias où Laurel est assise en tailleur sur un canapé. Elle a les yeux écarquillés en voyant C et détourne rapidement le regard, les joues roses.

C se laisse tomber sur un pouf devant elle et prend une

gorgée de la bouteille d'eau qu'il vient d'ouvrir, avant de demander :

— Alors, ça va ?

— Est-ce que Zoe savait qu'on regardait ? demande-t-elle alors que son regard passe de moi à C. J'aurais dû être sûre qu'on avait sa permission.

— Je n'ai pas besoin de sa permission pour certaines choses. C'est elle qui a besoin de la mienne, répond C en se penchant en avant et posant un avant-bras sur sa cuisse.

Il est toujours torse nu, avec des épaules capables de rivaliser avec des boules de bowling. Laurel le regarde, puis détourne les yeux.

— Zoe sait depuis la première semaine où nous étions ensemble que je considère son corps comme ma propriété. Je le montre quand j'en ai envie. Et parfois, quand elle se met dans le pétrin, je m'occupe d'elle sans prendre la peine de vider la pièce. Elle connaît la musique. Je l'aime et je la possède.

Laurel le fixe, clairement interloquée.

— Et elle n'a pas le choix ?

— Elle a le choix : être avec moi ou être avec quelqu'un d'autre. Et elle est à moi depuis un bon bout de temps. Si elle avait son mot à dire, notre couple serait permanent, ajoute-t-il en jetant un coup d'œil à la bague en diamant de Laurel.

Laurelyn ne dit rien mais suit son regard. Elle joue avec la bague comme si le bijou gênait son doigt.

— Je ne te demande pas de me croire sur parole. Le mieux serait de lui demander toi-même. Tu pourras lui poser des questions entre filles.

Laurel acquiesce.

— La relation d'Anvil avec Rachel est différente, ajoute C en me fixant, attendant de voir si je veux qu'il arrête.

Je lui fais signe de continuer. Plus besoin de cacher le contenu du sac : il est bien ouvert et visible.

— Il ne la punit jamais et n'a jamais de relations sexuelles avec elle en public comme il le faisait avec d'autres femmes. J'aimerais bien pourtant, parce que les voir ensemble serait vraiment intéressant, explique-t-il avant de terminer sa bouteille d'eau. Zoe est une artiste, et elle est assez décomplexée. Tu n'as pas à être comme ça. Mais tu dois savoir comment les choses se passent pour ne pas être prise au dépourvu si une femme te raconte que les chefs de l'organisation C Crue l'ont emmenée à l'hôtel pour la baiser à tour de rôle.

Le petit hoquet de Laurel fait sourire C.

— Quelle genre de femme vous laisse la prendre à tour de rôle comme ça ?

— Beaucoup de femmes. Souvent des call girl, mais parfois des femmes qui veulent participer à un gangbang. Celles qui veulent le frisson et la libération d'être dominées et baisées.

En la voyant grimacer, C me lance un regard peiné.

— Tu ne lui as rien dit du tout ? Parce tout d'un coup, je te trouve encore plus coincé que Vil. Il ne le fait pas devant les autres, mais en privé, sa copine lui appartient.

— À chacun ses goûts.

— Hum humm, dit C en se levant et s'étirant. Alors cette beauté qui nous a dit être fatiguée est encore debout à minuit ? Et elle n'a pas reçu de fessée sinon elle serait au lit. Il n'y a pas de gingembre dans la maison, donc je suis curieux. Tu vas me le dire ?

Je me redresse et étire mes bras. Le tiraillement dans mon biceps gauche envoie une douleur aiguë à travers mon corps, alors je le masse avant de me lever.

— Peut-être, mais pas ce soir.

Je n'ai pas envie de lui donner des détails sur mes choix de punition. Elle a beaucoup appris de mon style de vie ce soir. Je ne cherche pas à la submerger. De plus, je lui ai promis que ce que nous faisons restera privé, donc ma vie d'avant où j'étais un livre ouvert concernant le sexe est terminée. À moins qu'elle me libère de l'ordre de me taire.

— C'est l'heure d'aller au lit.

— Bonne nuit, Laurelyn, dit C.

Elle lève les yeux.

— Bonne nuit, C.

Je suis fier d'elle d'avoir dit bonsoir sans prendre un ton désapprobateur. Une fois sortis de la pièce, je lui tends une main qu'elle regarde.

— Tu as dit que tu voulais savoir. J'ai eu tort de croire que tu le pensais ?

Elle lève les yeux vers mon visage.

— Non. C'est juste choquant d'apprendre à quel point ta vie n'est pas conventionnelle. À tous les niveaux.

Pendant une seconde, je pense qu'elle va recommencer à parler de dormir ailleurs, mais finalement, non.

Si elle est toujours au quartier général ce matin, je serai surpris.

CHAPITRE 15

LAUREL

L'ouverture de la boîte de Pandore hier soir était à la fois époustouflante et électrique. La vie bizarre de Trick est à la fois horrifiante et séduisante. Des hommes magnifiques et puissants qui mènent des vies de débauche, et qui du jour au lendemain décident de s'installer, comme s'ils avaient droit à une vie semi-normale. J'ai du mal avec cette idée.

M'échapper de la chambre avant que Trick se réveille est une priorité. Je ne suis pas encore prête à refaire l'amour avec lui, bien que je comprenne mieux pourquoi il pense avoir droit aux relations sexuelles dès qu'il en a envie. L'habitude.

Il n'y a personne dans la cuisine quand j'arrive, alors je commence à faire le café et préparer le thé. J'attends que Zoe apparaisse, mais c'est Connor qui arrive le premier, en short et T-shirt.

— Bonjour, comment tu te sens ?

Je me force à établir un contact visuel et lui offre même un petit sourire.

— Bien. Et toi ?

Il m'adresse un sourire amusé, et ça me rappelle Trick.

— Je vais bien, dit-il en se servant une tasse de café. Zoe est à l'étage. Pourquoi tu ne monterais pas ? Elle aurait besoin d'une tasse de thé et d'un peu de compagnie.

— Du thé ?

C met un sachet de tisane à la framboise dans une tasse et la remplit à l'eau chaude du robinet. Puis il prend une boîte de biscuits dans le placard et la pose sur le plan de travail.

— Prends en quelques-uns, ajoute-t-il avant de s'en aller.

Comme indiqué, j'arrange un tas de biscuits autour de la tasse et je l'emmène à l'étage. Zoe est allongée sur le ventre, sur le lit king-size, et regarde une comédie musicale sur le grand écran plat. Elle porte un string couleur pêche qui laisse apparaître des marques rouge vif sur son derrière très rond. Ses yeux sont rouges d'avoir pleuré.

Mon Dieu.

Je pose le thé sur une commode et m'assieds à côté d'elle.

— Oh, chérie. Tu vas bien ?

— Oui, oui. Je l'aime, mais il est impossible !

Elle dit le dernier mot à haute voix, le projetant à travers la pièce et peut-être même jusqu'au rez-de-chaussée. Je doute cependant que Connor l'entende dans la salle d'entraînement où la musique est assourdissante.

— D'où viennent ces marques ?

Elle agite une main dédaigneuse.

— Une canne. Pour quand je suis insupportable, explique-t-elle en repoussant ses boucles folles sur son épaule. On s'est disputés. Je lui ai lancé une boîte à bijoux et je l'ai cassée.

Les larmes lui montent aux yeux, et ma mâchoire s'en décroche.

— Il ne m'avait pas dit que c'était une antiquité d'une valeur inestimable en me l'offrant ! Pourquoi offrir à sa petite amie un cadeau à un million de dollars sans lui expliquer que ça appartenait à une comtesse ? Qui fait ça ! Tu ne donnerais pas un tableau de Picasso non signé sans dire de quoi il s'agit, n'est-ce pas ?

— Tu as jeté quelque chose sur Connor McCann ?

Elle éclate de rire.

— C'est dingue hein ? dit-elle en plissant le nez. Il y a quelques mois, un type odieux et ivre me draguait, et C lui a dit de s'en aller. Le mec m'a insultée et m'a lancé une vilaine insulte raciste. C l'a frappé au visage si fort qu'il lui a cassé la mâchoire.

Elle secoue la tête avant de poursuivre :

— Chaque fois que je le trouve dur avec moi, je me rappelle qu'il est beaucoup plus dur avec les autres. Et j'étais vraiment, vraiment odieuse hier. Ce qui... je ne sais pas pourquoi je fais ça parce que ça me cause toujours des ennuis.

— Pourquoi est-ce que vous vous disputiez ?

— J'ai fait l'enfant gâtée quand il m'a demandé de te parler.

— À moi ?

— Oui, il m'a dit que tu voudrais peut-être me parler parce que tu essaies de comprendre dans quoi tu t'embarques avec Trick et C Crue. Et j'ai dit un tas de bêtises, comme un petit chat jaloux. C'est justement pour ça que C me trouve trop jeune pour me marier.

Elle mordille sa lèvre avant d'ajouter :

— Honnêtement, je ne le suis pas. Mais quand on te traite comme une enfant la moitié du temps, dans les moments de colère, il t'arrive de te comporter comme telle. À quoi est-ce qu'il s'attend ? Il pense qu'il pourrait donner la fessée à un juge de la Cour suprême ?

Elle se tait et tourne le regard vers l'écran.

— J'adore cette chanson. Mais c'est C, alors peut-être qu'il donnerait une fessée à un juge s'il devenait impertinent. Je ne sais vraiment pas.

— Ta relation avec lui semble compliquée.

Elle éclate alors d'un petit rire léger.

— Elle est assez simple en fait. Sois gentille et douce, tu auras des cadeaux. Fais des crises de colère, tu auras une fessée… ou des coups de fouets si tu es très vilaine.

— Est-ce qu'il t'a dit qu'il t'avait exhibée hier soir pendant que vous couchiez ensemble ?

Elle articule quelques paroles sans quitter l'écran du regard. Puis elle éteint la télé et se tourne vers moi.

— Bon, Hamilton est parti. Je suis désolée. C'est impoli de ma part d'avoir laissé tourner ça. Ne lui dis pas. Il ne serait pas content que je regarde la télé et que je divague pendant quinze minutes pendant que tu essaies de poser des questions.

Je secoue la tête.

— Je ne lui dirai rien du tout.

— C'est ce que je pense toujours. Mais il finit toujours par tout découvrir. Souvent, il apprend les choses par Trick en fait. Ne t'attends pas à avoir des secrets avec Trick. Ça ne marchera jamais.

Elle s'humecte les lèvres et poursuit :

— Pour ce qui est d'hier soir, oui, C m'a dit. Apparemment, tu étais choquée. Tu vas bien ?

— Ce n'était pas moi qui étais nue et attachée. Ça va ?

— Ça dépend. De quoi j'ai l'air ?

Mes sourcils se haussent. Zoe sourit et me fait un clin d'œil.

— Honnêtement, ça me va. J'ai l'habitude que Trick me voit comme ça.

— Comment ça ? demandé-je en essayant, sans succès, de garder un ton neutre.

Zoe pince ses lèvres charnues entre ses dents et les fait disparaitre momentanément.

— C a fait quelques sex-tapes de nous, et Trick les a trouvées sur l'ordinateur ou le serveur.

— Et c'est tout ? Trick a vu des films de vous deux ?

Zoe déglutit, puis se lèche les lèvres.

— Je ne pense pas qu'ils voudraient que je parle d'autre chose.

— Tu as couché avec les deux en même temps ?

— On peut dire ça. C'était il y a longtemps, et ce n'était pas comme un plan ordinaire ou quoi que ce soit. J'ai fait quelque chose de mal, et Trick et Anvil m'ont punie.

Elle poursuit, cette fois avec un petit filet de voix :

— Ça s'est terminé avec des orgasmes et un bain chaud. Trick m'a lavé les cheveux. C'était la seule fois.

Elle expire et grimace sans jamais me quitter du regard.

— Je suis vraiment désolée.

— Connor sait tout ça ?

— Oui.

— Et Rachel ?

— Oui. Mais tu dois savoir qu'Anvil me voit comme un meuble. C'est comme ça qu'il voit toute femme autre que Rachel. Il n'était pas dans la baignoire. Il n'a pas participé à la partie sexuelle.

Je ferme les yeux et secoue la tête, le sang s'écoulant vers mes pieds comme il a tendance à le faire depuis que je suis enceinte. Je m'approche du mur pour ne pas défaillir.

— Je n'arrive pas à croire comment il vit. C'est comme une fête de fraternité sans fin qui aurait mal tournée.

J'expire, mais mes vertiges s'intensifient et je m'effondre lentement au sol.

— Oh, mon Dieu, s'exclame Zoe en s'agenouillant à côté de moi. S'il te plaît, s'il te plaît, s'il te plaît, ne t'évanouie pas. Tu veux une gorgée de thé ?

— Je vais bien. J'ai juste besoin d'une minute.

— Tiens. Voilà un oreiller. Allonge-toi sur le côté.

J'ai suffisamment le vertige pour ne pas discuter. La pièce devient sombre et lointaine jusqu'à ce que je ne voie et n'entende plus rien.

Zoe me caresse les cheveux, mais sa voix est inaudible.

Elle s'éloigne, mais je n'ouvre pas les yeux et ne lui dis pas que je ne veux pas de thé. Je reste juste allongée sur le sol avec la sensation de flotter.

* * *

TRICK

MES YEUX RESTENT FIGÉS sur le pantalon de yoga, mais il n'y a aucun signe de saignement. La voix affolée de Zoe quand elle est venue me chercher m'a glacé le sang. C'était aussi grave que lorsque je pensais que Kathleen pourrait se suicider. Laurel semble pâle et malade, allongée sur le sol de la chambre de C.

— Laurelyn ?

Elle ouvre les yeux et le regard qu'elle me lance me déchire le cœur.

— Qu'est-ce qui se passe ? demande C derrière moi.

Je regarde par-dessus mon épaule. C est rouge et couvert de sueur. Évidemment, il était en plein entraînement quand Zoe est allée le chercher lui aussi.

— Je pense qu'elle s'est évanouie, dis-je.

— Pourquoi est-ce qu'elle est toujours par terre ? Pose-la sur le lit.

Laurel repousse mes mains.

— Non, non.

Elle s'efforce de s'asseoir et je l'aide malgré sa résistance. Sa peau est moite et mes yeux descendent à nouveau vers son ventre et son pantalon. Tout parait normal.

— Une question pour toi, Trick, dit-elle d'une voix faible.

Je me penche vers elle et acquiesce.

— Quoi, bébé ?

— Si je fais quelque chose que tu considères comme vraiment mal, est-ce que tu comptes me donner à Connor pour qu'il me punisse ? Et qu'il ait ensuite des relations sexuelles avec moi ?

— Quoi ? Non. Pourquoi je ferais ça ?

Laurel pose une main sur son front.

— Je pense que tu seras obligé.

— De quoi elle parle ? demande C.

Je saisis aussitôt ses propos.

— Merde, dis-je en me tournant vers Zoe qui se tord les mains devant la porte de la chambre, avant de poursuivre d'une voix basse et frustrée. Merde, Zoe. Pourquoi tu as...

Sa voix nerveuse explose dans la pièce.

— C m'a dit d'être honnête ! Et elle m'a carrément posé la question ! Si tu voulais que je mente, pourquoi tu ne me l'as pas dit ? Je n'essayais pas de la blesser, ni toi. Je le jure ! Je suis vraiment désolée.

Ses yeux se remplissent de larmes.

Merde. En voyant son expression douloureuse je me relève, empli de remord de lui avoir dit ça.

— Attends, Z...

C me coupe d'un ton tranchant et sinistre :

— Ressaisis-toi, mec. Je suis sérieux. Tu récoltes ce que tu sèmes, putain. Débrouille-toi maintenant.

Puis il se retourne et se dirige vers Zoe.

— Non, non, non, murmure-t-il en la serrant contre lui. Hé, allez, ne pleure pas.

Je m'assois par terre à côté de Laurelyn, en colère contre moi-même de ne pas avoir réfléchi à tout ce qui pourrait ressortir d'une conversation entre Laurelyn et Zoe. Laurel est toujours jalouse quand elle apprend mes aventures avec des femmes qu'elle connaît. J'aurais dû réfléchir à la façon de lui annoncer tout cela.

Je pose mon bras sur mon genou.

— Écoute, j'ai fait beaucoup de choses folles dans le passé. *Beaucoup*. Parce que dès qu'il se passe quelque chose d'intense :

drogue, sexe, violence, ou des fêtes, je veux être dans l'action. Je fais tout pour.

Je passe mon pouce sur mon jean et poursuis :

— Je ne sais pas comment vivent les gens normaux. Et honnêtement, je m'en fous. Mais je suis désolé qu'apprendre mon passé te blesse. Je connais tout ça. La jalousie me ronge à chaque fois que j'entends parler de quelqu'un qui est sorti avec toi, parce que je souhaite toujours que ça soit moi. Je suis tombé amoureux de toi il y a une décennie, et depuis, personne n'a jamais compté comme toi. Mais à l'époque où nous n'étions pas ensemble, je jouais à des jeux et je tuais le temps. Je n'étais pas seul parce que je n'aime pas être seul.

— Ta vie est folle, murmure-t-elle.

— Oui, on est bien d'accord.

En voyant C s'approcher avec Zoe, je lève la main. Lorsque Laurel commence à s'agiter, je pose ma main sur sa cuisse pour la maintenir en place, mais je garde aussi mon bras gauche levé pour Zoe.

Z s'assoie sur le sol à ma gauche, et je mets mon bras autour d'elle pour la serrer contre moi.

— Je suis désolé, Zoe. C'était hypocrite de ma part. Ça ne se reproduira plus.

Zoe saisit la main de Laurelyn et la serre dans la sienne.

— Je savais que j'aurais dû mentir. Je suis vraiment désolée.

— Non, Zoe, dit doucement Laurel.

Ça me rend tellement fière d'elle. Laurel sait faire la part des choses.

— Tu peux toujours me dire la vérité, même si ça pique et choque au début. Les mensonges sont pires.

Zoe se déplace de l'autre côté de Laurel et passe ses bras autour d'elle.

— Dieu merci, tu vas bien physiquement. J'ai eu si peur.

C entre dans la salle de bain et ouvre les robinets de la douche et de la baignoire, puis revient à la porte.

— Allez. Tout le monde ici.

Laurel se fige et secoue la tête alors que C disparaît dans la salle de bain.

Voyant son inquiétude, Zoe la rassure :

— Tu sais quoi ? Je vais prendre une douche avec C et tu prendras un bain avec Trick. Ça ira.

Elle hoche la tête en se levant et ajoute :

— Je vais rajouter des trucs pour le bain, comme ça tu ne te sentiras pas trop exposée. Laisse-moi une minute.

Elle disparait alors dans la salle de bain.

— Qu'est-ce que tu aimerais faire ? demande-t-elle.

— Tu le sais, dis-je d'un ton neutre.

— Et si je dis non ?

— Alors je resterai ici avec toi.

Zoe passe la tête par la porte.

— Laurelyn, dit-elle en agitant un peignoir. C est sous la douche. Si tu entres dans la baignoire maintenant, il ne verra rien. Dépêche-toi.

Elle lance le peignoir sur les jambes de Laurel, puis retourne dans la salle de bain.

Sans rien dire, Laurel secoue la tête et soupire. Puis elle se lève, se déshabille et entre dans la salle de bain. J'enlève mon jean ; la seule chose que j'avais enfilé avant de sprinter à l'étage.

Au moment où j'entre dans la salle de bain, elle est dans le jacuzzi rempli de bulles, de mousse et de sel de bain.

Je me laisse tomber sur un banc dans la baignoire et la tire vers moi, dos contre mon torse, et lui masse les épaules et la nuque.

— Tu as eu combien de petites amies au total ?

— Des petites amies ? Une.

— Une ? Moi ?

— Bien sûr.

— Tu es sorti avec combien de personnes ?

— Sept, y compris toi.

— Combien après moi ?

— Trois.

— Alors tu n'es sorti qu'avec trois femmes depuis l'adolescence ? Et tu n'as jamais rencontré les parents d'une autre que les miens ? Tu n'as jamais dit à aucune que tu l'aimais ?

— Non, pourquoi j'aurais fait ça ?

— Donc, du haut de tes six semaines d'expérience relationnelle lorsque tu étais au lycée, tu penses devoir être celui qui décide des règles de notre relation ?

J'essaie de ne pas sourire. Son argument est valable, mais une concession pourrait devenir désastreuse.

— Je ne vais pas entrer dans ton monde, Laurel. C'est toi qui emménages dans le mien. Je suis celui qui comprend comment fonctionne mon monde.

— Les orgies sexuelles faisaient partie de ton ancienne vie. Être marié, c'est la normalité. Tu ne connais littéralement qu'un seul couple marié, qui lui-même ne semble pas connaître d'autres couples mariés. Moi par contre, j'en connais beaucoup.

— Tant mieux pour toi, dis-je en glissant ma main vers sa poitrine.

C choisit ce moment précis pour sortir de la douche, lui offrant une vue de ses fesses nues. Elle tourne rapidement la tête vers les lavabos.

La mousse couvre la majeure partie de mon bras et de ma main, mais ce que je tiens est évident et je ne la lâche pas. Elle n'essaie pas de déplacer ma main, probablement parce qu'elle est trop surprise. C enroule une serviette autour de sa taille et en tend une à Zoe. Puis il se retourne et nous regarde.

— Vil veut savoir quand la partie commencera. Dans une heure ?

— Oui. Nous devons d'abord manger, dis-je.

— J'ai envie de pancakes aux noix de pécan et d'œufs brouillés, annonce joyeusement Zoe en posant un pied sur le tapis de bain emmitouflée dans une épaisse serviette bleue. Je vais les préparer pendant que vous descendez.

C et Zoe sortent sans attendre de réponse.

— C'est de la folie, murmure Laurelyn dans un demi-soupir. Tout est de la folie.

Ma main gauche glisse jusqu'à son ventre et le caresse, à la recherche de la petite bosse qui malheureusement n'existe pas encore. Puis mes doigts plongent plus bas, prenant son sexe en coupe.

— On a le temps pour ça ?

— Non, mais j'aime te toucher.

Mon majeur descend encore jusqu'à trouver le minuscule trou rose avant de tracer des cercles. Elle saisit fermement mon avant-bras.

— Trick, non.

— Allonge-toi et reste immobile.

De mon autre main, je pince son téton. Son souffle se coupe et j'appuie jusqu'à ce qu'elle s'étire autour de mon doigt.

— Regarde comme c'est facile, chuchoté-je d'une voix rauque. Ou peut-être que tu le sais déjà ?

Sa respiration est saccadée et les muscles de ses jambes tendus.

— Réponds à ma question. Tu as déjà eu des choses à l'intérieur de toi, ici ?

Mon doigt s'enfonce plus profondément. Elle secoue la tête.

— Rien ?

— Je... dis toujours non.

Un deuxième bout de doigt masse l'anus, là où le premier la pénètre. Ses ongles s'enfoncent dans mon bras. Elle est trop nerveuse pour apprécier ce que je lui fais. Il faut d'abord qu'elle soit plus excitée.

— Trick, s'il te plait...

Quelques instants passent pendant que mes doigts jouent, puis je les retire. Elle s'effondre contre moi.

— Tu n'as pas le droit de dire non, mais si après plusieurs fois tu n'apprécies pas, je le ferai uniquement en guise de punition.

Avec un léger soupir choqué, elle s'éloigne et s'assoit sur le banc opposé, le visage d'un rose flamboyant. Je lève le drain avec mon pied et me redresse.

— Prenons une douche pour enlever tout ce sel, dis-je en sortant de la baignoire et entrant dans la douche.

Je me lave et me rince, mais elle ne me rejoint pas. Des petites batailles partout, mais je m'en fiche. Elle est encore là, et depuis qu'elle est dans la maison, je n'ai pas été tenté de me droguer une seule fois, malgré la douleur dans mon bras. J'ai moins mal et le vide en moi disparait quand elle est près de moi. Si je me demandais avant si j'avais le droit de la garder, ce n'est plus le cas. Elle est à moi, et je me battrai aussi longtemps et durement qu'il le faudra pour que ça reste ainsi.

Quand je sors de la douche, elle rince le savon sous le robinet de la baignoire. Je me sèche et enroule une serviette autour de moi.

— Dis-moi ce qui te fait peur dans ce genre de sexe.

— Tout.

Je pousse un soupir amusé, et lui tends une serviette.

— Tu peux tout me demander, tu sais.

Elle secoue brusquement la tête, séchant ses bras et ses jambes, puis le reste de son corps.

— À moins que... dit-elle avant de me regarder. Tu as déjà été celui qui...

— En bas ?

Elle enroule la serviette autour d'elle.

— Oui.

— Non, mais une fois une fille m'a convaincu de la laisser mettre un doigt pour me faire un massage de la prostate pendant qu'elle me suçait. Avec le recul, je pense que son doigt n'était pas assez long. Ses mains étaient plutôt petites.

— Si tu n'as laissé personne coucher avec toi de cette façon, tu n'as pas dû aimer le doigt à l'intérieur ?

— Ça ne m'a rien fait, alors je ne suis jamais allé plus loin. Mais ça ne veut pas dire que tu n'aimeras pas. Tu as aimé toutes les autres choses que je t'ai faite.

Elle lève une main pour me faire taire.

— Je ne veux pas l'opinion d'un homme à ce sujet. Les hommes ont un conflit d'intérêts.

Je me dirige vers la chambre en riant et prends ses vêtements pour les jeter dans la pièce.

— Tu as toutes tes amies mariées. Parle à des femmes qui aiment ça. Elles pourront te donner des conseils sur la façon de te préparer et ce qu'il faut faire pendant pour que ça se passe bien.

— Je ne leur parle pas de leur vie sexuelle.

— Humm.

Je ne dis pas ce que j'en pense, à savoir « à quoi servent-elles, alors » ? Au lieu de cela, je rétorque :

— Eh bien, parle à Zoe ou Rachel. C était le premier de Zoe pour l'anal. Et Vil était le premier de Rachel pour tout.

Elle tourne la tête vers moi et me fixe.

— Pourquoi tu sais ça ? Des limites, s'il te plaît, fixe des limites !

Je pensais que nous avions déjà établi que les limites, ce n'était pas mon truc.

— C'est non alors pour les laisser regarder la première fois que je te baiserai de cette façon ?

Son rougissement me fait sourire.

— J'ai besoin que tu me laisses seule un moment.

Certainement pas.

— Je te laisse dix minutes pendant que je vérifie mes e-mails. Ensuite, tu me verras dans la cuisine pour des pancakes et des œufs.

— Je vais peut-être rentrer chez mes parents et...

— Oui, on pourra le faire, mais pas aujourd'hui. Aujourd'hui, nous sommes occupés ici.

Comme elle me regarde, j'attends qu'elle argumente. Mais elle est assez intelligente pour ne pas le faire. Bien. La partie où je la laisse seule ou lui propose de l'abandonner est terminée. Et elle ne va pas bouger de Boston à chez ses parents, à chez moi puis chez C, tout en tergiversant sur ce qu'elle va faire.

J'ai retourné mes cartes pour qu'elle puisse les voir. Il est maintenant temps pour elle de se coucher ou de jouer.

* * *

LAUREL

Après m'être habillée, je me dirige vers la cuisine, mais je me rends compte que Trick, Zoe et Connor sont dans le salon. C est assis sur le canapé. Zoe, qui porte une mini robe rose saumon et anthracite, est allongée sur le côté, la tête sur un oreiller posé sur la cuisse de C. Elle regarde son téléphone tandis que C caresse ses boucles et lui masse le cou.

— Laurelyn, viens par ici, dit C.

Mes pas vacillent pendant une seconde avant de m'avancer vers eux. C'est difficile d'établir un contact visuel, mais je le fais car je suis décidée à tenter le mode de vie bizarre de Trick.

Ce dernier est debout, mais en me voyant, il prend un joli fauteuil en cuir bordeaux et le pose à côté de lui. Tapotant l'accoudoir, il m'invite à m'y installer.

Incapable de lui refuser, je m'assieds.

— Ton activité secondaire pourrait être déménageur de meubles, dis-je.

Il jette un coup d'œil au fauteuil et sourit, puis tourne la tête pour regarder dans le vide et s'esclaffe.

— Une vieille habitude.

C sourit en le regardant.

— Nous sommes curieux.

Trick lève les yeux au ciel.

— S'il n'y avait pas de chaise quand ma mère entrait dans une pièce, mon père lui donnait la mienne ou la sienne. Et il pensait qu'il lui fallait aussi quelque chose à côté de sa chaise pour son plat ou sa boisson. Alors s'en suivait une table basse ou un repose-pieds ou autre. Quand il était vraiment ivre, il pouvait faire faire pas mal de dégâts dans la maison, mais le reste du temps, il était très habile, surtout avec elle.

Tout à coup, beaucoup de choses ont un sens.

— Humm, dit C en regardant son téléphone. Trick, ING a de nouvelles ressources humaines. Les revenus sont en hausse, mais ça ne semble pas correspondre au graphique que tu as projeté. Tu as entendu quelque chose ?

Trick secoue la tête.

— Prêt pour les chiffres ?

Il acquiesce.

C baisse les yeux sur son téléphone et commence à débiter des choses que je ne comprends pas.

— Les trucs standard, plus quatre en ligne. Sept fêtes fois six. Pas de travail le dimanche. Deux soirées flambeur fois trois. Deux hors de la ville fois quatre.

C fait une pause.

— Tu suis ?

— Oui, dit Trick.

C retourne à son téléphone, et donne un numéro à sept chiffres. Trick se penche en avant.

— Non. C'est bas.

C fronce les sourcils.

— Tu as consulté les fiches ING ces derniers mois ?

— Tu veux dire après que tu m'aies dit de ne pas le faire ? demande Trick en souriant.

— Je te connais. Même quand je te dis de déléguer pour

pouvoir te concentrer sur des choses plus importantes, parfois tu es debout à 3 heures du matin à regarder les comptes.

— Tu as dit à Zoe de rationner mon Red Bull. J'ai donc dormi.

— Bien, répond C en souriant. Mais on dirait que quelqu'un se croit plus malin que nous.

— C'est vrai. Quoi d'autre, C ?

Je suis surprise qu'ils me laissent rester avec eux pour ça, et également fascinée que Trick puisse calculer les revenus d'une opération commerciale de tête. On dirait que quelqu'un les trompe, ce qui, j'imagine, est une chose très dangereuse à faire. Je me demande s'ils vont attraper la personne et ce qui va lui arriver.

C embrasse le front de Zoe.

— Apporte-moi du café, bébé.

Elle se lève, aussi gracieuse d'une danseuse. Les yeux de C la suivent jusqu'à ce qu'elle soit hors de vue.

— Talbot a encore augmenté son tarif.

Mes oreilles se redressent à un nom que je reconnais. Trick se masse le bras, et je me demande s'il a mal.

— Ça nous fait combien ? Mille deux cent ? Pour cette somme, il devrait aussi te sucer et laver les deux Rovers pour le temps supplémentaire qu'il facture. Il a passé douze minutes au téléphone avec Rachel et a facturé une heure et demie. Pour des recherches… Mon cul, oui. Si quelqu'un a cherché quoi que ce soit, c'était son assistante, pas lui.

Mille deux cent l'heure ? Mon Dieu.

— Il m'a demandé où tu faisais faire tes costumes.

— Parfait. Dis-lui que je lui donnerai le nom, mais qu'il y aura des frais d'intermédiaire. Je nous récupérerai quelques milliers de dollars.

C sourit.

— Il n'a pas aimé que tu aies choisi Flynn avec les fédéraux.

— Talbot veut toujours tout gérer. Il ne serait jamais resté à attendre pendant que je gagnais du temps.

— Tu sais ce que je pense du fait que tu joues avec les fédéraux. Et si tu tiens à le faire, je préfère que Talbot soit dans la pièce. Flynn est fantastique au tribunal, mais il ne peut pas te suivre dans ce genre de choses.

— Tu es le meilleur en droit, C. Dis-moi ce que tu veux. Pas de Flynn pour les gardes à vues ?

— Talbot devrait être le premier à contacter, déclare C avant de me regarder. Parle-moi de la fois où Talbot était avec toi, Laurelyn.

Surprise qu'il veuille mon avis, je me redresse sur mon siège.

— C'était très court, et je n'ai pas beaucoup d'expérience dans le domaine, mais il avait l'air bien.

— Je ne parle pas de compétence. Que penses-tu de lui ? Ambiance générale.

— Quand il est entré, ça a été un soulagement.

— Pas de problèmes de personnalité ?

Mes sourcils se froncent et je secoue la tête.

— Mais il ne m'a presque rien dit. Il s'en est pris aux agents qui m'en avaient tellement fait baver que j'étais reconnaissante qu'il règle ça rapidement. Mais je ne l'ai vu que dix ou quinze minutes.

— Que se passe-t-il, C ? demande Trick en posant son bras droit sur le dossier de ma chaise.

— C'est Vil. Rachel avait les mains occupées avec le bébé, alors elle a appelé Talbot sur haut-parleur. Vil est passé et l'a entendu lui parler. Il n'a pas aimé son ton.

— Sois plus précis.

— C'était condescendant. Talbot est arrogant, mais Vil dit qu'il ne l'avait jamais entendu prendre ce ton auparavant. Elle lui a posé une question, et il aurait poussé un grand soupir avant de répondre, comme si elle lui faisait perdre son temps.

Trick fronce les sourcils.

— Putain de Talbot. A mille deux-cent l'heure, il aurait dû commencer la conversation en lui léchant les bottes. Il ne fait même pas de droit des sociétés.

C lève la main.

— Je ne lui ai pas demandé de le consulter pour ça. J'ai parcouru les contrats en personne, et j'ai demandé au jeune associé de Tam de les revoir. Mais Rachel essaie d'apprendre et elle voulait lui poser des questions sur les procès après avoir lu une affaire de plagiat. J'ai demandé à Talbot de l'appeler car il plaide au tribunal. Mais après ce qu'Anvil m'a dit, je veux savoir comment Talbot se comporte avec les femmes quand nous ne sommes pas là.

— Qui était avec Rachel quand la police l'a interrogée après que Grigory se soit fait tirer dessus ?

— Flynn, je pense. Talbot n'avait pas Vil ce jour-là ? Qui était avec toi ?

— Flynn, mais ils ont essayé de me mettre la pression, tu te souviens ? J'étais le dernier.

C éclate de rire.

— Ils essaient toujours. C'est comme s'ils n'avaient jamais regardé de vidéo sur toi. Ils ne savent donc pas que plus ils te laissent mariner, moins ils obtiennent ? D'après Flynn, une fois durant un interrogatoire tu as répété quatre-vingt-treize fois « Je ne me souviens pas », et c'était ta phrase la plus longue. C'est un vrai passe-temps pour toi de donner de l'hypertension aux flics.

Zoe revient en soufflant sur une tasse de café chaud. Elle est si mignonne en faisant cela que je pense à leur groupe. Le fait qu'Anvil Stroviak soit bouleversé quand quelqu'un n'est pas assez gentil avec sa femme, la façon dont Connor McCann a serré Zoe dans ses bras quand elle pleurait, et le fait que Trick m'ait apporté une chaise. Pour une bande de criminels endurcis, ils sont parfois terriblement affectueux. Ça me fait réfléchir à mon propre comportement. Suis-je aussi gentille avec Trick ? Il sait surement que je tiens à lui et qu'il me plait, mais à part lui envoyer des messages quand nous étions séparés… que dois-je faire pour le lui montrer ?

— Le dossier du FBI sur toi a disparu, dit Connor. Un agent de New York est en ville en tant que consultant pour enquêter sur la mort de l'agent suspendu, Milt Schager.

— Ouais, la police de Coins a vu deux fois mon concierge pour demander les vidéos de surveillance. Ils savent qu'il n'y a pas de caméras, alors je suppose qu'ils s'en servent comme excuse pour entrer dans son bureau et lui poser des questions.

Ni Connor ni Trick ne semblent inquiets, ce qui est rassurant. Ce serait horrible si le statut d'agent de Milt le protégeait et l'empêchait d'être considéré comme coupable dans une tentative de meurtre.

C s'étire et me regarde.

— Alors Laurelyn, je dois te poser quelques questions. Tout le monde est d'accord avec ça ? dit-il en jetant un coup d'œil à Trick qui hoche la tête.

Ça fait du bien d'être incluse. On dirait que j'ai eu raison d'accepter son invitation à utiliser sa baignoire.

— Bien sûr, dis-je.

— Tu comprends que les agents du FBI ne sont plus tes amis, n'est-ce pas ? S'ils l'ont jamais été.

Je m'humecte les lèvres, et acquiesce.

— Je comprends.

— Il semble cependant qu'ils étaient polis la dernière fois qu'ils t'ont parlé, quand ils t'ont interrogée à propos de Schager ?

— Oui, ils étaient professionnels. Contrairement à la fois précédente, cette dernière fois, ils ne m'ont pas fait patienter pendant des heures dans une pièce glaciale en ignorant mes demandes d'aller aux toilettes.

— Je ne suis pas surpris qu'ils t'aient mieux traitée la deuxième fois. Ils venaient d'apprendre qu'il y avait eu une bavure et que tu t'étais retrouvée dans l'appartement d'un suspect. N'oublie pas que leur acte amical n'est qu'un jeu. Chaque fois qu'ils te parleront à partir de maintenant, ils essaieront d'obtenir des informations sur Trick et nous.

— Je comprends. Juste pour que vous le sachiez tous les deux, je ne leur ai ni parlé de Scott, ni d'aucun de vous. Ils ont essayé de l'évoquer plusieurs fois, mais j'ai juste répété ma déclaration initiale et dit que je n'avais rien d'autre à ajouter.

— Bien. Talbot a dit que tu t'en étais bien sortie. Et avant qu'il arrive ? Les fédéraux savent mettre la pression. C'est facile de craquer.

— Je ne pense pas leur avoir donné les informations qu'ils voulaient. Je n'étais pas coopérative. Ils m'ont emmenée dans deux hôpitaux et essayé de me forcer à passer un examen pour viol. J'ai dit non. Ils ont insisté encore et encore. C'était horrible.

Ma voix s'éteint et je déglutis.

En entendant cela, la bouche de C forme une ligne de colère.

— Je préfère ne pas en parler. Mais je ne les ai certainement pas aidés.

— Tu n'as pas fait le test ? demande C.

Je secoue la tête sans regarder Trick. Je ne peux pas. Mes propres émotions sont tout ce que je peux gérer quand je repense à cette journée.

— La plupart des gens se seraient effondrés. Je suis impressionné. Que dirais-tu d'emmener un avocat avec toi la prochaine fois ?

— Oui. En fait, j'aurais aimé pouvoir discuter avec un avocat avant de leur parler de Milt. J'avais peur d'y aller seule.

Trick me serre l'épaule.

— Pourquoi est-ce que je n'entends ça que maintenant ?

— On ne se parlait pas. Et tu payais déjà très cher pour quelque chose, murmuré-je. La dernière chose que je voulais, c'était te demander de l'aide pour le FBI après avoir fait l'erreur de faire confiance à Milt.

La voix de Trick est tendue.

— Si tu as peur de quoi que ce soit, tu dois venir me voir. Sinon à quoi je te sers ?

Levant les yeux, je vois la douleur obscurcir ses traits, et cela brise quelque chose en moi. J'ai les larmes aux yeux en me levant.

— Se faire tirer dessus était plus facile que d'entendre ça, murmure-t-il.

— J'aurais dû te parler. Je le voulais… mais j'avais l'impression que j'aurais profité de toi.

Il expire et passe ses bras autour de moi en posant sa tête contre la mienne. Sa voix est basse, et c'est comme si nous étions seuls.

— Je t'ai expliqué hier soir ce que tu dois faire pour moi. Mais j'ai aussi des choses non négociables à faire pour toi. Laisse-moi faire mon travail, Laurelyn.

— Je le ferai. Je comprends maintenant.

Il embrasse ma tête et me relâche.

L'expression de C est inchangée, comme s'il ne venait pas d'être témoin d'un échange sincère.

— Donc, chaque fois que tu parleras aux forces de l'ordre, tu demanderas un avocat, d'accord ? Tu te sens en confiance avec Talbot ?

— Oui.

— D'accord. Et tu as entendu nos inquiétudes à son sujet. Donc s'il prend un mauvais ton avec toi, je veux le savoir.

— Je travaille pour une entreprise de technologie qui a une politique de tolérance zéro sur ce genre de problèmes. J'ai suivi une formation. Si Talbot essaie de me rabaisser, je le remettrai à sa place.

— Très bien. Mais je veux quand même être tenu au courant. Les cours sont une chose, la vraie vie en est une autre. De plus, tout le monde ne sait pas gérer cela comme tu penses pouvoir le faire, et pour les autres, nous devons le savoir.

— Est-ce que Vil a déjà parlé à Talbot ? Sinon, je le ferai, dit Trick.

Je suis contente de ne pas être là pour ça. L'expression sinistre de Trick lui donne un air dangereux.

— Non. Personne ne lui parlera pour le moment. Les flics de Coins veulent parler à Rachel de l'incendie. Talbot sera avec elle. Je veux que tu lui mettes un appareil. Tu sais comment est Anvil ces jours-ci. Si une branche s'accrochait au pull de Rachel au passage, il serait prêt à abattre l'arbre. Mets-lui un micro, et toi et moi, on écoutera comment Talbot lui parle, puis on avisera.

— Bien.

— Dernière chose. Paul Lebedev a envoyé un e-mail pour essayer de nous organiser une rencontre avec les Gogilevich.

— Il a parlé de moi ?

— Non. Nous : C Crue.

— D'autres funérailles Petrov approchent, et Lebedev a encore raté son invitation. Dommage.

— Je déteste Paul Lebedev, dit Zoe en posant son téléphone.

— Hum hum, dit C, en lui caressant le flanc et effleurant son sein. J'appellerai directement les Gogilevich. Avec Kaz disparu ou mort, et Anton à l'hôpital pour son cancer, les chiens vont venir renifler les restes. Les Gogilevitch ne sont pas les seuls à essayer de nous joindre.

Trick serre la mâchoire.

— Nous ne touchons pas aux grandes villes à dessein. Pourtant, même ici, dans cette petite ville où nous sommes installés, on va devoir recevoir la visite du super-vilain ? Nous avons pris cette ville, et personne ne nous a jamais aidés. Tu as demandé, et leur réponse a été non ou le silence. Tu te souviens de ce que j'ai dit à l'époque ? Ceux qui nous tournent le dos au début n'auront rien de nous plus tard.

— Je n'ai rien demandé aux Gogilevitch à l'époque, mais tu sais pourquoi nous devrions au moins les rencontrer.

Je me souviens des racontars sur le meurtre du fils d'un patron de la mafia à Coynston. C'était le fiancé de Rachel Petrov, Leonid Gogilevich. Trick a mentionné le nom de Gogilevich la nuit où il s'est fait tirer dessus. Est-ce C Crue qui a tué Leonid Gogilevich ? Ont-ils besoin d'être gentils avec cette famille pour éviter les représailles ?

— Nous ne devons rien aux Gogilevich. Ça a été réglé l'année dernière. Et à l'époque où on a quitté Grigory, ils connaissaient la situation. Tout le monde à Boston et à New York était au courant.

J'ignorais qu'au moment de leur création, C Crue avait contacté d'autres mafias pour obtenir de l'aide dans leur lutte contre Grigory Petrov. Les fondateurs de C Crue étaient si audacieux, impitoyables, et dangereux qu'ils ne semblaient pas avoir besoin d'aide. Visiblement, c'était une hypothèse erronée de plus de ma part.

— Trick, dit C d'un ton doux.

En le voyant croiser les bras sur son torse, C s'esclaffe et regarde le plafond.

— Tu en veux à tout le monde, mais j'ai besoin que tu m'écoutes.

— J'écoute.

— Les Gogilevitch se fichent de Coynston. Même nous, nous n'utilisons généralement pas Coins comme centre d'action. Coins n'est que le port d'attache de C Crue parce que nous vivons ici. Tu le sais. Tu l'as dit toi-même.

— Si personne ne s'en soucie, pourquoi est-ce qu'ils t'appellent ?

— Parce que C Crue a un golden boy qui a doublé les revenus de Callahan en deux mois après un voyage à Boston.

— Tu sais pourquoi on a aidé les Callahan. Quand je n'ai pas pu me rendre à temps à Jersey cette fois-là, tu les as appelés et ils y sont allés. Ils ont été les seuls à nous aider, et ils n'ont jamais demandé d'argent.

— Tu as orchestré dix-sept nouvelles combines au cours des quinze derniers mois. Tout ce profit… nous ne pouvons pas suivre. On doit se développer. Tu le sais.

— Nous pouvons nous développer tout seuls. Personne ne me trouvait si golden boy quand je suis parti. Les gens ont aidé Grigory à nous traquer en lui fournissant des informations. Demande-moi les noms, C.

— Ce n'était pas personnel, Trick. Ils ne nous ont pas soutenus parce qu'ils pensaient que nous allions perdre.

— Qu'ils aillent se faire voir. Ils me contactent individuellement maintenant pour essayer de me convaincre de me mettre à mon propre compte. Ils vous brûleraient toi et Vil en un clin d'œil. Ils éventreraient C Crue.

C sourit et reste de marbre en entendant que d'autres organisations essaient de lui voler Trick. Est-il vraiment imperturbable ? Ou est-ce juste leurs manières de donner le change et de cacher leurs vraies émotions ?

— Je devine que les Gogilevitch t'ont contacté ? Parce que tu ne te souciais pas d'eux l'année dernière.

— Oui, et j'ai refusé de les voir. Ensuite, ils m'ont envoyé un cadeau à l'hôtel quand je suis allé à New York. Le nom du cadeau était Candy : retournée à l'envoyeur directement. Mais pas avant qu'elle ait proposé de faire une pipe en bondage au petit ami de ma petite sœur.

— Je parie que le gamin était désolé que tu sois venu avant qu'il n'ait pu en profiter.

Trick sourit.

— J'imagine.

— Voilà ce que je propose. J'irai à New York pour les rencontrer. Si tu viens, tu pourras entendre ce qu'ils ont à dire. Et si je n'aime pas ce qu'ils proposent, quand je leur dirai non, tu pourras aussi leur dire d'aller se faire foutre.

Trick lève les yeux au ciel.

— Mes pancakes et mes œufs sont froids maintenant. Je vais devoir les chauffer au micro-ondes.

Zoe plisse le nez.

— Il reste de la pâte à crêpes dans le réfrigérateur. Et des œufs dans le carton. C a dit d'en faire que pour nous deux.

Trick sourit.

— Tu lui as dit de ne pas me faire de pancakes, C ? Est-ce que tu lui as dit : « Trick t'a fait pleurer. Qu'il aille se faire foutre » ?

— Quelque chose comme ça, ouais.

Trick s'esclaffe.

— New York ? demande C.

— Bien sûr, dit Trick en se dirigeant vers la cuisine. Quand est-ce que tu m'as invité quelque part et que je ne suis pas venu ?

CHAPITRE 16

LAUREL

Nous revenons au jeu plus tard que prévu. Je joue bien, mais j'ai une série de malchance, et Trick se débrouille très bien. Il prend la tête, et j'ai mille six cent jetons contre ses deux mille quatre-cent. Ensuite, j'ai de bonnes mains, et j'amène nos jetons presque à égalité. Si je retire ensuite mon sweat-shirt, c'est en partie parce que la salle est trop chauffée, et en partie parce que je sais que le débardeur emprunté est une bonne stratégie. Il change de siège pour ne pas être en face de moi, mais essayer de ne pas me regarder le désavantage. C s'assoit juste à côté de moi et passe un bras sur le dossier de ma chaise, prétendant qu'il veut me regarder faire puisque je joue si bien. Ça me trouble, comme il le souhaite, mais j'ai de bonnes cartes.

Quand j'ai une main formidable et improbable, j'en suis complètement excitée, mais j'essaie de le masquer. Je fais donc semblant de me mordiller l'ongle du pouce, méthode qui a bien marché la nuit dernière. Au lycée, je me rongeais les ongles quand j'étais nerveuse, et il m'a fallu des années pour me défaire de cette habitude. Ça s'est reproduit sans que je m'en rende compte pendant la partie de poker à Boston. Le lendemain, j'ai remarqué que l'ongle du pouce avait été mâché à vif.

Depuis que nous avons commencé ce jeu, je ronge cet ongle par intermittence, y compris de façon stratégique afin de bluffer.

Je mise en retenant mon souffle. Ai-je réussi à tromper Trick ? Il mise et tombe dans le piège. En retournant mes cartes, ils voient tous que je ne bluffais pas. Ma quinte flush bat son brelan.

Je rafle tout.

Trick s'adosse au dossier de sa chaise et fixe le plafond.

— Merde. Je ne pensais pas que tu l'avais, dit C en souriant. Bien joué.

Anvil me serre la main avec un grand sourire.

— Merci beaucoup, Sasha. Vraiment. Tu m'as aidée à rester dans la partie hier soir.

— Attends-moi là, dit-il.

— Laisse-moi une minute.

Je vais à la chaise de Trick et m'assois sur ses genoux.

— Dis-moi que tu as triché, dit-il, regardant toujours le plafond.

— À chaque partie. Sans relâche, plaisanté-je dans un murmure.

Il s'esclaffe et me regarde. Puis il saisit ma main, et me mordille le pouce, me faisant comprendre qu'il a compris que je faisais semblant de me ronger les ongles. Mon stratagème ne fonctionnera pas la prochaine fois.

— Tu veux un baiser ? dis-je en me penchant.

Il lâche mon pouce.

— De ta part ? Toujours.

Je l'embrasse avec passion. Sa main glisse sous mon débardeur, et il touche le bas de la fine camisole.

— Ils sont à toi au moins ces vêtements ?

— Non, dis-je en mettant mes bras autour de lui pour le serrer contre moi.

Je l'embrasse sur la joue avant de lui murmurer à l'oreille :

— Je t'aime.

Quand je me lève, les jetons ont disparu et il y a une pile de billets de cent dollars. Deux mille dollars de la part de C et Anvil. Trick ouvre son portefeuille et y jette une pile de billets.

— Comment vas-tu le dépenser ? demande C.

— Eh bien, la majeure partie servira à rembourser une dette que j'ai contractée pour aider un membre de ma famille. Mais une partie ira à l'achat d'une robe pour l'anniversaire de Trick.

Je lui lance un rapide regard avant de demander :

— Le 7 mai, n'est-ce pas ?

— Oui. Montre-moi la robe.

— Non, c'est une surprise.

— Quelle couleur ? demande-t-il en souriant.

Je ris.

— Tu verras.

— Vous vous êtes rencontrés à l'école catholique, dit C. Tu devrais acheter une jupe à carreaux, une chemise blanche et des chaussettes hautes.

— Mon Dieu, non, dit Trick. Pas de costumes d'écolière.

Il me regarde spéculativement avant d'émettre :

— Si je devais deviner, je dirais que la robe est blanche. Parce qu'une femme serait un super cadeau d'anniversaire.

— Je porterai une robe blanche le 22 mai.

Il me regarde avec un petit sourire.

— St. Mary a eu un eu désistement, continué-je. Zoe a vérifié vos agendas, et tout le monde est disponible. À moins que septembre te convienne mieux ? C'est la prochaine date pour St. Mary.

— Mai sera parfait. Au fait, si c'est le traitement que tu me réserves après avoir perdu, tu peux tricher pendant la revanche parce que je vais la lancer de toute façon.

Souriant, je lui donne un autre baiser rapide avant de me lever.

— Tiens, dit Anvil, brandissant son téléphone et me montrant un endroit sur la carte. La meilleure salle de jeu de l'État. Je paierai l'adhésion.

Le sourire de Trick est remplacé par un froncement de sourcils.

— Va te faire foutre, Vil. Certainement pas.

— Elle a besoin d'un manager, et tu ne pourras pas le faire.

— Pourquoi pas ?

— C'est glauque. Les maris managers sont comme des proxénètes.

— Tu as investi dans la société de production de Rachel.

— Non. C'est l'argent de Raven. Je le lui ai offert en cadeau de mariage.

— Et elle est terrifiée à l'idée de mal gérer ça. Elle apprécierait probablement une intervention du mari-manager. Moi je le ferais. Elle m'a envoyé douze mails hier à propos d'un logiciel de comptabilité.

Anvil se retourne et le regarde.

— Tu as répondu ?

— Pas à tous. Il y en avait douze.

Le regard furieux d'Anvil est intimidant, sauf pour Trick.

— Détends-toi. J'ai tout installé.

— Quand es-tu venu utiliser son ordinateur ?

— Je ne l'ai pas fait. Je l'ai piraté. Elle a besoin d'une meilleure sécurité. J'arrangerai ça si jamais tu m'invites, dit Trick en se levant. Allez, requin des cartes, ton futur mari veut t'utiliser dans un autre genre de jeu.

CHAPITRE 17

TRICK

Nous sommes dans une petite salle à manger privée de l'hôtel Wolfram à Manhattan. Vil est parti chercher les filles qui sont en train d'être maquillées par Zoe. Pendant que C et moi allions à nos rendez-vous, les filles faisaient du shopping et se faisaient dorloter au spa, ce qui me plait. Je ne gagne pas tout cet argent pour ne rien en faire. Et avec Zoe comme compagne de shopping, les vêtements de Laurel seront sexy.

C est encore à parler de réunions pendant que nous prenons un verre. Aucune de nos réunions ne m'a convaincu de signer un accord, mais lui y réfléchit. S'il faut choisir quelqu'un pour un partenariat sérieux, je pencherais pour Sullivan de Boston car on dit qu'il sait collaborer sans vouloir tout diriger. Il est également resté en dehors des affaires qui ne le regardent pas.

Des voix me font tourner la tête et mes yeux se fixent sur Laurelyn. Elle est vêtue d'une robe rose et or avec un haut moulant et une jupe près du corps reliée par un anneau doré. L'anneau repose sur sa peau nue allant de sa taille jusqu'à son nombril. Ses cheveux sont relevés en une queue de cheval haute et son maquillage impeccable donne l'impression qu'elle sort d'une séance photo des années 60. Autour de son cou repose un délicat collier en or.

— Voyez-vous ça, murmuré-je. Approche un peu plus que je t'admire.

Le regard de C suit le mien et il sourit.

— L'attente en valait la peine.

Elle s'approche en souriant.

— Bonjour. Joyeux anniversaire.

Son baiser est léger comme une plume sur ma bouche et ne fait qu'augmenter ma tentation.

— Viens avec moi, dis-je en refermant mes doigts autour de son poignet. Ne nous attends pas, C.

S'il répond, je ne l'entends pas parce que j'entraine déjà Laurel hors de la salle. Elle rit doucement quand nous prenons l'ascenseur.

— Pas de dîner ?

— Les cadeaux d'abord.

Elle humecte ses lèvres, qui sont colorées d'un rose pâle. Puis son regard descend vers ses mains jointes. Elle est nerveuse parce qu'elle sait ce à quoi je m'attends ce soir, et elle remplit le silence par des bavardages dénués de sens sur leur journée.

Une fois à l'étage, la suite avec terrasse regorge de fleurs fraîches et de paniers-cadeaux. Je retire ma veste et mon étui, puis ma chemise.

— Cette robe est parfaite. Tu le remettras plus tard.

Par plus tard, j'entends demain puisque nous ne quitterons plus la chambre ce soir.

Elle frissonne.

— Si mon maquillage est ruiné, je ne pourrai pas le refaire. Est-ce qu'on ne devrait pas… ?

— Tout ira bien.

Elle serre ses doigts l'un contre l'autre et répond d'une voix douce :

— C'est ton anniversaire.

Quand je ne réponds pas, elle finit par s'extirper de la robe, ne gardant que son soutien-gorge et une culotte transparents. Sans même la retirer, je sais qu'elle a été épilée.

J'accroche la robe à un cintre et regarde son ventre. Il y a enfin une légère rondeur sous son nombril. Mon sexe se tend, voulant revendiquer son corps.

Je prends mon arme avec nous dans la chambre et la pose sur la table de chevet. Je n'attends pas de compagnie, mais des ennemis sont portés disparus.

— Tourne-toi.

Elle s'exécute comme ordonné, et je décroche l'agrafe du soutien-gorge.

— Pose-le sur la chaise et reviens vers moi.

Sa respiration est audible et ses bras couverts de chair de poule. Quand elle est de retour devant moi en regardant ailleurs, je replie ses bras au niveau des coudes et les croise l'un sur l'autre, puis je les fixe avec une sangle doublée. Je la tourne alors vers moi et me régale de ses seins ronds tout en les prenant en coupe et les pressant, jusqu'à ce qu'elle frissonne.

Je pose des pinces sur ses mamelons, et elle prend une petite inspiration en se mordant le coin de la bouche, mais elle n'essaie pas de s'échapper. En regardant son visage, je me délecte de ses joues rouges et de ses magnifiques yeux fixés au sol.

Je m'assieds au bout du lit.

— Allonge-toi sur mes genoux.

Elle est incertaine, mais obéit comme la gentille fille qu'elle est déterminée à être. Une fois allongée sur mes cuisses, je lui donne une lente fessée qui lui réchauffe les fesses, jusqu'à ce qu'elle se tortille. Puis je baisse sa culotte et sors le vibromasseur de ma poche. Faire bourdonner son clitoris jusqu'à ce que son corps danse sur mes genoux contre mon sexe dur, est exactement le genre de préliminaires dont nous avons tous les deux besoin.

Je reprends la fessée, ferme et régulière, jusqu'à ce que son postérieur passe du rose au rouge et qu'elle halète en me suppliant.

Quand je la remets debout dans ses talons à lanières, elle est instable et il y a un éclat brillant dans ses yeux. Proche des larmes et tendue, c'est exactement là où je la veux. Maintenant, quand je la ferai jouir, ce sera encore plus intense.

Je l'embrasse alors lentement et suce sa langue, comme une forme de possession. Je desserre une pince et tire sur son mamelon avec mes dents avant de lui téter le sein. Elle se tord, essayant de se rapprocher, mais aussi de s'éloigner. Le second reçoit le même traitement.

— S'il te plaît, gémit-elle. Doucement. Ils sont sensibles.

Le désir me déchire les entrailles.

Lorsque j'empile des oreillers au centre du lit, elle détourne à nouveau le regard, le corps vibrant d'excitation et de peur. Je retire le collier et le pose de côté.

— Après notre mariage, je mettrai un vrai collier autour de ton cou, murmuré-je en lui embrassant le cou.

Sa respiration devient irrégulière et mes doigts jouent entre les lèvres lisses et humides de sa chatte avant d'en aspirer le goût.

— Allonge-toi sur le ventre, sur les oreillers.

— Je suis stressée.

La conversation ne va pas la rassurer, alors je ne perds pas mon temps. M'avançant pour que sa poitrine touche la mienne, je passe mes lèvres sur son oreille.

— Sois une gentille fille et fais ce que je te dis.

Il y a une pointe de défi dans son expression, mais elle s'agenouille sur le lit et se déplace vers le centre. Elle s'abaisse aussi gracieusement que possible avant que la gravité ne l'entraîne vers le bas. Ses bras sont liés, ses fesses rouges relevés, et ses genoux sont écartés, montrant les pétales humides de son sexe et la petite étoile de son anus.

Je me déshabille et verse du lubrifiant sur mon sexe. Positionnant le vibromasseur contre son clitoris, je l'excite jusqu'à ce qu'elle se torde sur les oreillers comme une chatte en chaleur. Son cul est magnifique et je presse ses globes lentement avant de les séparer pour qu'elle puisse se sentir étirée. Elle halète et frissonne. L'humidité scintillante sur ses lèvres inférieures me dit qu'elle est peut-être nerveuse, mais également intriguée.

— Lève tes fesses.

Elle hésite, mais obéit, posant ses genoux sur le matelas et cambrant le dos. J'aime la voir dans cette position, attendant, et s'offrant à moi.

Afin de préparer son joli trou, j'enfonce un doigt bien lubrifié à l'intérieur. Quand j'en ajoute un deuxième, elle proteste, et son anus et ses poings se resserrent.

— Détends-toi pour moi.

J'attends pendant qu'elle se débat avec elle-même. Il lui faut plusieurs longs instants pour s'exécuter, et le battement de mon cœur augmente. Chaque jeu avec elle vaut la peine d'être joué.

— C'est ça. Desserre tes poings aussi.

J'ajoute davantage de lubrifiant, et entame un va-et-vient avec mes doigts dans son anus étroit et vierge. Je l'étire, appréciant sa respiration saccadée alors qu'elle se soumet lentement.

Retirant mes doigts, je positionne la tête de mon sexe puis la pénètre lentement.

Elle prend une inspiration et agrippe les draps en s'efforçant de ne pas se débattre. Écartant ses joues, je regarde son anus se tendre autour de moi. Elle miaule et tape ses orteils contre le matelas. J'ajoute plus de lubrifiant et m'enfonce plus profondément. Elle crie doucement, se serrant et se détendant jusqu'à ce que son corps accepte son impuissance.

— Hum.

Le vibromasseur contre son clitoris l'excite à nouveau, et ses hanches ondulent. Sa résistance nerveuse s'adoucit.

La vilaine fille, me dis-je. Les coins de ma bouche se relèvent alors que je commence à m'enfoncer dans sa chaleur. Son trou vierge est bien serré autour de mon sexe. Saisissant ses bras emprisonnés, j'immobilise son corps et pénètre encore et encore l'espace étroit.

Un gémissement d'agonie ponctue son orgasme et son anus se contracte autour de moi, serrant et relâchant mon sexe alors que je plonge plus profondément jusqu'à la garde. Je laisse le vibromasseur contre sa chatte car je n'en ai pas encore fini avec elle.

Elle gémit, et je sais que je lui fais mal. Alors que l'orgasme me submerge au rythme de ses pulsations, je vide ma semence en elle.

* * *

LAUREL

ENDOLORIE, nue et vulnérable sous les couvertures, je frissonne. Sa main repose sur mon ventre, me rappelant constamment que je suis enceinte de son bébé. Mes cuisses sont lisses et mes mamelons me font mal avec sa façon de les taquiner.

— Hé, dis-je en prenant mes seins en coupe pour bloquer sa bouche.

Il retire mes mains et plaque mes poignets sur le lit.

— Jusqu'à ce que le bébé arrive, ils appartiennent à papa.

Une forte onde d'excitation me saisit et me coupe le souffle. Il aspire mon mamelon dans sa bouche et le mordille jusqu'à ce que je me cambre et me torde.

— Oh, mon Dieu.

Il le relâche et souffle sur le téton durci. L'air frais est apaisant, jusqu'à ce que je sente son sexe, à nouveau épais et dur. Enroulant mes doigts autour de lui, je le caresse. Il m'embrasse jusqu'à ce que ma main bouge plus vite, et lève la tête en fronçant les sourcils.

Je lèche mes lèvres et essaie d'avoir l'air innocente.

— C'est mon anniversaire. Ton travail est d'être un bon cadeau. Tu ferais mieux de ne pas avoir d'intentions cachées.

Mes joues s'enflamment.

— Tu ne veux pas que je te caresse ?

— Pas maintenant. Je ne vais pas éjaculer entre tes mains.

Je le lâche, frissonnante devant l'intensité de ses yeux bleus.

— Utilise tes mains pour tirer tes genoux et écarte-les autant que tu peux.

— Trick, s'il te plaît.

— Tu essaies de t'attirer des ennuis ?

— Monsieur, s'il vous plait ? dis-je en fermant les yeux.

— S'il vous plait quoi ?

— J'ai peur que ça fasse mal si tu le refais une deuxième fois en une nuit. Tu peux promettre que ce ne sera pas le cas ?

— Nous avons eu une conversation sur l'entraînement avec des jouets, et qu'est-ce que tu m'as dit ?

Je déglutis avant de lever les yeux vers le plafond en grimaçant.

— Que je pensais que ça irait sans.

— Humm humm.

— S'il te plait.

Son rire est bas et profond.

— Je vais te promettre une chose, dit-il d'une voix rauque. Si tu es sage, je t'achèterai un bracelet David Yurman.

Zoe a dû lui parler du bracelet qui m'a plu. Je ne suis pas sûre de ce que je ressens à ce sujet, tout bien considéré. Mâchant ma lèvre inférieure, je le taquine :

— Et si je ne suis pas sage ?

— Alors quand je te baiserai, ça ressemblera à une punition.

Mon souffle s'échappe comme un soupir, et mon cœur martèle contre mes côtes. Je sais que j'ai besoin de me détendre et de me soumettre. Mon premier orgasme était incroyable. Il est tellement doué pour ça.

Il prend alors du lubrifiant chauffant qui se trouve sur la table de chevet.

— Écarte les jambes et lève tes genoux.

Je ne suis pas sûre de vouloir le regarder dans les yeux pendant qu'il me prend de cette façon.

— Je peux me remettre à genoux ?

— Eventuellement, mais pas cette fois.

Le rougissement semble avaler tout mon corps, mais je relève mes jambes, désireuse de crier, non pas parce que je ne suis pas excitée par sa domination, mais parce qu'une part de moi pense que je devrais résister. Il y a aussi une part de moi qui trouve son intensité autour du sexe plutôt effrayante.

— Regarde-moi, dit-il.

Je lève les yeux en inspirant. Je sens le bout de son sexe entre mes fesses, contre mon anus serré. Mes bras et mes jambes vibrent de nervosité alors que je le regarde dans les yeux.

— Hé, dit-il doucement.

Les larmes me piquent les yeux.

— Oui ?

— T'appartiens à qui ?

— Toi.

— Prouve le.

Mes dents s'enfoncent dans ma lèvre inférieure et je force ce petit muscle à se détendre. Il pousse lentement en moi et ça fait un peu mal. Je crie, mais mes mamelons sont tendus et mon sexe humide est jaloux.

Ses doigts s'enfoncent dans mes cheveux et tirent ma tête en arrière, exposant ma gorge. Il me lèche le cou, puis me chuchote à l'oreille :

— C'est tellement bon.

Le souffle coupé, j'ondule contre lui.

— Humm. Encore.

Je ferme les yeux, une larme coulant sur ma tempe, mais je bouge à nouveau, sentant sa longueur au fond de moi, là où elle ne devrait pas être. Et que Dieu me vienne en aide, j'aime la douleur et l'humiliation d'être utilisée d'une manière aussi interdite.

Au moment où il commence à pousser, tout mon corps s'échauffe, surtout là où il me pénètre. Je suis sur le point de jouir. Mes seins tremblent et des larmes coulent de mes yeux. Quand il pose son pouce sur mon clitoris, je suis perdue.

En sentant mon orgasme, il émet un petit sourire entendu et diabolique. Je laisse tomber un bras sur mes yeux pour les protéger de son regard fixe.

Son sexe s'enfonce rudement en moi, mais son baiser est doux quand il goûte mes lèvres et mes larmes, et peut-être même mon âme.

Il continue tellement longtemps que je finis par avoir atrocement mal. Quand il jouit enfin, je pleure et m'accroche à lui. Après cela, il me tient longtemps dans ses bras avant de se lever pour prendre quelque chose dans un tiroir. À son retour, il tient une boite cadeau David Yurman. Il l'ouvre et en sort le magnifique bracelet manchette en or alternant émeraudes carrées et diamants ronds. Il a dû l'acheter pendant que nous faisions du shopping et demandé à Zoe de le ramener à l'hôtel. Il le glisse à ma main et le referme autour de mon poignet. Je passe mon pouce dessus et glisse mes bras sous les couvertures.

— C'est beau, mais c'est trop cher, Trick. Tu veux vraiment m'acheter avec des bijoux ?

— Ce n'est pas pour t'acheter, dit-il en posant sa main sur mon ventre et s'y attardant avant de descendre plus bas. C'est un cadeau pour ma jolie épouse.

Je ris doucement.

— Alors maintenant, c'est un cadeau, hein ?

— Hum humm.

Puis il ne dit plus rien et s'endort.

CHAPITRE 18

LAUREL

C'est étrange de porter la robe rose deux pièces au dîner du lendemain soir, mais Trick insiste. Je rends le collier emprunté à Zoe, et elle me maquille à nouveau en me donnant des conseils pour que je puisse le refaire toute seule, parce que Trick m'a dit qu'il avait adoré. Je porte aussi le bracelet parce qu'il me le demande.

Rachel et C sont tous les deux dans la suite de C, avec nous, mais Zoe attend heureusement qu'ils soient partis pour me demander comment c'était. J'avais été vague sur ce qui allait se passer, mais elle a deviné à cause de mes questions.

— La première fois, c'était vraiment bien. J'ai aimé, dis-je en rougissant furieusement et regardant ailleurs. La deuxième fois a été très intense.

— La deuxième fois, dit-elle d'un air entendu. Plus brutale ?

— Un peu, dis-je en pensant à la douleur et à l'impossibilité de dire non. Il ne m'a pas fait de mal, mais... il a un côté sombre.

— Mmm. Oui, ils sont tous comme ça. C'est à la fois attirant et effrayant.

— Oui. Je sais logiquement que c'est une personne très dangereuse, mais il ne semble pas l'être la plupart du temps. Il est drôle, charmant, et c'est un vrai briseur de cœur quand il le décide. Mais pendant les rapports sexuels, une autre facette de lui émerge.

— Trick est compliqué.

— Oui.

Je la regarde. Elle est incroyable dans sa robe en peau de serpent rouge au décolleté profond.

— Est-ce que C est parfois jaloux ?

— De Trick ?

— Oui, puisque vous étiez ensemble et que vous êtes toujours proches ?

— Déjà, Trick et moi ne sommes pas si proches comparé à sa relation avec C, ou à la mienne avec C. Ensuite je pense que tu es jaloux quand tu as peur qu'on t'enlève quelqu'un. Je deviens jalouse quand d'autres femmes s'approchent de C parce que je ne veux pas qu'elles prennent ma place. Mais je pense qu'au fond de lui, Connor s'imagine qu'on lui appartient tous : moi, Trick, Anvil et maintenant Rachel par extension. Il n'est pas jaloux parce qu'il ne s'imagine pas que l'un de nous le quittera un jour par choix.

Elle rit avant de poursuivre :

— Par contre toi, tu pourrais l'inquiéter, car Trick t'aime vraiment. Anvil a été surpris que Trick te séduise, parce qu'il n'avait jamais fait ça auparavant. Mais Trick a haussé les épaules et a dit : « Cette fille était ma toute première dépendance. Il me suffit d'un simple shoot d'elle, et je ne pense plus qu'à ma prochaine dose. Évidemment que je vais la séduire ».

Je souris en secouant la tête.

— C'est flatteur, j'imagine ?

Nous échangeons un regard et rions.

— Mais pour ce qui est de l'éloigner de vous, ce n'est pas dans mes intentions. Il est clair que vous êtes sa famille.

— Nous le sommes, affirme Zoe. C'est pour ça je suis si heureuse qu'il t'ait retrouvée. Il est heureux maintenant.

— Tu penses ?

— Absolument.

— Merci, Zoe.

La porte de la suite s'ouvre, nous faisant sursauter.

— Allez. Il est temps de descendre, déclare C.

Zoe et moi sourions en nous levant.

Une fois en bas, une limousine Hummer nous attend. Ces gens aiment les gros véhicules. Trick, qui se tient derrière moi, pose sa main sur mon ventre.

Je le regarde par-dessus mon épaule et le taquine :

— Ton bébé est bien là où tu l'as laissé ?

Il me fait un clin d'œil.

Nous arrivons dans les Hamptons et dînons avec un rappeur et son entourage. Avant de sortir, Trick fixe son téléphone avant de balayer l'écran de son pouce pour le verrouiller et le glisser dans mon sac à main.

— Quelque chose ne va pas ?

Il embrasse ma tempe et secoue la tête, mais je le connais. Quelque-chose ne va pas.

* * *

TRICK

Le jour se couche quand nous arrivons. Vil et moi faisons chacun une inspection de la maison, et je demande à C de prévenir nos hommes.

— Qu'est-ce qui se passe ? demande C.

— J'envoie des e-mails à Lebedev pour le faire chier, et j'ai piraté sa messagerie pour savoir s'il les ouvre. Il a envoyé un message à Kaz Petrov et Gogilevich. Il essaie de les pousser à agir, et ils semblent prêts à le faire.

— Ils sont inquiets, dit C. Nous avons détruit la dernière entreprise de Coynston des Petrov sans jamais tirer un seul coup de feu. Ils ne peuvent pas te laisser les détruire numériquement, Trick. Si tu n'es pas prêt à leur faire gagner de l'argent, tu es trop dangereux pour rester en vie.

— Il n'a rien de spécial, dit Vil. Les Petrov et les Gogilevich veulent aussi la mort de Rachel, et elle n'a jamais piraté l'ordinateur de qui que ce soit.

Anvil est prêt à tuer Kaz Petrov et tous ceux qui menacent sa femme.

— Je t'entends, Vil, dit C. New York pense que c'est une stratégie intelligente alors qu'ils aillent se faire voir. Ces montagnes d'argent, nous les passerons par Joe Sullivan. Tu es d'accord avec ça, Trick ?

Nous avons besoin d'aide pour l'instant pour blanchir l'argent.

— Sullivan, c'est bon pour moi, dis-je. Je ne veux pas qu'il s'imagine pouvoir m'utiliser pour se débarrasser des personnes qui le gênent, mais sinon, je n'ai aucune objection à travailler avec lui. Il savait que les Callahan nous ont aidés et a dit aux autres de ne pas les en empêcher.

— Comment ça se fait que tu ne veux pas que Sullivan t'utilise pour les indésirables ?

Je souris. C répète depuis un moment qu'on ne devrait plus s'occuper directement de meurtres, car nous sommes tous trop précieux maintenant.

— Où est Kaz en ce moment ? Tu le sais, Trick ? demande Anvil en desserrant sa cravate.

— Selon son IP, il était à Jersey chez Gogilevich. Peut-être qu'ils sont assis côte à côte derrière un bureau à cylindre pour écrire un chèque à celui qu'ils envoient ici pour nous tuer. Tronex et J Skuff ont tous deux posté sur les réseaux sociaux que nous venions dîner. Ils ont posté des photos de la maison toute la semaine. Donc ceux qui nous cherchent savent exactement où nous trouver, et ce n'est pas un hôtel Waldorf ou Wolfram ici. Une fois le soleil couché, l'approche est facile.

— T'en dis quoi, C ? demande Anvil.

— Nous ne nous planquerons pas. Mais oui, nous devons être prêts. Si on déplace les filles, ça va nous diviser parce que quelqu'un devra les protéger. S'installer ici et faire venir nos hommes semble être la meilleure stratégie.

— J'ai deux lunettes de nuit, un laser et une arme d'épaule dans l'étui, dis-je. Depuis le toit, je peux voir tous ceux qui s'approchent, et soit les descendre, soit les signaler.

— Dès que tu utilises un pointeur, tu es démasqué, dit C.

— Je sais.

— Vil ?

— Trick sur le toit ? À moins qu'il se relâche, ça devrait aller vite. Combien de nos hommes pourront être ici dans l'heure ?

— Quatre sont à un kilomètre. Six de plus seront là dans l'heure. Et encore plus sont sur le chemin au cas où nous en aurions besoin.

Mes sourcils se haussent. J'avais suggéré à C d'en faire venir quatre ou cinq.

— Treize ici, et plus en route ? Ce n'est plus un jeu.

Anvil sourit.

— On a dépassé ton estimation de quatre ou cinq personnes ? Tu es tellement arrogant, Trick.

— Mais non. J'ai apporté deux lunettes de nuit. L'arrogance, c'est quand je n'en apporte qu'une.

C sourit.

— Monte la garde, Vil. Je dois aller chercher quelque chose à la maison, dis-je.

— Comme quoi ?

— À manger, et le reste ne te regarde pas.

Je rentre à l'intérieur et jette un coup d'œil autour de moi. C posera surement son veto au dîner dans la salle à manger car la pièce est entièrement vitrée. Si des types armés s'approchent, ce serait comme l'ouverture de la saison de chasse. Je remplis une assiette de nourriture et rejoins Zoe et Laurel.

— Je dois sortir un peu, dis-je à Laurelyn. Je vais prendre un baiser.

— Qu'est-ce qui se passe ? demande-t-elle en fronçant les sourcils.

Je secoue la tête.

— Du boulot.

Elle étudie mon visage, puis rapproche la tête et m'embrasse. Elle a un goût de fraises, de Canada Dry… et de Laurelyn. Je fais durer le baiser jusqu'à ce que je sente les regards sur nous, puis encore un peu plus longtemps.

Laurel lève la tête en m'adressant un petit sourire.

— Ça suffit ?

— Oui, dis-je en m'humectant les lèvres. Et non.

Son sourire s'élargit.

— Je te laisse.

— D'accord. Fais attention, me recommande-t-elle.

Je passe mes doigts sur la peau nue de son ventre et sur le petit renflement. Puis je me retourne et sors.

* * *

LAUREL

Il y a de l'orage, et je me demande à nouveau ce que font Trick and Anvil. C fait preuve d'une grande vigilance, et un autre membre de C Crue se tient sur le porche, également vigilant et apparemment en attente. C nous a donné des instructions, dont celle de rester loin des fenêtres.

La maison est plus bruyante que la tempête à l'extérieur. Des hommes impétueux en survêtements de couleurs vives et armes flamboyantes circulent. La salle de bain du bas est occupée, alors quand Rachel monte, je la suis. L'étage est plus agréable car plus calme.

Depuis que je suis enceinte, mon odorat s'est développé et l'odeur d'une certaine eau de Cologne masculine ralentit mes pas dans le couloir. Ça pourrait venir de quelqu'un en bas qui serait monté récemment, mais quand elle se dirige vers la salle de bain, je lui prends la main car l'odeur s'accentue.

— Non.

Elle se raidit en fixant le rideau de douche.

— Redescends, murmuré-je.

En nous retournant, nous apercevons Paul Lebedev qui s'approche rapidement du fond du couloir.

Rachel me prend le bras et me tire dans la salle de bain. On jette notre poids contre la porte pour la fermer et la verrouiller. Rachel renverse son sac à main au-dessus de l'évier alors que la porte craque vers l'intérieur et nous renverse, envoyant des objets voler sur le sol. Paul se précipite sur nous.

Mes yeux parcourent le sol à la recherche d'une arme et voient un petit pistolet. À côté de moi, Rachel est allongée sur le sol tandis que Lebdov est penché sur elle et l'étrangle. Je me précipite vers le pistolet, vise et appuie sur la gâchette mais rien ne se passe. Mon esprit se souvient de la sécurité.

Le visage de Rachel est violet.

Ne sachant que faire, je me jette sur Lebdov et le frappe à la tête avec le pistolet. Nous tombons et il me cloue au sol. Il est sur mon dos, je ne peux pas voir et je ne peux plus respirer. Puis il y a un claquement et le poids de Lebedev s'effondre sur moi. Du sang coule près de ma tête. Je regarde par-dessus mon épaule, mes oreilles bourdonnent, et je vois son crâne ensanglanté.

— Ferme les yeux, dit Rachel en tendant sa petite main pour me bloquer la vue.

— Je…

Sa voix est douce et apaisante.

— Tout va bien. Ferme les yeux.

Je tourne la tête vers le sol carrelé, et en voyant un cercle cramoisi s'étendre, je ferme les yeux.

— Merde, dit C à voix basse. Qui est touché ?

Puis le poids sur mon dos disparait.

— Juste lui, dit doucement Rachel. Tu te débrouilles bien, Laurel. Garde les yeux fermés.

— Viens ici, Rachel, dit C en la soulevant.

Ensuite, c'est moi qui suis soulevée.

— Tu es blessée ? demande doucement C en me faisant asseoir dans le couloir.

J'ouvre les yeux et constate que je suis assise sur le tapis à l'extérieur de la salle de bain.

— Non. Pas blessée. Il a essayé.

Mes yeux explorent la zone jusqu'à ce que je trouve Rachel à quelques mètres de là. Elle est debout dans le couloir, appuyée contre le mur.

Ses yeux sont brillants, mais elle retient ses larmes.

C s'approche d'elle et l'embrasse sur la tête, puis il tend la main vers le pistolet. Elle referme ses mains autour de l'arme et la serre avec force.

— C'est Sasha qui me l'a donnée. C'était... dans la boîte avec un pendentif en diamant. Cadeau d'anniversaire de six mois.

Elle sourit tristement et le tend à C.

— Je ne l'ai laissé me donner que quatre leçons de tir parce que j'étais trop occupée, dit-elle avant de me regarder. La première chose qu'il m'a appris, c'est comment engager et désengager la sécurité.

— Heureusement qu'il l'a fait, murmuré-je.

— Comment tu as su ? demande-t-elle en regardant autour d'elle.

— Tu ne sens pas son eau de Cologne bon marché ? Ça pue.

Après un moment, elle rit, puis hoche la tête.

— C'est parce que tu es enceinte.

C me scrute et m'étudie du regard.

— Aucune douleur nulle part ? demande-t-il en posant sa main sur mon ventre.

— Je n'ai pas l'impression.

C pousse un soupir, l'air sinistre.

— C'est bien qu'on ait suivi les règles, dis-je distraitement en remarquant le sang sur mon avant-bras.

J'essaie de l'essuyer, mais ça ne part pas. C me prend sous les bras et me soulève.

— Les règles ? demande Rachel.

— C nous a dit de rester ensemble. Aucune n'était censée se déplacer seule, tu te souviens ? Alors quand tu as décidé de monter, je suis venue avec toi. Je… je ne voulais pas enfreindre les règles et avoir à nouveau des ennuis avec Trick.

Mon rire est nerveux, mais devient plus fluide quand C rit aussi.

— Non, ce n'est pas toi qui auras des ennuis. Tiens, dit C en attrapant un gant de toilette humide dans la salle de bain. Essuie-toi.

— Qui est avec Zoe ? demande Rachel en se dirigeant vers les escaliers.

— Une vingtaine de personnes. Elle est au centre de l'attention, comme toujours.

— Des hommes de Crue ?

— Le petit gars, Miller. Zoe est entre de bonnes mains.

— D'accord, fait Rachel s'appuyant à nouveau contre le mur.

— Rachel, descends dire à Miller de faire venir quelqu'un d'autre pour rester avec toi et Zoe et de monter ici. Et ne dis rien d'autre.

— D'accord, C.

Rachel descend sans un mot de plus.

— Comment ça va ? me demande C.

— Je ne sais pas. Bien, je pense, dis-je en grimaçant. On n'avait pas le choix. Il a essayé de nous tuer.

— Je vais chercher quelque chose. Tu es d'accord pour rester un peu toute seule ?

J'acquiesce.

— C'est bien, dit-il avant de disparaitre dans une chambre.

Ce n'est pas Derrick Miller qui monte les escaliers, mais Trick, trempé par la pluie. Ses yeux se fixent sur moi, mais il ralentit en passant devant la salle de bain pour regarder à l'intérieur. Il s'accroupit à côté de moi, étudie mon visage puis mon corps. Ses mains se déplacent sur moi, et se fixent sur mon ventre.

C réapparaît en tenant une couverture et un pull.

— Mets ça par-dessus ta robe, Laurelyn.

— Où est l'arme ? demande Trick.

C lui montre l'arme glissée dans sa ceinture.

J'enfile le pull par-dessus ma tête et Trick me serre dans ses bras.

— Tu la mouilles, dit C.

Trick me relâche à contrecœur.

— Est-ce que le rez-de-chaussée est sécurisé ? demande C.

Trick hoche la tête.

— Laurelyn, chérie, descends et reste avec Rachel. On arrive dans une minute.

— Je vais l'emmener, dit Trick.

— Trick, on manque de temps. Elle va bien. N'est-ce pas, Laurel ? Tu vas bien ?

J'acquiesce en serrant le bras de Trick.

— Je vais bien. Je t'attendrai en bas.

— Ne va pas trop loin. Reste à côté de Rachel.

— Promis.

Il hoche la tête et me laisse partir.

— Hé, dit-il.

Je regarde en arrière.

— Je t'aime.

Je souris et lui envoie un petit baiser, puis je descends les marches.

* * *

TRICK

C et moi jetons le corps de Lebedev par la fenêtre et nettoyons rapidement le sang à l'aide de lingettes à l'eau de Javel. On met le tout dans un sac en plastique et le jetons aussi par la fenêtre. Le travail que nous faisons ne résisterait pas à la médecine légale, mais nous ne devrions pas en avoir besoin.

— Je retourne à l'extérieur, dis-je. Inspecte la maison pour être sûr que Kaz n'a envoyé personne d'autre se cacher dans un placard, C. Avec les hommes que j'ai ramenés, nous sommes à cinq avec toi. C'est assez ?

— Plus qu'assez. Vas-y.

Je grimpe par la fenêtre d'une chambre et me hisse sur le toit. C referme la fenêtre derrière moi.

À l'aide de mon télescope, je vérifie le paysage. Trois mercenaires sont tombés, plus Lebedev. J'en ai eu deux et Vil a eu l'autre. Ils sont passés par les trous laissés par nos hommes, ce qui signifie que nos gars ont besoin d'être mieux formés. Ce sera une priorité absolue après cela.

Au loin, il y en a deux autres entrants et un sortant. Le sortant a dû venir vérifier si C Crue avait été décimé, mais ne constatant rien, il a décidé de battre en retraite.

Nous devons nettoyer les dégâts, mais hors de question de perdre ce gros poisson qui, je suppose, est Kaz. Je siffle. Anvil ne répond pas, ce qui signifie qu'il ne m'entend pas.

Je me suspends au coin du toit et me laisse tomber sur le sol humide. Je sépare les hommes à mesure que j'avance, envoyant certains derrière moi pour charger les corps sur un bateau qui nous appartient, et d'autres pour attendre que je me débarrasse du reste. Encore quelques mètres et j'avance en me cachant derrière les voitures. Deux coups de feu en succession rapide abattent les tueurs à gages qui venaient d'entrer.

Je traverse la position d'Anvil, mais il n'est pas là. J'aperçois alors notre gros poisson en fuite, mais pas de Vil. Je sprinte entre les maisons, et fais un arc pour intercepter l'homme avant qu'il atteigne la route où je parie qu'une voiture l'attend.

La course à pied m'a aidé à récupérer, mais ça fait un moment que je n'ai pas couru à fond sur presque un kilomètre. J'atteins la route les mains tremblantes et il me faut un instant pour récupérer. Je pose un genou au sol, vise, mais soudain Vil sort de derrière une maison et attrape l'homme.

Je cours en essayant toujours de reprendre mon souffle. Vil étrangle Kaz. Je parcours les alentours du regard et m'approche. Nous ne sommes que trois pour le moment. Quand je suis assez près, j'entends Vil.

— Je t'avais prévenu quand elle t'a contacté l'année dernière.

Puis Anvil dit quelque chose en russe. Le seul mot que je reconnais est bâtard, mais je comprends l'essentiel. Rachel a essayé de se rapprocher de ses frères, et ils lui ont rappelé qu'elle était une bâtarde qui avait épousé un bâtard ennemi. Ils pensent que cela rend sa compagnie inapte aux Petrov légitimes. Kaz adore injurier. Il semblerait qu'il ait même utilisé le mot « pute », ce qui est ironique étant donné que son père était en train d'échanger la virginité de Rachel avec les Gogilevich lorsque Vil a interrompu le marché.

Les yeux de Petrov sont écarquillés alors qu'il essaie de s'extirper des bras d'Anvil, mais il n'a aucune chance. Ses pieds pendent au-dessus du sol jusqu'à ce qu'il perde connaissance. Puis Vil saisit son crâne dans ses énormes mains et secoue. Je n'entends pas le craquement du cou par-dessus le bruit de la tempête, mais je le vois assez bien.

Anvil laisse tomber le corps et me regarde en passant une main sur sa tête pour essuyer la pluie de ses cheveux.

Mon regard passe du corps à Anvil, et je hausse les sourcils.

— Tu sais, cette vieille chanson quand on était enfants : « les bâtons et les pierres peuvent briser les os mais pas les mots ? »

— Ouais.

— Je vérifie.

La bouche d'Anvil forme un sourire sinistre, puis il hausse les épaules et soulève le corps de Kaz.

CHAPITRE 19

LAUREL

Sur le chemin du retour à Coynston, le lendemain, Trick s'arrête aux urgences de Boston. Je lui ai déjà assuré que tout allait bien, mais quand il se gare, je me contente de soupirer, sachant qu'il ne faut pas discuter. Nous attendrons probablement des heures avant d'être vus et j'ai déjà un rendez-vous dans deux jours avec mon propre médecin, mais ce n'est pas suffisant pour lui. Il veut qu'un médecin lui dise tout de suite que le bébé va bien. Je suis curieuse de savoir comment sa patience va tenir dans une salle d'attente bondée des urgences.

Mais pendant que je m'inscris, les gens se bousculent autour de nous comme s'ils nous attendaient. Dans les vingt minutes, j'ai passé un examen et une échographie. Trick est adossé au mur, mais ses yeux ne quittent jamais l'écran du moniteur pendant que le médecin fait glisser la sonde sur mon ventre.

— Tout a l'air parfait. Le rythme cardiaque est normal.

Elle imprime une photo et me la tend, mais je désigne Trick du doigt. Elle se retourne et lui sourit en lui tendant.

Trick y jette un coup d'œil et la met dans une poche intérieure de sa veste.

— Ne devrait-elle rester au lit un jour ou deux quand on sera à la maison ?

— Non, pas besoin. L'examen est bon.

— Donc, aucune contre-indication ? Elle peut faire de l'exercice et avoir des relations sexuelles ?

La jeune médecin hoche la tête avec un sourire. Trick lui rend son sourire, bien qu'il ne soit pas encore détendu.

— Merci de votre aide.

Ensuite, nous signons des formulaires et ils nous libèrent presque aussitôt. C'était incroyablement rapide.

Quand je lui demande comment ça a pu aller aussi vite, il dit simplement :

— Je connais des gens.

De là, nous récupérons des vêtements chez moi, puis retournons au quartier général C Crue à Coynston. En entrant, je vois une caisse de soda au gingembre parmi les courses.

— On va vivre ici ?

— Pendant un moment, dit Trick. Tu veux la chambre d'amis à l'étage ou au rez-de-chaussée ? Elles ont leur propre salle de bain. Vil et Rachel ont dit que ça leur était égal.

— On va *tous* vivre ici ?

— Pour un petit moment.

Je pèse cela dans ma tête et décide que je suis d'accord avec ça. Malgré mes débuts difficiles avec C Crue, je commence à sentir qu'ils sont aussi mes amis. Même Connor. Son inquiétude pour mon bien-être et sa délicatesse avec Rachel et moi dans le couloir après l'incident avec Lebedev est quelque chose que je n'oublierai pas.

— La chambre d'amis à l'étage, dis-je.

— Tu es sûre ? Vil a dit que tu peux avoir la chambre que tu veux.

C'est gentil et généreux de sa part puisque si lui et Rachel s'installent à l'étage, ils devront trimballer un bébé et son équipement de haut en bas.

— S'installer en bas ? Et abandonner la salle de bain Liberace ? Je ne pense pas.

Trick rit et prend une boîte en velours noir avec un ruban de satin gris clair sur le plan de travail. Il la pose devant moi et hoche la tête pour que je la prenne.

— Qu'est-ce que c'est ?

— De la part d'Anvil et Rachel.

— Ils n'avaient pas besoin de faire ça.

— Toute sa gorge est noire et bleue, donc je suppose qu'ils pensent devoir le faire.

— Je ne l'ai pas sauvée. Nous nous sommes sauvées toutes les deux.

Trick tapote la boîte.

— Allez.

Je souris devant son impatience. Zoe a raison de dire qu'aucun secret n'est à l'abri avec lui.

— Peut-être que je vais attendre, le taquiné-je.

— Attendre ?

Je glousse et il tire sur le ruban pour détacher le nœud.

— Hé, arrête. C'est à moi, dis-je en le tirant vers moi.

— Je sais que c'est à toi. Ouvre-le.

Il tire à nouveau sur le ruban, qui se détache. Je ris et soulève le couvercle de la boîte pour jeter un coup d'œil à l'intérieur.

— Oh, waouh, dis-je en levant un magnifique voile de mariée en dentelle à œillets et perles qui ira parfaitement avec ma robe. J'ai dit à Rachel et Zoe qu'il me fallait un voile. C'est beau.

— Très joli, dit-il en inspectant la boîte.

— Hé, dis-je en tapant sa main.

— Il y a autre chose.

— Oui, je sais. Laisse-moi une seconde.

Je plie soigneusement le voile et le place sur le couvercle de la boîte. Puis je sors une carte et quelque chose de lourd enveloppé dans du papier de soie. Retirant le papier, je trouve un pistolet.

— Oh, mon Dieu, dis-je en regardant Trick qui fronce les sourcils.

— J'allais te trouver une arme moi-même, et Vil le sait.

— C'est… attentionné de sa part, mais tu n'as pas assez d'armes pour nous deux ?

— Manifestement non, si toi et Rachel n'aviez qu'une arme pour deux hier soir.

En ouvrant la carte, je constate qu'il y a des messages dans deux écritures différentes. Une personne, Rachel apparemment, a écrit « Merci ». L'autre a écrit une date et les mots, « Droit d'entrée payé. »

Je ris.

— Quoi ? demande Trick suspicieusement.

Riant plus fort, je lui montre la carte.

— Connard, dit-il en levant les yeux au ciel.

— Et qu'est-ce qui se passerait si… ?

Je marque une pause.

— Quoi ?

— Et si nous leur demandions de se marier avec nous à St. Mary ? Rachel ne s'est pas mariée à l'église, et je pense qu'elle aimerait bien. J'ai l'impression qu'elle n'ose pas demander un autre mariage.

— Ce sont tous les deux des introvertis purs et durs. Elle n'aurait pas plus de monde à son mariage.

— Elle a les gens de la société de production maintenant, n'est-ce pas ? Et quelques amies de l'école, j'en suis sûre. Elle ne pouvait pas les inviter quand elle s'est enfuie mais elle le pourra cette fois. Et nous aurons beaucoup de monde au notre.

— Ils sont mariés depuis presque un an.

— Est-ce que la plupart des gens le savent ? Moi non.

Il hausse les épaules.

— C'est ta journée, bébé. Fais ce que tu veux.

— Alors je vais lui proposer.

Il sourit et m'embrasse rapidement.

— C'est gentil de ta part. Je t'en suis reconnaissant.

Puis il sort son téléphone et commence à chercher sur le net.

— Que fais-tu ?

— Je m'inscris à un tournoi de poker.

— Tu vas jouer contre moi dans un match public ?

— Certainement. Je vais faire payer Vil.

Je soupire et remets mes cadeaux dans la boîte.

— Hé, dit-il alors que je commence à sortir.

— Oui ?

— Je vais prendre un baiser.

— Est-ce que tu mérites un baiser ? le taquiné-je.

— Si j'attendais d'en mériter un, je n'en aurais pas assez, dit-il avec un clin d'œil.

Je souris, puis l'embrasse.

— Je t'aime.

— Alors allons dans une chambre et tu pourras le prouver.

CHAPITRE 20

TRICK

Vil oppose son veto à l'idée d'un double mariage, mais dit qu'ils feront une cérémonie à la chapelle le jour de leur premier anniversaire. Ça semble certainement plus « Vil et Rachel », car notre mariage comportera quelque chose comme cinq cents invités. Il dit que Zoe et moi devrions aider Rachel à trouver l'endroit parfait, ce qui me fait lever les yeux au ciel.

— Je dois trouver le lieu ? J'ai déjà proposé de partager St. Mary avec vous.

— Je pensais que tu voulais te convertir en organisateur de mariage vu que tu acceptes tout ce que ta mariée choisit.

— Si je ne meurs pas jeune, je regarderai ces photos pendant les soixante-quinze prochaines années. Elles feraient mieux d'être bien. Avec seulement deux semaines pour tout planifier, Laurelyn n'était pas capable d'organiser ça toute seule.

— Organiser quoi ? Deux photographes et une équipe de célèbres stylistes de Californie qui facture quoi ? Dix mille dollars pour la journée ? Cet évènement est un cirque, même selon les normes Trick.

— C'est bon. Il faut en mettre plein la vue. Mes proches viennent d'Irlande pour ça. Je veux qu'ils aient des histoires à raconter sur le mariage américain.

Anvil coule la boule de huit et je lance un billet de cent dollars sur la table.

— Il n'y a pas deux photographes pour la journée. Kleinman est une célèbre photographe portraitiste de New York, et elle ne photographie que dix personnes. Sois heureux d'en faire partie. Elle pourra te donner quelques conseils pour avoir l'air normal sur les photos quand tu te remarieras avec Rachel. Toutes tes photos de la dernière fois ressemblent à des photos d'identité judiciaires.

Le regard d'Anvil se pose sur moi.

— Je te signale que je suis déjà venu chez toi. Tu t'es demandé pourquoi Rachel n'a pas accroché vos photos de mariage ?

Anvil me fait un doigt, mais je peux voir les engrenages grincer dans sa tête.

C entre dans la salle de jeux.

— Pourquoi est-ce que Zoe m'envoie des SMS avec un agenda qui dit que nous sommes en retard ?

Il n'y avait pas de place pour l'équipe de stylistes chez les parents de Laurel, donc les femmes sont toutes chez Anvil. J'ai mis Zoe sur le coup.

— Montre-moi, dis-je en m'avançant pour regarder le téléphone de C.

Il me le tend et je secoue la tête en voyant le changement.

— Non. Je vais lui écrire dans une minute. Jouons encore un peu, Vil. Double ou rien.

Anvil range les boules.

C parcourt la salle du regard avant de se tourner vers moi.

J'ai fait un jogging et je me suis douché, mais depuis je joue au billard.

Je suis survolté et essaie de ne pas le montrer. Je me réveille avec des cauchemars ces jours-ci. Ça a commencé la première nuit où elle n'était plus dans mon lit. Ensemble mais pas ensemble… c'est un thème récurrent chez nous, ainsi que la source de mon trouble mental. Je n'arrête pas de rêver que quelque chose ne va pas et qu'elle me quitte avant le mariage.

J'ai couru tous les jours et je m'occupe tous les soirs pour garder l'esprit occupé. J'essaie de me convaincre que le mariage se passera sans accroc et qu'ensuite j'aurai enfin ce que je veux. Mais en ce moment, je ne supporte pas l'idée d'arriver trop tôt à l'église et devoir parler aux gens. Si je ne jouais pas au billard, je ferais les cent pas et regarderais les secondes défiler.

— Ça va être une longue journée. Prenons un verre et décompressons un peu, dit C.

Il me connaît et voit ce que d'autres ne verraient pas. Sauf peut-être elle.

Vil pose sa queue de billard contre le mur tandis que C nous prépare à boire et me verse un double.

— À ton mariage avec le plus beau requin aux cartes de la planète. *Slainte*.

Nous trinquons, et je souris en vidant mon verre. Je regarde alors la bouteille de Jack, tenté d'en prendre un autre pour étouffer le bruit dans ma tête, mais je m'abstiens.

— Montre-moi l'emploi du temps, dit Anvil.

C lui passe son téléphone. Vil regarde, puis jette un coup d'œil à l'horloge et se renfrogne.

— Merde. Il faut y aller, dit-il en me regardant d'un air accusateur.

— On a encore plein de temps.

— C'est ce que tu dis toujours, et puis tu es en retard, répond Anvil par-dessus son épaule alors qu'il quitte la pièce. Tu ferais mieux d'enfiler ton costume et d'y aller avant qu'elle ait le temps de reprendre ses esprits.

Je souris, mais à l'intérieur, mes muscles se nouent.

— Alors, C ? Une partie ?

— Bien sûr.

Je prends une queue de billard, soulagé de perdre encore quelques minutes.

* * *

LAUREL

La semaine a été incroyable. Mon cœur a failli s'arrêter une dizaine de fois à cause de l'organisation de plus en plus compliquée et des prix exorbitants. Des parents éloignés des deux côtés ont été amenés par avion affrété et une semaine de festivités a débuté afin de les divertir. Ce matin, un défilé chaotique de personnes me transforme en Cendrillon et me photographie. Je suis sous le choc et reconnaissante envers Zoe, Rachel et Kathleen qui sont devenues un phare de sagesse et de calme au milieu de la mer de personnes nerveuses qui gravitent autour de moi.

Monet et Ash, la sœur cadette de Trick, sont folles d'excitation et leur enthousiasme est contagieux. La demoiselle d'honneur et ses amies rient et courent dans tous les sens en faisant la course. Kathleen, que Dieu la bénisse, dispute les filles qui ne sont pas dans le cortège nuptial et les remet à un responsable pour qu'elles retournent auprès de leurs parents.

Mon téléphone est étrangement silencieux. Tout passe par Zoe, donc je n'ai à m'occuper de rien. Trick m'a envoyé un mème sur le mariage à trois heures du matin. Pourquoi était-il encore debout ? Ce matin, je lui ai envoyé un émoji bague de fiançailles, et il m'a répondu avec un cœur battant. Sinon, nous n'avons pas communiqué. Je l'imagine en train de plaisanter et de prendre un café chez C, et j'aimerais être là avec lui.

— D'accord, dit Zoe en tapant dans ses mains pour attirer l'attention de tout le monde. Il est temps pour la mariée de rester seule quelques minutes. Tout le monde dehors, et alignez-vous dans l'ordre. On va faire une dernière vérification.

— Quelles sont ces couleurs déjà ? Ma tante veut savoir, crie Monet.

— Bleu méditerranéen et vert de mer. Allez, sortons, dit Zoe d'une voix chantante et apaisante qu'elle doit utiliser dans les coulisses juste avant le début d'un spectacle.

Je vérifie une fois de plus mon téléphone. Rien de sa part. Mes doigts commencent à lui taper un message, puis s'arrêtent. Je le verrai dans quelques minutes.

— D'accord, murmuré-je pour moi-même.

Je prends de profondes respirations lentes et tente de me calmer. Puis j'entends la voix de mon père à travers la lourde porte. Mon père a été génial la semaine dernière, un roc absolu tous les soirs au milieu de ces fêtes démesurées, mais je sais que Trick l'inquiète.

Au milieu de tout cela, Trick s'est révélé être une force de la nature. Il fait craquer tout le monde, des bébés aux grands-mères. Il raconte des histoires incroyables et reste jusqu'au dernier toast de la nuit. Les grands rires se sont prolongés si tard que les voisins ont fini par se joindre à la fête. Un soir, à deux heures du matin, il a acheté un bateau de pêche et ce qu'il appelle un chalet au bord du lac pour l'offrir à mes parents en guise de remerciement d'avoir accueillis tout ce monde. Les photos de l'énorme maison du lac me coupent le souffle. Je lui ai dit que c'était trop, qu'ils allaient être gênés, mais il a balayé mes inquiétudes d'un geste de la main. Ils verront que c'est pratique pour inviter la famille, m'a-t-il dit en me vantant une vie de ski nautique et de barbecues. La persuasion est l'un de ses dons, mais je me demande cependant si c'est en lui de vraiment s'installer.

Ça danse dans les rues de Coynston, car il encourage les gens à s'amuser en payant les commerces de quartier à organiser des fêtes après les heures de travail. Il n'est jamais ivre. Il n'est pas sobre non plus. Mais il est sans aucun doute le prince de la ville et, à certains moments, on a l'impression que le monde entier l'a remarqué alors que les milliardaires et les célébrités tweetent leurs vœux et que certains font même le déplacement.

Je le connais suffisamment pour comprendre que quelque chose le motive, et c'est plus que vouloir quitter le célibat en beauté. Mais j'ai aussi confiance en lui et je sais que quand il le faudra, il saura revenir sur terre, au moins pour une journée.

J'ouvre la porte et constate que les femmes s'affairent encore alors que certaines devraient se préparer à avancer.

— Qu'est-ce qui se passe ? demandé-je à Rachel.

— Tout va bien, dit Zoe d'un ton doux. Rien ne commencera sans toi et Trick.

— Il n'est pas à l'église ? demandé-je, surprise.

En voyant l'expression sinistre de mon père, je dois me concentrer pour ne pas froncer les sourcils.

— Ils sont en route. Tout va bien, répond Zoe avec un signe de tête emphatique.

Monet se mord l'ongle du pouce, l'air pensif. Apparemment, le bruit s'est répandu que le marié n'est pas venu. Une petite bouffée d'embarras me frappe, me faisant douter pendant une seconde. Mais ensuite, je repense à lui au lycée qui entrait en cours d'un pas flegmatique à la deuxième sonnerie, ou arrivait toujours une minute ou deux avant le début d'une compétition d'athlétisme. La seule fois où il est venu plus tôt à un débat, c'était pour m'attirer dans un endroit isolé et m'embrasser.

Mon père s'approche et se penche vers moi pour me poser la

même question qu'il m'a posée plusieurs fois depuis que je lui ai parlé du mariage.

— Tu es sûre ?

Mon rire de gorge fait tourner les têtes vers moi.

— Je suppose qu'on verra bien.

Les sourcils de Zoe se haussent tandis qu'elle envoie un SMS. Son téléphone vibre et elle y jette un coup d'œil.

— Ils sont là. Ils viennent de se garer, dit-elle avant de venir redresser ma traine. Nous sommes prêtes. J'emmène les autres faire la queue près des portes.

Elle me regarde alors, magnifique dans sa robe verte scintillante.

— Tu es magnifique, Laurelyn.

— Bien, murmuré-je. Vu tout ce qu'il a dépensé pour l'opération Cendrillon, j'espère être au moins aussi belle que lui quand il sort du lit.

Zoe me sourit.

— Sans l'ombre d'un doute. Et en plus, tu n'es pas folle et incontrôlable, et c'est ce que tu apportes au mariage.

Riant doucement, je lui serre le bras.

— Merci pour toute cette semaine, surtout ce matin.

— Avec plaisir.

Elle emmène tout le monde, sauf mon père.

— Tu n'as pas peur de sa réaction si tu annulais tout, n'est-ce pas ? Parce que…

Je pose une main sur son bras.

— Non, papa. Je te promets.

Inspirant et expirant, je jette un coup d'œil dans le couloir alors que j'entends la musique commencer.

— Scott n'a pas la patience d'attendre. Il a toujours été comme ça.

— Alors tu es censée attendre qu'il arrive ? Même aujourd'hui ? Ça n'augure rien de bon. Les gens vont se dire qu'il ne t'aime pas assez pour être là à l'heure.

Je lui souris.

— Les gens ont le droit de mal le juger. La plupart le font, d'ailleurs.

Mon père hausse les épaules, la bouche pincée.

— Je t'aime, alors je m'inquiète pour toi.

Je hoche la tête et l'embrasse sur la joue.

— Merci d'avoir toujours été un si bon père.

Nous avançons vers l'arrière de l'église, encore hors de vue. Puis, au bon moment, nous entrons. Monet et la demoiselle d'honneur terminent leur marche. Je repère Connor, puis Scott de l'autre côté.

Les yeux de Scott sont déjà sur moi, et ils ne me quittent plus. Je lui souris, à lui et à tous les gens que je croise, derrière mon voile. L'église est bondée, avec des gens debout de chaque côté. Il y a un monde fou… comme si c'était Noël ou Pâques.

Quand j'arrive devant lui, il s'avance vers moi. Je n'entends rien de ce qui se dit tant je suis nerveuse. J'essaie de me souvenir des exercices de respiration que nous faisions avant un débat, mais en vain. Il me prend la main.

Mon voile est levé et je le regarde. Il est plus beau que jamais, et quand il me sourit et me fait un clin d'œil, je me souviens comment respirer.

La cérémonie commence en un clin d'œil, dans le flou.

* * *

TRICK

LAURELYN EST un fantasme de conte de fées qui prend vie. Elle est si belle qu'elle n'a même pas l'air réelle. Je vois qu'elle est nerveuse, alors je lui prends la main et ne la lâche plus. Pendant la majeure partie de la cérémonie, j'ai la tête légèrement tournée pour ne pas arrêter de la regarder.

Tout se passe bien. Les vœux. Les anneaux. La déclaration

du prêtre. Tout se passe sans accrocs. Quatre jours de cauchemars pour rien.

On pose pour des photos, puis on entre dans le sanctuaire avec juste le prêtre pour signer l'acte de mariage. Je pose ma signature en ne l'écoutant qu'à moitié bavarder avec nous.

— Signe ici, Laurel, dis-je.

Le stylo glisse sur le papier alors qu'elle appose sa signature à côté de la mienne.

Maintenant, elle est à moi légalement, et pour le reste de ma vie. Mes mains s'emparent enfin d'un certain bonheur qui va et vient depuis la nuit de la partie de poker à Boston.

Le prêtre prend le document et s'éloigne.

On reste tous les deux à se regarder, ses yeux tels des vitraux.

— Ça y est, c'est fait, murmure-t-elle d'un ton taquin, en passant son doigt sur mon alliance en or.

Ses mots me frappent, et je souris.

— Difficile à croire. Ça ne nous a pris que neuf ans.

Elle glousse avant de continuer sur le même ton.

— Qu'est-ce que tu en penses ? Tu vas pouvoir supporter une fête de plus ? Ou il faut qu'on arrête tout et qu'on prenne la fuite par la mer ?

— Tout ce que tu veux.

Une part de moi est très sérieuse.

— Certains se sont demandé si tu n'allais pas prendre la fuite avant la cérémonie.

Je me masse la nuque, et acquiesce. Je vais me rattraper.

— Ça va ? demande-t-elle, sérieuse cette fois.

— Même mieux que bien. Tu m'as manqué ces dernières nuits, mais tout va bien maintenant puisque tu ne me manqueras plus jamais.

Elle me serre la main.

— Et toi, Laurelyn ? Ça va ? Tu ne doutais pas de ma venue, n'est-ce pas ?

— Non, je savais que tu serais là. Finalement. À l'heure de Trick.

— Tu ne vas pas me reprocher neuf minutes de retard, n'est-ce pas ? Je t'ai attendue une décennie, dis-je en souriant. Qu'est-ce que neuf minutes alors que je viens de te promettre le reste de ma vie ?

— Je ne suis pas fâchée. Mais mon père pourrait l'être. Et pour longtemps.

— Je m'en occupe.

— Ben voyons.

— Bien sûr. Ça s'appelle les petits-enfants. Il va avoir les petits briseurs de cœur les plus mignons du monde. Aucune chance qu'il leur résiste.

Son sourire en disant cela fait battre mon cœur.

— Je vais prendre un baiser. Un vrai.

— Tu es sûr de vouloir gâcher mon maquillage à mille dollars avant que tous les photographes à mille dollars par minute en aient fini avec moi ?

— Fini les photos. Je t'ai partagée toute la semaine. Ça suffit. Tu es à moi, et je te veux pour moi. N'oublie pas que j'ai la loi de mon côté maintenant. Si jamais tu essaies de partir, je te ferai arrêter et ramener.

Elle éclate de rire.

— La loi de ton côté. C'est nouveau.

— Oui.

— Tu penses vraiment que la loi va prendre ton parti au détriment du mien sur quoi que ce soit ? chuchote-t-elle. J'en doute.

Je soupire et hausse les épaules.

— Peut-être pas. Au diable avec eux, alors. Le château C Crue a ces tourelles. En tant que seigneur de guerre médiéval, quand je sortirai, je t'enfermerai dans une tour pour ne pas te perdre.

Elle rejette la tête en arrière et éclate de ce rire de gorge profonde qui éveille l'intérêt de mon sexe.

— Hé ?

— Oui ? répond-elle quand elle se calme enfin.

Glissant un bras autour de sa taille, je l'attire contre moi et lui murmure à l'oreille :

— Si je ne reçois pas mon baiser bientôt, une certaine fille va avoir des ennuis ce soir, dis-je en faisant glisser ma main sur la dentelle perlée de sa robe pour saisir ses fesses.

Laurel prend une inspiration surprise. Quand elle parle, sa voix est un sifflement.

— Pas de bêtise à l'église, Trick.

Elle me tend une perche que je saisis.

— Donne-moi mon baiser, et je te laisserai partir.

Regardant autour d'elle pour s'assurer que personne ne la regarde, elle s'humecte les lèvres, les joues rouges. Je lui souris. Je sais que je ne peux pas coucher avec elle à l'église, mais ça ne veut pas dire que je n'en ai pas envie.

Ensuite, ma jolie nouvelle épouse me donne un baiser, et je ressens le même pur plaisir qu'à chaque fois.

* * *

MERCI D'AVOIR LU *POSSÉDÉE*. Si vous souhaitez recevoir un épilogue bonus et être informés lorsque de nouveaux livres sont disponibles, veuillez vous inscrire à la newsletter de Marlee à : https://dl.bookfunnel.com/xab6p6r2d4.

ÉPILOGUE

Si vous souhaitez recevoir un épilogue bonus et être informés lorsque de nouveaux livres sont disponibles, veuillez vous inscrire à la newsletter de Marlee à : https://dl.bookfunnel.com/xab6p6r2d4.

DU MÊME AUTEUR

EMPIRES CRIMINELS

Enlevée: Dark Romance et Mafia

Traquée: Dark Romance et Mafia

Possédée: Dark Romance et Mafia

* * *

LIVRES EN ANGLAIS

Rough Retribution Series

Held (Enlevée)

Pursued (Traquée)

Used (Possédée)

His Prize

Dark Knights Series

Indecent Demands

Wicked Demands

Twisted Demands

Standalone Books

Rulebreaker

Taking Her in Hand

Calling the Plays

Owned & Shared Series

Owning Their Pet

Taken by the Warriors

His Caged Princess

Taken Captive

His Caged Virgin

À PROPOS DE L'AUTEUR

Marlee Wray, auteure de best-sellers aux classements du *USA Today* et d'Amazon, adore écrire des « dark romance ».

Ses romans mettent en scène des héros possessifs, dominants et dangereux face à des héroïnes fascinantes auxquelles ils ne peuvent résister, des romances bourrées d'action et de sensualité, avec des scènes taboues et des rebondissements inattendus.

Elle aime communiquer avec les lecteurs par le biais de sa newsletter. Si vous souhaitez rester en contact avec Marlee et être informés de ses nouveautés et de ses promotions, inscrivez-vous via le site web, https://www.marleewray.com/francais

ENLEVÉE (EMPIRES CRIMINELS #1)

Il a mis la ville à genoux. Et je suis la prochaine sur sa liste.

Connor McCann est séduisant, puissant et <i>redoutablement dangereux.</i> Lorsque je découvre sa marque noire sur ma porte, je sais que je suis en danger. Le symbole du C Crue annonce une vengeance. Je ne comprends pas pourquoi je suis dans leur ligne de mire.

Connor me kidnappe. Et ce n'est que le début. Il fait de moi sa propriété.

Je ne peux pas m'échapper. Peut-être que je n'en ai pas vraiment envie. Mais si je reste avec lui, je risque de tout perdre. *Y compris la vie.*

TRAQUÉE (EMPIRES CRIMINELS #2)

RACHEL

C'est un gangster. Un homme qui distribue châtiments et punitions cruelles. Et je viens de me le mettre à dos...

J'ai essayé de garder le secret, mais il sait ce que j'ai fait, et ce n'est pas un homme qui oublie facilement. Je ne sais pas trop ce qu'il va me faire quand il me trouvera, mais ce sera brutal et humiliant.

ANVIL

Elle est peut-être vierge, mais elle est loin d'être innocente. Elle m'a causé du tort, et maintenant, elle doit en payer le prix.

Je suis imposant. Elle est fragile. Ce que je vais lui infliger sera douloureux. Mais elle devra l'accepter, à la dure, jusqu'à crier mon nom. Elle a de nombreuses leçons à apprendre, et la première, c'est qu'elle m'appartient. *À jamais.*

Printed in France by Amazon
Brétigny-sur-Orge, FR

32239149R00198